AUTORA BESTSELLER DO NEW YORK T...

SÉRIE WESTCOTT #1

ALGUÉM PARA
Amar

MARY
BALOGH

Editora
Charme

Esta obra foi negociada por Maria Carvainis Agency, Inc. e Agência Literária Riff Ltda.
© 2016 by Mary Balogh Tradução do livro SOMEONE TO LOVE, Copyright © 2016 by Mary Balogh.
Primeira publicação foi feita nos Estados Unidos por Berkley,
e impresso por Penguin Random House LLC., New York.
Direitos autorais de tradução© 2020 Editora Charme.

Todos os direitos reservados.
Nenhuma parte desta publicação pode ser reproduzida, distribuída ou transmitida sob qualquer forma ou por qualquer meio, incluindo fotocópias, gravação ou outros métodos mecânicos ou eletrônicos, sem a permissão prévia por escrito da editora, exceto no caso de breves citações consubstanciadas em resenhas críticas e outros usos não comerciais permitido pela lei de direitos autorais.

Este livro é um trabalho de ficção.
Todos os nomes, personagens, locais e incidentes são produtos da imaginação da autora.
Qualquer semelhança com pessoas reais, coisas, vivas ou mortas, locais ou eventos é mera coincidência.

1ª Impressão 2020

Produção Editorial - Editora Charme
Capa e Produção Gráfica - Verônica Góes
Tradução - Monique D'Orazio
Revisão - Equipe Charme
Imagem - Periodimages, Depositphotos

FICHA CATALOGRÁFICA ELABORADA POR
Bibliotecária: Priscila Gomes Cruz CRB-8/8207

B195a	Balogh, Mary
	Alguém para amar/ Mary Balogh; Tradução: Monique D'Orazio; Revisão: Equipe Charme; Capa e produção gráfica: Verônica Góes – Campinas, SP: Editora Charme, 2020. 328 p. il. (Série: Westcott)
	Título Original: Someone to Love ISBN: 978-65-87150-03-1
	1. Ficção norte-americana	2. Romance Estrangeiro - I. Balogh, Mary. II. D'Orazio, Monique III. Equipe Charme. IV. Góes, Verônica. VI. Título.
	CDD - 813

www.editoracharme.com.br

AUTORA BESTSELLER DO NEW YORK TIMES

SÉRIE WESTCOTT #1

ALGUÉM PARA
Amar

TRADUÇÃO
MONIQUE D'ORAZIO

MARY
BALOGH

Editora Charme

ELOGIOS À PREMIADA AUTORA MARY BALOGH

"Uma autora excelente, cuja voz narrativa apresenta os personagens e eventos de seu romance em um tom irônico que lembra Jane Austen."

— *Milwaukee Journal Sentinel*

"Mary Balogh vai fundo e toca o coração."

— *Joan Johnston*, autora bestseller do *New York Times*

"Um deleite absoluto."

— *Janelle Taylor*, autora bestseller do *New York Times*

"Balogh, mais uma vez, adota um padrão comum de romance e o enche de alma, inteligência emocional e autenticidade impecável."

— *Kirkus Reviews*

"Essa história emocionante e totalmente empolgante transborda de humor sutil, diálogos brilhantes, sensualidade de tirar o fôlego e personagens secundários que você deseja conhecer melhor."

— *Library Journal*

"Sempre se pode contar com Balogh para nos entregar um romance de Regência belamente escrito."

— *Publishers Weekly*

"Balogh sempre cria histórias poderosas, pungentes e românticas, mas o que as torna extraordinárias é como ela equilibra belamente a intensidade emocional com a sensualidade."

— *RT Book Reviews*

1

Apesar de o falecido conde de Riverdale ter morrido sem deixar testamento, Josiah Brumford, seu advogado, havia encontrado assuntos suficientes a discutir com o filho e sucessor do conde para que lhe concedessem uma reunião presencial em Westcott House, a residência do falecido em Londres, em South Audley Street. Tendo chegado prontamente e adentrado a casa em meio a reverências e cumprimentos efusivos e obsequiosos, Brumford encontrou uma grande quantidade de nada em especial para transmitir de maneira tediosa, longa e com pomposa verbosidade.

O que não faria grande diferença, pensou Avery Archer, duque de Netherby, um pouco irritado, diante da janela da biblioteca, aspirando um pouco de rapé em um esforço para afastar o desejo de bocejar, se ele não tivesse sido obrigado a estar ali também para suportar o tédio. Se Harry ao menos tivesse um ano a mais — havia completado vinte anos logo antes do falecimento do pai —, Avery não precisaria mais estar ali, e Brumford, no que lhe dizia respeito, poderia declamar para sempre e um dia mais. Por alguma reviravolta bizarra e completamente irritante do destino, no entanto, Sua Graça se viu guardiã conjunta do novo conde com a condessa, a mãe do garoto.

Tudo isso era notavelmente ridículo à luz da notoriedade de Avery por sua indolência e pelo fato de evitar de modo estudado qualquer coisa que pudesse ser chamada de trabalho ou cumprimento de dever. Ele tinha um secretário e vários outros criados para cuidar de todos os assuntos tediosos da vida para ele. E havia também o fato de ser apenas onze anos mais velho do que seu protegido. Quando ouvimos a palavra *guardião*, conjuramos uma imagem mental de uma barba grisalha gravemente digna. No entanto, parecia que ele herdara a tutela com a qual o pai aparentemente concordara — por escrito — em algum momento no passado distante e obscuro, quando o falecido Riverdale erroneamente se considerara à beira da morte. Quando de fato morreu, fazia algumas semanas, o velho duque de Netherby já dormia pacificamente em seu próprio túmulo há mais de dois anos e, portanto, não podia ser guardião de ninguém. Avery supunha que poderia repudiar a obrigação, já que não era o mesmo Netherby mencionado naquela carta de acordo, que nunca havia sido transformada em documento legal, diga-se de passagem. Entretanto, não tinha feito isso. Não era que não gostasse de Harry, e, na verdade, parecia muito incômodo tomar uma posição e recusar um inconveniente tão leve e temporário.

Parecia mais do que descortesia no momento. Se ele soubesse que Brumford era tão enfadonho, poderia ter feito um esforço.

— Realmente não havia necessidade de papai fazer um testamento — Harry estava dizendo no tipo de tom bélico empregado quando alguém estava se repetindo a fim de encerrar uma longa discussão que andava em círculos intermináveis. — Eu não tenho irmãos. Meu pai confiava que eu sustentaria generosamente minha mãe e minhas irmãs de acordo com seus desejos conhecidos, e é claro que não trairei essa confiança que ele depositou em mim. Certamente cuidarei também para que a maioria dos criados e funcionários de todas as minhas propriedades sejam mantidos e que aqueles que deixarem meu serviço por qualquer motivo (o criado particular de papai, por exemplo) sejam devidamente compensados. E pode ter certeza de que minha mãe e Netherby se certificarão de que eu não me desvie dessas obrigações antes de chegar à maioridade.

Ele estava de pé junto à lareira ao lado da cadeira da mãe, em uma postura relaxada, um ombro apoiado no console, os braços cruzados sobre o peito, um pé na lareira. Ele era um rapaz alto e um tanto desengonçado, embora mais alguns anos acabassem resolvendo essa deficiência. Era loiro e de olhos azuis, com um semblante bem-humorado que muitas moças, sem dúvida, consideravam impossivelmente bonito. Ele também era quase indecentemente rico. Era amável e charmoso e vinha correndo solto nos últimos meses; primeiro, enquanto o pai estava doente demais para prestar muita atenção e, depois, durante as duas semanas desde o funeral. Provavelmente nunca tinham lhe faltado amigos, mas agora eles abundavam e teriam enchido uma cidade de tamanho considerável, talvez até um pequeno condado, até transbordar. Embora talvez *amigos* fosse uma palavra bondosa demais para usar com a maioria deles. *Bajuladores* e *puxa-sacos* seriam escolhas melhores.

Avery não tentara intervir, e duvidava de que o faria. O rapaz parecia ter caráter suficientemente em ordem e, sem dúvida, sossegaria; passaria uma idade adulta branda e sem culpas se fosse deixado a seus próprios recursos. E, se por enquanto ele agia com a inconsequência da juventude e desperdiçava uma pequena fortuna, bem, provavelmente de jovens inconsequentes o mundo estava cheio, e ainda haveria uma vasta fortuna restante para a branda idade adulta. De qualquer forma, seria necessário muito esforço para intervir, e o duque de Netherby raramente se esforçava para fazer o que não era essencial ou o que não fosse propício ao seu conforto pessoal.

— Não duvido nem por um momento, milorde. — Brumford curvou-se na cadeira de uma maneira a sugerir que ele poderia estar admitindo que tudo o que viera dizer havia sido dito e que talvez fosse hora de se despedir. — Confio que Brumford, Brumford & Filhos possam continuar representando seus interesses, como fizemos com o caro e falecido pai e com o pai dele antes dele. Confio que Vossa Graça e a condessa o aconselharão.

Avery se perguntou como seria o outro Brumford e quantos jovens Brumford estavam incluídos nos "& Filhos". Sua mente ficou confusa.

Harry se afastou da lareira, parecendo esperançoso.

— Não vejo razão para não o fazer — disse ele. — Mas não vou mais tomar o seu tempo. O senhor é um homem muito ocupado, ouso dizer.

— No entanto, vou implorar por mais alguns minutos, sr. Brumford — pediu a condessa inesperadamente. — Mas é uma questão que não lhe diz respeito, Harry. Você pode se juntar a suas irmãs na sala de visitas. Elas devem estar ansiosas para ouvir os detalhes desta reunião. Talvez você possa fazer a gentileza de permanecer, Avery.

Harry dirigiu um sorriso rápido para Avery, e Sua Graça, abrindo sua caixa de rapé novamente, mudando de ideia e fechando-a, quase desejou que também estivesse sendo enviado para se reportar às duas filhas da condessa. Ele devia estar mesmo muito entediado. Lady Camille Westcott, de vinte e dois anos, era do tipo controladora, uma mulher franca que não tinha paciência para bobagens. Além disso, era bonita o suficiente, verdade fosse dita. Lady Abigail, aos dezoito anos, era uma coisinha doce, sorridente e muito jovem, que poderia ou não possuir uma personalidade. Fazendo-lhe justiça, Avery não havia passado tempo suficiente em sua companhia para descobrir. Ela era a prima favorita de sua meia-irmã e a amiga mais querida do mundo — palavras dela —, e ele ocasionalmente as ouvia conversando e rindo juntas atrás de portas fechadas que ele tinha muito cuidado para nunca abrir.

Harry, todo ansioso para ir embora, curvou-se para sua mãe, acenou educadamente para Brumford com a cabeça, chegou muito perto de piscar para Avery e escapou da biblioteca. Diabo sortudo. Avery caminhou para mais perto da lareira, onde a condessa e Brumford ainda estavam sentados. Que diabos poderia ser importante o suficiente para que ela tivesse voluntariamente prolongado aquela reunião terrivelmente pavorosa?

— E como posso lhe ser útil, milady? — o advogado perguntou.

A condessa, Avery notou, estava sentada muito ereta, sua coluna arqueada ligeiramente para dentro. As damas eram ensinadas a se sentar daquele jeito, como se os espaldares das cadeiras tivessem propósito apenas decorativos? Segundo ele estimava, ela tinha por volta de quarenta anos. Também era perfeitamente bela de uma forma madura e digna. Decerto não poderia ter sido feliz com Riverdale — e quem poderia? No entanto, até onde Avery sabia, ela nunca se entregara a amantes. Era alta, curvilínea e loira, sem nenhum sinal ainda, até onde ele podia ver, de qualquer cabelo grisalho. Ela também era uma daquelas mulheres raras que ficavam estonteantes, em vez de desmazeladas, durante o período de luto.

— Há uma garota — ela disse —, ou melhor, uma mulher. Em Bath, eu acredito. A... filha de meu falecido marido.

Avery supunha que ela estava prestes a dizer *bastarda*, mas mudara de ideia por uma questão de gentileza. Ele ergueu ambas as sobrancelhas e o monóculo.

Brumford, pela primeira vez, havia sido silenciado.

— Ela estava em um orfanato lá — continuou a condessa. — Eu não sei onde está agora. Ela não deve mais estar lá, pois deve ter por volta de vinte e poucos anos. No entanto, Riverdale a sustentou desde que ela era muito jovem e continuou a fazê-lo até sua morte. Nós nunca discutimos o assunto. É bem provável que ele não soubesse que eu estava ciente da existência dela. Não conheço nenhum detalhe, e também nunca quis saber. Continuo não querendo. Presumo que não foi através do senhor que os pagamentos a ela foram feitos.

A tez já vermelha de Brumford assumiu um tom distintamente arroxeado.

— Não foi, milady — ele assegurou. — Mas posso sugerir que, já que essa... pessoa... agora é adulta, a senhora...

— Não — ela interrompeu-o. — Não preciso de nenhuma sugestão. Não desejo saber nada sobre essa mulher, nem mesmo o nome. Certamente não desejo que meu filho tome conhecimento dela. No entanto, parece-me justo que, se ela foi sustentada por toda a vida por seu... pai, ela deva ser informada da morte dele, se isso ainda não aconteceu, e deva ser compensada com um acordo final. Um acordo generoso, sr. Brumford. Precisaria ficar perfeitamente claro para ela, ao mesmo tempo, que não deveria haver mais, nunca, sob nenhuma circunstância. Posso deixar o assunto em suas mãos?

— Milady. — Brumford parecia quase estar se remexendo na cadeira. Ele lambeu os lábios e lançou um olhar para Avery, que, se Sua Graça o estivesse lendo corretamente, ele admirava bastante.

Avery ergueu o monóculo até os olhos.

— Bem? — ele disse. — A condessa *pode* deixar o assunto em suas mãos, Brumford? O senhor ou o outro Brumford ou um dos filhos estão dispostos e são capazes de caçar a filha bastarda de nome desconhecido do falecido conde, a fim de torná-la a mais feliz dos órfãos, estendendo uma fortuna modesta a ela?

— Vossa Graça. — O peito de Brumford estufou. — Milady. Será uma tarefa difícil, mas não intransponível, especialmente para investigadores qualificados cujos serviços contratamos no interesse de nossos clientes mais valiosos. Se a... pessoa... realmente cresceu em Bath, nós a identificaremos. Se ela ainda estiver lá, nós a encontraremos. Se ela não estiver mais...

— Eu acredito — opinou Avery, parecendo incomodado — que a condessa e eu entendemos o que quer dizer. O senhor deve me informar quando a mulher for encontrada. É conveniente para a senhora, tia?

A condessa de Riverdale não era, a rigor, sua tia. Sua madrasta, a duquesa, era irmã do falecido conde de Riverdale, e assim a condessa e todos os outros eram seus parentes por consideração.

— Será satisfatório — ela respondeu. — Obrigada, Avery. Quando relatar à Sua Graça que a encontrou, sr. Brumford, ele discutirá com o senhor qual quantia será paga e quais documentos legais ela precisará assinar para confirmar que não é mais dependente do legado de meu falecido marido.

— Isso é tudo — concluiu Avery, enquanto o advogado respirava fundo para se entregar a algum monólogo sem dúvida desnecessário e indesejado. — O mordomo vai acompanhá-lo até a saída.

Ele aspirou rapé e fez uma anotação mental de que a mistura precisava ser uma meia nota menos floral para ser perfeita.

— Isso foi extraordinariamente generoso da sua parte — disse ele, quando estava sozinho com a condessa.

— Na verdade não, Avery — contrariou ela, levantando-se. — Estou sendo generosa, se você quiser chamar assim, com o dinheiro de Harry. Porém, ele não saberá do assunto nem dará falta da soma. E agir agora garantirá que ele nunca descubra a existência da traição do pai dele. Isso garantirá que Camille e Abigail também não a descubram. Não me importo absolutamente com a mulher em Bath. Mas eu me importo, *sim*, com meus filhos. O senhor ficaria para o almoço?

— Não vou incomodar a senhora — ele recusou com um suspiro. — Eu tenho... coisas para resolver. Tenho certeza de que devo ter. Todo mundo tem coisas a fazer, ou então todo mundo tem o hábito de dizer que tem.

O canto da boca dela se curvou levemente para cima.

— Realmente não o culpo, Avery, por estar ansioso para fugir. O homem é um aborrecimento em pessoa, não é? Mas o fato de ter solicitado esta reunião me poupou de convocar você e ele para esse outro assunto. Você está liberado. Pode fugir e se ocupar com... coisas.

Ele tomou posse da mão da condessa — branca, dedos compridos, perfeitamente cuidada — e curvou-se graciosamente sobre ela ao levá-la aos lábios.

— Pode deixar o assunto com segurança em minhas mãos — ele falou — ou nas mãos do secretário dele, pelo menos.

— Obrigada. Mas você vai me informar quando isso for realizado?

— Sim, eu vou — ele prometeu antes de sair da sala e pegar o chapéu e a bengala das mãos do mordomo.

A revelação de que a condessa tinha consciência o havia surpreendido. Quantas damas em circunstâncias semelhantes procurariam voluntariamente os bastardos de seus maridos para conceder riquezas a eles, mesmo que se convencessem de que o faziam no interesse de seus próprios filhos muito legítimos?

Anna Snow fora levada para o orfanato em Bath quando não tinha nem quatro anos. Ela não tinha lembrança real de sua vida antes disso, além de alguns lampejos breves e desarticulados — de alguém sempre tossindo, por exemplo, ou de um portão de madeira coberto por um telhado na entrada de um cemitério, sempre escuro e um pouco assustador do lado de dentro, sempre que ela era chamada a atravessá-lo sozinha, e de ajoelhar no parapeito de uma janela, olhando para o cemitério e chorando inconsolavelmente dentro de uma carruagem, enquanto alguém com uma voz rouca e impaciente dizia para ela se calar e se comportar como uma menina crescida.

Ela estava no orfanato desde então, embora tivesse agora vinte e cinco anos. A maioria das outras crianças — geralmente havia cerca de quarenta — ia embora aos catorze ou quinze anos, depois que um emprego adequado era encontrado para elas. Mas Anna permanecera, primeiro para ajudar como responsável por um dormitório de meninas e como uma espécie de secretária da srta. Ford, a matrona, e depois como professora, quando a srta.

Rutledge, a professora que a ensinara, casou-se com um clérigo e mudou-se para Devonshire. Ela até recebia um salário modesto. No entanto, as despesas de sua permanência no orfanato, agora em um pequeno quarto próprio, ainda eram pagas pelo benfeitor desconhecido que as pagara desde o início. Ela havia sido informada de que continuariam sendo pagas enquanto ela permanecesse.

Anna se considerava afortunada. Ela crescera em um orfanato, era verdade, sem uma identidade completa para chamar de sua, já que não sabia quem eram seus pais, mas, em geral, não era uma instituição de caridade. Quase todas as suas colegas órfãs foram apoiadas ao longo de seus anos de crescimento por alguém — geralmente anônimo, embora alguns soubessem quem eram e por que estavam lá. Geralmente era porque seus pais haviam morrido e não havia outro membro da família capaz ou disposto a acolhê-las. Anna não se deixava levar pela solidão de não conhecer sua própria história. Suas necessidades materiais eram todas atendidas. A srta. Ford e sua equipe eram gentis. A maioria das crianças era de fácil convivência, e as que não eram podiam ser evitadas. Algumas eram amigas íntimas, ou tinham sido durante sua infância e adolescência. Se houvera falta de amor em sua vida ou desse tipo de amor associado a uma família, ela não sentia muita falta dele, pois nunca o conhecera conscientemente.

Ou assim ela sempre dizia a si mesma.

Ela estava contente com sua vida e apenas ocasionalmente se sentia inquieta com a sensação de que certamente deveria haver mais, que talvez ela devesse estar fazendo um esforço maior para de fato *viver* sua vida. Três homens diferentes haviam lhe feito propostas de casamento: o dono da livraria a que ela ia vez ou outra, quando podia pagar, para comprar um livro; um dos diretores do orfanato, cuja esposa havia morrido recentemente e o deixara com quatro filhos pequenos; e Joel Cunningham, seu melhor amigo de toda a vida. Ela havia rejeitado as três ofertas por vários motivos e, às vezes, se perguntava se seria tolice fazê-lo, pois provavelmente não haveria muito mais ofertas, se é que haveria alguma. A perspectiva de uma vida contínua de solteirona às vezes parecia sombria.

Joel estava com ela quando a carta chegou.

Ela estava arrumando a sala de aula depois de dispensar as crianças naquele dia. Os monitores da semana — John Davies e Ellen Payne — recolheram as lousas, o giz e os ábacos. Mas, enquanto John estava empilhando as lousas na prateleira do armário, guardando todo o giz na lata e recolocando a tampa, Ellen empurrara os ábacos aleatoriamente sobre pincéis e paletas na prateleira de baixo, em vez de organizá-los no local designado, lado a lado na prateleira acima, para não entortar as hastes ou danificar as contas. A razão pela qual ela os colocara no lugar errado era óbvia. A segunda prateleira estava ocupada pelos potes de água usados para umedecer os pincéis e um monte desarrumado de trapos manchados de tinta.

— Joel — disse Anna, com uma nota de paciência resignada na voz —, você poderia ao menos tentar convencer seus alunos a guardar as coisas nos seus devidos lugares após a aula de arte? E a limpar os potes de água primeiro? Veja! Um deles ainda tem água dentro. Água muito *suja*.

Joel estava sentado no canto da maltratada mesa do professor, um pé de bota apoiado no chão, o outro balançando livremente. Seus braços estavam cruzados sobre o peito. Ele sorriu para ela.

— Mas o objetivo de ser um artista é ser uma pessoa de espírito livre, deixar de lado as regras castradoras e extrair inspiração do universo. Meu trabalho é ensinar meus alunos a serem verdadeiros artistas.

Ela se levantou de onde estava, diante do armário, e dirigiu um olhar expressivo para ele.

— Que total bobagem e absurdo — repreendeu ela.

Ele deu uma gargalhada.

— Anna, Anna — disse Joel. — Aqui, deixe-me tirar esse pote de você antes que você exploda de indignação ou derrame a água no seu vestido. Parece ser o de Cyrus North. Sempre há mais tinta em seu pote de água do que no papel ao fim de uma lição. Suas pinturas são extraordinariamente pálidas, como se ele estivesse tentando reproduzir uma névoa espessa. Ele conhece as tabuadas de multiplicação?

— Sim, conhece — respondeu ela, depositando o ofensivo pote sobre a mesa e franzindo o nariz enquanto arrumava os panos ainda úmidos em um lado da prateleira inferior, da qual ela já havia retirado os ábacos. — Ele as recita mais alto do que qualquer outro e sabe até aplicá-las. Também quase dominou a divisão longa.

— Então ele pode ser balconista de uma casa de contabilidade ou talvez um banqueiro rico quando crescer — continuou Joel. — Ele não precisará da alma de um artista; provavelmente nem possui esse tipo de alma, de qualquer maneira. Pronto, o futuro dele foi resolvido. Gostei de suas histórias hoje.

— Você estava ouvindo — ela falou em um tom levemente acusador. — Você deveria estar se concentrando em ensinar sua lição de arte.

— Seus alunos perceberão quando crescerem que foram terrivelmente enganados. Eles terão todas essas histórias maravilhosas girando na cabeça, apenas para descobrir que, afinal, não são ficção, mas a realidade mais seca de todas: a história do mundo. E a geografia. E até a aritmética. Você coloca seus personagens, humanos e animais, nas situações mais alarmantes das quais você pode livrá-los apenas com uma manipulação de números e com a ajuda de seus alunos. Eles nem sequer se dão conta de que estão aprendendo. Você é astuta, uma criatura diabólica, Anna.

— Você notou — ela endireitou os ábacos ao seu gosto antes de fechar as portas do armário e se virar para ele — que, na igreja, quando o clérigo está dando o sermão, todos ficam de olhos vazios e distantes e muitas pessoas até cabeceiam e pegam no sono? Mas se ele, de repente, decide ilustrar um conceito com uma pequena história, todo mundo se anima e ouve. Fomos feitos para contar e ouvir histórias, Joel. Foi assim que o conhecimento foi transmitido de pessoa para pessoa e de geração para geração antes que houvesse a palavra escrita, e mesmo depois, quando a maioria das pessoas não tinha acesso a manuscritos ou livros e não conseguia lê-los, mesmo que os tivessem. Por que agora achamos que a narrativa deve se limitar à ficção e à fantasia? Podemos apreciar apenas o que não tem base em fatos?

Ele sorriu carinhosamente para ela, que ficou observando-o, as mãos apertando a cintura.

— Um dos meus muitos sonhos secretos é ser escritor — ele disse. — Eu já lhe contei isso? Escrever a verdade vestida de ficção. Dizem que se deve escrever sobre o que se sabe. Eu poderia inventar histórias sem fim sobre o que eu sei.

Sonhos secretos! Era uma frase familiar e sugestiva. Eles costumavam jogar esse jogo quando eram menores: *Qual é o seu sonho mais secreto?* Geralmente, os pais apareciam de repente para reclamá-los e levá-los para o "felizes para sempre" de uma vida em família. Com frequência, quando eram muito jovens, eles acrescentavam que tinham se descoberto príncipe ou princesa e que sua casa era um castelo.

— Histórias sobre crescer como órfão em um orfanato? — indagou Anna, sorrindo para ele. — Sobre não saber quem você é? Sobre sonhar com sua herança perdida? Com seus pais desconhecidos? Com o que poderia ter sido? E o que ainda poderia ser se ao menos...? Bem, se ao menos.

Ele mudou um pouco a posição em que se encontrava e moveu o pote de tinta para que não o derrubasse acidentalmente.

— Sim, sobretudo isso — ele concluiu. — Mas nem tudo seria tristeza melancólica. Afinal, embora não saibamos quem nós nascemos ou quem nossos pais ou famílias eram ou são, e embora não saibamos exatamente por que fomos colocados aqui e eles nunca mais tenham vindo nos buscar, sabemos que *somos.* Eu não sou meus pais ou minha herança perdida. Eu sou eu mesmo. Sou um artista que consegue viver de forma decente pintando retratos e que oferece seu tempo e experiência voluntariamente como professor no orfanato onde cresceu. Também sou cem ou mil outras coisas, apesar do meu passado ou por causa dele. Quero escrever histórias sobre tudo, Anna, sobre personagens se encontrando sem o impedimento da linhagem e das expectativas das famílias. Sem o impedimento do... amor.

Anna olhou para ele em silêncio por alguns momentos, a dor do que se parecia muito com lágrimas em sua garganta. Joel era um homem de constituição sólida, um pouco acima da média em altura, com cabelos escuros cortados curtos — porque ele não queria ser a imagem estereotipada do artista extravagante com mechas esvoaçantes, ele explicava sempre que o cortava — e um rosto redondo e agradável com uma leve covinha no queixo, uma boca sensível quando estava relaxado e olhos escuros que brilhavam com intensidade e escureciam ainda mais quando sentia paixão por alguma coisa. Ele era bonito, de boa índole, talentoso, inteligente e extremamente querido por ela, e porque ela o conhecia pela maior parte de sua vida, sabia muito sobre as mágoas dele, embora qualquer conhecido casual não suspeitasse delas.

Eram mágoas compartilhadas de uma maneira ou de outra por todos os órfãos.

— Existem instituições muito piores do que essa, Joel — disse Anna —, e provavelmente não há muitas que são melhores. Não crescemos sem amor. A maioria de nós ama um ao outro. Eu amo você.

O sorriso dele estava de volta.

— No entanto, em uma ocasião memorável, você se recusou a se casar comigo — ele objetou. — Você partiu meu coração.

Ela estalou a língua.

— Você não estava falando sério — ela rebateu. — E, mesmo se estivesse, sabe que não nos amamos *dessa* maneira. Crescemos juntos como amigos, quase como irmãos.

Ele sorriu com tristeza.

— Você nunca sonha em sair daqui, Anna?

— Sim e não — ela respondeu. — Sim, eu sonho em sair para o mundo para descobrir o que há além dessas paredes e dos limites de Bath. E não, não quero deixar o que é familiar para mim, o único lar que conheço desde a infância e a única família de que me lembro. Sinto-me segura aqui e necessária; até mesmo amada. Além disso, meu... benfeitor... concordou em continuar me apoiando apenas enquanto eu permanecer aqui. Eu... Bem, suponho que sou uma covarde, paralisada pelo terror da miséria e do desconhecido. É como se, tendo sido abandonada uma vez, eu realmente não possa suportar o pensamento de agora abandonar a única coisa que me foi deixada: este orfanato e as pessoas que moram aqui.

Joel se levantou e caminhou até o outro lado da sala, onde os cavaletes ainda estavam montados para que as pinturas daquele dia pudessem secar adequadamente. Ele tocou algumas nas bordas para ver se era seguro removê-las.

— Nós dois somos covardes, então. Eu saí, mas não inteiramente. Ainda tenho um pé na porta. E o outro não se afastou muito, não é mesmo? Ainda estou em Bath. Você acha que temos medo de nos afastarmos para que, se nossos pais nos procurarem, eles não fiquem sem saber onde nos encontrar? — Ele olhou para cima e riu. — Diga-me que não é isso, Anna, por favor. Eu tenho *vinte e sete* anos.

Anna sentiu como se ele lhe tivesse dado um soco no estômago. O velho sonho secreto nunca morria completamente. Mas a pergunta mais assustadora nunca foi realmente *quem* os havia trazido ali e os deixado, mas *por quê*.

— Acredito que a maioria das pessoas viva a vida dentro de um raio de alguns quilômetros de suas casas de infância. Muitas pessoas não se aventuram para longe. E, mesmo aquelas que precisam, levam-se consigo. Isso deve ser um pouco decepcionante.

Joel riu de novo.

— Sou útil aqui — continuou Anna — e sou feliz aqui. Você é útil... e bem-sucedido. Está entrando na moda ter um retrato pintado por Joel Cunningham quando as pessoas vêm para Bath. E as pessoas ricas sempre vêm a Bath por causa das águas.

A cabeça dele estava levemente inclinada para um lado enquanto a observava. Mas, antes que ele pudesse dizer mais alguma coisa, a porta da sala de aula foi aberta sem a cortesia de uma batida para admitir Bertha Reed, uma garota magra de catorze anos de cabelos louros que atuava como ajudante da srta. Ford, agora que tinha idade suficiente. Ela estava transbordando de emoção e agitando um papel dobrado na mão levantada.

— Há uma carta para a srta. Snow — ela meio que gritou com a voz aguda. — Foi entregue por um mensageiro especial de Londres, e a srta. Ford teria trazido ela mesma, mas Tommy está sangrando por toda a sala de estar e ninguém sabe onde está a enfermeira Jones. Maddie lhe deu um soco no nariz.

— Já era hora de alguém fazer isso — disse Joel, aproximando-se de Anna. — Suponho que ele estava puxando uma das tranças dela novamente.

Anna mal ouviu. Uma carta? De Londres? Por mensageiro especial? Para *ela*?

— De quem é que pode ser, srta. Snow? — Bertha guinchou, ao que parecia, não particularmente preocupada com Tommy e seu nariz sangrando. — *O que* a senhorita conhece em Londres? Não, não me diga. Deveria ter sido *quem*. *Quem* a senhorita conhece em Londres? Sobre o que será que escreveram? E veio por *mensageiro especial*, por todo o caminho desde lá. Deve ter custado uma *fortuna*. Oh, abra.

A inquisição descarada podia parecer impertinente, mas, na verdade, era tão raro alguém receber uma carta que a notícia sempre se espalhava muito rapidamente e todos queriam saber tudo a respeito. Ocasionalmente, alguém que deixara tanto o orfanato quanto Bath para trabalhar em outro lugar escrevia, e o destinatário quase invariavelmente compartilhava o conteúdo com todos os outros. Essas missivas eram guardadas como bens valiosos e lidas repetidas vezes até ficarem praticamente esfarrapadas.

Anna não reconheceu a caligrafia, que era ousada e precisa. Era uma letra masculina, ela tinha certeza. O papel parecia grosso e caro. Não parecia uma carta pessoal.

— Oliver está em Londres — Bertha disse, melancólica. — Mas acho que não pode ser dele, pode? A escrita dele não se parece em nada com isso, e por que ele escreveria para você, não é mesmo? Nas quatro vezes que ele escreveu desde que saiu daqui foram para mim. E ele não vai enviar nenhuma carta por mensageiro especial, não é?

Oliver Jamieson havia partido para se tornar aprendiz de um sapateiro em Londres havia dois anos, quando tinha catorze, e prometera mandar buscar Bertha para se casar com ela assim que pudesse se sustentar sozinho. Duas vezes por ano, desde então, ele escrevera fielmente uma carta de cinco ou seis linhas em caligrafia grande e cuidadosa. Bertha compartilhara as poucas notícias dele em cada ocasião e chorara por cima das cartas, até que fosse de admirar que elas ainda estivessem legíveis. Restavam três anos em seu aprendizado antes que ele pudesse trabalhar por conta própria e ser capaz de sustentar uma esposa. Ambos eram muito jovens, mas a separação parecia cruel. Anna sempre se via esperando que Oliver continuasse fiel à sua paixão de infância.

— Você vai revirá-la várias vezes e esperar que a própria carta divulgue seus segredos sem que precise quebrar o selo? — perguntou Joel.

Estupidamente, as mãos de Anna tremiam.

— Talvez haja algum erro — ela disse. — Talvez não seja para mim.

Ele veio por trás dela e olhou por cima de seu ombro.

— Srta. Anna Snow — ele leu. — Certamente parece o seu nome. Não conheço nenhuma outra Anna Snow. Você conhece, Bertha?

— Não conheço, sr. Cunningham — respondeu ela, depois de fazer uma pausa para pensar. — Mas o que será que pode ser?

Anna deslizou o polegar sob o selo e o quebrou. E sim, de fato, era um papel velino espesso e caro. Não era uma carta longa. Era de alguém chamado Brumford — ela não conseguia ler o primeiro nome, embora começasse com "J". Era um advogado. Ela leu a carta uma vez, engoliu em seco e depois leu mais devagar.

— Depois de amanhã — ela murmurou.

— Em uma carruagem particular — Joel acrescentou. Ele estava lendo por cima do ombro dela.

— O *que* é depois de amanhã? — Bertha questionou, sua voz uma agonia de suspense. — *Que* carruagem?

Anna olhou para ela inexpressiva.

— Estou sendo convocada para ir a Londres para discutir meu futuro — esclareceu. Havia um zumbido fraco em seus ouvidos.

— Oh! Por quê? — Bertha perguntou, seus olhos tão arregalados quanto pires. — Por *quem*, quero dizer.

— Um certo sr. J. Brumford, advogado — disse Anna.

— Josiah, acho que diz — opinou Joel. — Josiah Brumford. Ele está enviando uma carruagem particular para buscá-la, e você deve fazer uma mala para pelo menos alguns dias.

— Para *Londres*? — Bertha espantou-se, sem fôlego, cheia de admiração.

— O que devo fazer agora? — A mente de Anna parecia ter parado de funcionar. Ou melhor, *estava* funcionando, mas estava fora de controle, como as engrenagens de um relógio quebrado.

— O que você deve fazer, Anna — disse Joel, empurrando uma cadeira para trás dos joelhos dela e colocando as mãos em seus ombros para pressioná-la suavemente até que se sentasse —, é preparar uma mala para alguns dias e depois ir a Londres para discutir seu futuro.

— Mas que futuro? — ela perguntou.

— É isso que deve ser discutido — ele apontou.

O zumbido em seus ouvidos ficou mais alto.

2

Anna podia contar com os dedos de uma das mãos o número de vezes que viajara em uma carruagem. Podia ser que isso explicasse uma das poucas lembranças que ela tinha da infância. O transporte estacionado nas portas do orfanato, no início da manhã, dois dias após a chegada da carta, fez todas as crianças virem correndo para as janelas da longa sala de jantar em que estavam tomando o desjejum. Talvez não fosse o melhor equipamento, mas algumas das meninas declararam que era como a carruagem da Cinderela. Até para Anna, que temia subir, parecia impressionante demais para ser destinado a ela.

Ela não viajaria sozinha, ao que parecia. Quando foi convocada para a sala de estar da srta. Ford, foi apresentada à srta. Knox, uma mulher sólida, de cabelos grisalhos e seios grandes, e aparência severa, que fez Anna pensar nas Amazonas da mitologia. A srta. Knox havia sido contratada pelo sr. Brumford para acompanhar Anna a Londres, pois aparentemente não era apropriado para uma jovem dama viajar uma grande distância sozinha.

Foi a primeira vez que Anna ouviu falar sobre ser uma dama. Ela estava muito agradecida pela companhia, no entanto.

Alguns minutos depois, no corredor, a srta. Ford apertou firmemente as mãos de Anna, enquanto Roger, o porteiro idoso, colocava sua mala na carruagem. Não era uma mala grande nem pesada. Afinal, o que havia para levar além de seu vestido de dia extra e o de domingo, seus melhores sapatos e alguns artigos diversos? Várias meninas, liberadas temporariamente da rotina regular de seus dias, correram para abraçá-la, derramando lágrimas sobre ela e geralmente se comportando como se Anna estivesse indo para os confins da Terra para enfrentar sua execução. Anna derramou algumas lágrimas por compartilhar seus sentimentos. Alguns garotos estavam a uma distância segura, onde não corriam o risco de serem abraçados acidentalmente, e sorriam para ela. Ela suspeitava que estivessem sorrindo, os patifes, porque esperavam que sua partida significava que não haveria escola naquele dia.

— Ficarei fora por apenas alguns dias — ela assegurou a todos — e retornarei com tantas histórias de minhas aventuras que vou mantê-los acordados uma noite inteira. Sejam bonzinhos enquanto isso.

— Vou rezar, srta. Snow — prometeu Winifred Hamlin piedosamente através das lágrimas.

Enquanto a carruagem se afastava da calçada do orfanato alguns minutos depois, as crianças lotavam as janelas da sala de jantar novamente, sorrindo, acenando e chorando. Anna acenou de volta. Tudo isso parecia assustadoramente *definitivo*, como se ela nunca mais fosse voltar. E talvez ela não voltasse. O que havia no futuro dela que precisava ser discutido?

— Por que o sr. Brumford me chamou? — ela perguntou à srta. Knox.

Mas o rosto da mulher permaneceu vazio de qualquer expressão.

— Não faço ideia, senhorita — disse ela. — Fui contratada pela agência para vir buscá-la e cuidar para que fosse entregue em segurança, e é isso que estou fazendo.

— Oh — murmurou Anna.

Foi uma longa jornada, com apenas algumas breves paradas pelo caminho para refeições, troca de cavalos e uma noite passada em uma estalagem desconfortável e barulhenta. Durante todo o processo, Anna poderia muito bem estar sozinha, pois a srta. Knox não pronunciou mais do que uma dúzia de palavras, e a maioria delas foi direcionada a outras pessoas. Ela havia sido contratada para acompanhar Anna, ao que parecia, não para fornecer nenhum tipo de companhia.

Anna poderia estar intoleravelmente entediada se seu coração não estivesse palpitando com um nervosismo que beirava o terror e se sua mente ainda não estivesse girando muito além de seu controle. Todos no orfanato tinham ficado sabendo sobre a carta, é claro, e tinham ouvido a leitura feita em voz alta. Não havia sentido em tentar manter seu conteúdo privado, mesmo que Anna se sentisse inclinada a manter sigilo. Se ela tivesse feito assim, Bertha teria recontado aquilo de que se lembrava com Deus sabia quais enfeites e acréscimos, e os maiores rumores de deixar os cabelos em pé seriam disparados pela casa em pouquíssimo tempo.

Todo mundo tinha uma opinião. Todo mundo tinha uma teoria.

O mais provável de ser verdade era que o benfeitor de Anna, quem quer que fosse, estava pronto para libertá-la no mundo e retirar o apoio financeiro em que ela confiara nos últimos vinte e um anos. Ele — ou ela — não precisava convocá-la até Londres para informá-la disso, no entanto. Mas talvez ele tivesse encontrado um emprego para ela lá. O que poderia ser? Será que concordaria em aceitá-lo e iniciar uma nova fase de sua vida, isolada de todos que ela já conhecera e o único lar de que conseguia se lembrar? Ou ela recusaria, retornaria a Bath e tentaria subsistir com seu salário de professora? Ela teria uma escolha a fazer, imaginava. Afinal, a carta afirmava que seu futuro precisava ser *discutido*. Uma discussão era uma comunicação de mão dupla.

Ela se perguntou se havia moedas suficientes em sua bolsa para uma passagem para casa por diligência. Ela não tinha ideia de qual era a tarifa, mas tinha um pouco de dinheiro próprio — muito pouco — e a srta. Ford havia colocado uma libra de ouro na palma de sua mão na noite anterior, apesar dos protestos. Mas e se fosse? E se ela se encontrasse presa em Londres pelo resto da vida? Só o pensamento era suficiente para fazê-la se sentir enjoada, e o estado da estrada em que estavam viajando não fez nada para acalmar seu estômago.

Algumas vezes, ela tentava com determinação não pensar. Em vez disso, tentou se maravilhar com a sensação desconhecida de estar em uma carruagem, de realmente deixar Bath, subindo a colina para longe da cidade até que não estivesse mais à vista quando olhasse para trás. Ela tentou se maravilhar com a paisagem rural que passava pelo caminho. Tentou pensar nessa experiência como a aventura de uma vida, uma que ela lembraria pelo resto da vida. Imaginou como contaria às crianças do orfanato sobre isso — sobre as cabines de pedágio e as aldeias pelas quais passavam; o verdor e as tabernas de vilarejos com nomes pitorescos pintados em suas placas balançando e pequenas igrejas com campanários pontudos; sobre as pousadas em que paravam, a comida, a cama com calombos em que ela tentava dormir, a agitação dos estalajadeiros e cavalariços nos pátios internos; os sulcos profundos na estrada, que sacudiam os dentes na cabeça e até ocasionalmente faziam a srta. Knox parecer menos com uma esfinge.

Logo, porém, sua mente voltava ao grande e assustador desconhecido que a esperava mais adiante. E se ela estivesse prestes a conhecer a pessoa que a levara para o orfanato todos aqueles anos atrás e pagara para mantê-la lá desde então? Seria o homem com a voz rouca? E se ela realmente fosse uma princesa, e um príncipe estivesse esperando para se casar com ela agora que estava crescida e fora de perigo do rei malvado — ou bruxa! — de quem ela havia sido cuidadosamente escondida todos esses anos? O pensamento absurdo fez Anna sorrir, apesar de tudo, e quase rir alto. Essa era a teoria de Olga Norton, de nove anos, depois de ouvir a carta de Anna na noite anterior. E que tinha sido avidamente adotada por várias das outras meninas e profundamente ridicularizada pela maioria dos meninos.

Tudo o que ela podia fazer, Anna pensou com muito bom senso, certamente pela ducentésima vez nos últimos dois dias, era esperar e ver. Mas isso era mais fácil dizer do que fazer. Por que a convocação tinha vindo por meio de um advogado? E por que ela estava viajando em uma carruagem privada, quando os bilhetes de diligência deveriam custar muito menos? E por que tinham lhe providenciado uma acompanhante? O que aconteceria quando ela chegasse a Londres?

O que aconteceu foi que a carruagem continuou indo em frente e em frente. Londres era infinitamente grande e infinitamente triste, até esquálida, pelo que pareciam ser quilômetros e quilômetros. Bela história de Dick Whittington e suas ruas pavimentadas em ouro de Londres, embora, reconhecidamente, tudo pudesse parecer mais convidativo em plena luz do dia, em vez do crepúsculo que caía sobre o mundo exterior.

Mas a carruagem acabou parando em frente a um grande e imponente edifício de pedra que se mostrou ser um hotel. Elas entraram no saguão de recepção, e a srta. Knox falou com um homem de uniforme atrás de uma mesa alta de carvalho, recebeu uma chave de latão grande e subiu dois lances de escadas amplos e acarpetados e percorreu um corredor antes de colocar a chave na fechadura de uma porta e abri-la. Havia uma sala de estar espaçosa, quadrada e de teto alto ali dentro, com portas de cada lado, cada uma aberta para mostrar um quarto de dormir. Havia um lampião aceso em cada um dos três cômodos, uma extravagância para a mente cansada de Anna. Era uma grande melhoria em relação às acomodações da noite anterior.

— Eu vou ficar aqui? — ela perguntou, movendo-se bruscamente para um lado quando percebeu que outro homem de uniforme apareceu atrás delas, com a mala dela e a da srta. Knox nas mãos. Ele as colocou no chão, olhou com expectativa para a srta. Knox, que o ignorou, e se retirou com a cara feia.

— O quarto maior à esquerda é seu, senhorita — disse a mulher mais velha. — O outro é meu. O jantar será trazido em breve. Vou lavar minhas mãos.

Ela desapareceu no quarto à direita, levando a mala consigo. Anna carregou a dela para o outro quarto. Era pelo menos três vezes maior do que o quarto dela no orfanato. A cama parecia larga o suficiente para acomodar quatro ou cinco pessoas deitadas confortavelmente lado a lado. Havia água no jarro no lavatório. Ela derramou um pouco na bacia, lavou as mãos e o rosto, penteou os cabelos e passou as mãos pelo vestido, que estava tristemente amarrotado após dois dias sentada.

Quando voltou para a sala de estar, dois criados tinham vindo pôr a mesa com uma toalha branca e porcelana reluzente, copos e talheres, e depositado várias terrinas cobertas de algo quente, fumegante e com aroma delicioso. Pelo menos, Anna supôs que o aroma seria delicioso se ela estivesse com fome e não tão desesperadamente cansada.

Ela desejava de todo o coração estar em casa.

Ter um secretário de superlativa eficiência, pensou Avery, duque de Netherby, era ao mesmo tempo uma coisa boa e, ocasionalmente, incômoda. Por um lado, passava-se a confiar nele para conduzir todos os negócios problemáticos e triviais da vida, ficando-se livre para simplesmente viver e se divertir. Por outro lado, havia ocasiões esporádicas em que a pessoa se via forçada a algo entediante que poderia ter sido evitado se tivesse sido deixado por resolver por conta própria. Era verdade que não acontecia com frequência, pois Edwin Goddard conhecia bem o que seria de esperar que entediasse seu empregador. Essa, no entanto, era uma daquelas ocasiões infrequentes.

— Edwin — disse Avery com um suspiro de dor, ao final de uma tarde, quando apareceu na porta do escritório do secretário. — O que é isso, eu suplico saber?

Ele segurou no alto, entre o polegar e o indicador, um cartão que Goddard havia deixado na mesa da biblioteca com dois outros memorandos, um lembrando Sua Graça de um baile a que ele gostaria de comparecer naquela noite porque a honorável srta. Edwards deveria estar lá, e o outro informando-o de que um par de botas novas para as quais ele havia tirado medidas na semana anterior aguardavam à sua disposição na Hoby's quando fosse conveniente para prová-las, a fim de garantir que se servissem como uma luva, como sempre se dizia dos sapatos extremamente confortáveis nos pés. Se realmente fosse assim, pensou Avery, era estranho que os homens persistissem em calçar botas em vez de luvas. Mas seus pensamentos estavam divagando.

— O sr. Josiah Brumford solicitou uma hora de seu tempo aqui amanhã de manhã, Vossa Graça — explicou Goddard. — Como ele é o advogado do conde de Riverdale, e o conde é seu protegido, presumi que Vossa Graça ficaria feliz em atender ao pedido dele. Dei instruções para que o salão rosado estivesse preparado para as dez horas.

— *Feliz* — Sua Graça disse fracamente. — Meu caro Edwin, que escolha muito peculiar de palavra. De fato, você mencionou aqui que essa, ah, *audiência* será concedida no salão rosado na hora que você declarou. Eu sei ler. Mas omitiu um motivo para a escolha do salão. O salão rosado parece bastante grande para ser escolhido como local de reunião para apenas um advogado e minha humilde pessoa. Ele não está trazendo consigo nenhum grande tipo de comitiva, não é? Os outros Brumford, talvez, ou alguns dos "& Filhos"? Ou todos eles? Isso seria realmente demais, estou motivado a informá-lo.

— O sr. Brumford mencionou na carta, Vossa Graça, que ele também teve a liberdade de solicitar a presença de mais pessoas, incluindo o conde e a condessa, mãe do conde, e outros membros da família.

— Ah, de fato? — Os dedos de Avery se curvaram sobre a haste do monóculo enquanto caminhava em direção à mesa do secretário. Então largou o memorando em cima e estendeu a mão. Goddard olhou por um momento e depois vasculhou uma pilha de papéis em um canto da mesa para pegar a carta de Brumford. Era tão pomposa quanto o homem que a escrevera, mas realmente requeria a honra de dirigir-se a Sua Graça de Netherby em Archer House às dez horas da manhã do dia seguinte, sobre um assunto de grave importância. Também implorava o perdão de Sua Graça por ter tomado a liberdade de convidar seu protegido, a mãe e as irmãs, além de outros membros próximos da família, incluindo o sr. Alexander Westcott, a sra. Westcott, mãe dele, e Lady Overfield, sua irmã.

Avery devolveu a carta ao secretário sem comentar. Três semanas se passaram desde que Brumford saíra de Westcott House como um cruzado empenhado na missão de enviar seu investigador mais confiável para localizar uma órfã bastarda, a fim de lhe conceder riquezas em troca de sua promessa escrita de nunca apelar a Harry em busca de mais. O acordo não deveria ser que Brumford se reportasse a Avery em particular quando a mulher fosse encontrada para discutir a quantia exata a ser paga a ela?

Será que a reunião era sobre algo completamente distinto?

Raios, era melhor que fosse, se Brumford não desejasse se ver pendurado na árvore mais próxima pelos polegares. Era o desejo expresso da condessa que Harry, Camille e Abigail nunca soubessem da existência da aventura fora do casamento de seu pai. E por que diabos Alex Westcott fora convidado? E a mãe e a irmã dele? Eles eram primos de Harry — primos em segundo grau, para ser exato, talvez um ou dois graus de distância. Westcott também era herdeiro do título de conde, até o momento em que Harry se estabelecesse no casamento e na produção respeitosa de um herdeiro seu e em alguns sobressalentes para garantir. E quem eram os outros *membros próximos da família*? O *que* era essa reunião? Afinal, algum segredo fora descoberto?

Avery saiu da sala e foi procurar a duquesa, sua madrasta. Ela estaria interessada em saber que eles esperariam sua cunhada, sobrinho e sobrinha no dia seguinte, assim como seus primos e outros parentes ainda não identificados. Ela tinha mãe e duas irmãs na cidade. Embora talvez tivesse recebido seu convite pessoal e já soubesse. Ela certamente desejaria participar da reunião, assim como, sem dúvida, Jess — Lady Jessica Archer, sua meia-irmã. Esta que, aos dezessete anos e três quartos, já tinha os dez dedos dos pés alinhados firmemente na soleira da sala de aula, pronta para se libertar no momento em que completasse dezoito anos. Naquela mesma época, no ano seguinte, que Deus não permitisse, ele provavelmente a estaria levando a todas as festas, bailes, cafés da manhã, piqueniques e outras coisas em que o grande mercado matrimonial operava seus negócios durante a Temporada.

Ela poderia muito bem comparecer à reunião, ele pensou, já que estaria em casa, naquela que era sua própria casa. Ele olhou para a sala de visitas e a encontrou lá com a mãe, admirando uma pilha de sedas bordadas de cores vívidas que elas deveriam ter acabado de comprar. De qualquer forma, seria difícil manter Jess longe no dia seguinte, quando ela fosse informada de que Abigail viria. Seria perto de impossível quando ela soubesse que Harry também estaria presente. Avery esperava que ela não o visse como futuro marido, já que ele era seu primo em primeiro grau, mas ela o venerava e o adorava no altar de sua boa aparência juvenil. No entanto, a presença ou ausência de Jessica seria uma decisão de sua mãe. Graças a Deus pelas mães.

Uma questão de grave importância, Brumford havia escrito. O homem deveria estar no palco. Ele realmente deveria.

As duas damas ergueram os olhos e sorriram para ele.

— Ah, Avery — disse Jessica, correndo em sua direção, com o rosto alegremente ansioso, as mãos cruzadas no peito. — Adivinhe quem virá aqui amanhã de manhã. — Mas ela não esperou que ele participasse do jogo que ela havia criado. — Abby. E Harry. E Camille.

Em ordem de importância, ao que parecia.

— Brumford tem um talento decidido para o dramático — Alexander Westcott comentou com sua mãe e sua irmã enquanto elas jantavam juntas em casa naquela mesma noite. — Esse encontro não pode ser para a leitura do testamento de Riverdale. Aparentemente, não havia testamento. Além disso, o advogado não teria escolhido Archer House para tal leitura, mesmo que Netherby fosse o guardião de Harry. Por que motivo nossa presença é necessária para o que quer que seja esse assunto, só Deus sabe. No entanto, suponho que seja melhor aparecermos.

— Não vejo Louise nem Olivia desde o funeral — falou a mãe, mencionando os nomes da duquesa de Netherby e da condessa de Riverdale. — Vou gostar de conversar com elas. E se formos convidadas, talvez a prima Eugenia, Matilda e Mildred também estejam lá. — A prima Eugenia era a condessa viúva de Riverdale, a mãe do falecido conde, e as outras duas senhoras, eram respectivamente sua filha mais velha e sua filha mais nova.

— E você deve admitir, Alex — Elizabeth, Lady Overfield, falou com um brilho nos olhos —, que um mistério é sempre intrigante. Você pelo menos é o herdeiro de Harry. Mamãe e eu não somos intimamente relacionadas a Harry.

— Seu pai e o pai de Harry eram primos de primeiro grau — lembrou a mãe —, embora nunca tenham sido próximos. Seu pai detestava o homem. Assim como todas as outras pessoas, parecia-me, o que provavelmente incluía Viola, embora ela sempre tivesse sido a esposa leal.

— Ser herdeiro de Harry não é algo que eu cobice — respondeu Alexander. — Talvez eu seja incomum, mas estou perfeitamente feliz com quem sou e com o que tenho. Não se pode esperar que ele se case logo, é claro. Ele nem sequer é maior de idade ainda. Mas espero sinceramente que ele se case jovem e seja pai de pelo menos seis filhos homens em seis anos para deixar a sucessão fora de dúvida. Enquanto isso, espero que ele permaneça em perfeita saúde.

Elizabeth riu e estendeu a mão para dar um tapinha nas costas da mão dele.

— Não é nada incomum — ela rebateu. — Você trabalhou duro para devolver Riddings Park à prosperidade depois que papai a arruinou (perdoe minha franqueza, mamãe), e você obteve sucesso e pode se orgulhar disso. Você é muito respeitado lá, até mesmo amado, e eu sei que está contente. Sei também que não está totalmente encantado pela ideia de ser arrastado para

Londres só porque é a Temporada e você sabia que mamãe e eu gostaríamos de provar algumas das frivolidades que a cidade tem a nos oferecer este ano. Você realmente não precisava ter vindo conosco, mas aprecio o fato de que veio e alugou esta casa muito confortável para nós.

— Não foi inteiramente pelo benefício de vocês que eu vim — ele admitiu depois de beber seu vinho. — Mamãe está sempre me encorajando a viver um pouco, como se, estando em casa, em minha propriedade, que amo, eu não estivesse vivendo. Mas, ocasionalmente, até sinto vontade de deixar de lado minhas botas incrustadas de estrume e usar sapatos de dança.

Elizabeth riu mais uma vez.

— Você dança bem — ela disse. — E invariavelmente causa um rebuliço entre as damas sempre que põe os pés dentro de um salão de baile, pois é sempre o cavalheiro mais bonito entre os presentes.

— Existe alguma esperança — questionou a mãe deles, olhando desesperada para o filho, como se não fosse a primeira nem a vigésima primeira vez que ela fizesse a pergunta — de que em algum lugar, entre todas aquelas damas, você encontre uma noiva, Alex?

Ele hesitou antes de responder, e ela parecia esperançosa o suficiente para pousar a faca e o garfo no prato e se inclinar um pouco em direção a ele.

— Na verdade, sim — Alex revelou. — É o próximo passo lógico para eu dar, não é? Enfim Riddings está prosperando, todos os que dependem de mim estão sendo bem cuidados, e a única coisa que falta para tornar tudo seguro é um herdeiro. Meu próximo aniversário será meu trigésimo. Eu vim aqui com a senhora e Lizzie, mamãe, porque não poderia aprovar que nenhuma das duas estivessem aqui sem um homem para lhes prestar apoio e acompanhá-las aonde quer que desejem ir, mas também vim por minha causa para... cuidar de mim, se preferirem. Não tenho pressa nenhuma de fazer uma escolha. Pode nem mesmo acontecer este ano. Mas não preciso me casar por dinheiro e não tenho um título tão elevado que seja obrigado a procurar nos estratos mais elevados da sociedade por uma noiva. Espero encontrar uma dama que... seja adequada a mim.

— Alguém por quem se apaixonar? — sugeriu Elizabeth, inclinando-se um pouco para o lado para que o lacaio pudesse encher novamente seu copo de água.

— Certamente espero sentir um carinho pela dama — disse ele, corando levemente. — Mas amor romântico? Perdoe-me, Lizzie, isso não é para mulheres?

Sua mãe estalou a língua.

— Como eu? — Elizabeth sentou-se na cadeira e observou-o comer.

— Ah. — O garfo dele permaneceu suspenso a meio caminho da boca. — Não foi o que eu quis dizer, Lizzie. Não pretendia ofender.

— E não ofendeu — ela assegurou. — Eu me vi perdidamente obcecada por Desmond no momento em que coloquei os olhos nele, garota boba que eu era, e chamei aquilo de amor. Não era amor. Mas a experiência de um casamento ruim não me deixou cética. Eu ainda acredito no amor romântico, e espero que você o descubra por si mesmo, Alex. Você merece tudo o que há de bom na vida, principalmente depois do que fez por mim.

Sir Desmond Overfield, seu falecido marido, tinha sido um homem charmoso, mas bebia muito, do tipo que ficava mais feio quanto mais bebia e se tornava verbal e fisicamente abusivo. Quando Elizabeth fugiu de volta para sua casa de infância em uma ocasião, com o rosto quase irreconhecível sob todos os inchaços e contusões, seu pai a mandou de volta, embora com relutância, quando Desmond veio procurá-la, lembrando-a de que agora era uma mulher casada e propriedade do marido. Quando ela fugiu para lá novamente, dois anos depois, já após o falecimento do pai, desta vez com um braço quebrado, além de hematomas na maior parte de seu rosto e corpo, Alex a acolheu e chamou um médico. Desmond voltou a reivindicar sua propriedade, sóbrio e se desculpando, como da primeira vez, mas Alex deu um soco no rosto dele, quebrou-lhe o nariz e desalojou alguns dentes. Quando o marido voltou com o magistrado mais próximo, Alex presenteou-lhe com dois olhos roxos e convidou o magistrado para almoçar. Desmond morreu menos de um ano depois disso, esfaqueado numa briga de taverna na qual, ironicamente, ele era apenas um espectador.

— Escolherei uma noiva com quem posso esperar me sentir confortável e até feliz — Alex prometeu, então —, mas pedirei sua opinião, Lizzie, e a de mamãe também, antes de fazer qualquer oferta.

Sua mãe deu um gritinho de horror.

— Você não vai se casar apenas para agradar sua mãe — disse ela. — Mas que ideia!

— Ah, você não fará isso — protestou Elizabeth simultaneamente.

Ele sorriu para elas.

— Mas as duas terão que dividir uma casa com a minha esposa. Porém, tudo isso é puramente hipotético, pelo menos por enquanto. Eu conversei e dancei com várias damas nas duas semanas desde o início da Temporada, mas nenhuma me tentou a prosseguir para a corte. Não tenho pressa nenhuma de fazer uma escolha. Enquanto isso, temos uma reunião a que comparecer hoje à noite e é melhor estarmos seguindo caminho dentro de meia hora. E amanhã descobriremos que divulgações espantosas o advogado de Harry tem para fazer que exijam nossa presença. Mas estou certo de que nenhuma de vocês tem qualquer obrigação de ir comigo.

— Mas mamãe e eu fomos convidadas também — Elizabeth lembrou. — Eu não perderia a reunião por nada no mundo. Além do mais, também não vi nenhuma das primas desde o funeral, e a reclusão forçada deve ser bastante cansativa para elas, especialmente quando a Temporada as tenta com tantos entretenimentos. Camille deve estar extremamente decepcionada por ter sido forçada a adiar seu casamento com o visconde de Uxbury, e a pobre Abigail deve se sentir ainda pior por ter que esperar até o próximo ano para ser apresentada à sociedade, quando já tem dezoito anos. Talvez também vejamos a jovem Jessica, já que essa reunião acontecerá em Archer House. Ah, e devo confessar, Alex, que estou ansiosa para ver o duque de Netherby. Ele é tão deliciosamente... grandioso.

— Lizzie! — Alexander pareceu sentir dor ao acenar para o lacaio remover os pratos. — Ele não passa de artificialidade entediada até o fundo do coração. Se é que ele tem um coração.

— Mas ele faz tudo com ares tão magníficos — ela insistiu, com brilho nos olhos. — E ele tem uma beleza tão delicada.

— *Delicada?* — Ele pareceu estupefato antes de relaxar, balançar a cabeça e rir. — Mas a palavra se encaixa, devo confessar.

— Ah, se encaixa — a mãe deles concordou. — Se eu fosse apenas vinte anos mais jovem... — Ela suspirou, batendo as pestanas, e todos riram.

— Ele é sua exata antítese, Alex — disse Elizabeth, dando um tapinha de leve na mão dele mais uma vez enquanto todos se levantavam. — Fato que deve ser um enorme alívio para você, já que realmente não gosta dele nem um pouco, não é?

— A antítese? — ele questionou. — Não tenho uma beleza delicada, Lizzie?

— Absolutamente não — falou ela, passando o braço pelo dele enquanto ele oferecia o outro à mãe. — Sua beleza é masculina, Alex. Às vezes, acho injusto que você tenha toda a beleza impressionante (do lado da família de mamãe, é claro), enquanto eu nunca fui nada além de aceitavelmente bonitinha. Mas não é apenas a sua aparência que o desqualifica de ser comparado com ele. Você nunca parece entediado ou altivo, e definitivamente tem um coração. E uma consciência. Você é um cidadão sólido e um cavalheiro completamente digno.

— Meu Deus — ele disse, fazendo uma careta. — Sou realmente um cão tão enfadonho?

— Nem um pouco — ela discordou, rindo. — Pois você tem a boa aparência.

Ele era, de fato, o homem alto, moreno, bonito por excelência — com um corpo atlético, perfeitamente tonificado e olhos azuis. Também tinha um sorriso que derreteria manteiga, sem mencionar corações femininos. E, sim, ele tinha um firme senso de dever para com os que dependiam dele. Elizabeth, quatro anos mais velha, estava começando a recuperar parte do brilho que havia perdido durante o difícil casamento, embora não fosse tão morena nem tão surpreendentemente bonita quanto seu irmão. Ela tinha, no entanto, um temperamento equilibrado, um semblante amável e uma disposição alegre que, de alguma forma, sobrevivera a seis anos de decepção, ansiedade e abuso.

— Lizzie! — sua mãe exclamou. — Você sempre foi linda aos meus olhos.

3

— Que diabos! — Harry, o jovem conde de Riverdale, franziu o cenho para as irmãs, que estavam franzindo o cenho de volta para ele. — É *hoje* que o velho Brumford quer nos ver na casa de Avery? Não amanhã?

— Você sabe muito bem que é hoje — disse Lady Camille Westcott. — É melhor se apressar. Está parecendo um espantalho.

Sua aparência era de quem tinha ficado acordado a noite toda farreando, o que, de fato, era exatamente o que ele estivera fazendo. Seus elegantes trajes de noite estavam desarrumados e amarrotados; os punhos da camisa, sujos; o colarinho, mole e torto; os cabelos louros e ondulados, desgrenhados; os olhos, injetados, e ninguém gostaria particularmente de ficar a uma certa distância dele que fosse possível sentir seu cheiro. Ele estava com extrema necessidade de fazer a barba.

— Você nem voltou para casa ontem à noite, Harry — pontuou Lady Abigail, observando o óbvio, seus olhos se movendo sobre ele da cabeça aos pés com desaprovação desvelada.

— Seria melhor eu esperar que não. Eu não estaria voltando de uma cavalgada matinal vestido assim, estaria? Por que diabos Brumford teve que escolher hoje? E de manhã, dentre todos os horários ímpios? E por que Archer House e não aqui? E, afinal, o que diabos ele tem a dizer que não possa ser escrito em uma carta ou transmitido por mamãe ou Avery? Ele é todo cheio de pompa e pose, se alguém quer saber minha opinião, não que alguém alguma vez queira. Estou cogitando a ideia de me livrar dele assim que fizer vinte e um anos e escolher outra pessoa que entenda que a ausência de um advogado é mais apreciada do que sua presença e que seu silêncio tem mais valor do que sua eloquência.

— Devo protestar contra seu linguajar, Harry — ralhou Camille. — Pode ser muito bom para os seus conhecidos do sexo masculino, mas certamente não será bom ao ouvido de suas irmãs. Você deve um pedido de desculpas a Abby e a mim.

— Devo? — Ele sorriu, então estremeceu e apertou suas têmporas com o polegar e o dedo médio de uma das mãos. — Vocês duas parecem anjos vingadores, devo dizer, exatamente o que um sujeito precisa quando chega em casa para um sono merecido.

Pelo menos ele não tinha dito que pareciam dois corvos como dissera antes, quando elas se vestiram de luto pela primeira vez. Camille tinha os cabelos mais escuros que o irmão. Era alta, de porte muito ereto, semblante severo, com feições muito fortes para serem descritas como belas, embora certamente pudesse ser chamada de bem-apessoada com alguma justificativa. Abigail tinha os tons do irmão, bem como sua boa aparência e a constituição esbelta, embora fosse pequena em estatura.

— O sr. Brumford logo estará nos esperando em Archer House — Abigail lembrou. — Assim como o primo Avery.

— Mas o que resta ainda para discutir? — ele perguntou, soltando suas têmporas. — Ele falou sem parar por horas a fio quando veio aqui, há algumas semanas, embora não tivesse absolutamente nada de novo a dizer. E por que vocês duas têm que ir também desta vez, para perderem os sentidos com tamanho enfado? Farei algumas perguntas para ele quando o vir, estejam asseguradas disso.

— O que talvez aconteça *dentro de uma hora* — disse Camille —, se fizer a gentileza de ir se trocar, Harry, em vez de continuar parado segurando as têmporas, parecendo um herói trágico. Você não gostaria que o primo Avery o visse nesse estado.

— Netherby? — Harry sorriu e estremeceu novamente. — Ele não se importaria. É um bom camarada.

— Ele olhava para você através do monóculo, Harry — discordou Abigail — e depois o abaixava e parecia entediado. Eu odiaria acima de tudo que ele me olhasse daquele jeito. *Vá.*

Naquele momento, a mãe deles apareceu atrás de Harry no topo da escada. Ele sorriu envergonhado para ela e sumiu de vista. A mãe o seguiu.

— Ele ainda está meio embriagado, Abby — disse Camille à irmã. — Gostaria que primo Avery batesse o pé, mas sabe-se que ele não o fará.

Uxbury conversou com Harry na semana passada, mas nosso irmão lhe disse para cuidar da própria vida. Uxbury deu a entender que ele usou um linguajar mais veemente que esse, mas não o citou literalmente.

— Lorde Uxbury tem uma maneira infeliz de dizer coisas que deixam Harry irritado, você deve admitir, Cam — Abigail retorquiu gentilmente.

— Mas ele está *certo* toda vez — Camille protestou. — No entanto, é o primo Avery quem é o *bom camarada.* Harry se esquiva demais. Ele está usando uma braçadeira preta, uma braçadeira preta *amassada*, enquanto estamos vestidas de preto da cabeça aos pés. Preto não é a sua cor, e definitivamente não é a minha. Você deveria ser apresentada à sociedade nesta primavera, e eu deveria me casar com Uxbury. Nenhum dos eventos acontecerá mais, porém Harry sai todos os dias e noites, envolvendo-se com Deus e o mundo. E nem mamãe nem Avery proferem uma palavra de censura.

— Às vezes, a vida não parece justa, não é? — disse Abigail.

Camille se afastou da escada para voltar à sala matinal, onde estavam prestes a tomar o desjejum, quando ouviram o irmão tropeçar em seu caminho para dentro de casa. A mãe entrou na sala atrás deles.

— O que é essa convocação à Archer House, mamãe? — perguntou Abigail.

— Se eu soubesse — iniciou a condessa —, não precisaríamos ir. Mas vocês, meninas, estão famintas de entretenimento, e o passeio lhes fará bem. Sua tia Louise e Jessica ficarão felizes em vê-las. É uma pena que o luto as impeça de frequentar todos os eventos, exceto aos mais sóbrios e sem graça da Temporada. Mas, se pretende reclamar comigo, Cam, sobre a vida social de seu irmão não ser tão restrita quanto a sua e a de Abby, é melhor poupar a saliva. Ele é homem e vocês não são. Você tem idade suficiente para entender que os cavalheiros vivem de acordo com um conjunto de regras totalmente diferente das que nós mulheres devemos obedecer. É justo? Não, claro que não é. Podemos fazer algo a respeito? Não, não podemos. Reclamar é inútil.

Abigail pegou uma xícara de café para ela.

— Está preocupada com alguma coisa, mamãe? — ela questionou, franzindo as sobrancelhas.

— Não — a mãe apressou-se em responder. — Por que eu deveria estar? Eu só gostaria de terminar logo com a manhã de hoje. Só Deus sabe o motivo de tudo isso. Devo aconselhar Harry a mudar de advogado. Avery não fará objeção. Ele considera o sr. Brumford tedioso além do que é suportável. Se o homem tem assuntos a discutir, deve vir aqui e discuti-los em particular.

As irmãs tomaram um gole de café, trocaram olhares e encararam a mãe em um silêncio pensativo. *Algo* a estava preocupando.

Edwin Goddard, secretário de Sua Graça de Netherby, cuidara da organização do salão rosado. As cadeiras foram dispostas em três fileiras alinhadas de frente para uma grande mesa de carvalho da qual Brumford pretendia presidir a reunião na hora marcada. Mais cedo, Avery tinha visto a sala com aversão — tantas cadeiras? Mas agora ele se destacava no salão de ladrilhos, aguardando a chegada do último de seus convidados. Pelo menos, todas aquelas pessoas deveriam ser chamadas de convidados, ele supunha, embora não fosse ele quem as convidara. Em pé na antessala seria preferível; no entanto, estava no salão, onde sua madrasta fazia o papel de anfitriã graciosa para um número alarmante e misteriosamente grande de seus parentes, e Jessica estava em êxtase ao ver Harry e suas irmãs e conversava com eles em grande velocidade e em um tom alto o suficiente para provocar uma censura de sua preceptora, se a digna mulher estivesse presente. Porém, não estava, já que Jess havia sido dispensada das aulas para a ocasião.

Brumford também estava no corredor, embora tivesse se posicionado a alguma distância do duque e estivesse estranhamente silencioso — praticando em mente seu discurso, talvez? — e pudesse facilmente ser ignorado. Avery perguntara, quando ele chegou, se aquela reunião familiar tinha algo a ver com o assunto delicado e muito particular que a condessa confiara a sua habilidade e discrição algumas semanas antes. Mas Brumford meramente se curvou e garantiu a Sua Graça que ele viera por um motivo de grande preocupação para toda a família Westcott. Além de considerar o homem em silêncio por um pouco mais do que era estritamente necessário através de seu monóculo, Avery não o pressionou mais. Brumford era, afinal, um homem da lei e, portanto, não se poderia esperar que desse uma resposta direta a pergunta alguma.

Avery tentou não pensar em nenhuma das dezenas de maneiras mais agradáveis que ele poderia passar a manhã. Ele ergueu as sobrancelhas ao ouvir uma explosão de risadas vinda do salão rosado.

Houve uma batida nas portas externas, e o mordomo as abriu para admitir Alexander Westcott, a sra. Westcott e Lady Overfield. Westcott estava com sua aparência imaculada e digna de sempre. Avery o conhecia desde que eram garotos na escola que frequentaram juntos, e se Westcott já tivera um fio de cabelo fora do lugar, mesmo depois da briga mais acirrada nos campos esportivos, ou se já colocara um dedo do pé fora da linha em matéria de comportamento em todos aqueles anos que tinham passado lá, Avery certamente nunca presenciara. Alexander Westcott e a reserva e respeitabilidade cavalheiresca eram termos sinônimos. Os dois homens nunca tinham sido amigos.

Westcott assentiu vivamente para ele, e a sra. Westcott e a filha sorriram.

— Netherby — disse ele.

— Primo Avery — responderam as duas damas simultaneamente.

— Prima Althea. — Ele deu um passo à frente, estendeu uma mão lânguida e cheia de anéis para a senhora mais velha e a levou aos lábios. — É um prazer, de fato, prima Elizabeth. — Ele beijou a mão dela também. — Fascinante como sempre.

— Assim como você. — O sorriso da mulher mais jovem ganhou um brilho.

Ele ergueu as sobrancelhas.

— Fazemos o possível — ele respondeu, suspirando, e soltou a mão dela. Ele sempre gostara mais dela do que do irmão. Ela tinha senso de humor e também uma boa silhueta. Herdara ambos da mãe, embora não os traços morenos e bonitos. Esses, o filho é que havia conseguido.

— Westcott — disse Avery, como forma de cumprimento.

Brumford, curvando-se reverentemente na linha da cintura, foi ignorado.

O mordomo conduziu os recém-chegados ao salão, e houve uma onda de saudações lá dentro e até mesmo um gritinho ou dois. Estava na hora de se juntar a eles, Avery pensou com um suspiro interior, pegando o estojinho de rapé do bolso e abrindo a tampa com um polegar experiente. Todos estavam presentes e contabilizados. No entanto, antes que ele pudesse se mover, a aldrava bateu novamente nas portas exteriores e o mordomo correu para abri-las.

Uma mulher entrou sem esperar convite. Uma preceptora — Avery apostaria metade de sua fortuna nisso. Ela era jovem e magra, com as costas implacavelmente eretas. Estava vestida da cabeça aos pés em um azul-escuro, com exceção das luvas, retícula e sapatos, que eram pretos. Nenhuma de suas roupas era cara ou da moda, e essa era uma avaliação gentil. Seu cabelo mal era visível sob a pequena aba do chapéu, embora parecesse haver um coque grande na nuca.

Ela parou na porta, apertou as mãos na linha da cintura e olhou em volta como se esperasse que uma ou três pupilas se materializassem das sombras com livros e lousas prontas.

— Eu acredito — começou Avery, fechando rapidamente a caixa de rapé — que a senhorita confundiu a porta da frente com a entrada dos criados, e esta casa com uma na qual há crianças pequenas à espera de instruções. Horrocks lhe dará as direções certas. — Ele levantou uma sobrancelha na direção do mordomo.

Ela voltou os olhos na direção dele — grandes olhos calmos e cinzentos, que não vacilaram quando o encontraram. Ela ficou onde estava e não pareceu envergonhada, nem apavorada, nem horrorizada, nem paralisada no lugar, nem nada do que se poderia esperar de alguém que acabara de passar pela porta errada.

— Fui trazida de Bath ontem — disse ela com uma voz suave e clara — e hoje fui deixada na porta desta casa.

— Por gentileza, senhorita. — Horrocks estava segurando a porta.

Mas Avery foi detido por uma súbita conclusão. Por Deus, ela não era uma preceptora, ou pelo menos não *apenas* uma preceptora. Ela era uma bastarda.

Especificamente, ela era *a* bastarda.

— Srta. Snow? — Brumford deu um passo à frente e estava, na verdade... curvando-se novamente.

Ela voltou sua atenção para ele.

— Sim — ela respondeu. — Sr. Brumford?

— A senhorita é esperada — disse Brumford enquanto Avery recolocava a caixa de rapé no bolso e levava o monóculo aos olhos quando Horrocks fechou a porta. — O mordomo lhe indicará um lugar no salão rosado.

— Obrigada.

As costas de Horrocks demonstravam quase visivelmente sua desaprovação e indignação ao conduzir a mulher para o salão. Avery, porém, mal percebeu. Seu monóculo estava totalmente pronto e voltado para o advogado, cujo rosto brilhava de transpiração, *com mil trovões!*, como bem seria de esperar. Ele mirou olhos relutantes na direção do monóculo.

— O que diabos você fez? — indagou Avery, a voz baixa.

— Tudo ficará claro em breve, Vossa Graça — assegurou Brumford, uma gota de suor escorrendo-lhe pela testa, espalhando-se pela sobrancelha e pingando na bochecha.

— Tome cuidado — alertou Avery. — O senhor não gostaria de meu descontentamento.

Ele abaixou o monóculo e caminhou até o salão rosado, onde um silêncio não natural parecia ter caído. Todos estavam sentados: os membros da família nas três fileiras de cadeiras diante da mesa, a... *mulher* ao fundo e afastada deles, perto da porta, deslocada para um lado. Porém, o fato de estar sentada em uma sala cheia de aristocratas, exceto duas pessoas ali, que não possuíam algum tipo de título — e sendo que um deles, inclusive, era herdeiro de um título e propriedades de conde —, era surpreendente o bastante para mergulhar o salão em um silêncio desconfortável e escandalizado. Ninguém estava olhando para ela, e Avery duvidava de que alguém tivesse lhe falado; no entanto, que todos estavam cientes de sua presença, com a exclusão de tudo o mais, era patentemente óbvio.

Quem ela poderia ser *senão* a bastarda?

Todos os olhares se voltaram para ele quando entrou no salão. Todos deviam estar se perguntando por que aquela pessoa estava em sua casa, que dirá em um dos salões, e por que ele não estava fazendo algo para corrigir a situação. A condessa de Riverdale parecia estranhamente pálida, como se tivesse chegado à mesma conclusão que Avery. Ele ignorou a cadeira desocupada remanescente e caminhou para um lado do salão, onde apoiou um ombro contra a parede de brocado rosé antes de tirar sua caixa de rapé do bolso novamente e valer-se de uma pitada de seu conteúdo. Era uma mistura recém-ajustada e muito próxima de perfeita.

Por mais que ele sempre evitasse se esforçar desnecessariamente, poderia muito bem achar necessário torcer o pescoço de Brumford depois que a manhã chegasse ao fim.

O silêncio tornara-se gritante. Avery olhou sem pressa ao seu redor. Harry parecia irritadiço. Ele tivera outra noitada, pela aparência, cercado, sem dúvida, pelas costumeiras prostitutas, que riam de todas as suas tentativas de humor inteligente e bebiam às suas custas. Camille, de um lado dele, vestida em um profundo e horroroso luto, parecia afetada. Provavelmente ficaria ainda mais depois de se casar com Uxbury, que fora criado em um berço de afetação desde o nascimento e absorvera a afetação pelos poros. Abigail, do outro lado de Harry, parecia ainda pior em trajes negros, pobre menina, que positivamente a desproviam de toda a sua animação e beleza juvenis. Harry, ao contrário de sua mãe e irmãs, estava prestando homenagem a seu falecido pai com uma mera braçadeira. Garoto sensato.

A duquesa, madrasta de Avery, estava sentada atrás deles. Ela parecia distinta em preto, embora não precisasse usá-lo por muito mais tempo, já que Riverdale era apenas seu irmão, não seu marido ou pai. Que invenção tenebrosa eram as roupas de luto. Jessica estava sentada ao lado de sua madrasta em um vestido que era refrescantemente branco. Sua avó, a condessa viúva, estava do outro lado, tão envolta em preto que seu rosto parecia o de um fantasma. Lady Matilda Westcott, sua filha mais velha, que obedientemente permanecera em casa e solteira para ser um suporte para os pais na velhice, não parecia melhor. Ao lado dela estava a mais jovem das irmãs, Mildred, Lady Molenor, com Thomas, barão de Molenor, seu marido. Alexander Westcott estava sentado na terceira fileira, entre a mãe e Elizabeth, sua irmã.

O que diabos Brumford estava tramando? Por que esse assunto não estava sendo conduzido em particular, como a condessa havia especificamente orientado? Avery estava inclinado, mesmo então, a sair do salão a passos largos para arremessar o advogado porta afora, de preferência sem abri-la primeiro. Mas aquela mulher permaneceria em sua cadeira perto da porta, juntamente com questões demais para o assunto ser silenciado. Ao que parecia, o destino deveria seguir seu curso.

Avery deveria ter se esforçado no dia anterior, pensou ele, depois de ler a carta de Brumford.

Ela continuou sentada sozinha perto da porta, parecendo estar perfeitamente no comando de si mesma. Ela removera sua capa, que estava drapeada sobre o espaldar da cadeira. Também havia removido o chapéu e as luvas, colocando-os embaixo do assento. Seu vestido azul barato de cintura alta a cobria do pescoço aos pulsos e até os tornozelos. Sua figura era esbelta e elegante, Avery notou quando seus olhos pousaram nela, não magra demais como ele pensara a princípio. No entanto, era uma silhueta totalmente irrelevante para um conhecedor de silhuetas femininas. Ele notara, quando ela estava em pé, que sua estatura era abaixo da média. Os cabelos eram castanho-médios e pareciam ser perfeitamente lisos. Estavam penteados para trás e torcidos em um nó volumoso na nuca. As mãos estavam postas de forma frouxa no colo. Os pés nos sapatos confortáveis e pouco atraentes estavam posicionados perfeitamente lado a lado no chão. A mulher parecia tão sedutora como uma maçaneta.

E estava notavelmente calma. Não havia nada ousado em seu comportamento, mas também não havia nada de inibido. Ela não mantinha os olhos baixos, como se poderia esperar. Estava olhando em volta de si com o que parecia ser um interesse moderado, os olhos repousando por alguns momentos em cada pessoa, uma por uma.

Sua atenção voltou-se por último para ele. Ela não desviou o olhar às pressas quando seus olhos se encontraram e ela percebeu que era o objeto de seu escrutínio. E também não se demorou fitando-o. Seus olhos passaram por ele, e Avery se viu perguntando-se o que ela vira.

O que *ele* viu surpreendeu-o apenas um pouco. Pois quando ele desviou sua atenção de tudo o que era desagradável na aparência dela — e isso era quase tudo — e se concentrou, em vez disso, em seu rosto, ele percebeu que era surpreendentemente bonita, como uma Madonna em uma pintura medieval que sua mente não conseguia identificar imediatamente. Não era um rosto nem sorridente nem animado. Não era destacado nem por cachos atraentes, ou por um leque em movimento, por covinhas ou por olhos que convidavam à aproximação. Era um rosto que simplesmente falava por si. Oval com traços regulares e aqueles olhos grandes, firmes e cinzentos. Isso era tudo. Não havia nada específico para explicar a impressão de beleza que conferia.

Ela terminara de inspecioná-lo e estava olhando nos olhos dele novamente. Avery guardara o estojinho de rapé novamente no bolso e ergueu tanto o monóculo quanto as sobrancelhas, mas a essa altura ela já havia desviado o olhar sem pressa para ver Brumford fazer sua entrada presunçosa. Uma de suas botas estava rangendo.

Houve uma agitação de interesse da família reunida ali. A condessa, no entanto, Avery notou, parecia ter sido esculpida em mármore.

Ao longo de sua vida, Anna cultivara uma qualidade de caráter acima de todas as outras: a dignidade. Ela constantemente tentava incutir a importância dessa qualidade em seus companheiros órfãos sempre que estavam sob seus cuidados.

Os órfãos tinham muito pouco. Quase nada, de fato, exceto a própria vida. Muitas vezes, nem sequer tinham identidade. Podiam saber seu nome de batismo — se é que tinham sido batizados — ou podiam não saber. Para todo o resto, exceto a própria vida, dependiam da caridade dos outros. Era possível dizer, é claro, que isso também se aplicava a todas as crianças, mas a maioria tinha famílias que cuidavam delas e cujo amor era incondicional. Elas tinham uma identidade definida dentro dessa família.

Seria muito fácil um órfão tornar-se abjeto e se encolher, tornar-se um nada e um ninguém, ou então atrevido, exigente e raivoso, reivindicando direitos que não existiam. Anna tinha visto os dois tipos e podia entender e sentir empatia por ambos, mas havia escolhido um caminho diferente para si. Escolhera acreditar que não era melhor do que ninguém — e havia órfãos que ocasionalmente se sentiam mais importantes do que os outros quando recebiam presentes ou eram levados para passar um dia fora, por exemplo. Ela também escolhera acreditar que não era pior do que ninguém, que não era inferior a ninguém, que pertencia àquela terra com a mesma certeza que qualquer outra pessoa.

Era uma atitude e uma qualidade de caráter que nunca a mantiveram em posição mais elevada do que naquele dia. Pois ela estivera nas garras do terror desde o momento em que a carruagem parara do lado de fora daquela casa grandiosa em sua imponente praça de Londres — ela não sabia o nome — e a srta. Knox, assumindo uma posição firme na calçada, dissera a ela para subir os degraus sozinha até a porta da frente e bater na aldrava. Assim que a porta se abriu, Anna percebeu a carruagem saindo com a srta. Knox dentro dela.

Anna logo percebeu que o homem que havia aberto a porta era um criado, mas isso não lhe fora aparente naquele momento. Ele provavelmente não esperava que ela passasse por ele sem dizer uma palavra. Provavelmente não era assim que se fazia nos círculos das pessoas bem-educadas — e certamente parecia que ela havia entrado em um círculo de pessoas bem-educadas. E então havia os outros dois homens no grande salão de ladrilhos em que ela se encontrava. Um tinha aparência robusta e pomposa e não era mais desconcertante do que alguns dos diretores do orfanato, que às vezes faziam uma visita oficial e davam tapinhas na cabeça de alguns órfãos e riam de forma calorosa demais. O outro...

Bem, Anna ainda não tinha sido capaz de categorizar o outro homem, para sua satisfação. Ela imaginava, porém, que ele era alguém realmente grandioso, talvez até um lorde. Seria uma possibilidade distinta, se aquela casa — aquela mansão — fosse dele. Ele a enchera de um terror tão forte que lhe amolecera os joelhos quando falou com ela com uma voz leve, entediada e culta, e sugeriu que ela entrara pela porta errada, na casa errada. Teria sido a atitude mais fácil do mundo dar as costas e sair correndo pela porta ainda aberta.

Entretanto, não era o que ela havia feito. Para onde teria ido? O que teria feito? Anna ficou feliz por ter se mantido firme, lembrando que era igual a todos e que havia sido convocada àquele lugar e trazida de carruagem.

Ela estava sentada naquele momento no salão para o qual o mordomo a trouxera e desejava poder derreter-se na cadeira, atravessar o chão e ressurgir em sua sala de aula em Bath. Treze cabeças haviam se virado à sua entrada — ela as contara desde então — e todas as treze pessoas pareciam idênticas, especialmente quando o mordomo indicara uma cadeira logo ao lado da porta e a instruíra a se sentar. Porém, apenas uma delas havia falado — uma dama gorducha sentada em uma extremidade da segunda fila de cadeiras.

— Horrocks — ela dissera com uma voz altiva e de comando —, faça-me o favor de levar essa... pessoa para outro lugar imediatamente.

O mordomo se curvara para ela.

— O sr. Brumford me instruiu na audiência de Sua Graça, o duque de Netherby, para acompanhá-la até aqui, Vossa Graça — ele dissera.

Sua Graça, o duque de Netherby. Vossa Graça.

Ninguém dissera outra palavra, nem para Anna nem para outra pessoa que fosse. Estavam sentados em um silêncio rígido e desaprovador, que parecia mais barulhento do que a conversa que estava em andamento quando Anna entrou na sala.

Ela havia praticado *dignidade* conscientemente e agora estava sentada com um comportamento aparentemente calmo e relaxado, apesar do estômago parecer estar se apertando em uma pequena bola e prestes a espremer para fora o parco desjejum que tomara antes de sair do hotel. Até mesmo removera a capa e a arrumara com cuidado sobre o espaldar da cadeira sem se levantar. Havia colocado o chapéu, as luvas e a retícula no chão embaixo do assento.

Ela se forçara a olhar não para baixo, para suas mãos, como ela queria desesperadamente, mas ao seu redor, pelo salão e para as pessoas ali presentes. Se olhasse para baixo, talvez nunca fosse capaz de levantar os olhos novamente. Depois de alguns minutos, o homem da antessala — o duque? —, que tentou fazê-la se retirar, entrou no salão e todos se viraram para olhá-lo com um apelo mudo, provavelmente na esperança de que se livrasse dela. Ele não disse nada. E também não se sentou. Ele foi para o outro lado do salão e apoiou um ombro na parede. Ele teria sido repreendido por isso no orfanato. Paredes não são lugares onde deveríamos nos apoiar.

Era um salão grande, quadrado e de teto alto. As paredes eram cobertas de brocado rosa em tom profundo. Pinturas de paisagens em pesadas molduras douradas estavam penduradas ao redor deles. O teto era côncavo e emoldurado por um friso dourado. Havia uma cena pintada diretamente no teto. Anna supunha que fosse algo retirado da Bíblia ou da mitologia, embora não olhasse para cima por tempo suficiente para identificar exatamente o quê. Havia um tapete estampado sob seus pés, em tons predominantemente rosados. Os estofados eram sólidos e elegantes.

Mas era para as pessoas que ela olhava com mais atenção. Sentados na fileira mais próxima da mesa estavam três jovens e uma senhora mais madura. As damas estavam em luto profundo. O jovem — ele era, na verdade, mais um garoto do que um homem — usava um casaco verde-escuro sobre linho branco, mas havia uma faixa preta ao redor de sua manga. Um irmão e suas irmãs e mãe? Havia algo neles que sugeria uma conexão familiar.

As seis pessoas na fila atrás deles também estavam de preto, exceto por uma jovem garota de branco. A senhora que dissera ao mordomo para remover Anna estava sentada com dignidade real, sua coluna nem sequer tocando o espaldar reto da cadeira. Que tipo de dama era abordada como *Vossa Graça*? Anna não sabia. A única dentre os presentes que virara a cabeça para olhar para Anna depois daquele primeiro olhar chocado de todos foi a

ALGUÉM PARA AMAR   49

mais nova das duas damas sentadas na fila de trás. Ela não trajava o negro do luto. Tinha o que parecia ser um rosto de boa índole, embora não sorrisse. O homem ao lado dela tinha ombros largos e parecia alto, de boa constituição física, além de ser muito bonito, embora Anna não o tivesse visto em pé ou de o rosto completo depois do primeiro olhar que ele lhe lançara.

E então havia o homem da antessala — aquele que agora estava de pé encostado na parede. Anna quase não olhava diretamente para ele, embora estivesse muito consciente dele desde o momento em que ele entrara no salão. Por fim, olhou para ele simplesmente porque não cederia à covardia. Como ela notara, ele estava olhando fixamente para trás, uma caixa de rapé cravejada de pedras em uma das mãos e um lenço de linho fino na outra. Quase... oh, ela quase desviou o olhar. Porém, não o fez. *Dignidade*, ela lembrou a si mesma. *Ele não é melhor do que eu.*

Ele mal tinha estatura mediana e era de constituição esbelta. Ela ficou surpresa com a constatação. Ele parecera muito maior quando ela o viu pela primeira vez. Ele era tão elegante quanto o belo cavalheiro na fila de trás, mas enquanto o outro homem era discretamente imaculado, ele... não era. Havia algo de requintado nas dobras de seu colarinho muito branco, no corte justo de seu casaco azul-escuro e no ajuste ainda mais apertado de suas calças cinzentas. Havia borlas de prata em suas botas macias e brilhantes, anéis pesados em pelo menos quatro de seus dedos, que, mesmo àquela distância, ela podia ver que eram perfeitamente bem-cuidados. Havia correntes e berloques na cintura, um broche de prata no lenço em seu pescoço. Sua postura quando ele se inclinou contra a parede era... graciosa. Seu cabelo era loiro — não, na realidade, era dourado — e tinha sido cortado de tal maneira que abraçava sua cabeça com cuidado e, no entanto, parecia ondular suavemente ao redor dela, como uma auréola.

Seu rosto seria parecido com o de um anjo, não fosse por seus olhos. Eram muito azuis, com certeza, mas suas pálpebras caíam sobre eles e lhes davam uma aparência um pouco sonolenta. No entanto, ele não parecia sonolento de forma alguma, mas profundamente alerta, e enquanto os olhos de Anna se demoraram sobre ele porque ela não desejava desviá-los, como tinha certeza de que ele esperava que ela fizesse, os dele estavam demorando sobre ela. Sem dúvida, ele estava ganhando uma impressão muito diferente dela do que ela estava obtendo dele.

Ele era... lindo. E gracioso. E primoroso. E lânguido. Todas eram qualidades femininas, mas nem por um momento ele lhe passava a impressão de efeminação. Bem o oposto, na verdade. Ele se parecia um pouco com um animal selvagem exótico, esperando para saltar com graça perfeitamente cronometrada e intenção letal sobre sua presa.

Ele parecia perigoso.

Tudo porque ele olhara para ela como se ela fosse um verme debaixo de sua bota e tentara expulsá-la da casa?

Não, ela não achava que fosse só isso.

Porém, não havia tempo para ponderar mais a respeito do assunto. Alguém estava entrando pela porta e passando ao lado de sua cadeira — o sr. Brumford, o advogado. Anna estava prestes a descobrir por que estava ali.

Assim como, ela suspeitava, todas aquelas pessoas.

4

Josiah Brumford estendeu os papéis diante de si, pôs as mãos sobre eles e pigarreou para chamar atenção. Se alguém tivesse deixado cair um alfinete, pensou Avery, todos teriam dado um salto, mesmo que houvesse carpete sob seus pés.

— Vossas Graças — começou o advogado, inclinando a cabeça para Avery e para a duquesa. Felizmente, ele não seguiu listando todos os outros títulos presentes no salão. — Agradeço sua hospitalidade e por me oferecerem esta oportunidade de me dirigir aos que aqui estão reunidos a fim de tratar de uma questão de considerável preocupação para todos. Meus serviços foram contratados há algumas semanas para procurar uma certa moça com o objetivo de fazer um acordo monetário com ela a partir do legado do falecido conde de Riverdale.

— Sr. Brumford! — a condessa protestou, sua voz fria como gelo.

Avery ergueu o monóculo para observar as gotículas de suor se acumulando na fronte do advogado.

— Peço a gentileza de aguardar alguns minutos, senhora — disse Brumford. — A senhora condessa solicitou que o assunto fosse mantido em sigilo, e nem mesmo cavalos selvagens teriam me induzido a divulgar essas informações a mais ninguém, mas a senhora e Sua Graça, o duque, não tinham conhecimento das circunstâncias inesperadas que me obrigaram a convocar esta reunião.

Abigail virou a cabeça para olhar interrogativamente para a mãe ao seu lado. Todos os outros continuaram olhando para a frente. Avery abaixou o monóculo.

Brumford fez um *hum-hum* no fundo da garganta mais uma vez.

— Enviei meu investigador mais experiente e confiável a Bath — prosseguiu ele — para encontrar uma jovem que havia sido deixada em um orfanato há mais de vinte anos e apoiada financeiramente desde então pelo falecido conde de Riverdale. Até sua morte, isto é.

Exatamente a mulher que agora estava sentada atrás de todos, ao lado da porta, se Avery não estivesse muito enganado. Ele virou a cabeça para lançar um olhar a ela, mas os olhos da mulher estavam fixos em Brumford.

— Não foi impossível encontrá-la — continuou o advogado —, embora não soubéssemos com que nome ela havia sido internada na instituição ou de fato qual era o orfanato. Da mesma forma, não foi difícil encontrar o advogado através do qual a tratativa do apoio financeiro foi conduzida. O sr. John Beresford é advogado de alguma distinção em Bath e tem escritórios próximos a Morland Abbey. Ele não estava disposto a conversar com o homem que enviei, pelo que só posso elogiá-lo, mas, sabendo que seu cliente havia falecido e que Brumford, Brumford & Filhos o representavam em todos os seus outros negócios, bem como a seu pai e avô antes dele, ele concordou em conversar comigo se eu fosse pessoalmente a Bath e mostrasse a ele amplas provas de minha identidade. Fui sem hesitação ou demora e pude tranquilizar Beresford de que eu tinha em mente os melhores interesses da jovem, porque a viúva do falecido conde, com a total concordância do duque de Netherby, o atual guardião de Riverdale, havia me contratado para encontrá-la e fazer um acordo generoso para beneficiá-la.

Se houvesse uma longa versão de uma história a ser contada, Brumford invariavelmente a escolheria, pensou Avery. Camille já ouvira o bastante. Suas costas estavam rígidas quando ela falou:

— Se o que o senhor está prestes a revelar é que esta... *mulher* por quem o senhor procurou é a bas... — Mas ela só conseguiu inspirar profundamente em vez de falar a palavra. — O senhor realmente deveria ter seguido as instruções que recebeu e se reportado em particular a minha mãe e Sua Graça, sr. Brumford. Tais detalhes sórdidos não são para os ouvidos de minha irmã ou para os meus ou para os de Lady Jessica Archer, que ainda nem saiu das salas de aula. Eu me admiro com sua temeridade, com sua vulgaridade. Eu me admiro que Sua Graça...

— Tenha paciência, senhorita, por gentileza — pediu Brumford, erguendo a mão com a palma para a frente. — Em um momento, ficará claro por que isso deve ser dito a todos os que estão aqui reunidos, por mais doloroso que eu tenho certeza de que seja. Beresford me informou, com toda a documentação para comprovar a verdade do que ele disse, sem dúvida, que há vinte e seis anos, o recém-falecido conde de Riverdale, que, na época, possuía o título de cortesia de visconde de Yardley, era o herdeiro do pai dele, mas que se intitulava apenas sr. Humphrey Westcott, e casou-se com a srta. Alice Snow, em Bath, mediante licença especial, e a instalou em uma pensão lá. Quase exatamente um ano depois, Lady Yardley, que parece tê-lo conhecido apenas como sra. Westcott, deu à luz a uma filha. Quando a criança tinha mais ou menos um ano, no entanto, a sra. Westcott voltou a morar com os pais, o reverendo Isaiah Snow e sua esposa, em um vicariato rural a vários quilômetros de Bristol, com a saúde deteriorada. Ela morreu lá de tuberculose dois anos depois. O reverendo Snow e sua esposa, por razões não reveladas, se viram incapazes de manter a criança e criá-la, e o pai da menina, então conde de Riverdale, a removeu do vicariato e a entregou ao orfanato em Bath, onde ela cresceu e onde ainda morava, na qualidade de professora da escola do orfanato, até alguns dias atrás.

— Bom Deus! — Harry levantou-se e virou-se para encarar a mulher sentada perto da porta. — *Você?* Você é a filha de nosso pai...? Não, você não é fruto de uma relação clandestina, é? Você é filha legítima. Bom Deus. Você é minha meia-irmã. Bom Deus.

A condessa viúva também virou a cabeça e levantou o *lorgnette* aos olhos.

A mulher em questão olhou de volta para Harry, aparentemente sem se abalar com o que tinha acabado de ouvir. Avery, no entanto, observando-a com mais atenção através do monóculo, notou que os nós dos dedos dela estavam mais brancos do que deveriam.

O que ela *era*, ele pensou, era Lady Anna Westcott, filha legítima do falecido conde de Riverdale. Interessante. Muito interessante, de fato. Mas Brumford não havia terminado.

— Há mais, senhor — disse ele, dirigindo-se a Harry e pigarreando novamente —, se fizer a gentileza de se sentar.

Harry sentou-se, desviando o olhar lentamente da irmã que acabara de conhecer. Ele parecia mais satisfeito do que indignado.

— Verifiquei alguns fatos cruciais e fiz uma descoberta perturbadora — continuou Brumford. — Mandei Beresford verificá-los também, mas eu não estava enganado. As datas nos documentos oficiais relevantes mostraram aos nossos olhos chocados, e pode acreditar que ficamos muito chocados, que Humphrey Westcott, visconde de Yardley, casou-se com a senhorita Viola Kingsley na igreja de St. George aqui em Hanover Square, quatro meses e onze dias antes da morte de sua primeira esposa.

Ah. Tudo estava repentinamente claro.

Avery deixou o monóculo cair preso em sua fita. Um silêncio atordoado despencou sobre o salão. Brumford esfregou a testa com um lenço grande antes de continuar.

— O casamento de lorde Yardley com a srta. Kingsley foi bígamo e, portanto, inválido — concluiu ele. — E permaneceu inválido após a morte de sua primeira esposa. Os filhos dessa união ilícita eram, e são, ilegítimos. O falecido conde de Riverdale tinha apenas uma filha legítima, Lady Anastasia Westcott.

Por um momento mais, o silêncio se restabeleceu e se sustentou. Então alguém soltou um lamento horrível — Jess — e Avery se afastou da parede. A condessa viúva estava em pé, seu *lorgnette* voltado para a mulher junto à porta, enquanto Lady Matilda Westcott tirava uma vinagrete de sua retícula e tentava pressioná-la contra sua mãe enquanto fazia ruídos bovinos que provavelmente deviam ter o intuito de acalmá-la. Elizabeth, Lady Overfield, abriu as duas mãos sobre o rosto e inclinou a cabeça para a frente até quase tocar os joelhos. O barão de Molenor colocou um braço em volta dos ombros de Mildred, numa demonstração sem precedentes de afeto público por sua esposa. A condessa também estava de pé e virando-se para olhar para trás, com o rosto desprovido de cor. A duquesa, também fora da cadeira, com Jess agarrada ao seu peito, prometia trazer fogo e enxofre sobre a cabeça de Brumford e fazer com que ele fosse impedido por incompetência e outros crimes variados, e jogado em alguma masmorra profunda e escura. Abigail havia enterrado o rosto no ombro do irmão e também ficou de pé quando ele se levantou. Camille estava declarando em voz alta que aquela vulgaridade *não era* para os ouvidos de damas delicadamente criadas e que ela não ouviria mais nada. Alexander Westcott estava sentado rigidamente, olhando para o pálido Harry. Sua mãe estava segurando o braço de Alexander.

Lady Anastasia Westcott, também conhecida como Anna Snow, continuava sentada com as costas eretas em sua cadeira, as mãos entrelaçadas no colo. Sem o monóculo, Avery não conseguia ver se ainda estava com os nós dos dedos brancos, e olhava calmamente para eles todos. Talvez, Avery pensou, ela estivesse em choque.

Ele deu um passo à frente e colocou a mão no ombro da madrasta. Deu um pequeno aperto enquanto passava a outra mão sobre a cabeça de Jessica.

— Um advogado — ele anunciou — não pode ser impedido, preso ou jogado no inferno apenas por dizer a verdade. — Infelizmente.

Ele não erguera a voz. No entanto, parecia que todos o ouviram, incluindo sua madrasta, que parou de falar e fechou a boca com um estalo de dentes. Todos olhavam para ele — a viúva através de seu *lorgnette* enquanto batia na mão de sua filha, que segurava a vinagrete. Havia expectativa em quase todos os rostos, assim como havia acontecido anteriormente quando ele entrou no salão, como se esperassem que ele fosse agitar alguma varinha mágica — seu monóculo, talvez? — e colocar o mundo deles novamente nos eixos. Mas os poderes ducais eram, infelizmente, finitos.

— Eu acredito — ele disse — que Brumford tem mais a dizer.

Milagrosamente, todos que estavam de pé se sentaram novamente. Molenor desencostou o braço da esposa e houve silêncio mais uma vez. O advogado parecia desejar que tivesse sido impedido anos antes, ou que nunca tivesse começado a advogar, se é que isso significava o oposto de *impedido*. Precisava perguntar a Edwin Goddard, pensou Avery. Ele saberia.

— O parente masculino legítimo por parte de pai mais próximo do falecido conde de Riverdale e, portanto, o legítimo sucessor de seu título e propriedades vinculadas é o sr. Alexander Westcott — revelou Brumford. — Parabéns, milorde. Todas as propriedades não vinculadas ao título do falecido conde e toda a sua fortuna, de acordo com o testamento que ele fez no escritório de Beresford, em Bath, há vinte e cinco anos, agora pertencem à sua única filha, Lady Anastasia Westcott, que está aqui presente, tendo sido para isso buscada em Bath.

A condessa se levantou novamente e se virou, com uma expressão estranhamente misturada de vazio e ressentimento em seu rosto.

— E isso é tudo culpa minha — lamentou ela, dirigindo-se à mulher que era Lady Anastasia Westcott, única filha legítima do falecido conde. — Eu pensei em fazer uma gentileza. Em vez disso, deserdei meu próprio filho e envergonhei e deixei minhas filhas à beira da mendicância. — Ela riu, mas não havia diversão no som.

— Harry não é mais o conde? — Abigail perguntou a ninguém em particular, as mãos subindo para cobrir a boca, os olhos arregalados de choque.

— Mas eu não desejo ser o conde de Riverdale — protestou Alexander Westcott, levantando-se e franzindo o cenho ferozmente para Brumford. — Nunca cobicei o título. E certamente não desejo me beneficiar do infortúnio de Harry.

— Alex. — A mãe dele pousou a mão em seu braço novamente.

— *Você* — Camille frisou, levantando-se e apontando um dedo acusador para Lady Anastasia. — Sua... *criatura* calculista, ardilosa. Como ousa se sentar aqui com gente superior a você? Como se atreve a sequer vir aqui? O duque de Netherby deveria tê-la tocado para fora. Você não passa de uma *b-b-bastarda* vulgar, cruel e caçadora de fortunas.

— Camille. — Lady Molenor levantou-se e esticou o braço sobre a cadeira à sua frente para tentar puxar a sobrinha para seus braços. Camille, porém, afastou-os e deu um passo para trás.

— Mas nós, Cam, é que somos os bastardos — refletiu Abigail, tão pálida quanto a mãe.

Houve um instante de silêncio chocado antes que a irmã de Avery, Jessica, soltasse um novo lamento pelo golpe horrível que acabara de ser dado a seus primos favoritos e se lançasse mais uma vez no seio de sua mãe.

Harry deu risada.

— Por Deus — ele disse — e nós também, Abby. Fomos deserdados.

Assim, sem mais ou menos. — Ele estalou um dedo e um polegar juntos. — Que piada.

— Humphrey sempre foi um problema — falou a condessa viúva. — Não, Matilda, eu não preciso de sais de cheiro. Sempre afirmei que ele matou o pai precocemente de tanta preocupação.

Outra voz falou, suave e baixa, e silenciou a todos, até mesmo Jess. Era a voz de uma professora acostumada a chamar a atenção para si.

— Eu sou Anna Snow — começou a voz. — Não reconheço a outra pessoa que o senhor diz que eu sou. Se sou, de fato, a filha legítima de um pai e uma mãe, que agora conheço de nome pela primeira vez, agradeço por divulgar esses fatos. E se realmente herdei algo de meu pai, fico lisonjeada, mas não desejo tomar mais do que minha parte justa, por muito ou pouco que o todo possa ser. Se eu o entendi corretamente, o jovem à sua frente e as moças de ambos os lados também são filhos de meu pai. Eles são meus irmãos e irmãs.

— Como se atreve?! Oh, como se atreve?! — Camille parecia prestes a explodir de indignação.

Harry riu de novo, um pouco descontroladamente, e Abigail agarrou seu braço.

— Srta. Westcott — disse Brumford. — Talvez...

Mas Camille, percebendo subitamente que ele estava se dirigindo a ela, virou-se e despejou sua indignação nele:

— Sou Lady Camille Westcott para o senhor — rebateu ela. — Como se atreve?!

— Mas você não é mais, Cam, é? — objetou Harry. Ele ainda estava rindo. — Já não sei mais nem se temos direito ao nome Westcott. Mamãe certamente não tem, não é? Que absoluta piada.

— Harold! — exclamou sua tia Matilda. — Lembre-se de que você está na presença de sua avó.

— Irmãos! Ah, eu poderia matar Humphrey — falou a duquesa. — Só lamento que ele já esteja morto.

— Você teria que entrar na fila atrás de mim, Louise — disse Lady Molenor. — Ele sempre foi um sapo. Nunca gostei dele, mesmo que fosse meu irmão. Eu não teria dito isso perto de seus ouvidos antes de hoje, Viola, ou dos seus, mamãe, mas agora não vou me conter.

— Meu amor. — Molenor fez um afago na mão dela.

Avery suspirou.

— Vamos nos retirar para a sala de visitas para tomar chá ou qualquer outra bebida que seja do agrado de vocês — pediu ele. — Acho que já tive um excesso de rosa por uma manhã e ouso dizer que não sou o único. É parecido demais com ver um excesso de vermelho. Brumford sem dúvida tem um escritório e outros clientes esperando por ele e podemos lhe dar licença por enquanto. Sua Graça, a duquesa, irá na frente. Irei na sequência com Lady Anastasia.

Mas Lady Anastasia Westcott finalmente se levantara e estava abotoando a capa no pescoço. O chapéu, as luvas e a bolsa estavam sobre o assento da cadeira.

— Devo retornar a Bath, senhor — anunciou quando Brumford se aproximou dela ao sair. — Tenho deveres que me aguardam lá. Talvez o senhor possa me dizer onde fica o ponto da diligência e me emprestar o dinheiro para comprar uma passagem, caso o que eu tenha comigo não seja suficiente. Ou talvez haja parte suficiente da herança de meu pai para tornar desnecessário um empréstimo.

Ela colocou o chapéu e amarrou as fitas embaixo do queixo enquanto se dirigia ao resto do salão.

— Ninguém precisa se preocupar, pois não imporei minha presença sobre uma família que claramente não me quer. Meu pai não fez uma boa jogada para nenhum de nós, mas não posso me desculpar pelos efeitos devastadores que as divulgações desta manhã estão tendo sobre sua outra família, assim como nenhum de vocês pode se desculpar comigo por uma vida quase inteira passada em um orfanato, sem sequer saber que Snow não era meu nome legal ou que Anna não era meu primeiro nome completo.

Todos eles a observavam, como se estivessem diante de uma

fascinante performance no palco. Ela era apenas uma coisinha, pensou Avery, e bastante desagradável em suas roupas baratas e lúgubres e com seu penteado severo, que quase desaparecera sob o chapéu. No entanto, havia algo bastante magnífico a respeito dela, por Deus. Ela não parecia aborrecida ou desconcertada, embora os tivesse descrito como uma família que claramente não a queria. Ela era como uma criatura alienígena no mundo em que se encontrara naquela manhã e no mundo ao qual pertencia por direito. Acabara de se perguntar se havia dinheiro suficiente na fortuna que herdara para pagar uma passagem de diligência para Bath. Ela claramente não tinha ideia de que provavelmente poderia comprar todas as diligências do país e todos os cavalos que as acompanhavam causando mínimo impacto em sua herança.

Ela seguiu Brumford para fora do salão, e ninguém fez nenhum movimento para detê-la. Todos subiram as escadas em um silêncio que não era natural. Avery encontrou o advogado e a herdeira ainda na antessala quando foi o último a sair do salão.

— Há muitos assuntos a serem discutidos, milady — Brumford estava dizendo, esfregando as mãos. — Seria muito mais conveniente se ficasse em Londres. Tomei a liberdade de reservar aposentos para a senhorita no Pulteney por um período indeterminado, bem como os serviços da srta. Knox como dama de companhia. A carruagem está na porta. Ficarei feliz em mandá-la para lá, se a senhorita não quiser ir à sala de visitas com o duque de Netherby.

Ela olhou pensativamente para Avery.

— Não — ela resolveu. — Eu preciso ficar sozinha, e acredito que as outras pessoas que estiveram aqui nesta manhã precisam poder conversar livremente sem o ônus de minha presença. Mas posso voltar andando para o hotel, senhor. Estou muito mais acostumada a caminhar do que a andar de carruagem.

Uma criatura alienígena, de fato.

Brumford deu uma resposta adequadamente horrorizada, e Avery passou por eles e saiu. Lá fora, uma carruagem realmente esperava, completa com uma mulher grande, com rosto fino de feições proeminentes, que parecia mais uma guarda da prisão do que uma dama de companhia. Brumford recuou com muita reverência quando Avery ofereceu sua mão para ajudar Lady Anastasia a entrar. Ela ignorou e entrou sem ajuda. Talvez ela não tivesse visto a mão — ou ele. Ela se sentou ao lado da acompanhante e olhou para a frente.

Avery voltou à casa e subiu as escadas para a sala de visitas e a família Westcott, menos sua nova integrante — a integrante mais rica.

Nem mesmo ele poderia reclamar que aquela manhã tivesse sido enfadonha.

5

Querido Joel,

Você se lembra de como o repertório muito usado de ditados sábios da srta. Rutledge costumava nos fazer gemer e olhar um para o outro? Um que sempre odiamos particularmente foi "Cuidado com o que você deseja, seu desejo pode ser atendido". Parecia tão cruel, não é, quando nossos sonhos eram tão preciosos para nós? Mas ela estava certa!

Eu desejei e desejei por toda a minha vida, assim como você e quase todas as outras crianças com quem crescemos e que ensinamos agora, saber quem eu era, poder descobrir que tinha vindo de pais distintos e finalmente ser levada ao seio de minha família legítima e banhada em riquezas, não necessariamente todas monetárias. Oh, Joel, meu sonho se tornou realidade hoje; a diferença é que, neste momento preciso, parece mais um pesadelo.

Estou escrevendo para você da minha sala de estar privada no Pulteney Hotel — acredito que é um dos mais grandiosos que Londres tem a oferecer. Parece um palácio para mim.

Você foi informado sobre a srta. Knox, a acompanhante que me designaram para a viagem? Ouso dizer que sim e por mais de uma pessoa. Ela ainda está comigo. Ela se retirou para seu próprio quarto, embora tenha deixado a porta entreaberta entre meu quarto e o dela, presumivelmente para que sinta que está me vigiando adequadamente e fazendo o trabalho para o qual foi contratada. Ela é uma pessoa muito silenciosa. Hoje, porém, sou grata por essa característica.

Hoje de manhã, fui levada a uma vasta mansão em uma praça majestosa com um parque no centro, certamente na parte mais exclusiva de Londres. Assim que pus os pés dentro da casa, prontamente recebi ordens do homem mais assustador que já vi para me retirar. Acabou que ele era o dono da casa e UM DUQUE!

Mas depois que foi estabelecido que eu realmente estava no lugar certo, fui levada para um salão onde outras treze pessoas aguardavam. Uma delas —

que acabou sendo UMA DUQUESA — instruiu o mordomo de ar muito superior a me remover, mas novamente foi confirmado que eu deveria estar lá.

Na verdade, ninguém falou comigo ou entre si depois que cheguei, embora estivesse claro que todos estavam indignados. Belo vestido de domingo o meu, e ainda por cima eu estava usando meus melhores sapatos! Além do duque (que entrou no salão depois de mim) e da duquesa, que deve ser a mãe dele e não a esposa, acredito, o jovem conde de Riverdell ou Riverdale — não tenho certeza qual — estava lá com a mãe e suas duas irmãs. Havia também uma jovenzinha vestida de branco e cinco outras damas e dois cavalheiros, de cujas identidades não tenho muita certeza.

Joel, oh, Joel, devo me apressar com minha narrativa aqui. O jovem conde e suas irmãs são MEUS IRMÃO E IRMÃS. Oh, eu sei, a srta. Rutledge teria franzido a testa para expressar sua desaprovação às letras maiúsculas que venho usando aqui. Ela teria dito que são o equivalente escrito de uma voz grosseiramente alta. Mas, Joel, eles são meus meios-irmãos! (A srta. R também não era muito afeita aos pontos de exclamação, era?) O pai deles, o conde de Riverseilá, também era MEU pai. Entende? Não posso evitar elevar rudemente minha voz outra vez. Além disso, oh, além disso, Joel, meu pai era casado com minha mãe, que era Alice Snow antes de se casar com ele. Meu nome verdadeiro, embora não tenha certeza de que algum dia vou conseguir usá-lo, já que não parece ser eu, é Anastasia Westcott, ou mais precisamente LADY Anastasia Westcott. Minha mãe, que havia deixado meu pai e me levado para morar com ela em um vicariato em algum lugar perto de Bristol — o vigário era seu pai, meu avô —, morreu quando eu ainda era bebê, e meu pai morreu recentemente. Por pouco não o conheci, embora suponha que tenha sido por escolha dele. Após a morte de minha mãe, ele me levou para o orfanato em Bath e me deixou lá.

Por que, você pode perguntar, quando eu era sua filha legítima e uma dama? Bem, em parte, talvez, foi porque ele se afastou de minha mãe por alguns anos enquanto a saúde dela se deteriorava. E, em parte —, não, PRINCIPALMENTE, Joel —, foi porque alguns meses antes da morte dela, ele se casou com a senhora que hoje estava no salão como viúva dele, a condessa — acredito que a esposa de um conde é uma condessa, não é? Não estou absolutamente certa. E ele depois teve três filhos com ela — o filho e duas filhas que mencionei acima.

Você consegue adivinhar o que está por vir? Ouso dizer que sim, pois certamente não lhe falta inteligência e não seria necessária muita inteligência para entender. Aquele segundo casamento foi considerado bígamo. Não foi um casamento legal e válido, e todos os filhos dessa união são, portanto, ilegítimos. A condessa, que perdeu recentemente o homem que pensava ser seu marido — meu pai! —, afinal de contas, não é condessa e nunca foi. E o jovem, seu filho, não é o conde. Suas filhas não são Lady Fulana e Lady Sicrana. Devo ter ouvido seus nomes, mas tolamente não consigo me lembrar deles — minhas próprias irmãs! Acredito que o jovem é Harry. Na verdade, sou a única filha legítima de meu pai.

Hoje encontrei a família pela qual sempre ansiei — meu meio-irmão e minhas meias-irmãs — e hoje os perdi novamente da maneira mais cruel. Você pode imaginar a perplexidade e a angústia naquele salão, Joel, quando a verdade foi revelada? E como todo sofredor precisa de um bode expiatório, alguém para culpar, e meu pai, o verdadeiro culpado, não estava mais disponível, então é claro que toda a hostilidade deles se voltou para mim. O homem que agora se tornou conde, desde que meu meio-irmão não se qualifica mais, poderia ter sido a escolha deles como bode expiatório, mas ele foi sábio o suficiente para se declarar bastante avesso a sua mudança de status, embora, para ser justa com ele, acredito que ele estava sendo sincero.

Não me ocorreu declarar que eu realmente preferiria não ser a única filha legal de meu pai, apesar de eu ter protestado por receber toda a fortuna enquanto meu irmão e irmãs ficassem totalmente deserdados. Ah, sim, existe isso também. Algumas partes da propriedade de meu pai estão vinculadas ao título e vão para o novo conde. Outras partes não são vinculadas e chegam até mim porque o único testamento de meu pai foi feito logo após meu nascimento e deixa tudo para mim — e provavelmente para minha mãe, se ela estivesse viva.

Como meu pai pode ter se comportado assim, Joel? Suponho que nunca saberei a resposta, embora uma dama hoje tenha dito que ele sempre foi um sapo. Acho que era a irmã dele, portanto, minha tia. Oh, como tudo isso é confuso. Ainda não compreendi totalmente. Você percebe? E você pode me culpar?

Isso está se transformando em uma missiva muito longa, mas tive que escrever para alguém ou explodiria. E você foi minha escolha óbvia. Afinal, para que servem os melhores amigos, se não para nos ajudar com o fardo de todos os nossos problemas? Algumas pessoas não chamariam de problemas, não é? Não tenho ideia de qual é o tamanho da minha fortuna agora, mas deve ser significativa, você não acha, ou a palavra "fortuna" não teria sido empregada. Espero que seja suficiente, de qualquer maneira, para permitir que eu envie esta carta muito longa. Custará rios de dinheiro.

Espero que você não fique terrivelmente entediado e adormeça no meio dela. E certamente haverá o suficiente para me levar de volta a Bath com um pouco mais de conforto do que dizem que a diligência pode proporcionar. Talvez haja o suficiente para me permitir alugar alguns cômodos modestos fora do orfanato e assim adquirir mais independência. Como isso seria adorável!

Mas, oh, céus, eu me sinto machucada e ferida. Pois encontrei meus pais e eles estão mortos, e encontrei uma família que é minha — acredito que a maioria das pessoas naquela sala, se não todas, devem ser parentes meus de alguma forma —, mas eles me odeiam com veemência. A irmã mais velha, em particular — minha meia-irmã —, gritou as coisas mais horríveis para mim. O rapaz — meu meio-irmão — parecia apenas rir com sua aparência atordoada e falar sobre tudo aquilo ser uma piada, coitadinho. Oh, coitadinho, Joel, e ele é meu irmão! A irmã mais nova parecia atordoada e confusa. E a esposa despossuída se embrulhou em dignidade e parecia um monumento de pedra prestes a desmoronar. Temo que ela realmente desmorone quando a realidade de tudo isso atingir força total.

Meus dedos estão doloridos, meu pulso está doendo e meu braço está prestes a cair. O sr. Brumford me mandou de volta para cá, embora eu quisesse voltar para Bath sem mais demoras. Ele me convenceu a ficar até ter a chance de vir falar comigo sobre negócios. Estou esperando por ele a qualquer momento.

Mas voltarei para casa em breve. Ah, como estou com saudades da minha escola e das minhas crianças, até dos mais malcriados. Como estou com saudades de você, das srtas. Ford e Roger e, oh, de meu quartinho minúsculo onde não daria nem para colocar um gato, mesmo se eu tivesse um — outro dos ditos da srta. Rutledge. Talvez eu volte amanhã. Quase certamente chegarei no mais tardar no dia seguinte.

Enquanto isso, você tem minha permissão para compartilhar o conteúdo desta carta, se desejar — todo mundo vai querer saber por que fui chamada aqui e ficará muito entretido com minha história. Você será o homem mais popular em Bath.

Obrigada por ler com tanta paciência, meu querido amigo — eu acredito que você tenha lido até aqui! O que eu faria sem você?

Sua sempre grata e carinhosa,

Anna Snow (pois é quem eu sou!)

Anna secou o excesso de tinta da folha final da carta, dobrou-a cuidadosamente — era realmente grossa — e afundou-se na cadeira, exausta. Ela almoçara com a srta. Knox logo depois de voltar da mansão, embora não conseguisse se lembrar do que havia sido servido ou de quanto havia comido. Tudo o que queria fazer agora era engatinhar na cama grande no quarto que era seu, puxar as cobertas sobre a cabeça, enrolar-se em posição fetal e dormir por uma semana.

Mas houve uma batida na porta e ela suspirou e se levantou enquanto a srta. Knox passava por ela para abri-la.

Quando Avery entrou na sala de visitas, ele encontrou o que esperava. Estava cheio de membros da família Westcott perturbados de formas variadas — com a aparente exceção da condessa de Riverdale, que não era mais a condessa e na verdade nunca fora, e Camille e Abigail, que estavam sentadas lado a lado no sofá, silenciosas e imóveis.

A condessa viúva estava sentada em uma namoradeira adjacente, com a filha mais velha ao lado.

— Não se *preocupe*, Matilda — ela estava dizendo, obviamente exasperada. — Eu não estou prestes a desmaiar.

— Mas, mamãe — protestou Lady Matilda com um soluço deselegante. — A senhora sofreu um choque severo. Todos nós sofremos. E a senhora sabe o que o médico disse sobre o seu coração.

— Aquele homem é um charlatão — rebateu a mãe. — Eu não tenho palpitações cardíacas; eu tenho *batimentos* cardíacos, que sempre achei bons, embora hoje não tenha tanta certeza disso.

— Engula isto, sogra — demandou Molenor ao se aproximar do aparador com um copo de conhaque.

Mildred, Lady Molenor, parecia estar precisando mais. Ela estava sentada ao lado da irmã, a duquesa, a cabeça jogada para trás, o lenço espalhado sobre o rosto e segurado ali com as duas mãos, enquanto informava a quem quisesse ouvir que o falecido Humphrey era toda espécie de animal e inseto nojento que o mundo já havia produzido, e isso realmente era um insulto ao reino bestial e ao reino dos insetos. A duquesa estava dando tapinhas no joelho, mas não demonstrava nenhuma inclinação de contradizê-la, a cara totalmente fechada.

A sra. Westcott — prima Althea — estava rodeando atrás do sofá, olhando com óbvia preocupação para a nuca das três mulheres sentadas ali e lhes assegurando de que tudo ficaria bem, de que tudo sempre dava certo no final. Para uma mulher sensata — e Avery sempre a considerara sensata —, ela estava falando um monte de baboseira. Mas o que mais havia a dizer?

Alexander Westcott — o novo conde de Riverdale — estava de costas para a lareira, as mãos entrelaçadas atrás dele, parecendo elegante e imponente, embora seu rosto se mostrasse um pouco pálido. Sua irmã, a alguns metros de distância, estava lhe dizendo que era impossível, ele não podia recusar o título e, mesmo que pudesse, isso não o reverteria para Harry.

Do próprio Harry não havia sinal.

— Harry não ficaria — Jessica anunciou com entonações trágicas, assim que Avery percebeu a ausência. Ela estava em pé na frente do sofá, literalmente torcendo as mãos e o lenço fino apertado nelas e parecendo uma jovem Lady Macbeth. — Ele riu e depois fugiu descendo a escada dos criados. Por que ele riria? Avery, isso não pode ser verdade. Diga a todos que não é. Harry não pode ter sido despojado de seu título.

— Jessica — a mãe dela chamou com firmeza, mas não sem bondade —, venha e sente-se em silêncio aqui ao meu lado. Caso contrário, você deverá retornar à sala de aula.

Jessica se sentou, mas não parou de torcer as mãos e puxar o lenço.

— Eu certamente gostaria que não fosse verdade, Jessica — disse o novo conde. — Eu daria muito para descobrir que não era verdade, mas é. Eu devolveria o título a Harry em um piscar de olhos, se fosse possível, mas não é.

E o diabo, Avery pensou, ao caminhar mais para dentro da sala, era que ele estava falando sério. Ele estava genuinamente chateado por causa de Harry, e sua falta de ambição por si era igualmente genuína. Na verdade, era difícil encontrar um bom motivo para não gostar e desprezar o homem — uma constatação irritante. Talvez a perfeição fosse inevitavelmente irritante para aqueles que eram imperfeitos.

As três no sofá pareciam ter sido golpeadas com força na cabeça, mas não com força suficiente para deixá-las inconscientes. A prima Althea havia parado de falar para ouvir o filho.

— Aquela mulher terrível voltou para Bath, onde é o lugar dela? — Camille perguntou a Avery. — Me admira que ela não tenha vindo aqui com você para se gabar diante de nós.

— Cam. — Sua mãe colocou a mão sobre a dela.

— Oh, como ela deve estar esfregando as mãos em êxtase — afirmou Camille amargamente.

— Eu a achei a criatura mais vulgar — declarou Lady Matilda. — O que me admira foi Avery ter lhe permitido entrar na casa.

— Ela é minha neta — disse a viúva, devolvendo o copo de conhaque vazio para Molenor. — Se ela é uma criatura vulgar, a culpa é de Humphrey.

— O que vamos fazer, mamãe? — perguntou Abigail. — Tudo vai

mudar, não é? Para nós e para Harry.

Era provavelmente o eufemismo da década.

— Sim — confirmou a mãe, colocando a mão livre sobre a de Abigail. — Tudo vai mudar, Abby. Mas me perdoe, minha mente está meio entorpecida no momento.

— Vocês todos vão morar comigo e com Matilda, Viola — anunciou a viúva. — A única coisa boa que Humphrey fez em sua vida foi se casar com você, e ele não conseguiu nem fazer isso direito. Você é mais minha filha do que ele já foi meu filho.

— Vocês podem vir morar aqui, se preferirem — ofereceu a duquesa. — Avery não vai se importar.

— Abby virá morar *aqui*? — Jessica se iluminou visivelmente. — E Harry? E Camille e tia Viola?

Será que ele se *importaria*?, Avery se perguntou.

— Uxbury fará uma visita em Westcott House esta tarde — disse Camille. — Não devemos nos atrasar em voltar para casa, mamãe. Devo retirar meu luto antes de recebê-lo e informarei que não precisamos mais esperar até o próximo ano para celebrar nossas núpcias. Ele ficará encantado em ouvir isso. Sugiro um casamento discreto, talvez com licença especial, para que não tenhamos que esperar um mês inteiro para que as proclamas sejam lidas. Uma vez casada, não importará que eu não seja mais Lady Camille Westcott. Em vez disso, serei Lady Uxbury, e Abby e mamãe podem vir morar conosco. Abby pode ser apresentada à sociedade no próximo ano, ou até mesmo este ano, sob o meu patrocínio. Ela será irmã da viscondessa de Uxbury. Você está certa, prima Althea. Tudo vai dar certo no final.

— Mas e Harry? — perguntou Abigail.

O jeito franco e quase alegre de Camille desmoronou visivelmente, e ela mordeu o lábio superior em um esforço óbvio para combater as lágrimas. A mãe apertou as mãos das duas irmãs com mais força.

— Eu poderia matar meu irmão — disse a duquesa. — Oh, como ele se atreve a morrer e escapar da retaliação? Como ele ousa não estar vivo agora, neste exato momento, para enfrentar minha ira? No que ele estava *pensando*? Eu nunca tinha ouvido falar dessa tal mulher Alice Snow antes de hoje. Alguma de vocês tinha? Mildred? Matilda? Mamãe?

Nenhuma confessou ter conhecimento da primeira esposa do falecido Humphrey — sua única esposa, na verdade. Lady Molenor, a prima Mildred, gemeu brevemente em seu lenço.

— Mas ele era *casado* com ela e tinha uma *filha* com ela — continuou a duquesa, cortando o ar com a mão que ela não estava batendo no joelho da irmã e quase dando uma cotovelada nos olhos de Jess. — E então ele a abandonou e se casou com Viola, como se o primeiro casamento pudesse ser ignorado quando não lhe fosse mais conveniente. Claro, era do conhecimento geral que ele nunca teve um tostão furado enquanto papai ainda era vivo, mas era louco e gastador como o diabo. Todos sabíamos que, da última vez que papai pagou sua montanha de dívidas, ele também disse a Humphrey que nunca mais esperasse um centavo além da mesada trimestral, o que era muito mais do que a miséria com que as garotas tinham que se contentar, deixe-me lhe dizer. Suponho que ele estivesse em apuros quando mamãe e papai escolheram uma noiva para ele e o casaram com ela para que os fundos voltassem a fluir. Creio que ele supôs que ninguém jamais descobriria sobre sua esposa moribunda e a filha deles; e ninguém jamais descobriu durante sua vida. Eu poderia matá-lo.

— Essa filha é minha neta — disse a viúva, como se para si mesma, estendendo as mãos no colo e examinando os anéis nos dedos.

Lady Matilda ainda rodeava com o vinagrete.

Jess estava soluçando na fina confecção de um lenço que ela torcera até ficar quase irreconhecível, e Avery brincava com a ideia de enviá-la aos cuidados de sua preceptora. No entanto, um capítulo da história de sua família estava sendo escrito ali naquele dia — sem dúvida, seria um capítulo estrelado — e ele supôs que era mais sábio permitir que ela o experimentasse por si mesma em toda a sua emoção nua e crua. Além disso, ele raramente impunha sua autoridade sobre ela, em parte porque evitava assiduamente se esforçar sem que houvesse necessidade, mas principalmente porque ela tinha uma mãe que era razoavelmente sensata na maior parte do tempo. E quem poderia culpá-la naquele dia por querer matar um homem morto? Ele não estava sentindo uma disposição particularmente bondosa em relação ao falecido conde de Riverdale e sentia uma felicidade egoísta por não ter nenhum laço de sangue com ele.

A bigamia não era, afinal, uma ofensa leve que pudesse ser atribuída apenas à promiscuidade e ao envolvimento leviano com muitas mulheres.

— Eu nunca tinha ouvido falar dessa mulher até hoje, Louise — explicou a ex-condessa —, embora soubesse da garota que Riverdale estava mantendo em um orfanato em Bath. Supus, erroneamente, que fosse filha natural de uma ex-amante. Eu até senti um tipo de respeito relutante por ele assumir responsabilidade financeira por ela. Gostaria de saber se a verdade teria surgido se eu não tivesse incumbido o sr. Brumford de encontrá-la e fazer um acordo com ela. Não foi pela bondade do meu coração que fiz isso, devo acrescentar, mas porque não queria que ela fizesse qualquer reivindicação futura sobre o direito de Harry. Eu esperava que ele, Cam e Abby nunca precisassem saber da indiscrição do pai.

Ela riu sem humor e bateu levemente nas mãos das filhas antes de continuar.

— Sua ideia é boa, Cam — disse ela. — Hoje vamos todos largar nosso luto. Que alívio enorme será esse! Vamos esperar e ver o que você vai combinar com Lorde Uxbury esta tarde e nos mudar para um hotel se o casamento ocorrer dentro dos próximos dias. Obrigada a todos pelas ofertas de hospitalidade, mas realmente não seria apropriado permanecermos com nenhum de vocês. Se a espera pelo casamento for superior a alguns dias (Uxbury pode muito bem insistir em pedir as proclamas), iremos para o interior e supervisionaremos a organização de todos os nossos pertences pessoais para a mudança enquanto esperamos. De qualquer forma, temos muito a fazer daqui para a frente e não devemos desperdiçar mais tempo sentadas.

— Arrumar nossos pertences? — Abigail parecia confusa.

— Mas é claro — confirmou a mãe. — Nem Westcott House, aqui na cidade, nem Hinsford Manor, em Hampshire, pertencem mais a Harry. Elas pertencem a... ela.

— Mas para onde a senhora e eu iremos depois do casamento? — perguntou Abigail. — Não acredito que Lorde Uxbury gostaria se nos impuséssemos à hospitalidade dele permanentemente, não importa o que Cam diga.

— Não sei para onde iremos, Abby — falou a mãe, irritada, mostrando a primeira rachadura no verniz de sua compostura. — Vou levá-la para sua avó, minha mãe, em Bath, suponho. Ela certamente ficará feliz em lhe dar um lar, apesar da desgraça pela qual você não é nem um pouco culpada. Ela adora você e Cam.

— E você, Viola? — a duquesa perguntou bruscamente.

— Eu não sei, Louise. — A condessa lançou um sorriso sinistro para ela. — Sou srta. Kingsley de novo, sabe. Não seria bom para mim, como uma dama solteira, ficar em Bath *com minha filha*. Não seria justo com minha mãe e seria potencialmente desastroso para qualquer esperança que Abby possa ter de fazer algum tipo de boa conexão. Provavelmente irei para a casa de meu irmão. Michael é um clérigo em mais do que apenas o nome, e ele tem estado solitário, acredito, desde a morte de minha cunhada, no ano passado. Sempre gostamos um do outro. Ficarei com ele, pelo menos por um tempo, até decidir algo mais permanente.

Não, decidiu Avery, essa definitivamente não era uma manhã de tédio. Sua madrasta, ele notou, nem se lembrara de mandar trazerem a bandeja do chá.

— Mas e Harry? — Abigail perguntou novamente.

— *Eu não sei*, Abby — repetiu a mãe. — Ele deve encontrar um emprego adequado, eu suponho. Talvez Avery o ajude, embora ele não esteja mais vinculado à tutela que seu pai acordou.

Todos os olhos se voltaram para Avery, como se ele tivesse a resposta para todas as perguntas na ponta da língua. Ele ergueu as sobrancelhas. Não tinha o hábito de ajudar jovens desprovidos de recursos a encontrar emprego, especialmente jovens desgovernados que possuíam um cofre aparentemente sem fundos até uma hora ou mais antes e faziam uso indevido dele. Avery tocou a haste do monóculo, abandonou-o e suspirou.

— Harry deve receber um ou dois dias para parar de rir e de dizer a todos que estejam dispostos a ouvir que isso tudo é uma piada — disse ele.

— Ah, *Avery*! — Jessica deixou escapar. — Como você pode fazer graça dessa tragédia?

Ele direcionou um olhar severo para ela, que a fez fechar a boca e se encolher ao lado da mãe, embora ela continuasse a encará-lo.

— Vou conceder a ele um dia ou dois — ele repetiu suavemente. — O riso não deriva de diversão, e quando ele descreve as revelações desta manhã como uma *piada*, não quer dizer que foi divertido.

— Avery cuidará dele, Jess — frisou Abigail, os olhos fixos nele.

— Lady Anastasia parecia perfeitamente disposta a compartilhar sua fortuna — prima Elizabeth lembrou a todos. — Talvez Harry não precise arrumar emprego. Talvez ele...

— Não vou tocar em nem um centavo do que essa mulher oferecer por caridade condescendente, Elizabeth — Camille interrompeu-a. — Nem Abby, eu acredito. Ou Harry. Como ela ousa sugerir isso? Como se estivesse nos fazendo um grande favor.

O que, na opinião de Avery, era precisamente o que ela faria se uma consideração mais sóbria não a motivasse a desistir da oferta.

— Ela é minha neta — disse a viúva.

— Ela vai *mesmo* retornar a Bath, Avery? — perguntou Abigail.

— Brumford a convenceu a permanecer pelo menos por enquanto no Pulteney — respondeu ele —, onde ela aparentemente ficou hospedada na noite passada. Ele deve passar a tarde lá com ela e a dama de companhia, sem dúvida a entediando à beira do coma.

— Pobre moça — lamentou a prima Elizabeth. — A vida dela também acabou de mudar drasticamente.

— Eu não a descreveria como *pobre* de qualquer forma, Elizabeth — ironizou Thomas, Lorde Molenor.

— A educação dela como Lady Anastasia Westcott deve começar sem demora — opinou a viúva, e todos olharam para ela.

— Depois de hoje — disse Camille, com um mundo de amargura em sua voz quando se levantou —, ela poderá sair do Pulteney e entrar em Westcott House, vovó. Ela ficará extasiada com isso.

— Cam — sua mãe falou depois de suspirar —, nada disso é culpa dela. Precisamos nos lembrar. Basta pensar no fato de que ela passou quase todos os primeiros anos de sua vida em um orfanato.

— Não consigo pensar em mais nada além disso — reagiu a viúva. — Não será fácil...

— *Não me importa* onde ela morou ou quão difícil será fazê-la alcançar os padrões adequados! — exclamou Camille, interrompendo rudemente. — Eu a odeio. Com força. Nunca me peça para sentir pena dela.

— Sinto muito, vovó — pediu Abigail, levantando-se para ficar ao lado da irmã. — Cam está chateada. Ela se sentirá melhor depois de conversar com Lorde Uxbury.

— Abby e Cam não vão ficar aqui conosco, afinal? — Jessica perguntou, com lágrimas nos olhos.

— Harry ficará aqui, eu acho — disse a duquesa —, depois que Avery o encontrar. Não precisa se preocupar com ele, Viola.

— Minha mente está entorpecida demais para sentir preocupação — revelou a ex-condessa. — Suponho que ele esteja se embebedando. Eu gostaria de estar com ele, fazendo a mesma coisa.

— Mamãe — Jessica deixou escapar —, prometa que ninguém nunca mais permitirá que a mulher ponha os pés dentro desta casa novamente. Prometa que nunca mais vou vê-la. Posso arrancar os olhos dela se a vir. Ela é *feia* e *burra*, parece pior que uma *criada* e eu a *odeio*. Quero que tudo volte a ser como era antes. Eu quero H-Harry de volta como conde e rindo porque ele está feliz, não porque está triste e nunca poderá ficar feliz novamente. Quero que Abby seja minha prima respeitosa de novo e que ainda viva por perto. Eu quero... eu odeio isso. Eu *odeio*. E por que Avery não está procurando Harry e o trazendo para casa?

Avery deixou cair o monóculo na fita que o prendia, suspirando por dentro, e abriu os braços. Jessica olhou feio para ele por um momento, depois se levantou e correu para os braços dele e se enterrou em seu peito. Ela teria ficado *dentro* do abraço se pudesse, ele pensou. Ela chorou ruidosamente e sem elegância no ombro dele, e ele fechou um braço sobre ela e estendeu a outra mão sobre a nuca.

— Faça a-a-alguma c-coisa — ela chorou. — Faça *alguma coisa*.

— Calma — ele murmurou no ouvido dela. — Calma, querida. A vida é cheia de nuvens, mas elas todas têm um contorno dourado. Você só precisa esperar o sol sair novamente. Ele sai. Ele sempre sai.

Palavras estúpidas. Ele parecia pior do que a prima Althea falando alguns minutos antes. De onde diabos tinha vindo aquela bobagem?

— Promete? — ela disse. — P-promete?

— Sim, eu prometo — afirmou ele, afastando a mão da cabeça dela para tirar um lenço grande do bolso. Como as mulheres sempre choravam baldes de lágrimas, parecia ilógico que também carregassem lenços tão fininhos e delicados que ficavam invariavelmente encharcados em momentos de pranto. — Um copo de limonada na sala de aula será o ideal para você, Jess. Não, não proteste. Não foi uma pergunta.

A mãe agradeceu com os olhos quando ele levou a meia-irmã da sala, um braço em volta da cintura dela.

Ele se perguntou o que Lady Anastasia Westcott estava fazendo naquele exato momento e se tinha alguma ideia do que a aguardava — isto é, exceto uma vida tranquila como uma mulher muito rica.

E ele se perguntou onde exatamente Harry se encontrava. Não seria difícil. Porém, iria encontrá-lo mais tarde e ficar de olho nele. Ele estaria em um de seus refúgios habituais, sem dúvida. E, em um desses refúgios, ele deveria permanecer até que parasse de rir.

Pobre diabo.

6

O sr. Brumford ajudou Anna a desembarcar da carruagem na porta de Westcott House no início da tarde seguinte, e a srta. Knox desceu atrás dela sem ajuda. Anna, olhando para os dois lados da South Audley Street e para a casa à sua frente, viu que não era tão imponente quanto a mansão para a qual fora levada no dia anterior. Mesmo assim, tudo ali fora construído em uma escala luxuosa, e ela se sentiu apequenada.

Ela era a dona da casa.

Também era dona de uma mansão, um parque, terras agrícolas em Hampshire e uma fortuna tão vasta que sua mente não conseguia compreender toda a extensão dela. Seu pai herdara parte da fortuna do pai dele, mas se tornara inesperadamente astuto nos últimos anos e a dobrara e triplicara com investimentos em comércio e indústria. Os investimentos ainda estavam trabalhando para seu benefício.

O conhecimento de sua riqueza realmente fez Anna se sentir bastante irritável e ainda mais desejosa de ir para casa em Bath e fingir que nada daquilo havia acontecido. Mas *acontecera*, e ela concordou com relutância em ficar pelo menos mais alguns dias para conversar mais com seu advogado, pois era assim que o sr. Brumford se intitulava — não apenas o advogado de seu pai, mas o *dela*. Sua mente era toda perplexidade. Ela teria que ficar pelo menos até que tudo estivesse claro em sua cabeça e entendesse melhor o que tudo aquilo significaria para ela. Anna suspeitava de que sua vida mudaria, ela desejando ou não.

Naquela manhã, o sr. Brumford enviou uma mensagem dizendo que a acompanharia quando ela chegasse a Westcott House e encontrasse novamente sua família. Se eles a encontrariam em casa, então será que isso significava que seu meio-irmão e meia-irmã haviam se recuperado um pouco do choque e estavam preparados para recebê-la, ou pelo menos para conversar com ela de uma maneira mais agradável? Mas e a mãe deles, pobre senhora? Oh, aquilo não seria fácil.

A porta se abriu quando ela colocou o pé no degrau mais baixo, e um criado vestido todo de preto curvou-se e ficou de lado para permitir que ela entrasse. O vestíbulo era de madeira escura, teto alto e piso de mármore com uma ampla e elegante escada de madeira — era de carvalho? — erguendo-se na parte de trás, para se abrir para os lados no meio do caminho e se dobrar sobre si mesma.

Uma dama vinha descendo as escadas — a que estava sentada em um dos extremos da segunda fila no dia anterior, a duquesa. Anna se lembrou de que havia declarado que mataria o irmão se ele ainda estivesse vivo. *O irmão dela* — o pai de Anna. Essa senhora, então, era sua tia? Atrás dela, descendo a um ritmo mais calmo, veio o homem que ficara em pé durante todo o evento no dia anterior, aquele que ela julgara bonito e perigoso.

Nesse dia, ele continuava parecendo ser as duas coisas.

A duquesa se aproximou dela, parecendo majestosa e intimidadora.

— Anastasia — ela disse, percorrendo Anna da cabeça aos pés com um olhar enquanto se aproximava. — Bem-vinda à sua casa. Sou sua tia Louise, irmã do meio de seu falecido pai e duquesa de Netherby. Este é Netherby, meu enteado, e não é seu parente direto. — Ela indicou o homem atrás dela. Em seguida, ignorou completamente o sr. Brumford e a srta. Knox.

— Como vai, senhora? — cumprimentou Anna. — Como vai, senhor?

O duque de Netherby estava vestido com uma combinação de tons marrons e cremes naquele dia. Ele segurava um monóculo com haste de ouro em uma das mãos, sobre dedos nos quais havia dois anéis: um de ouro liso, outro de ouro incrustado com uma grande pedra de topázio. Ele estava olhando para ela, como tinha feito no dia anterior, por baixo das pálpebras levemente caídas, com olhos realmente azuis como ela se lembrava deles. Ele tinha uma figura esbelta e não era mais do que cinco ou sete centímetros mais alto do que ela.

— Em vez de *senhora* e *senhor*, o correto seria *Vossa Graça* e *Vossa Graça* — ele corrigiu. Sua voz era leve sobre o que parecia ser um suspiro. — Nós aristocratas podemos ser muito sensíveis sobre a maneira como somos tratados. No entanto, como temos uma espécie de parentesco colateral, você pode me chamar de Avery. — Ele voltou o olhar lânguido para o sr. Brumford e a srta. Knox. — Vocês dois podem sair. Serão chamados quando necessário.

Anna se virou.

— Obrigada, sr. Brumford. Obrigada, srta. Knox.

Os preguiçosos olhos azuis continham talvez um brilho zombeteiro quando ela se virou novamente.

— Vamos para a sala de visitas, onde sua família está esperando para conhecê-la — disse a duquesa, tia dela. — Há tanto a ser discutido que mal se sabe por onde começar, mas devemos começar. Lifford, pegue a capa e o chapéu de Lady Anastasia.

Alguns momentos depois, Anna caminhava ao lado dela pelas escadas, o duque vindo logo atrás. Eles viraram para a ala esquerda a partir do patamar central e, no topo, entraram em uma grande câmara que devia fazer frente para a rua e estava brilhando com a luz do sol vespertino. O fato de que tudo aquilo era dela talvez tivesse tirado o fôlego de Anna se as pessoas reunidas na sala não tivessem feito isso primeiro. Todos estiveram presentes no dia anterior, e todos estavam agora em silêncio — de novo — e se viraram para observá-la.

A duquesa se pôs a fazer as apresentações:

— Anastasia — iniciou ela, indicando primeiro a senhora idosa que estava sentada ao lado da lareira —, esta é a condessa viúva de Riverdale, sua avó. Ela é a mãe de seu pai, e eu sou a irmã de seu pai. Ao lado dela está Lady Matilda Westcott, minha irmã mais velha, sua tia. — Ela indicou outro casal mais para o fundo da sala, a mulher sentada, o homem em pé atrás da cadeira. — Lorde e Lady Molenor, seu tio Thomas e sua tia Mildred, minha irmã mais nova. Eles têm três meninos, seus primos, mas todos estão na escola. Em frente à janela estão o conde de Riverdale, Alexander, seu primo em segundo grau, com a mãe, a sra. Westcott, prima Althea, e a irmã dele, Lady Overfield, prima Elizabeth.

Era tudo vertiginoso e demais para ser compreendido. Todas essas pessoas, todos esses aristocratas, eram seus *parentes*. Mas a única coisa que sua mente conseguia entender claramente era que as pessoas que ela mais queria ver não estavam lá.

— Mas onde estão minhas irmãs e meu irmão — ela perguntou —, e a mãe deles?

Todos em sua linha de visão pareciam identicamente chocados.

— Oh, você não será constrangida pela presença deles, Anastasia — garantiu a duquesa. — Viola partiu para o interior esta manhã com Camille e Abigail, para Hinsford Manor, sua casa em Hampshire. Elas não permanecerão lá por mais do que alguns dias, no entanto. Viola levará as filhas para Bath para morar com a mãe, a avó delas, e ela própria ficará com o irmão em Dorset. Ele é clérigo e viúvo. Ele e Viola sempre gostaram muito um do outro.

— Elas *se foram*? — Anna sentiu um frio repentino apesar do sol. — Mas eu esperava encontrá-las aqui. Eu esperava conhecê-las. Eu esperava que elas me conhecessem. Eu esperava... que elas... desejassem me conhecer.

Ela se sentiu muito tola no breve silêncio que se seguiu. Como poderia esperar algo assim? No dia anterior, sua existência havia posto um fim ao mundo como elas conheciam.

— E o rapaz, meu meio-irmão?

— Harry desapareceu — a duquesa contou a ela —, e Avery se recusa a procurá-lo até amanhã, caso ele não retorne por vontade própria até então. Você não precisa se preocupar com ele, contudo. Avery cuidará do futuro de Harry. Ele foi o guardião designado para Harry quando este ainda era o conde de Riverdale.

— Segundo entendo — iniciou o duque —, eu herdei de meu falecido e estimado pai a tutela da *pessoa* de Harry, e não apenas a do *conde* de Riverdale. Eu não gostaria de me ver de repente tendo primo Alexander como meu guardião. Ouso dizer que Harry gostaria ainda menos.

— Ah, sim, isso é verdade, Avery — concordou a mãe do novo conde.

O duque de Netherby, a essa altura, se encontrava esparramado cheio de elegância casual em uma cadeira em um canto distante da sala, Anna viu, os cotovelos nos apoios para braços, os dedos unidos no centro. A srta. Rutledge teria dito para ele sentar-se ereto, com os pés juntos e apoiados no chão.

— Venha e fique aqui, Anastasia — chamou a condessa viúva, a avó, indicando o chão em frente à sua cadeira —, e deixe-me dar uma boa olhada em você.

Anna foi e parou onde a senhora pediu, enquanto todos, ao que parecia, aproveitavam para dar uma boa olhada nela. O silêncio pareceu se estender por vários minutos, embora provavelmente não tivesse durado mais do que meio minuto.

— Você tem boa postura, pelo menos — concluiu finalmente a viúva —, e fala sem nenhum sotaque regional perceptível. Parece, no entanto, uma preceptora particularmente inferior.

— Sou menos ainda que isso, madame — respondeu Anna. — Ou superior, dependendo da perspectiva. Tenho o grande privilégio de ser professora de uma escola de órfãos, cujas mentes não são inferiores às de ninguém.

A tia que estava ao lado da cadeira da viúva ofegou e recuou visivelmente.

— Ah, você pode guardar suas garras — falou a viúva. — Eu estava apenas declarando um fato. Não é *sua* culpa que você seja como é. É inteiramente culpa do meu filho. Você pode me chamar de vovó, pois é isso que eu sou para você, mas, se não me chamasse assim, *madame* estaria incorreto. O que seria correto? — Ela esperou por uma resposta.

— Receio, vovó — disse Anna —, que qualquer resposta que eu desse seria um palpite. Eu não sei. *Milady*, talvez?

— Quais são os status nobiliárquicos diretamente acima e abaixo de conde? — perguntou a tia... tia Matilda? — E qual é a diferença entre um cavaleiro e um baronete, ambos chamados de *Sir* Fulano? Você não sabe, não é, Anastasia? Você deveria saber. Você *precisa* saber.

— Creio, prima Matilda — disse a jovem da janela, a irmã do conde... Elizabeth? —, que você está desconcertando a pobre Anastasia.

— E há assuntos muito mais importantes a serem tratados — concordou a condessa viúva. — Sente-se, Matilda, e pare de me rondar. Não vou cair da cadeira. Anastasia, essas roupas são adequadas apenas para a lata de lixo. Até os criados desprezariam usá-las.

Se era possível sentir-se mais humilhada, Anna pensou, ela não podia imaginar. Seu melhor traje de domingo!

— E seu cabelo, Anastasia... — falou a irmã mais nova da duquesa, tia Mildred. — Deve ser muito longo, não é?

— Chega abaixo da minha cintura, madame... tia — Anna respondeu.

— Parece grosso, pesado e pouco lisonjeiro — opinou tia Mildred. — Deve ser cortado e arrumado em um penteado adequado sem demora.

— Vou solicitar a visita de uma modista com suas assistentes amanhã — informou a duquesa. — Elas permanecerão aqui até produzirem as peças essenciais para um novo guarda-roupa. Anastasia absolutamente não deve sair de casa até que esteja em condições de ser vista. Ouso dizer que a notícia já se espalhou entre o *ton*. Seria realmente estranho se não tivesse.

— Estava sendo comentado nos clubes hoje de manhã, Louise — revelou o homem mais velho, o marido de tia Mildred. — Tanto o golpe para Harry, sua mãe e irmãs quanto a súbita descoberta de uma filha legítima de Riverdale. E a boa sorte de Alexander, é claro.

— Ainda estou para descobrir o que há de bom nisso, Thomas — disse o novo conde.

Observando-o, Anna concluiu que sua primeira impressão dele no dia anterior estava correta. Ele era o homem mais perfeitamente belo que ela já vira. Parecia um príncipe de contos de fadas. Ela se imaginou descrevendo-o para as crianças em Bath, enquanto todas as garotas afundavam em um sonho feliz, imaginando-se como sua princesa.

— Você sabe o que é o *ton*, Anastasia? — perguntou tia Matilda bruscamente. Ela estava sentada agora em um banquinho ao lado da cadeira de sua mãe.

— Acredito que seja um termo francês para as classes mais altas, tia.

— O próprio *crème de la crème* das classes altas — Lady Matilda explicou. — Nós, nesta sala, somos tudo isso, assim como, Deus nos ajude, você. No entanto, como você será moldada quando já tem vinte e cinco anos?

Era difícil não revidar com a mesma acidez e declarar que ela não tinha intenção de ser moldada em qualquer forma que não fosse de sua própria escolha. Era difícil não dar meia-volta e sair da sala e da casa e encontrar o caminho de volta para Bath. Só que tinha a sensação de que não havia um lar de verdade lá no momento. Ela estava entre dois mundos, não pertencendo mais ao antigo e certamente ainda não pertencendo ao novo. Tudo o que podia fazer era explorar esse novo mundo um pouco mais profundamente e depois decidir o que fazer com o conhecimento adquirido. Ela pediu todos os recursos de sua calma interior e segurou a língua.

— Matilda — disse a mãe do conde em tom de reprovação —, seja justa. Anastasia não tem culpa da idade ou da educação que recebeu. Ela deve sentir que está enfrentando aqui o inimigo de todos os lados quando, na realidade, somos sua família. Você já conheceu outra família, Anastasia? Do lado de sua mãe, talvez?

— Não, senhora — respondeu Anna. — Desculpe, você é a prima...?

— Althea. — Ela sorriu.

— Não, prima Althea — continuou Anna. — Eu não sabia nada da minha identidade até ontem. Eu sempre fui Anna Snow.

— Então isso deve ser avassalador — concluiu a dama. — Talvez você queira voltar para casa com Alex, Lizzie e eu por alguns dias, já que esta é uma casa grande e você não pode ficar aqui sozinha.

— Você seria muito bem-vinda, prima Anastasia — disse o conde.

— Não — negou a duquesa. — Ela deve absolutamente permanecer aqui, Althea. Vou providenciar para que uma modista e um cabeleireiro cheguem cedo amanhã. E seus pertences, apesar do que valem, estão sendo trazidos para cá do Pulteney. Você está certa, porém, quanto a ela não poder ficar aqui sozinha sem um companheiro ou guardião. Talvez Matilda...

— Oh, eu ficaria encantada em permanecer aqui por alguns dias com a prima Anastasia, se ela permitir — concordou a irmã do conde, seu sorriso tão cálido quanto o da mãe. — Posso, Anastasia? Prometo não a sobrecarregar com uma ladainha de tudo o que deve ser mudado em você até que você seja indistinguível de todos nós. Em vez disso, gostaria de saber mais sobre como era sua vida antes do dia de ontem. Eu gostaria de

ALGUÉM PARA AMAR 83

aprender mais sobre você. O que diz?

Anna fechou os olhos por um momento.

— Ah, sim, por favor — ela respondeu —, se desejar, prima Elizabeth. Se não for um grande incômodo. Mas meu meio-irmão não retornará para cá?

— Se retornar — disse a duquesa —, ele será redirecionado para Archer House.

— Estou surpreso — iniciou o conde — por você não estar procurando por ele, Netherby. Eu mesmo faria isso, mas, nessas circunstâncias, seria a última pessoa que ele gostaria de ver. Talvez a obrigação que você sente por ele seja mais irritante agora que ele não é mais Riverdale.

Elizabeth virou a cabeça para encarar o irmão com reprovação. Anna viu que o duque de Netherby parecia bastante inquieto, mas não ficou surpresa ao ver que ele estava com o monóculo na frente do olho. Que afetação era aquele gesto. Ela ficaria muito surpresa ao saber que ele realmente sofria de problemas de visão. No entanto, o monóculo, de alguma forma, o fazia parecer duplamente perigoso.

— Se você estivesse prestando mais atenção, Riverdale... se bem que, por que deveria? — ele disse suavemente. — Se estivesse prestando mais atenção, você deveria ter notado que eu nunca saio correndo em busca de cachorrinhos perdidos, quando é bem provável que acabe perseguindo minha própria cauda e fazendo papel de tolo. Também não interfiro com rapazes descobrindo as mulheres. Não sou a tia solteirona de ninguém. Quanto à procura de um jovem que considera uma boa piada ter perdido tudo o que sempre acreditou ser dele, incluindo a legitimidade de seu nascimento, não, isso não acontecerá. Será suficiente encontrá-lo no momento em que ele parar de rir, como ele o fará.

Anna sentiu um calafrio pela entediada altivez de sua voz e por suas palavras. O conde de Riverdale não respondeu, mas ocorreu a Anna, mesmo com aquela breve conversa, que a troca de farpas entre os dois homens era costumeira.

— Por favor, não se preocupe, prima — pediu o conde, olhando para

Anna com firmeza. — Você deve tirar o jovem Harry, Camille e Abigail da sua mente, pelo menos por um tempo. Todos estão profundamente chateados e não inclinados a olhar para você com bons olhos, mesmo sabendo que você é totalmente irrepreensível e que antes sofreu injustiças do que as causou. Levará algum tempo até que possam ser induzidos a reconhecer qualquer relacionamento com você. Dê a eles esse tempo, por gentileza.

Suas palavras e a expressão em seu rosto eram gentis, mas as palavras doíam mesmo assim.

— Alexander está certo — concordou a viúva. — Dê uma volta, Anastasia. — Anna se virou. — Você não tem muito corpo, mas pelo menos é esbelta. E um espartilho estruturado fará maravilhas pelos seus seios. Não acho que você já tenha usado um desses, sim?

Anna podia sentir o calor em suas bochechas. Deus, havia homens presentes.

— Não, vovó.

— Tudo será resolvido a partir de amanhã — disse a duquesa rapidamente. — Devemos decidir também quais tutores serão necessários: um mestre de dança, certamente, e uma professora de etiqueta, e talvez outros também. Enquanto isso, você nem deve pensar em se aventurar fora de casa, Anastasia. Elizabeth lhe fará companhia aqui dentro. Agora, sente-se; você ficou em pé por tempo suficiente. Matilda, puxe a campainha do chá, por gentileza.

Anna sentou-se quase no mesmo momento em que o duque de Netherby se levantou e atravessou a sala para ficar diante de sua cadeira. Todo mundo ficou em silêncio, como sempre ficavam quando ele levantava um dedo ou uma sobrancelha. Ele a observou em silêncio por alguns momentos com aqueles olhos intensos e sonolentos.

— Anna — ele assustou-a com o uso do nome pelo qual ela se conhecia —, o sol está brilhando e o ar fresco e o Hyde Park chamam. Se você me acompanhar até lá, corre-se o risco de o *ton* vislumbrar uma aparente preceptora comigo e tirar suas próprias conclusões quanto à sua identidade. O *ton* pode então sofrer um desmaio coletivo de choque, ou pode se apressar para relatar os avistamentos àqueles menos afortunados. Ou então pode simplesmente seguir seu caminho e tratar da própria vida. Sabendo de tudo isso, gostaria de vir comigo?

Anna mordeu o lábio para não rir de nervoso, tão inesperadamente bizarras tinham sido as palavras dele.

— Isso é sensato, Netherby? — perguntou o tio Thomas. — Louise acabou de apontar...

O duque de Netherby não virou a cabeça nem respondeu.

— Anna? — ele indagou baixinho.

Ele era como uma criatura alienígena. Ela não tinha medo dele. Nunca medo. Na verdade, ela acabara de se divertir com o que ele dissera. Mas... Bem, muito mais do que qualquer outra pessoa na sala, ele parecia resumir um universo tão diferente do dela que não havia possibilidade de qualquer comunicação significativa. Por que ele desejaria andar com ela, arriscando ser visto em sua companhia — uma aparente preceptora?

Mas... ar fresco? E uma fuga temporária daquela sala e de todas as outras pessoas ali presentes?

— Obrigada — ela agradeceu. — Seria agradável.

— Mãe — opinou tia Matilda —, não se deve permitir que Anastasia faça isso. Louise está certa. Oh, isso não é nada correto de sua parte, Avery.

— Se você precisar ir, alguém mais deve acompanhá-la, Anastasia — sugeriu o conde. — Lizzie, talvez você esteja disposta?

— Ah, mas veja bem, prima Elizabeth — o duque disse em tom suave, os olhos ainda nos de Anna —, você não foi convidada.

A dama em questão sorriu atrás da cabeça dele, com riso nos olhos, Anna notou.

— Minha neta não precisa de acompanhante quando sai com o duque de Netherby — decretou a condessa viúva. — O pai dele se casou com minha filha, não foi? E Avery está certo. Não podemos manter Anastasia dentro de casa aqui até que ela esteja pronta. Ela pode nunca estar pronta.

7

Cinco minutos depois, vestindo a capa, o chapéu e as luvas — as mesmas do dia anterior —, Lady Anastasia Westcott estava na calçada em frente a Westcott House. Sem dúvida, essa era sua melhor roupa, pensou Avery, sua única melhor. Seria interessante ver suas roupas do dia a dia — ou talvez não.

Ela parecia precisar de resgate. Não que ele fosse se apressar a cumprir esse papel se não houvesse algo nela que despertasse seu interesse. Talvez tenha sido a forma com que ela não se assustou no dia anterior quando pôs os pés dentro de Archer House e deparou-se com... ele. Avery sabia que intimidava a maioria das pessoas. Ou talvez tenha sido o sóbrio e digno discurso que ela fez no salão rosado depois que Brumford terminou todas as suas revelações. Ou talvez tenha sido a resposta que ela dera instantes antes, quando a condessa viúva a descreveu como uma preceptora inferior.

Ele ofereceu o braço e o sustentou no ar quando ela não o pegou. Ele ergueu as sobrancelhas.

— Não preciso de ajuda, obrigada.

Ora.

— Suponho — ele abaixou o braço — que meninos órfãos não são ensinados a oferecer o braço para as meninas órfãs quando andam juntos na rua, e meninas órfãs não são ensinadas a aceitar galanteios masculinos quando lhe oferecem. Não faz parte do seu currículo escolar?

— É claro que não — respondeu ela com toda seriedade. — Que absurdo.

— Suspeito de que esteja prestes a encontrar um mundo inteiro de absurdos — disse ele —, a menos que, após a primeira ou a segunda vez, você perca o ânimo, a coragem ou a compostura e volte correndo para sua sala de aula.

— Se eu voltar a Bath — ela rebateu —, será porque escolhi fazê-lo depois de uma consideração cuidadosa e racional.

— Enquanto isso, sua avó e suas tias e tios... tio, no singular... e primos trabalharão incessantemente, dia e noite, para limpar a lousa que foi sua vida nos últimos vinte e cinco anos e transformá-la na imagem que eles têm do que Lady Anastasia Westcott deveria ser. Eles farão isso porque é claro que é mais desejável que você seja uma dama do que uma órfã; rica do que carente; e elegante do que desmazelada; e porque você é uma Westcott, uma deles.

— Eu não era carente.

— Não vou me envolver na educação de Lady Anastasia Westcott — ele disse a ela. — Em parte, porque minha conexão com a família Westcott é puramente honorária e, principalmente, porque seria um tédio, e eu evito o tédio como evitaria a peste.

— Estou surpresa, então, que você tenha vindo a Westcott House hoje. Fico ainda mais surpresa que tenha me convidado para caminhar com você em vez de fugir sozinho.

— Ah — ele falou suavemente —, mas eu suspeito de que você não seja tediosa, Anna. E sim, eu a convidei para andar, não foi? Não a convidei para ficar parada assim comigo na calçada do lado de fora da sua casa, dando-me respostas secas e me chamando de absurdo e muito provavelmente sendo desprezado por vários de seus parentes. Permita-me dar minha contribuição em sua educação, mesmo contra todos os meus melhores instintos. Quando um cavalheiro caminha com uma dama, Anna, ele oferece o braço para o apoio dela e espera que ela o aceite. Se ela não aceitar, ele é primeiro humilhado além do que pode suportar. E pode até mesmo considerar ir para casa e atirar em si mesmo. E depois ele se sentirá chocado ao perceber que talvez ela não seja uma dama, afinal. De ambas as formas, na verdade, ele pode acabar atirando em si.

— Você é sempre tão absurdo?

Ele a observou por alguns momentos silenciosos, enquanto curvava a mão sobre a haste do monóculo. Se ele o levantasse, ela provavelmente riria com desprezo incrédulo. Ele ofereceu a curva do cotovelo novamente.

— Esta é realmente uma lição muito fácil — disse ele. — Não vai distender seu intelecto ao ponto de ruptura. Me dê sua mão. Não, a direita.

Avery passou a mão direita de Anna por baixo do braço e colocou a mão dela, com a palma para baixo sobre o punho do seu casaco. Se fosse possível que o braço dela se esticasse mais, ela teria permanecido em pé onde estava, ele tinha certeza, a uma distância segura. Mas não era, e ela foi obrigada a se aproximar alguns passos. Cada músculo no braço e na mão dela enrijeceu.

Algo era absurdo, mas ele manteve a observação para si mesmo.

— Agora começamos a andar — instruiu ele. — A tarefa do cavalheiro é equiparar o ritmo e o passo dele com os da dama. Os homens não têm todo o poder neste mundo, apesar do que as mulheres costumam acreditar.

Os músculos dela permaneceram rígidos por um tempo e ela parecia mais do que nunca a preceptora de alguém ou mesmo a criada de alguém vestida com o seu melhor traje de domingo. No entanto, ela não seria confundida com nenhuma das duas coisas naquele dia. Não quando ela fora vista em seu braço. As notícias em Londres viajavam mais rápido do que um incêndio ou o vento. Viajavam pelos subterrâneos dos criados e pelo circuito de fofocas na superfície, e a história dos Westcott era realmente sensacional.

Avery era um admirador das mulheres e conhecedor de todas as coisas femininas. Ele admirava a beleza, a elegância e o charme das damas, flertava com elas e até se deitava com algumas quando apropriado. Ele admirava beleza e curvas voluptuosas, sensualidade e as habilidades sexuais em mulheres de uma classe diferente, flertava com elas, as divertia e se deitava com elas a seu bel prazer — embora com alguma discriminação. Ele gostava enormemente de mulheres. Conhecê-las aos poucos, acompanhá-las, lisonjeá-las e levá-las para a cama estavam entre as experiências mais agradáveis da vida. Ele não conseguia se lembrar, no entanto, de admirar muitas mulheres por qualidades de caráter. Divertiu-o descobrir que havia tais qualidades em Lady Anastasia Westcott.

Sou menos ainda que isso, madame, ela dissera em resposta à observação da avó sobre se parecer com uma preceptora inferior. *Ou superior, dependendo da perspectiva. Tenho o grande privilégio de ser professora de uma escola de órfãos, cujas mentes não são inferiores às de ninguém.*

Ele teve que se virar para a janela para esconder seu divertimento, pois ela não falara com raiva ou atrevimento. Ela havia falado o que para ela era a simples verdade. Ela e seus colegas órfãos eram exatamente tão bons quanto o *ton*, ela estava dizendo — todo o *ton*, inclusive ele. Ele admirava tal postura e convicção. Seria uma enorme pena se seus parentes conseguissem o que queriam e ela fosse obrigada a mudar para algo irreconhecível. Ele duvidava, porém, de que ela permitisse que isso acontecesse, exceto nos seus próprios termos. Seria interessante ver que tipo de pessoa surgiria da educação de Lady Anastasia Westcott. Avery esperava que ela continuasse interessante.

Passaram por duas pessoas em South Audley Street: uma criada carregando uma sacola pesada e um cavalheiro que Avery reconheceu vagamente. A criada manteve os olhos baixos enquanto passava apressada. O cavalheiro pareceu assustado, recuperou-se, tocou a aba do chapéu e nem esperou passar por eles antes de girar a cabeça para olhar mais de perto. Ele teria uma história para contar quando chegasse aonde quer que estivesse indo.

— Estou preocupada com meu meio-irmão — revelou Anna quando se viraram na direção de Hyde Park Corner, falando pela primeira vez desde que começaram a andar. — Você está preocupado? Ele poderia estar em qualquer lugar agora. Poderia estar em grave perigo ou apenas muito, muito infeliz. Eu sei que ele não é seu parente de sangue, mas é seu tutelado. Não é irresponsável dizer que você o deixará em paz até que ele pare de rir?

— Eu sempre sei onde é provável encontrar Harry — ele disse a ela. — Nesta ocasião, não é exceção. — Não demorara muito para localizar o garoto muito embriagado e esparramado em uma poltrona baixa na sala de visitas escarlate de um bordel bastante decadente, cercado por companheiros tão inebriados quanto ele e prostitutas com cabelos pintados de cores improváveis. Avery não havia se mostrado. Um olhar assegurou-lhe de que Harry não estava em condições de se valer dos principais serviços prestados pelas prostitutas e, portanto, estava a salvo da varíola.

— Você é assim tão onisciente, então? — ela perguntou a ele. — E tão todo-poderoso que possa resgatá-lo de qualquer profundidade que ele tenha afundado?

Avery pensou nisso e respondeu:

— Sou.

Ele se tornara todo-poderoso. Não tinha sido fácil. Tivera um começo de vida extremamente não promissor quando nasceu mais parecido com a mãe do que com o pai. Seu pai tinha sido uma figura robusta, imponente e viril, que havia pisado duro, franzido a testa e latido pela vida afora, comandando terror dos inferiores e respeito de seus pares. Sua mãe fora uma beldade pequena, de olhos azuis, delicada, de natureza doce e cabelos dourados. Avery não se lembrava de que ela temesse o marido, ou que o marido vociferasse para ela ou lhe fosse desagradável. De fato, era totalmente provável que seu casamento houvesse ocorrido por amor. Ela morreu quando Avery tinha nove anos, de alguma queixa feminina que nunca lhe fora explicada, embora não fosse gravidez. Naquela época, era óbvio que ele havia herdado a maioria dos traços de sua mãe e praticamente nenhum dos de seu pai. Seu pai sempre o tratara com afeto casual, mas Avery já o ouvira comentando que ele estaria bem o suficiente se fosse menina, mas não era o que qualquer homem de sangue nas veias desejaria de seu herdeiro.

Avery fora mandado embora para a escola aos onze anos e poderia muito bem ter sido enviado ao purgatório. Lá ele havia sido terrivelmente intimidado. Era pequeno, franzino, de cabelos dourados, olhos azuis, manso, gentil, tenso e aterrorizado. E ele sabia que nada mudaria, pois sua babá havia lhe explicado uma vez sobre os pés — o tipo de pés presos às extremidades das pernas de uma pessoa e com cinco dedos cada. O tamanho dos pés de um menino, ela dissera, era um previsor seguro do tamanho de sua pessoa quando ela crescia. Os pés de Avery eram pequenos, delicados e finos.

Ele havia sido espancado por um garoto um ano mais novo que ele nos campos de jogos, quando tentou pegar uma bola, mas bateu uma mão na outra, e a bola ricocheteou em um de seus pés pequenos e o fez pular de dor. Ele escapara da agressão sexual do monitor da classe, o qual fora incumbido de auxiliar, só depois que começara a chorar copiosamente e o garoto mais velho olhara para ele com desgosto e reclamara que ele ficava feio quando chorava, para não mencionar que era ingrato, covarde e feminino. Ambos os incidentes aconteceram durante sua primeira semana na escola.

No final da segunda semana, ele havia aprendido muito pouco de seus livros e de seus mestres e tutores, mas aprendera várias outras coisas, principalmente que, se não pudesse fazer nada para mudar sua altura e tipo físico, cabelos e cor dos olhos, poderia mudar todo o resto, inclusive sua atitude. Ele se juntou ao clube de boxe, ao clube de esgrima, ao clube de arco e flecha, ao clube de remo, ao clube de atletismo e a todos os outros clubes que ofereciam a chance de fortalecer o corpo, aperfeiçoá-lo e torná-lo algo menos patético.

Não funcionou bem no começo, é claro. Em sua primeira luta no ringue de boxe, ele pulou sobre os pezinhos, os punhos pequenos prontos, e foi derrubado pelo único soco desferido pelo oponente. É claro que esse oponente fora escolhido deliberadamente para proporcionar o máximo prazer aos espectadores que se reuniram em números maiores do que o normal. O instrutor de esgrima dissera a ele, após sua primeira lição, que, se seu sabre fosse pesado demais para ele sustentar em riste por mais de um minuto, ele estava perdendo o tempo de todos ao continuar fazendo aulas — talvez ele devesse ingressar em um clube de tricô. O instrutor de remo dissera que ele seria um campeão apenas se a corrida exigisse remo em círculo, porque ele precisava das duas mãos para manejar cada um dos remos. Na primeira corrida, todos os outros corredores, mesmo o apelidado de Frank Gordo, cruzaram a linha de chegada quase antes de ele deixar a linha de partida.

Ele persistiu com uma determinação obstinada e um interminável tempo adicional de treino, até dobrar uma esquina invisível no início de seu segundo ano, ao vencer outro dos que ele havia chamado em particular de *rounds de diversão* no boxe, derrubando um oponente dois anos mais velho e trinta centímetros mais alto, vários quilos mais pesado que ele no segundo *round*. É certo que aconteceu quando o garoto estava fazendo uma pose para seus amigos e sorrindo como um idiota, mas aconteceu mesmo assim. O garoto até teve que ser levado para a enfermaria, onde enxergou estrelas com olhos atordoados pelas horas seguintes.

A grande mudança, porém, ocorreu quando Avery estava no penúltimo ano. Ele estava voltando para a escola depois de ter saído para cumprir uma tarefa da qual não se lembrava e havia tomado um caminho desconhecido para variar um pouco. Ele se viu passando por um terreno aberto entre dois prédios velhos e degradados e testemunhando a estranha visão de um velho de calça branca folgada e túnica andando descalço no meio do espaço, com passos exagerados e movimentos dos braços, todos estranhamente graciosos e lentos, como se o próprio tempo estivesse se movendo a menos da metade de sua velocidade usual. O homem tinha mais ou menos a altura e a estrutura de Avery. Ele também era chinês, uma visão relativamente incomum.

Depois de muitos minutos, os movimentos terminaram e o velho ficou olhando para Avery, aparentemente ciente de que ele estava ali havia um tempo, mas sem demonstrar vergonha por ter sido observado se comportando de maneira tão peculiar. Avery não desviara o olhar. Foi ele quem quebrara o silêncio. Ele duvidava de que o velho fosse fazê-lo em algum momento.

— O que o senhor estava fazendo?

— Por que deseja saber, meu jovem? — o senhor chinês perguntou em troca, e esperou por uma resposta.

Só curiosidade, Avery estava prestes a dizer com um encolher de ombros. Mas havia algo sobre a imobilidade do homem, sobre seus olhos, sobre o próprio ar ao redor dele que levou Avery a procurar em sua mente por uma resposta verdadeira. Dois, até três minutos podem ter se passado, durante os quais nenhum deles se moveu ou desviou os olhos um do outro.

A resposta, quando veio, foi simples — e transformadora de sua vida.

— Eu também quero fazer isso — dissera Avery.

— Então você vai fazer — o homem tinha respondido.

Quando a escola chegou ao fim, dois anos depois, Avery havia aprendido muito sobre a sabedoria do Oriente com seu mestre, tanto filosófica quanto espiritual. Ele havia aprendido também, não apenas *sobre* certas artes marciais, mas também sobre como executá-las. A descoberta mais maravilhosa de todas foi que sua pequena estatura e seu corpo magro eram, na verdade, os instrumentos perfeitos para essas artes. Ele treinou diligentemente e sem parar até que seu mestre implacável, severo e exigente estivesse quase satisfeito com ele. Ele fez de si uma arma humana mortal. Suas mãos podiam atravessar tábuas empilhadas; seus pés podiam derrubar uma árvore não muito jovem, embora tivesse provado isso para si mesmo apenas uma vez antes de se tornar vítima de remorso por ter matado um ser vivo desnecessariamente.

Ele nunca havia praticado a mais mortífera das artes em qualquer humano, mas sabia como, se precisasse usar suas habilidades. Ele esperava que esse momento nunca chegasse, pois também havia aprendido a arte correspondente do autocontrole. Raramente usava a arma que era seu próprio ser e nunca com todo o potencial, mas o fato de *ser* uma arma, de ser virtualmente invencível, dera-lhe toda a confiança de que ele precisaria para viver sua vida em um mundo que admirava altura e largura de peito e ombros, boa aparência masculina e uma presença imponente. Ele nunca contara a ninguém sobre seu encontro com o senhor chinês e as consequências resultantes, nem mesmo a sua família e amigos mais íntimos. Avery nunca sentiu a necessidade.

Seu mestre tinha apenas uma crítica que nunca vacilava.

— Você descobrirá o amor um dia — ele dissera a Avery. — Quando o fizer, isso explicará tudo e será tudo. Não é legítima defesa, mas amor.

Ele não havia explicado, no entanto, o que queria dizer com aquela palavra, que tinha mais significado do que talvez qualquer outra palavra no seu idioma.

— Quando você encontrar — ele completou —, você saberá.

O que Avery sabia era que os homens o temiam mesmo quando acreditavam que o desprezavam. Ele sabia que eles não entendiam o medo e nem sequer o admitiam abertamente. Sabia que as mulheres o achavam atraente. Havia aprendido a se cercar da arma que era ele mesmo, como se fosse uma aura invisível, enquanto por dentro observava seu mundo com um certo distanciamento frio, que não era cínico nem melancólico.

Lady Anastasia Westcott, ele suspeitava, não o achava amedrontador nem irresistivelmente atraente, e por isso também ele a admirava. Ela até o havia chamado de absurdo. Ninguém nunca chamava o duque de Netherby de absurdo, mesmo que frequentemente ele o fosse.

— Quando um cavalheiro anda com uma dama — ele disse ao se aproximar do parque —, eles conversam. Vamos prosseguir?

— Sobre alguma coisa? Mesmo quando não há nada a dizer?

— Sempre há algo a dizer — ele discordou —, como sua educação em breve lhe ensinará, Anna. Há sempre o tempo, por exemplo. Você já reparou como há sempre o clima? Isso nunca nos decepciona. Você já conheceu um dia sem condições climáticas?

Ela não respondeu, mas ao redor da abóbada hedionda de seu chapéu hediondo ele pôde ver que ela estava quase sorrindo.

Carruagens e cavaleiros entravam e saíam dos portões. Seus ocupantes olhavam na direção de Avery e depois voltavam para olhar melhor. Ele saiu da estrada principal para atravessar uma ampla extensão de gramado verde na direção de uma linha de árvores que escondia as ruas da vista. Ele não pretendia expô-la à curiosidade de muitas pessoas vestidas na última moda naquele dia. Havia um caminho entre as árvores onde se podia esperar uma certa medida de solidão.

Ela não escolheu o clima, embora houvesse condições climáticas operando ao seu redor na forma de sol, calor e muito pouca brisa. Esses três subtópicos poderiam mantê-los conversando por cinco minutos ou mais.

— Você deve ter conhecido meu pai — disse ela.

— Ele era o irmão mais velho da duquesa, minha madrasta — respondeu ele. — E sim, eu o conhecia. — Tão pouco quanto ele poderia.

— Como ele era?

— Você deseja a resposta educada? — ele retrucou.

Ela virou a cabeça bruscamente na direção dele.

— Eu preferiria a resposta verdadeira.

— Suponho que, no seu mundo, você não possa conceber outra resposta, Anna.

Ela era pequena, com um mínimo de curvas, e tinha seios pequenos. Seu cabelo, mesmo sem o chapéu, era preso em um penteado severo e pesado. No entanto, algo apareceu em seus olhos por um momento, uma certa consciência de que ele não acreditava ser medo, e de alguma forma isso passou dos olhos dela para o corpo dele, e por um breve momento não pareceu importar que a única coisa fisicamente atraente nela fosse o rosto de Madonna. Foi um momento extraordinário. Foi quase sexual.

— Por que fazer uma pergunta — disse ela — se não se deseja uma resposta verdadeira?

Ah. Agora ele entendia. Ele *gostava* dela. Isso era extraordinário o suficiente, mas era mais fácil de entender do que a atração sexual.

— Anna — ele falou como resposta à sua pergunta —, você nunca perguntou a um homem se você está bonita? Não, pergunta tola. Suponho que não. Não lhe ocorreria cavar um elogio, não é? As mulheres que fazem essa pergunta certamente não querem a verdade.

Anna ainda estava olhando diretamente para ele.

— Que absurdo.

Ele suspeitava de que essa se tornaria uma de suas palavras favoritas nos próximos dias e semanas.

— De fato, é. Acredito que o falecido Riverdale tenha sido o homem mais egoísta que conheci, embora eu admita que não o conhecesse bem. Ele era, pelo que ouvi dizer, incontrolável e gastador quando jovem. Casou-se com a dama que seus pais escolheram para ele quando as dívidas alcançaram tal monta que ele não teve escolha a não ser fazer o que fosse necessário para restaurar o fluxo financeiro do qual fora cortado. Aparentemente, isso incluía bigamia e esconder sua filha legítima. Quando seu avô morreu, pouco depois do casamento de seu pai, este se tornou o conde. Ele continuou seus costumes devassos por um tempo, e de repente viu a luz, por assim dizer, e mudou completamente. Não foi uma epifania religiosa que o acometeu. Nenhuma luz divina o atingiu e fez dele um penitente. De acordo com meu pai, que o conhecia bem, embora com relutância, pois era seu cunhado, ele teve uma sorte extraordinária nas mesas de jogo, investiu seus ganhos em um esquema louco e improvável, fez fortuna com isso e se tornou repentina e eternamente sensato. Ele se viu transformado em um brilhante consultor financeiro e ficou obcecado em ganhar e acumular dinheiro. E foi extremamente bem-sucedido em ambos, como descobri quando me tornei guardião de Harry, e como você descobriu em suas consultas com Brumford.

— Suponho, então, que foi a extrema necessidade de dinheiro que o levou a se casar com outra pessoa quando minha mãe ainda estava viva. Eu me pergunto por que ela permitiu. Embora pareça que ela estava morando com os pais e longe dele na época. E ela estava morrendo.

— Se alguém que você conheceu em Bath desaparecesse da sua vida e viesse para Londres, se casasse e tivesse filhos, você teria como saber? Algum dia?

— Provavelmente não — disse ela, depois de pensar um pouco.

— Sua mãe e os pais dela moravam em um vicariato rural. É improvável que ficassem sabendo da bigamia, a menos que tivessem conhecidos que frequentassem Londres, estivessem familiarizados com a aristocracia e conhecessem a conexão entre sua mãe e o homem que logo se tornaria o conde de Riverdale. É até possível que ele nunca tenha usado seu título de cortesia em Bath.

— Não — ela concordou. — Eles provavelmente nem sabiam, não é?

— Eu diria que seu pai se sentia bastante seguro quando contraiu um casamento ilegal.

— Por que ele nunca revogou o testamento antigo? Por que ele nunca fez outro? Isso é incomum?

— É — disse Avery —, respondendo à sua última pergunta primeiro. Meu pai tinha um testamento que deveria ter umas doze páginas, todas escritas em um jargão jurídico tão complicado que eu acho que nem o advogado dele entendia completamente. O testamento era desnecessário, é claro, já que eu era o único filho, e questões com relação à minha madrasta e meia-irmã foram bem contempladas no contrato antenupcial. Assim, ficamos com a intrigante possibilidade, no caso de seu pai, de que a persistência do testamento antigo e a ausência de um novo tenham sido decisões deliberadas da parte dele.

Ela pensou a respeito.

— Sua piada lançada sobre a posteridade quando ele não podia mais ser chamado a prestar contas? Se é assim, ele estava sendo extraordinariamente cruel com a condessa e os filhos.

— Ou, de fato, bom para você.

— Não há gentileza no dinheiro — apontou Anna.

Eles alcançaram a linha das árvores e se viraram para andar pelo caminho irregular entre eles. Havia um bom senso de isolamento ali. Os sons mais intensos dos cascos dos cavalos, das rodas dos veículos, dos gritinhos das crianças, dos anúncios dos vendedores ambulantes e das conversas e risadas dos adultos do parque, de um lado, e da rua, do outro, pareciam silenciados, embora pudesse ser apenas imaginação. Aqui se podia ouvir pássaros cantando e folhas farfalhando no alto; o perfume de madeira e seiva, as fragrâncias da terra e das várias árvores. Aqui alguém poderia ignorar a artificialidade da vida da cidade.

Ele olhou para Anna, as palavras dela ecoando em sua cabeça. Ela não estava encantada com sua incrível boa sorte, estava? Ele se perguntava se ela sonhara com isso a vida toda e agora achava a realidade um pouco vazia, porque junto com a fortuna vinha o conhecimento de que seu pai havia sido um patife de primeira grandeza e que suas meias-irmãs haviam fugido com a mãe em vez de encontrá-la novamente ou aceitar sua oferta de compartilhar a fortuna. Que Harry estava em algum lugar se embebedando até chegar ao fundo do poço e que algum tipo de resgate pudesse ser necessário. Que sua família a considerava impossível. *Ela pode nunca estar pronta* foram as últimas palavras que sua avó falou antes de saírem de casa. Ele se perguntou se ela tinha amigos em Bath? Um pretendente, talvez? Alguém que a família não consideraria elegível para ela.

— Bem, há um ditado memorável — disse ele. — Deve ser uma citação de algum sábio famoso: *não há bondade no dinheiro*. Eu suspeito, porém, de que é um *Anna*nismo original. Para a maioria das pessoas, o motivo não importa. Seria o suficiente que seu pai desejasse que você finalmente fosse rica.

— Espero que não tenha sido deliberado — falou ela. — Espero que ele tenha apenas esquecido sobre esse testamento e que tenha sido preguiçoso demais para fazer outro. Espero que ele não tenha sido deliberadamente malicioso para todos nós: para a esposa, para os filhos e para mim. Encontrei minha família ontem. Você entende, Avery, o que isso significa para alguém que cresceu em um orfanato sem saber quem é, nem mesmo tendo certeza de que o nome pelo qual é conhecido é seu nome verdadeiro? Significa mais do que todo o ouro e as joias do mundo. E ontem perdi minha família, a parte mais significativa para mim. Hoje eles se foram. Fugiram em vez de me verem novamente. Oh, sou grata pelo que resta. Tenho uma avó, tias e um tio, primos na escola... e sua meia-irmã também é minha prima, não é? E primos em segundo grau. Todos eles são um tesouro que estava além de meus sonhos há apenas alguns dias. Apesar disso, perversamente, meu coração ainda está dolorido demais para apreciá-los completamente. Ontem descobri que minha mãe está morta há muito tempo e que meu pai, um homem egoísta e cruel, morreu recentemente. Ontem vi a segunda esposa dele e seus outros filhos, meus meios-irmãos, devastados e o mundo deles, destruído. Sou rica, provavelmente além da imaginação, mas de certa forma estou mais empobrecida do que era antes, pois agora sei o que tinha e perdi.

A única palavra que mais se havia registrado na mente de Avery era seu próprio nome: Avery. Quase ninguém fora de sua família o chamava assim. Até suas amantes o chamavam de Netherby.

Mas o resto do que ela dissera também se registrou, e ele parou de andar e a conduziu para fora do caminho irregular, colocando-a de costas contra um tronco de árvore, para que ela pudesse se recuperar antes de seguirem em frente. Ela estava muito entristecida. Havia descoberto recentemente que era uma das mulheres mais ricas da Inglaterra e estava entristecida porque a família significava mais para ela do que as riquezas. Ela nunca conhecera nenhum dos dois — família ou dinheiro — e família significava mais. Ninguém nunca realmente considerava o assunto quando sempre se tivera os dois. Qual *era* o mais importante?

Ele apoiou uma das mãos no tronco ao lado da cabeça dela e olhou-a no rosto.

ALGUÉM PARA AMAR   99

— Não, não há bondade no dinheiro, Avery, e não havia absolutamente nenhuma no falecido conde de Riverdale, meu pai.

O nome dele novamente: Avery. Era algo mais que estava contra ele desde o início — seu nome, que sugeria flores, lindos pássaros e feminilidade. Ele não poderia ter sido Edward, Charles ou Richard, poderia? Mas, de alguma maneira, essa mulher, essa Anna, fazia uma carícia em seu nome, embora ele não tivesse dúvida de que fosse totalmente involuntário.

— Escrevi ontem para meu querido amigo em Bath. Lembrei-o de algo que nossa ex-professora gostava de dizer, que se deve tomar cuidado com o que se deseja, pois o desejo pode ser atendido. Todos os órfãos têm o grande sonho de descobrir exatamente o que descobri ontem. Eu disse a ele que a srta. Rutledge tinha razão.

Amigo. Por pouco, Avery conseguiu se deter antes de perguntar o nome do homem.

Havia outras pessoas vindo pelo caminho em direção a eles. Ele passou o braço dela pelo dele novamente e virou-se para os que vinham. Havia dois casais. Os homens inclinaram a cabeça e tocaram a aba dos chapéus. As damas fizeram uma meia reverência.

— Netherby — cumprimentou Lorde Safford. — Este é um belo dia para maio.

— Vossa Graça — as duas damas murmuraram.

Mas todos os olhos, Avery estava plenamente consciente, estavam em sua companheira, ávidos e curiosos.

— Sim, não é mesmo? — Avery concordou com um suspiro, o monóculo na mão livre.

— Está quente, mas não quente demais — disse uma das damas. — É perfeito para um passeio no parque.

— E não há vento — acrescentou a outra —, o que é muito incomum, mas muito bem-vindo.

— De fato é — Avery concordou. — Prima, posso lhe apresentar Lorde e Lady Safford, o sr. Marley e a srta. James? Lady Anastasia Westcott é filha do falecido conde de Riverdale.

— Como vão? — Anna olhou diretamente para cada um deles.

Os cavalheiros se curvaram e as damas fizeram uma reverência — para ela, não para Avery neste momento.

— É um grande prazer, Lady Anastasia — iniciou o sr. Marley, enquanto os olhos da srta. James se moviam sobre ela da cabeça aos pés. — Espero que a vejamos mais durante a Temporada.

— Obrigada. Ainda não tenho planos definidos.

Avery ergueu o monóculo parcialmente até os olhos, e os dois casais entenderam a dica e se afastaram depois de algumas despedidas murmuradas.

— Você percebe, Anna, eu espero — disse Avery, ao retomarem sua caminhada pela trilha na direção oposta —, que você acabou de fazê-los ganhar o dia?

— Fiz? Porque sou tão desmazelada? Porque sou impossível?

— Exatamente por essas razões — confirmou ele, virando a cabeça e olhando preguiçosamente para ela. — Você pode continuar sendo desmazelada se desejar ou se deixar levar por toda a elegância e as últimas modas. E você pode permanecer impossível ou provar que para uma dama de caráter tudo é possível. Você pode até, da próxima vez que lhe cumprimentarem com uma reverência, optar por reconhecer a homenagem com uma inclinação graciosa da cabeça e um olhar frio ao longo do comprimento do nariz.

— Que absurdo.

— Sim — ele concordou. — Mas se comportar assim ajuda a manter a pretensão e a impertinência à distância.

— É por isso que você faz isso?

Ah.

— Eu faço isso porque sou Netherby e espera-se que eu seja altivo e arrogante. Seus parentes, Anna, a apressarão a se tornar Lady Anastasia Westcott, com exclusão de todo o resto. O *ton* certamente espera isso de você. As quatro pessoas que acabaram de passar por nós provavelmente já começaram a correr, na pressa de divulgar o primeiro encontro que tiveram com você. Os ouvintes ficarão fascinados, invejosos, escandalizados e desesperados para vê-la por si mesmos. A escolha entre mudar e quanto mudar será sua.

— E qual seria seu conselho, Avery? — ela perguntou, e ele foi encorajado a ouvir a ligeira farpa na voz dela.

Ele estremeceu com teatralidade deliberada.

— Minha querida Anna, se há algo que eu nunca faço é oferecer conselhos. O tédio que isso me dá! Por que eu me importaria se você se transformará em um diamante da primeira grandeza, aquele horrível clichê, ou se continuará sendo uma professora desmazelada e feliz de órfãos?

— Talvez, uma professora desmazelada de órfãos ofenda seu senso de importância, já que você tem uma conexão comigo através de sua madrasta. — Ela virou a cabeça para olhá-lo e, sim, estava com raiva. Ela também tinha uma mandíbula teimosa.

— Ah — ele disse fracamente —, mas nunca permito que nada nem ninguém reduza meu senso de importância.

— Eu também não.

Os olhos deles se encontraram.

— Um nocaute. Meus cumprimentos, Anna.

— Eu vou mudar — ela falou. Eles se detiveram novamente para fazer uma pausa nas árvores que permitia uma vista através de uma extensão gramada do lago Serpentine, ao longe. — Não se pode viver de um dia para o outro sem mudar. É a natureza da vida. Pequenas escolhas sempre são necessárias, mesmo quando as grandes não aparecem. Vou mudar o que escolher mudar e reter o que escolher. Vou até ouvir conselhos, pois é tolice não o fazer, desde que o conselheiro tenha algo de valor a dizer. Mas não vou escolher entre Anna e Lady Anastasia, pois sou as duas. Eu apenas tenho que decidir, uma escolha de cada vez, como vou de alguma forma reconciliar as duas sem rejeitar nenhuma delas.

Avery sorriu lentamente, e ela mordeu o lábio inferior.

— Eu acredito, Anna, que posso muito bem me apaixonar por você. Seria uma experiência nova, mas *você* é uma experiência nova. Tão sincera e tão... cheia de princípios. O que você escolhe, então, para o momento seguinte? Vamos continuar? Ou devo beijá-la?

Ele disse isso para chocá-la, mas ele se chocou pelo menos na mesma medida. Havia mulheres com quem ele flertava, e havia mulheres com quem ele definitivamente não o fazia. Anna se encaixava firmemente na segunda categoria.

Ele viu o choque invadi-la e manteve um olhar cauteloso na mão direita, supondo que ela fosse destra. As narinas dela se alargaram.

— Vamos continuar — decidiu ela. — Se é assim que um cavalheiro, um aristocrata, fala com uma dama, Avery, então não penso grande coisa da educação de um cavalheiro.

— Não há muitas damas — disse ele, com expressão e voz restauradas ao seu tédio habitual — que ficariam indignadas com a oferta de um beijo do duque de Netherby. Que humilhante seria sua rejeição, Anna, se eu fosse capaz de sentir humildade. Então, como você diz, continuaremos nosso caminho. Devemos voltar para Westcott House em breve, se não quisermos que Lady Matilda Westcott e o novo conde de Riverdale mandem buscá-la.

Olhando ao redor da aba do chapéu, ele não conseguiu decidir se ela estava achando graça ou se ainda sentia raiva e choque. Ele costumava ler mulheres como um livro. Mas Anna era um volume fechado e trancado, e talvez fosse por isso que ele gostasse dela e a achasse interessante. Quem resistiria à atração de uma fechadura quando a chave estava escondida em algum lugar?

Eles seguiram em frente.

8

Cara srta. Ford,

Quando receber esta carta, acho que já saberá por que fui convocada para ir a Londres. Estou certa de que Joel Cunningham terá compartilhado minha carta com a senhorita e com todos os outros. No entanto, algo mudou logo no dia seguinte à redação daquela carta, e devo informar que não voltarei mais a Bath dentro de um ou dois dias.

Quem me dera poder. Na verdade, tenho um grande desejo de voltar para casa. Perversamente, agora que descobri que sou uma dama de fortuna, quero voltar a ser quem eu era. Quero minha vida familiar de volta. Quero estar aí com a senhorita e com todos os meus amigos. Quero ensinar minhas queridas crianças.

No entanto, fui persuadida — por outros e por meu próprio bom senso — da sabedoria de permanecer aqui, pelo menos por um tempo. Seria tolice fugir às pressas, logo agora que descobri aquilo pelo que ansiei a vida toda. Decidi que devo permanecer e aprender exatamente quem é Lady Anastasia Westcott e qual seria sua vida se ela não tivesse sido transformada em Anna Snow aos quatro anos e deixada no orfanato. Preciso decidir quanto dela posso me tornar sem perder Anna Snow no processo. Pode parecer vaidade, mas gosto bastante de Anna Snow.

Antes de me aventurar nessa estranha viagem de descoberta, no entanto, devo renunciar à minha posição de professora. Faço isso com o mais profundo pesar e algo parecido com pânico em meu coração, mas não posso esperar que a senhorita se ocupe com todas as crianças enquanto espera que eu decida quando voltarei, se é que algum dia voltarei.

Escreverei outra carta após esta, mas parece justo notificá-la com antecedência de que tentarei atrair uma de suas garotas para longe, e a pessoa que se tornou sua ajudante. Parece que Lady Anastasia Westcott, essa criatura mimada e desamparada, não pode se vestir, pentear seus próprios cabelos, buscar água quente para o quarto ou limpar e passar as próprias *roupas. Ela deve ter uma criada pessoal para fazer isso por ela.*

Ofereceram-me os serviços temporários da criada de minha prima em segundo grau, que está ficando comigo em Westcott House — que é minha propriedade —, mas fui avisada de que uma criada de talentos e experiência superiores será escolhida para mim por minha avó e minhas tias. Tremo só de pensar — e estou brincando apenas em parte. Imagino alguém rígido e sem humor, que olharia com desdém por cima de seu nariz para minha pobre pessoa em meu melhor traje de domingo, e eu tremendo de terror nos meus melhores e mais confortáveis sapatos. Prefiro escolher minha própria criada e ter alguém que eu conheça, alguém com quem eu possa conversar e rir, mesmo que ela se veja tendo que aprender tanto quanto eu em sua nova vida.

Vou oferecer o cargo a Bertha Reed, já que acredito que isso possa ser do agrado dela e, mais precisamente, isso a trará mais para perto de Oliver. Oh, céus, isso faz de mim uma casamenteira? Mas a união já foi determinada, não foi? Esses dois são devotados um ao outro desde a infância.

Também posso privá-la de mais meninos e meninas mais velhos. Esta minha casa é vasta. De fato, estou inclinada a chamá-la de mansão. Ainda não fui submetida ao terror de uma reunião com minha governanta — que será marcada para amanhã de manhã —, mas descobri que temos poucos funcionários, pois vários dos criados se foram com minhas meias-irmãs e sua mãe para o interior hoje de manhã, antes de eu chegar aqui. Meu palpite é que não voltarão — ou permanecerão lá por muito tempo. Eles não gostam da nova ordem das coisas, e não posso dizer que os culpo. Vou descobrir com a governanta quais criados são necessários e informá-la de que preencherei quaisquer cargos adequados com os candidatos de minha própria escolha. Penso em particular em John Davies, um garoto alto e forte, apesar de não ter quinze anos, e sempre muito arrumado e organizado, tanto na aparência quanto nos hábitos. Sei que a senhorita tentou encontrar um posto de aprendiz para ele, mas também sei que o sonho dele é ser porteiro ou carregador em um dos hotéis mais elegantes de Bath, alguém que use uniforme e fique incrivelmente bonito (John nunca disse essa última parte, é claro, ele é modesto demais). Vou ver o que Lady Anastasia Westcott pode fazer por ele. Ela certamente deve ter algum poder.

Esta pretendia ser uma carta muito breve, mas, em vez disso, eu me estendi. Por favor, perdoe-me. E, por favor, mande meu amor a todas as crianças e garanta-lhes que sempre pensarei nelas. Deseje-me alegria por minha nova identidade, que não é nova, é claro, pois sempre fui Lady Anastasia Westcott sem saber. Pretendo, no entanto, sempre permanecer.

Sua amiga agradecida,
Anna Snow

Anna e Elizabeth terminaram de escrever suas cartas quase no mesmo momento, logo depois, e sorriram uma para a outra.

— Peço desculpas — disse Anna —, por escrever cartas durante a primeira noite em que você está aqui para me fazer companhia, mas eu queria escrever para a matrona do orfanato sem demora e para dois de meus amigos. — Ela também escrevera uma carta para Joel e uma breve nota para Bertha.

— Não é necessário se desculpar. Eu tinha algumas para escrever também. Você deve sentir falta dos seus amigos.

Ela não deveria voltar ao Pulteney Hotel, Anna ficara sabendo ao voltar da caminhada com o duque de Netherby. Todos haviam saído de casa, exceto a duquesa, tia Louise, e Lady Overfield, prima Elizabeth. Seus pertences já haviam sido buscados no hotel e os de Elizabeth estavam a caminho. No dia seguinte, Anna conheceria a sra. Eddy, sua governanta, antes da chegada do cabeleireiro e da modista. Sua tia marcaria esses horários.

— Você não deve temer que seja impossível alcançar os padrões desta vida, Anastasia — ela havia assegurado a Anna. — Você tem um rosto e um corpo que podem ficar apresentáveis o suficiente com um pouco de trabalho. Foi decidido, enquanto você estava fora, que seria melhor se você não usasse luto por seu pai. Não seria vantajoso para você usar preto quando for apresentada ao *ton*. Com a ajuda de alguns tutores, aprenderá o suficiente sobre o essencial da etiqueta para não desonrar você ou sua família. E todos, exceto os mais rigorosos, farão concessões para quaisquer pequenos deslizes. De fato, haverá alguns que ficarão encantados com eles.

Nesse momento, Anna olhou para o duque, que havia ficado para acompanhar sua madrasta até em casa, mas apenas parecia entediado. Como se ele não tivesse tentado chocá-la antes, dizendo que poderia se apaixonar por ela. Como se ele não tivesse então lhe dado uma escolha — *Vamos continuar? Ou devo beijá-la?*

O homem lhe dava arrepios. Não, para ser honesta, seria mais preciso dizer que ele lhe dava *calafrios*, pois, apesar de todas as suas afetações, de todas as coisas estranhas que ele dizia, de todo o esplendor brilhante de sua pessoa, ela sentira-se quase sufocada o tempo todo em que estiveram no parque, pela aura de poder e pura masculinidade que ele parecia exalar. Ter que segurar o braço dele — ela nunca segurara o braço de ninguém antes, nem mesmo o de Joel — e andar perto do lado dele foi um dos desafios mais severos de sua vida.

E o pior — ah, o pior — momento daquela caminhada acontecera quando ele lhe deu a opção de ser beijada ou de continuar andando, e o corpo dela reagiu de maneira bastante independente de sua mente. Ela nunca tinha chegado tão perto de perder o controle sobre as necessidades femininas que conhecia desde os catorze ou quinze anos, mas que mantinha firmemente reprimidas. Ela se perguntou durante aquele olhar para ele, quando estavam de volta à casa, o que teria acontecido se ela tivesse escolhido o beijo. Ele não ficaria chocado?! Anna tinha certeza, porém, de que ele a teria beijado — e seus joelhos ficavam bambos com o mero pensamento.

— Todos voltaremos aqui amanhã — dizia sua tia. — Enquanto isso, você terá Elizabeth para lhe fazer companhia e para ter com quem conversar. Escute-a, Anastasia. Você pode aprender muito com ela.

Mas, em vez de passar a noite conversando, Anna pediu licença para escrever cartas e Elizabeth escreveu algumas também.

Você deve sentir falta dos seus amigos, Elizabeth acabara de dizer.

— Espero — disse Anna — que eu tenha uma nova amiga na sua pessoa. — Elizabeth explicou que era viúva e morava com a mãe e o irmão, primo Alexander, o novo conde de Riverdale.

— Oh, você terá — Elizabeth assegurou. — Pobre Anastasia. Quão desconcertante tudo isso deve ser para você. Até seu nome mudou. Você prefere que eu a chame de Anna?

— Por favor. Eu sei que sou Anastasia, mas não me sinto como ela. Entende? Eu até penso nela e falo dela na terceira pessoa.

As duas riram. Era certamente a primeira vez que ria desde antes de deixar Bath, pensou Anna.

— Então, talvez, você poderia me chamar de Lizzie, como meus familiares e amigos mais próximos.

— Vou chamar. — Anna sorriu para ela.

— Minhas primas, sua avó e suas tias, podem ser um pouco arrogantes — revelou Elizabeth. — Não acredito que você se permita ser oprimida por elas, pois sinto que tem um caráter firme, mas elas se esforçarão muito para mudar tudo a seu respeito até que transformem você na pessoa que acreditam que Lady Anastasia Westcott deveria ser. Tenha cuidado com elas, por favor, Anna. A intenção delas é boa, e deve se lembrar de que você é tão nova para eles quando eles são para você. Até ontem, elas não tinham ideia de que você existia. Acredito que sua avó em particular esteja determinada a amar você.

Anna observou Elizabeth atravessar a sala de visitas.

— Oh, Lizzie, você faz ideia de como é ter uma avó e outros parentes?

— Perdoe-me por tomar liberdades na sua casa — pediu Elizabeth, puxando a corda do sino ao lado da lareira —, mas acho que nós duas estamos prontas para uma xícara de chá e um jantar leve.

— Esta é a sua casa também. Você deixou sua mãe e irmão para vir e ficar aqui comigo por um tempo. Sou muito grata. Eu odiaria ficar sozinha.

— Alex realmente sente por você. Ele também foi colocado em um papel desconhecido que não esperava e nunca cobiçou. Mas ele sempre teve um forte senso de dever. Assumirá todas as responsabilidades do condado, juntamente com o título. Pobre Alex. O fardo será pesado.

Anna se perguntava de que maneira isso seria pesado.

— Você está dando a entender que eu também devo arcar com o fardo de meu dever?

Elizabeth apenas riu.

— Oh, meu Deus, não. Eu vim aqui para lhe oferecer companheirismo e até carinho de prima, Anna. Ajudarei você o máximo que puder para se sentir mais confortável em sua nova identidade. Eu até darei opiniões quando você as solicitar. Mas não vou lhe dar sermões. Não é isso que as amigas fazem.

— Obrigada.

A bandeja de chá chegou naquele momento, juntamente com pratos com fatias finas de pão, manteiga, queijo e bolos de groselha.

— Eu gostaria de saber — disse Anna enquanto comiam —, se o duque de Netherby já encontrou meu irmão.

— Se não tiver encontrado, ele certamente o fará e cuidará dele. Sei que Avery gosta de dar a impressão de que é o máximo em dandismo afetado e indolente. Alex toma a aparência exterior como realidade e o considera irresponsável e o desaprova sinceramente. Mas há algo em Avery, acredito que nos olhos dele, que me faria recorrer a ele com a maior confiança se eu me encontrasse em dificuldades e Alex não estivesse por perto. Ouvi dizer que ele manteve Harry nas rédeas mais frouxas, mas mesmo assim as rédeas estão presentes.

— Espero que você esteja certa. Não posso esquecer que, quando o jovem soube que eu era sua irmã, ele parecia satisfeito e ansioso por me conhecer.

— Você foi informada do que aconteceu entre Camille e o noivo ontem à tarde?

— Não. — Anna colocou a xícara no pires.

— Eles estavam noivos na época do Natal, mas a morte do velho conde os obrigou a adiar o casamento desta primavera para o próximo ano. Ele deveria vir visitá-la aqui ontem à tarde, e ela esperava que, com sua decisão de deixar de luto, ele ficaria feliz em marcar o casamento para este ano, afinal. Mas, quando ele veio e soube o que havia acontecido em Archer House durante a manhã, saiu com o que deve ter parecido uma pressa indecente antes que qualquer plano pudesse ser feito. Uma hora depois, a pobre Camille recebeu uma carta dele, sugerindo que ela enviasse um aviso aos jornais anunciando o fim do noivado, já que poderia ser considerado pouco apropriado se ele o fizesse.

— Oh, Lizzie. — Anna pousou a xícara e o pires e olhou horrorizada para Elizabeth.

— Camille enviou a nota. Acho que aparecerá nos jornais matinais de amanhã.

— Mas por quê? — Os olhos de Anna se arregalaram.

— Talvez, porque parecerá menos humilhante fazer com que o *ton* acredite que foi ela quem cortou a conexão.

— E é *assim* que os cavalheiros se comportam? Este é o mundo em que devo aprender a viver?

— Pelo menos dê crédito ao homem por não envergonhar publicamente sua noiva — disse Elizabeth, mas, antes que Anna pudesse expressar sua indignação, ela levantou uma das mãos. — Mas ainda acho que ele deve ser fervido em óleo. No mínimo.

Anna recostou-se na cadeira.

— Pobre, pobre Camille. Ela é minha irmã, Lizzie. Ofereci-me para compartilhar tudo, mas meu irmão sumiu e minhas irmãs fugiram para o interior com a mãe.

— Dê tempo a eles. E dê um tempo a si mesma, Anna. Eu poderia ter escolhido um momento melhor para lhe contar do que a hora de dormir, não poderia? Sinto muito. Mas agora é tarde demais para eu decidir que isso teria sido uma conversa mais adequada para o café da manhã.

Anna suspirou quando as duas se levantaram. Cinco minutos depois, ela estava sozinha em seu vasto quarto de dormir, tendo recusado a oferta dos serviços da criada de Elizabeth. Ela e sua pequena bolsa tinham o quarto de dormir, além de um quarto de vestir maior do que o seu em Bath, e uma sala de estar privada onde se movimentar. E, diferentemente dos quartos do hotel, estes pertenciam a ela, assim como a casa inteira.

Mas havia um vazio no interior que era mais vasto do que seu corpo inteiro. De repente, ansiava pela querida solidez de Joel. Se ele estivesse ali naquele momento e lhe pedisse em casamento novamente, ela aceitaria antes que a proposta estivesse completamente fora de sua boca. Talvez fosse bom que ele não estivesse aqui. Pobre Joel. Ele merecia coisa melhor.

Eu acredito, Anna, que posso muito bem me apaixonar por você.

Como seria se apaixonar?

Como seria ser beijada?

E, oh, céus, como seria ser Lady Anastasia Westcott?

Era tarde demais para voltar, simplesmente esquecer os acontecimentos dos últimos dias? Suas cartas ainda não haviam sido enviadas. Mas sim, já era tarde demais. Sua partida agora não resolveria nada para seu irmão, irmãs e a mãe deles. *Eles* não podiam simplesmente esquecer os últimos dias e voltar suas vidas ao que tinha sido.

Ela adormeceu muito tempo depois, imaginando o que havia acontecido com o reverendo e com a sra. Snow, seus avós maternos.

Avery descobriu que tinha cometido um péssimo erro de cálculo. Isso não acontecia frequentemente. Se bem que ele não era frequentemente chamado a lidar com jovens condes que haviam acabado de perder título e fortuna e se descoberto bastardos sem um tostão.

Não encontrou Harry em nenhum dos lugares esperados durante a tarde ou a noite, embora tivesse passado horas cansativas perambulando, procurando e fazendo inúmeras perguntas aos antigos companheiros e amigos do rapaz. Ex-condes despossuídos logo perdiam seu apelo, ao que parecia. A situação era suficiente para fazer com que se perdesse a fé na humanidade — se alguma vez existira fé na humanidade.

Contudo, encontrou Uxbury — o visconde de Uxbury, o estimado ex-noivo de Camille —, quando fez uma pausa em suas buscas para uma visita ao White's Club. Uxbury o pegara de surpresa quando Avery passava pela sala de leitura, que estava praticamente deserta àquela hora.

Na melhor das hipóteses, o visconde era alguém a ser evitado. Sempre parecera a Avery que, se alguém o pegasse e o sacudisse vigorosamente, a pessoa logo se veria envolta em poeira, cega e sufocada por ela. O que Camille enxergava nele, apesar de admitir que ela fosse bastante empolada e arrogante, Avery nunca havia entendido. Se bem que, como ele não precisava entender, estava satisfeito com a ignorância. Naquela noite, porém, ele se ressentira ainda mais do que o habitual de ser puxado de lado por aquele cavalheiro em particular. O noivado fora encerrado, ele ouvira falar disso pela madrasta; esse era o motivo de Camille ter saído de Londres com Abigail e a mãe. Avery não sabia quem havia encerrado o noivado ou exatamente por quê. Ele realmente não precisava nem queria particularmente saber.

— Ah, Netherby, meu camarada — saudou Uxbury. — Veio celebrar sua liberdade de uma responsabilidade incômoda, não é?

Camarada? Avery ergueu as sobrancelhas.

— Responsabilidade?

— O jovem Harold — explicou Uxbury. — O bastardo. — Ele disse a palavra não como um insulto, mas como uma descrição.

— Uma palavra de alerta — disse Avery, munindo-se do monóculo. — Meu tutelado não gosta de ser chamado assim e não terá escrúpulos de lhe dizer isso pessoalmente. Ele afirma que o faz se sentir como um rei saxão calvo esperando uma flecha no olho. Ele prefere Harry.

— O que ele é — reiterou Uxbury —, é um bastardo. Eu escapei por muito pouco, Netherby. Você gostaria de me felicitar por isso, eu acho. Se o falecido Riverdale tivesse morrido seis meses depois do que morreu, eu teria me visto fascinado pela história desse casamento ilegítimo antes de descobrir a verdade. Só posso estremecer com o pensamento. Embora você fosse ter escapado completamente de ter que lidar com um rapazote selvagem e petulante.

— E eu teria — disse Avery, deixando cair o monóculo na fita. Estava cansado daquela conversa.

Ele prendeu Uxbury atrás dos joelhos com um pé e enfiou as pontas dos dedos rígidos de uma das mãos contra um ponto logo abaixo das costelas do homem, o que o deixaria sem fôlego por um minuto ou dez e, provavelmente, de cara azul enquanto isso. Ele observou Uxbury tombar, derrubando uma mesa e uma pesada jarra de cristal com ele, provocando um estrondo espetacular o suficiente para trazer cavalheiros, garçons e outros homens variados correndo ou pelo menos saindo às pressas de todas as direções. Ele viu Uxbury fazer menção de gritar, mas não conseguir — não conseguir nem sequer suspirar.

— Meu Deus — ele falou para ninguém em particular. — O homem deve estar bebendo demais. Alguém deve afrouxar a gravata dele.

Ele se afastou depois de alguns momentos, quando parecia que havia ajuda suficiente para reviver um regimento desmaiado. Camille é que tinha escapado por pouco no dia anterior, ele decidiu, ao deixar o clube para retomar sua busca, e não o ex-noivo.

Nem mesmo os jovens que ainda poderiam ser contados como amigos de Harry conseguiram conduzir Avery na direção certa. Disseram-lhe várias vezes que Harry fora para um inferno de jogatina, um bordel, uma taberna, uma festa pós-espetáculo de teatro, casa e apartamento de outros colegas. Ele não foi encontrado em nenhum desses lugares. O garoto geralmente era bastante previsível. Encontrá-lo normalmente não era mais árduo do que seguir uma trilha em chamas. Mas, desta vez, ele parecia ter sumido do mapa, e Avery estava começando a se perguntar se talvez ele havia escapado para se juntar à sua família em Hampshire.

Foi Edwin Goddard, seu secretário, quem finalmente descobriu o rapaz na manhã seguinte, não mais de uma hora depois de Avery ter pedido sua ajuda. Deus abençoasse o homem; ele valia seu peso em ouro.

Harry, bêbado e de olhos turvos, desgrenhado, roupas manchadas e até rasgadas, fedia após dois dias sem encontrar água ou sabão, navalha ou pó para dentes ou uma muda limpa de roupas, encontrara ou fora encontrado por um sargento de recrutamento e aceitara o soldo do rei em troca de sua assinatura fininha e um posto em algum regimento desprestigioso como soldado raso. No momento em que Avery se deparou com o grupo — consistia em alguns outros recrutas maltrapilhos, além de Harry e o sargento —, seu protegido estava pálido, sombrio e melancólico, e obviamente ostentava uma dor de cabeça gigantesca.

O duque de Netherby, que havia tomado banho e trocado de roupa desde a noite anterior, contemplava o amontoado repugnante de possíveis heróis militares através de seu monóculo — ele escolhera um de pedras preciosas deliberadamente para que fulgurasse ao sol —, enquanto o amontoado repugnante o encarava, e Harry parecia verde e desafiador.

— Harry — Sua Graça disse com um suspiro. — É hora de voltar para casa, meu rapaz.

— Uma palavrinha. — O sargento avançou até trinta centímetros de distância de Sua Graça. — O rapaz foi recrutado, menino bonito, e pertence ao rei agora. Não há nada que você possa fazer sobre isso.

Menino bonito? Aquilo estava se parecendo um pouco demais com o primeiro ano na escola novamente.

O homem era pelo menos vinte centímetros mais alto do que Avery e tinha pelo menos duas vezes seu peso — mais provavelmente três vezes. Sua cabeça estava raspada, e cada centímetro de seu corpo visível era pontilhado e marcado de cicatrizes para mostrar o grande pugilista de soldado que ele era.

Avery olhou-o através do monóculo. Não era uma visão atraente, ainda mais quando ampliada, mas era impressionante, e poderia acabar com todo um batalhão de soldados franceses, sem mencionar um menino bonito. O sargento parecia desconfortável sob o exame minucioso, mas, para seu crédito, ele não recuou nem uma fração de centímetro.

— De fato — disse Avery com um suspiro de sofrimento. — Desejo ver a assinatura de meu protegido, meu bom homem.

— Não sou seu homem e não tenho que... — o sargento começou.

— Ah, mas você vai — informou o duque de Netherby, parecendo entediado.

O papel de recrutamento foi providenciado.

— Como eu pensava — concluiu Avery depois de demorar o tempo desejado lendo-o através do monóculo. — Esta é realmente a assinatura de meu protegido, mas está toda tremida, como se ele tivesse sido coagido a assinar.

— Escute — disse o sargento, franzindo a testa com ferocidade. — Não gosto do seu tom, moço, e não gosto do que está fazendo.

— Presumo que um dos xelins do rei esteja neste momento aninhado no bolso do meu protegido?

— A menos que ele tenha comido — respondeu o sargento.

O grupo nojento deu risada.

— Harry. — Sua Graça de Netherby aproximou-se do garoto, a mão estendida. Os outros recrutas o estavam encarando de novo. Uma pequena multidão, mas cada vez maior, reunia-se em círculo ao redor deles. — Por gentileza.

— Dê a ele, Harry — alguém na multidão gritou —, e deixe o sarja levá-lo no seu lugar. Os franceses o comeriam na janta, ô se comeriam.

Havia um engraçadinho em cada multidão.

Harry tirou do bolso o xelim desgastado e o entregou.

— Eu me alistei, Avery — informou ele. — Vou ser um soldado. É só para isso que sirvo. É o que quero fazer.

Avery entregou o xelim ao sargento.

— Pode pegar isso de volta e rasgar esse papel. Isso não vale nada. Não resistiria ao tribunal.

Um elemento da multidão aplaudiu enquanto outro vaiava.

— Não queremos isso daí amassado — apontou o sargento. — Cê ouviu o que disse. Suma daqui, moço. Agora ele pertence ao rei e eu sou o representante do rei. Suma antes que eu lhe dê uma boa surra e faça você chorar e molhar as calças.

Houve aplausos descontrolados da multidão cada vez maior. Era um desafio quase digno de ser aceito, mas, na verdade, ele não deveria ceder à tentação de se exibir. Avery suspirou e abaixou o monóculo.

— Mas veja você, o garoto é meu tutelado. Sua assinatura e o que ele acredita serem os desejos dele não significam nada sem a minha permissão. Minha permissão não foi concedida.

— E eu posso saber com quem estou falando? — o sargento perguntou.

— Ele é o duque de Netherby — resmungou Harry, sombrio.

Em vez de abaixar a crista instantaneamente, o sargento mirou-o com um olhar fulminante de raiva, e Avery o encarou com aprovação.

— E suponho que você tenha a orelha do rei sempre que quiser — disse o homem amargamente —, e todas as outras orelhas dos nobres não têm que viver pelas leis da terra como as outras pessoas. O resto de nós, o sal da terra, os humanos.

— Parece bastante injusto — concordou Avery.

— Ele seria inútil, de qualquer forma — desdenhou o sargento, virando a cabeça para cuspir na terra, errando por pouco a bota esquerda do espectador mais próximo. — Basta olhar para ele. Os melhores soldados são a escória da terra, como o resto deles aqui. Vou deixá-los em forma em pouco tempo, que o Senhor os proteja.

A escória da terra olhou de volta para ele. Um deles então olhou para Avery, favorecendo-o com a visão de uma boca cheia de dentes podres.

— Pode levar — cedeu o sargento, rasgando o papel de recrutamento ao meio, longitudinalmente, e depois na transversal, antes de largar os pedaços e colocar uma bota gigante sobre elas. — E passar bem. Ele que beba até morrer. Já está no caminho certo.

— Eu não quero ir embora — teimou Harry.

— Claro que não — respondeu Avery, em um tom agradável, olhando uma vez para o garoto através do monóculo antes de dar meia-volta. — Mas não há mais nada para você aqui, Harry. — Exceto uma boa dose de piolhos, pulgas e outros vermes da companhia com a qual ele se encontrava.

Avery se afastou sem olhar para trás, e depois de um minuto ou dois Harry deu um passo ao lado dele.

— Maldito seja, Avery, eu *quero* ser um soldado.

— Então você será um soldado — Avery anuiu. — Se ainda tiver a mesma vontade depois de um bom banho, um bom sono e um bom café da manhã. Mas talvez como oficial, Harry? Você é filho de um conde, afinal, mesmo que, não por culpa sua ou de sua mãe, você tenha nascido do lado errado da cerca.

— Eu não posso pagar uma comissão — Harry rosnou.

— Provavelmente não — continuou Avery. Não era hora de lembrar ao garoto que sua recém-descoberta meia-irmã se oferecera para dividir sua fortuna com os irmãos. — Mas eu posso, veja só. E eu vou, já que você é sobrinho de minha madrasta, primo de Jessica e meu protegido. Se ainda desejar depois de acordar sóbrio, é isso o que será.

A vida se tornara notavelmente cansativa, ele pensou enquanto tentava não sentir o cheiro de Harry. E decididamente estranha. Ele realmente dissera a Lady Anastasia Westcott, também conhecida como Anna Snow, na tarde anterior, que poderia muito bem se apaixonar por ela? Se ele listasse os cem melhores tipos de mulheres com maior probabilidade de atraí-lo, em ordem decrescente, ela seria o número cento e um.

E ele oferecera a opção de continuar andando ou beijá-la?

Não tinha o hábito de beijar donzelas solteiras e não lhe restava absolutamente nenhuma dúvida de que ela era as duas coisas.

9

Anna acordou na manhã seguinte sentindo-se exausta. Os últimos dias estiveram tão longe de suas experiências anteriores que ela não conseguia encontrar lugar para descansar sua alma. Até sua cama — larga e confortável, com travesseiros fofos e felpudos e cobertores macios e quentes — parecia vasta e luxuosa demais.

Ela jogou as cobertas para trás, passou as pernas para o lado da cama, ficou de pé e se alongou. E não havia fim à vista para toda aquela estranheza. No dia anterior, ela tomara a decisão de ficar, pelo menos por um tempo. Ela escrevera para a srta. Ford, pedindo demissão de seu cargo de professora, e para Bertha Reed, convidando-a para vir e ser sua criada — ela até incluíra dinheiro para a diligência, tirando da quantia que o sr. Brumford lhe dera até que algum arranjo mais constante pudesse ser feito.

Anna entrou em seu quarto de vestir e selecionou um de seus dois vestidos de usar durante o dia — não podia usar o vestido de domingo pelo terceiro dia consecutivo. Alguém estivera em seu quarto de vestir recentemente. Havia água no jarro do lavatório e ainda estava quente. Ela derramou um pouco na bacia, tirou a camisola e se lavou antes de se vestir, escovar os cabelos e torcê-lo no coque habitual na base da nuca. Respirou fundo algumas vezes e saiu do quarto. Voltaria mais tarde para arrumar sua cama.

Um criado que estava parado no corredor pareceu um pouco assustado ao vê-la, mas fez uma reverência e a levou ao que ele descreveu como a sala de café da manhã, que era menor do que a sala de jantar onde ela e Elizabeth haviam comido na noite anterior. Ele puxou uma cadeira da mesa e empurrou-a de volta quando ela se sentou. Ele disse a ela que iria informar ao sr. Lifford que milady estava pronta para o café da manhã.

O desjejum chegou dez minutos depois, com um pedido de desculpas do mordomo por ter deixado milady esperando. Anna terminara de comer e de beber duas xícaras de café — um luxo raro — antes de Elizabeth se juntar a ela.

— Minha criada veio me informar de que você já estava acordada e tomando café da manhã — disse ela, colocando a mão no ombro de Anna e inclinando-se para beijá-la na bochecha. — E, Deus, ela estava certa. E eu é que geralmente sou acusada de acordar cedo.

— Mas fiquei alarmada por ter levantado tão tarde — falou Anna, sentindo-se aquecida até a ponta dos dedos pelo gesto casual de carinho.

— Céus! — exclamou Elizabeth, e as duas riram.

Mas a hora de relaxar logo chegou ao fim. Havia a temida reunião com a governanta para enfrentar logo após o café da manhã, embora não acabasse se mostrando tão intimidadora quanto Anna esperava, talvez porque Elizabeth tivesse permanecido com ela. A sra. Eddy fez um tour pela casa, e Anna ficou impressionada e quase sem palavras com a vastidão e o esplendor de tudo aquilo. Ela falou, porém, quando viu o grande retrato sobre o console da lareira, na biblioteca, e a governanta casualmente nomeou o personagem do quadro como o falecido conde de Riverdale.

O pai dela? Anna se aproximou.

— É um retrato fiel? — ela perguntou. Seu coração estava batendo muito forte.

— É sim, milady — confirmou a sra. Eddy.

Anna observou-o por um longo tempo. Colarinho engomado alto e pontudo e uma gravata branca com um nó elaborado emolduravam um rosto largo, bonito e arrogante por baixo e cabelos curtos, escuros e artisticamente desgrenhados por cima. Ele havia sido pintado apenas da cintura para cima, mas parecia corpulento. Anna não conseguia enxergar nada de si mesma nele, nem sentir nada de si. Um estranho olhava para ela da tela, e ela se sentiu trêmula e desejosa de ter trazido o xale para baixo consigo.

A visita terminou nas cozinhas do andar inferior, onde a cozinheira fez sinal para duas criadas e um criado se colocarem em posição de sentido enquanto ela as apresentava para milady. Anna sorriu e trocou algumas palavras com todos eles. Depois, lembrou-se de como alguns dos diretores do orfanato costumavam visitar a casa e acenavam com condescendência benevolente para os órfãos e funcionários, mas nunca falavam uma palavra com ninguém além da srta. Ford. Talvez, ela pensou, já estivesse cometendo um erro grave. Mas... talvez ela continuasse cometendo. Não conseguia se imaginar, mesmo na persona de Lady Anastasia Westcott, ignorando os criados como se eles não existissem.

Enquanto subiam as escadas das cozinhas, a sra. Eddy sugeriu mostrar a milady em uma outra oportunidade os armários de roupas de casa e os de pratarias, porcelanas e cristais — e os livros contábeis, é claro. Milady teria notado uma pequena escassez de funcionários, embora isso não afetasse o funcionamento da casa até que os criados que tivessem saído pudessem ser substituídos pela agência da qual sempre traziam novos funcionários, conforme necessário.

— Se puder me fornecer uma lista dos criados necessários, sra. Eddy — Anna disse a ela —, verei se consigo substituir alguns deles pessoalmente. Tenho amigos que estão se aproximando rapidamente da idade adulta e gostariam de receber treinamento e emprego em uma grande casa em Londres.

— Amigos, milady? — a sra. Eddy perguntou com a voz débil.

Oh, céus, outro erro.

— Sim. — Anna sorriu para ela. — Amigos.

E foi aí que seu dia se tornou realmente agitado. A duquesa, tia Louise, havia chegado e, logo em seguida, veio Monsieur Henri, um cabeleireiro com mãos agitadas e um sotaque francês que era tão falso quanto o nome, se o palpite de Anna estivesse correto. Mas sua tia o descrevia como o cabelereiro mais elegante de Londres e atualizado nas últimas modas, e Anna só podia confiar no julgamento dela. Logo ela se viu sentada no meio do que havia sido descrito anteriormente, durante o tour pela casa, como a sala de costura, uma câmara quadrada no fundo do mesmo andar da sala de visitas, com vista para o longo jardim dos fundos. Um lençol grande e pesado a envolveu e seus cabelos foram soltos e escovados. Elizabeth estava sentada perto da janela. Tia Louise estava em pé na frente de Anna, embora longe o suficiente para não interferir na tarefa de Monsieur Henri, que estava flutuando ao redor dela, um pente em uma das mãos enquanto a outra fazia figuras artísticas no ar conforme sua cabeça inclinava primeiro para um lado e depois para o outro.

— Um estilo curto para se adequar às feições delicadas de milady, *n'est-ce pas?* — ele sugeriu. — Com ondas e cachos para dar altura e beleza.

— O cabelo curto é o que há de melhor — tia Louise concordou. — E esse cabelo pesado está bem sem vida do jeito que está.

— Meu cabelo é liso — apontou Anna. — Levaria muito tempo e esforço para persuadi-lo a formar cachos.

— E é exatamente para isso que servem ferros quentes e criadas — disse a tia. — E uma dama sempre tem tempo para gastar com sua aparência.

Bertha adorava se preocupar com as meninas mais novas do orfanato, trançando os cabelos e arrumando as tranças de maneiras diferentes para dar-lhes alguma individualidade. Mas... criar cachos em cabelos curtos e lisos? Manhã, tarde e noite? Certamente os cachos não aguentariam o dia todo. E quanto tempo levaria cada vez? Anna passaria metade da vida sentada em uma cadeira em seu quarto de vestir.

— Não — ela refutou. — Curto, não. Gostaria de cortar um pouco do comprimento, *monsieur*, por gentileza, e de tirar um pouco do volume, se possível. Mas deve permanecer longo o suficiente para ser usado da forma como estou acostumada a usá-lo.

— Anastasia — intercedeu a tia —, você realmente deve se permitir receber recomendações. Acredito que Monsieur Henri e eu sabemos muito melhor do que você o que está na moda e o que provavelmente a valorizará diante do *ton*.

— Não tenho absolutamente nenhuma dúvida de que está correta, tia. Certamente aprecio os conselhos e as recomendações e sempre os levo em consideração, mas eu preferiria ter cabelos compridos. O de Lizzie é comprido. Certamente ela é uma dama da moda.

— Elizabeth é uma viúva em seus anos maduros — explicou sua tia. — Você, Anastasia, fará sua estreia muito tardia na sociedade. Devemos enfatizar sua juventude da melhor maneira possível.

— Tenho vinte e cinco anos — falou Anna com um sorriso. — Não sou nem tão velha, nem tão jovem. É o que é e o que sou.

A duquesa olhou para ela exasperada e para o cabeleireiro com triste resignação, mas ele começou a cortar vários centímetros do cabelo de Anna e a tirar o volume até que ela pudesse sentir a leveza e vê-lo balançar ao redor de seu rosto de uma maneira que dava vida e até algum brilho extra para ele. Quando foi torcido novamente atrás da cabeça, um pouco mais alto do que de costume, Anna parecia completamente mais bonita do que se lembrava de já ter sido na vida.

— Oh, Anna — Elizabeth ofereceu uma opinião pela primeira vez —, ficou perfeito. Ficou chique e elegante para uso diurno, mas deixa espaço para ser mexido e arrumado para ocasiões mais formais à noite.

— Obrigado, *monsieur* — disse Anna. — *Monsieur* é muito habilidoso.

— Vai servir — aquiesceu a tia.

No entanto, não foi o fim das provações de Anna. Sua avó e outras tias chegaram logo após o almoço e pouco antes de Madame Lavalle e duas assistentes se instalarem na sala de costura com rolos de tecido e acessórios suficientes para montar uma loja e pilhas de revistas de moda para todos os tipos de traje que havia na Terra. A modista fora contratada para vestir Lady Anastasia Westcott de uma maneira que fosse adequada à sua posição e lhe permitisse misturar-se ao *ton* como uma igual a todos e superior à maioria.

Ao final, Anna estava exausta. Ela não apenas teve que ser medida, espetada com alfinetes, cutucada e empurrada, mas também foi forçada a olhar pilhas infinitas de esboços de vestidos para manhã e tarde, vestidos de passeio e de carruagem, vestidos de teatro e de jantar e de baile, e numerosas outras peças de vestuário — todas elas no plural, pois uma ou mesmo duas de cada uma não seriam suficientes. Anna concluiu que acabaria com mais roupas do que todas as que já possuíra na vida.

Ainda mais impressionante, talvez, era o fato de que aparentemente ela podia pagar por tudo isso sem comprometer sua fortuna. Todas as tias lhe deram olhares idênticos de incredulidade quando ela fez a pergunta.

Ela travara várias batalhas antes de todos se retirarem para a sala de visitas a fim de tomar chá. Algumas ela havia perdido — o número e o tipo de vestidos que eram essenciais, por exemplo. Algumas ela ganhara simplesmente por ser teimosa, segundo tia Mildred, e obstinada, segundo tia Matilda. Rufos, babados, caudas, laços e barrados sofisticados de renda tinham sido firmemente vetados, a despeito da vigorosa oposição das tias. Assim como decotes generosos e pequenas mangas bufantes. Anna havia decidido que seria Lady Anastasia, mas também deveria permanecer Anna Snow. Ela *não* se perderia, não importava o quão ferozmente o *ton* pudesse franzir a testa para ela. E franziria a testa com certeza, tia Matilda a avisara.

Ah, e havia o vestido para a corte, sobre o qual ela quase não tinha controle nenhum, já que era a própria rainha quem ditava como as mulheres deveriam se vestir ao ser apresentadas a ela — e Lady Anastasia Westcott deveria ser apresentada, ao que parecia. Sua Majestade esperava que as mulheres se vestissem à moda de uma época passada. A mente de Anna ainda nem sequer começara a lidar com esse particular evento futuro.

O conde de Riverdale chegou com a mãe logo depois que elas haviam se instalado na sala de visitas. O conde — primo Alexander — chegou a comentar como o cabelo de Anna estava bonito depois de fazer uma reverência para todas as damas e antes de se sentar ao lado da irmã e inclinar a cabeça para conversar com ela. Anna se viu imaginando se estava corando e esperava que não estivesse. Não estava acostumada a ser elogiada por qualquer aspecto de sua aparência — especialmente por um cavalheiro bonito e elegante. Ele estava olhando para Elizabeth com uma expressão suavizada, quase um sorriso, e Anna sentiu uma pontada de inveja pela óbvia proximidade de irmão e irmã. E o seu próprio irmão, onde estava?

A mãe deles, prima Althea, sentou-se ao lado de Anna, deu um tapinha na mão dela, concordou que seus cabelos agora estavam mais bonitos do que antes e perguntou como ela estava. No entanto, não houve muita chance de conversar.

Tia Matilda conhecia uma dama de bom berço e recursos limitados, que ficaria muito feliz em receber um emprego respeitoso em casa distinta por mais ou menos uma semana, ensinando Anastasia a se referir a títulos e precedências e costumes da corte e pontos de fato e etiqueta nos quais sua educação, infelizmente, se não totalmente, era deficiente.

A avó de Anna expressou dúvidas sobre se Elizabeth era companhia suficiente para Anastasia em uma casa tão grande e sugeriu mais uma vez que tia Matilda fosse morar com elas. Porém, antes que Anna pudesse se sentir muito consternada, prima Althea se manifestou:

— Eu mesma me mudaria para cá, Eugenia — opinou ela, dirigindo-se à viúva enquanto acariciava a mão de Anna —, se sentisse que a presença de minha filha não fosse apoio suficiente para Anastasia. No entanto, estou bastante convencida de que é.

— Lizzie é a viúva respeitosa de um baronete e irmã de um conde — contrapôs o primo Alexander.

Nada mais foi dito sobre o assunto. Anna suspeitava de que sua avó ficaria feliz em se livrar das atenções ultrassolícitas de tia Matilda por algum tempo.

Tia Mildred conhecia um mestre de dança empregado por seus queridos amigos para ajudar a filha mais velha a aprimorar suas habilidades antes de seu baile de apresentação à sociedade.

— Você valsa, Anastasia? — ela perguntou.

— Não, tia — Anna respondeu. Ela pressupôs que fosse um tipo de dança. Nunca tinha ouvido falar daquilo antes.

Tia Louise estalou a língua e recomendou:

— Contrate-o, Mildred. Oh, há muito o que fazer.

Foi quase um alívio quando o duque de Netherby entrou na sala após o anúncio do mordomo.

Havia uma dúzia de maneiras agradáveis — no mínimo — que ele poderia passar uma tarde, pensou Avery. Perambular pela própria casa esperando que um tutelado bêbado despertasse não estava entre elas, embora fosse o que ele estava fazendo. E trotar por South Audley Street para escoltar sua madrasta para casa também não. Por mais que tivesse um afeto casual pela duquesa, ele não se envolvia muito na vida dela. Nem ela na vida dele. Muito raramente ele a acompanhava a qualquer lugar. Para ser justo, ela também não esperava que ele o fizesse. E se ele fosse lá para buscá-la para casa, ele sem dúvida se encontraria profundamente atolado em membros da família Westcott, costureiras e cabeleireiros franceses — não eram todos franceses? — e Deus sabia o que mais. Provavelmente, o muito decoroso e muito decorosamente elegante Riverdale, com quem ele não tinha motivos para se irritar, estaria lá, pois era definitivamente o tipo que acompanhava a mãe aos lugares. Avery tinha todos os motivos possíveis para realizar uma dessas dúzias de atividades agradáveis e passar bem longe de South Audley Street.

Mas foi para lá que ele viu que seus pés o estavam levando, e não fez nada para corrigir o curso deles. Ele veria como ela estava se comportando sob a influência combinada de uma avó formidável e três tias, sem mencionar um conde muito decoroso, sua mãe e irmã e alguns franceses falsos. E ela gostaria de saber que ele havia encontrado e resgatado Harry. Por alguma razão, parecia que ela se importava.

Ele foi admitido na sala de visitas para descobrir, sem surpresa, que todos estavam presentes, exceto Molenor, que provavelmente estava escondido na sala de leitura do White's ou em algum lugar igualmente civilizado. Homem sábio. Avery curvou-se em uma reverência.

Algo tinha sido feito no cabelo dela, algo que provavelmente não satisfazia totalmente as tias, já que não havia nada de beleza afetada a respeito. Pela mesma razão, talvez, também devesse repeli-lo. Mas o coque atrás da cabeça não se parecia mais com a cabeça em si, nem em tamanho ou formato e tinha uma aparência muito mais delicada.

— E então, Avery? — sua madrasta perguntou.

A sala inteira ficou em silêncio como se o destino do mundo estivesse sobre sua opinião. Anna não estava usando o vestido de domingo naquele dia. Ela estava usando algo mais leve, mais barato e mais velho. Era de cor creme e poderia ser que outrora o tecido tivesse algum tipo de estampa. No entanto, as lavagens e esfregações constantes na bacia da lavanderia do orfanato a tinham desgastado à quase invisibilidade. Mesmo assim, o vestido era uma grande melhoria em relação ao sombrio azul de domingo.

— Harry foi encontrado — informou ele, com os olhos ainda fixos nela.

O rosto de Anna se iluminou com o que parecia notavelmente ser alegria. As tias, sem dúvida, trabalhariam nisso até que ela aprendesse a nunca demonstrar nenhuma emoção mais forte do que um tédio elegante.

— Coloquei-o na cama em Archer House no final da manhã — continuou ele —, depois que cada centímetro de sua pessoa foi bem esfregado e limpo e ele foi alimentado à força pelo meu criado pessoal, que também derramou alguma mistura nele goela abaixo para combater os efeitos de excesso de bebida alcoólica. Sem dúvida, em breve, ele começará a se mexer ao recobrar aos poucos a consciência, mas estará tão irritado quanto um urso e insuportável. Vou deixá-lo sob os cuidados de meu criado até mais tarde.

— Oh. — Ela fechou os olhos. — Ele está seguro.

Houve um murmúrio geral de alívio dos parentes de Harry.

— Onde você o encontrou, Avery? — Elizabeth perguntou.

— Na companhia de uma interessante coleção de maltrapilhos e de um sargento recrutador gigante, feroz e careca.

— Ele se alistou? — Riverdale indagou com uma careta. — Como soldado raso?

— Tinha se alistado. Eu o desalistei.

— Depois do fato ocorrido? — questionou Riverdale. — Impossível.

— Ah — Avery suspirou —, mas por acaso eu estava com meu monóculo em meu poder, e olhei para o recrutador através dele.

— Meu pobre garoto — lamentou a condessa viúva. — Por que ele simplesmente não veio até mim?

— Se os franceses soubessem — iniciou Elizabeth —, se armariam com monóculos em vez de canhões e mosquetes e expulsariam os britânicos da Espanha e de Portugal em questão de meros instantes, sem derramar uma única gota de sangue.

— Ah — Avery olhou-a de modo apreciativo —, mas não seria eu que eles teriam atrás de todos esses monóculos, seria?

Ela riu, assim como sua mãe e Lady Molenor.

— Avery — Anna atraiu a atenção dele para sua direção —, leve-me até ele.

— Até Harry? — Ele ergueu as sobrancelhas. — Ele não estava com o humor mais jovial antes de dormir e ficará pior depois de acordar.

— Eu não esperava que ele estivesse. Leve-me até ele. Por favor?

— Ah, mas eu não vou forçá-lo a vê-la.

— É justo — concluiu Anna.

Ninguém protestou. E como poderiam? Ela queria ver seu irmão, e as pessoas reunidas ali eram igualmente parentes de ambos.

Embora ele tivesse chegado com o propósito expresso de acompanhar sua madrasta até em casa, Avery a abandonou por conta própria e saiu pelo segundo dia consecutivo de braço dado com Anna. Naquele dia, ele pensou, distraído, ela parecia mais uma leiteira do que uma professora. A pessoa quase esperava baixar os olhos e encontrar um banquinho de ordenha com três pernas pendurado em sua mão livre.

— O que você teria feito — ela perguntou — se o sargento se recusasse a ser intimidado pelo seu monóculo e altivez ducal?

— Deus do céu. — Ele considerou. — Eu teria sido forçado a deixá-lo inconsciente, com a maior relutância. Não sou um homem violento. Além disso, poderia ter ofendido seus sentimentos ser abatido por um compatriota inglês com não mais de metade do seu tamanho.

Ela deu uma gargalhada que fez coisas inesperadamente estranhas a uma parte da anatomia de Avery em algum lugar ao sul de seu abdome.

Essa foi a totalidade da conversa que tiveram. Quando chegaram a Archer House, ele a deixou na sala de visitas e foi ver se Harry ainda estava em coma. Ele estava no quarto de vestir dos aposentos de hóspedes que lhe foram designados, recém-barbeado. Ele não parecia mais alegre, no entanto, do que antes.

— Você deveria ter me deixado onde eu estava, Avery — reclamou ele. — Talvez eles tivessem me mandado para a Península e me fixado na linha de frente em alguma batalha, e eu teria sido derrubado por uma bala de canhão na minha primeira ação. Você não deveria ter interferido. Não espere que eu vá lhe agradecer por isso.

— Muito bem — Avery disse com um suspiro —, eu não espero que você me agradeça. Estou com sua meia-irmã na sala de visitas. Ela deseja vê-lo.

— Oh, ela deseja? — Harry questionou com amargura. — Bem, eu não desejo vê-la. Suponho que agora você vá tentar me arrastar para lá?

— Você supõe muito errado — Avery o informou. — Se eu pretendesse arrastá-lo até lá, Harry, eu não *tentaria*. Eu arrastaria. Mas não tenho essa intenção. Ora, mas por que é que eu me importaria se você vai ou não descer para conversar com sua meia-irmã?

— Eu sempre soube que você não se importava — retrucou Harry com brutal autopiedade. — Bem, eu vou. Você não pode me deter.

— Ouso dizer que não — concluiu Avery, em tom agradável.

Ela estava em pé diante da lareira, esquentando as mãos sobre o fogo — só que o fogo não havia sido aceso. Talvez ela estivesse apenas examinando as costas das mãos. Ela se virou ao som da porta se abrindo e olhou para Harry com olhos arregalados e o rosto pálido.

— Oh, obrigada — disse ela, dando alguns passos na direção dele. — Eu não esperava que você me recebesse. Estou muito feliz por você estar em segurança. Eu sinto muito, *muito* por... Bem, eu sinto terrivelmente.

— Não sei por quê — Harry respondeu mal-humorado. — Nada disso é culpa sua. Tudo está firmemente na conta do meu pai. Na conta de *seu* pai. Na conta de *nosso* pai.

— No geral, não acredito que eu tenha sido imensamente desprivilegiada por nunca tê-lo conhecido.

— Você não foi.

— Embora eu tenha uma lembrança de andar em uma carruagem estranha, chorar e ser informada por alguém com uma voz rouca que deveria me calar e me comportar como uma menina crescida. Acho que a voz deve ter sido dele. Acho que ele devia estar me levando para o orfanato em Bath depois que minha mãe morreu.

— Ele devia estar esperando ansiosamente por esse momento —

Harry falou com uma gargalhada amarga. — Ele já estava casado com minha mãe nessa ocasião.

— Sim. Harry... posso chamá-lo assim? Sua mãe e suas irmãs foram para o interior, embora não pretendam ficar lá mais tempo do que o necessário para que todos os seus pertences pessoais sejam arrumados e a mudança, providenciada. Elas não desejam me conhecer. Espero que você deseje, ou pelo menos que esteja disposto a me reconhecer e que concorde em permitir que eu compartilhe com você o que deve ser nosso, de nós quatro, e não apenas meu.

— Parece que você é minha meia-irmã, quer eu queira ou não — Harry disse de má vontade. — Eu não a odeio, se é isso que a está incomodando. Não tenho nada contra você, mas não consigo... *sentir* que você é minha irmã. Sinto muito. E agora eu não aceitaria nem um centavo daquele homem que fingiu ser o marido de minha mãe e meu pai legítimo. Eu preferiria morrer de fome. Não é de você que eu não quero nada. É *dele*.

Avery ergueu as sobrancelhas e caminhou até a janela. Ele ficou lá, olhando para fora.

— Ah. — A única sílaba suave parecia conter uma tristeza infinita. — Eu entendo. *Agora* eu entendo. Talvez no futuro você pense diferente e entenda como me dói ser forçada a ficar com tudo. O que você vai fazer?

— Avery vai comprar uma comissão como oficial do exército para mim — contou ele. — Não quero que o faça, mas ele tornou impossível para mim o alistamento como soldado raso. Será com um regimento de infantaria, no entanto. Eu não vou permitir que ele me equipe com tudo que eu precisaria para ser um oficial de cavalaria. Além disso, os oficiais de um regimento de infantaria provavelmente se importam menos do que os oficiais de cavalaria em ter o bastardo de um nobre entre eles. Também não admitirei que Avery me compre promoções. Subirei na hierarquia de oficiais por mérito próprio ou não subirei de forma alguma.

— Oh! — exclamou ela, e Avery apostaria que ela estava sorrindo. — Eu *honro* sua escolha, Harry. Espero que você acabe se tornando general.

— *Humpf* — murmurou ele.

— Então vou poder me gabar de meu meio-irmão, general Harry Westcott — disse ela, e Avery teve *certeza* de que ela estava sorrindo.

— Com sua licença — pediu Harry. — Estou com muita dor de cabeça. Ah, perdoe meu linguajar, por favor, Lady Anastasia.

Avery ouviu a porta da sala de visitas se abrir e fechar. Quando ele se virou da janela, Anna estava de volta à lareira, esquentando as mãos sobre o fogo inexistente. E ele percebeu — com mil demônios! — que ela estava chorando em silêncio. Ele hesitou por alguns instantes até que ela levantou a mão e afastou as lágrimas de uma face com a base da palma. Ela virou a cabeça levemente para que ele não pudesse mais ver seu perfil completo.

— Ele ficará esplêndido na casaca verde do 95º Regimento Leve — disse ele. — Os Rifles. Ele provavelmente causará tumultos entre as mulheres espanholas.

— Sim.

Ora, maldição. Que tudo fosse para o inferno. Ele percorreu a distância entre eles, puxou-a para seus braços e segurou o rosto dela contra seu ombro, como se ela fosse Jess. Que ela não era. Ela ficou rígida como uma tábua antes de relaxar nele. Porém, diferentemente da maioria das mulheres em circunstâncias semelhantes, ela não se derreteu em uma onda de lágrimas. Anna lutou contra elas e as engoliu repetidas vezes. Estava praticamente com os olhos secos quando recuou a cabeça.

— Sim — ela concordou, abrindo um sorriso apenas um pouco choroso —, ele ficará esplêndido.

Sua mente procurou algo para dizer em resposta e não encontrou... nada.

Ele a beijou em vez disso.

Com mil diabos e dez mil maldições, mas ele a beijou. Ele não sabia qual dos dois era o mais assustado. Também não era apenas um selinho paternal, fraternal ou entre primos nos lábios. Era um tipo de beijo completo, com os lábios abertos, a cabeça levemente angulada e os braços se fechando ao redor da mulher para puxá-la ainda mais para perto. Foi um beijo de um homem em uma mulher. E o que diabos ele estava fazendo tentando analisá-lo, em vez de levantar a cabeça e fingir que, afinal, era apenas um abraço gentil entre primos, com o objetivo de confortá-la?

Fingir? O que *mais* era, então? Era exatamente isso, não era?

Enquanto ele ponderava sobre o assunto, seus lábios continuaram se movendo sobre os dela, sentindo sua maciez, sua umidade. Certamente foi o beijo mais casto a que ele se entregara desde os quinze anos ou mais. No entanto, de alguma forma, parecia o mais lascivo.

Isso, ele pensou, sua mente verbalizando o maior eufemismo de seus trinta e um anos de existência, era um erro.

— Vou devolvê-la ao seio de sua família, se você estiver pronta para ir — ele sugeriu, levantando a cabeça e soltando-a. Ele ficou feliz ao ouvir a própria voz soar completamente entediada.

— Ah, sim, obrigada — disse ela, a professora rápida e sensata. — Estou pronta.

10

Anna tagarelou durante o jantar, contando a Elizabeth tudo o que havia para contar sobre como tinha sido crescer em Bath. Ela não se atreveu a parar.

— Joel é seu namorado? — Elizabeth perguntou enquanto comiam a sobremesa.

— Oh, na verdade não — disse Anna, inundada de nostalgia e pesar. — Crescemos juntos como amigos muito próximos. Sempre podíamos conversar sobre qualquer assunto que existia na face da Terra ou sobre nada em especial. Ele era próximo demais para se tornar um namorado. Faz sentido? Ele era mais como um irmão. E por que estou usando o pretérito? — Anna sentiu um pouco de vontade de chorar.

— Ele já quis ser seu namorado?

— Alguns anos atrás, ele se apaixonou por mim — admitiu Anna. — Ele até me pediu em casamento, mas, na verdade, só estava se sentindo solitário. Acontece quando as pessoas deixam o orfanato e não têm família nem amigos fora dos muros da instituição. Estou certa de que agora ele está agradecido por eu ter recusado.

— Ele é muito bonito?

Anna segurou a colher suspensa sobre o prato e considerou.

— Ele é bonito e muito atraente, acredito. É difícil, no entanto, quando se conhece um homem a vida inteira, vê-lo desapaixonadamente. Mas, meu Deus, Lizzie, só eu falei esta noite, mesmo que a refeição já esteja quase no fim, e eu sei que isso é falta de educação. E você? Tem interesse por algum cavalheiro? Você espera ou planeja se casar de novo?

— Não, provavelmente não, e não — sua prima respondeu, e riu. — No entanto, o fato de eu estar em Londres este ano para a Temporada pode significar que o *provavelmente não* talvez se torne um *talvez não*. Você parece completamente confusa. Eu não tive um casamento feliz, Anna. Na verdade, foi pior do que infeliz e me deixou ansiosa. Pode-se dizer, é claro, que, aos trinta e três anos, eu faria uma escolha muito mais sábia do que aos dezessete, quando me apaixonei perdidamente por boa aparência e charme. Mas, para ser honesta, eu enxerguei mais em Desmond do que apenas essas qualidades. Ele era um homem de propriedade e fortuna. Era amável, educado e gentil. Ele amava sua família e amigos. Talvez, o mais forte em minha defesa seja o fato de que minha mãe e meu pai gostaram dele e o aprovaram para mim. Eu não sabia o que seria realmente me casar com ele, e é esse fato que me assusta sempre que encontro um cavalheiro gentil e elegível e sou tentada a incentivar uma aproximação.

— Ele bebia? — Anna adivinhou.

— Sim — respondeu Elizabeth com um suspiro. — Todo mundo bebe, é claro, e quase todo mundo bebe em excesso de vez em quando. Raramente é um problema maior do que o constrangimento pelo qual a pessoa possa passar quando está embriagada. Ele nem sequer bebia com muita frequência. Às vezes, passava semanas sóbrio. E, muitas vezes, quando bebia, ficava alegre e engraçado e era a vida da festa, se houvesse uma festa. Por outro lado, às vezes, havia momentos, era sempre quando estávamos sozinhos, em que eu sabia que ele havia ultrapassado algum limite e ele se tornava algo ou alguém completamente mais feio. Havia algo em seus olhos, eu não consigo nem descrever, mas eu reconhecia em instantes. Era como se ele tivesse sido sugado para um buraco escuro, e então ele se tornava cruelmente abusivo. Eu nem sempre conseguia escapar a tempo antes que ele se tornasse violento.

— Sinto muito.

— Ele era o homem mais adorável quando estava sóbrio. Todo mundo o amava. Quase ninguém nunca via seu lado sombrio. Exceto eu. — Ela fechou os olhos por alguns instantes, respirou fundo e pressionou as mãos entrelaçadas sobre os lábios. Contudo, não continuou. Ela balançou a cabeça, abriu os olhos e tentou sorrir. — Mas não sejamos soturnas. Não suporto essas lembranças ou o pensamento de infligir mais delas sobre você. Vamos para a sala de visitas?

— É um espaço muito vasto e pouco acolhedor para apenas duas pessoas — contrapôs Anna. — Venha para minha sala de estar particular. É muito bonita e as poltronas e o sofá parecem confortáveis, embora eu ainda não tenha tido tempo de passar lá.

Eles se acomodaram no cômodo em questão alguns minutos depois, cada uma em uma poltrona macia e estofada. Um criado veio e acendeu a lareira.

— Eu poderia me acostumar ao luxo — falou Anna depois que o criado se retirou. — Oh, suponho que é o que devo fazer.

As duas riram.

— Por que você disse que as responsabilidades de ser o conde de Riverdale seriam um fardo para o seu irmão? — Anna perguntou, curvando as pernas para um lado na poltrona e abraçando uma almofada no peito antes de perceber que provavelmente não era assim que uma dama deveria se sentar. — Deve ser muito grandioso ser um conde.

— Eu amo Alex profundamente — respondeu Elizabeth, tirando o bordado da bolsa que havia trazido consigo. — Ele merece tudo de bom que poderia acontecer com ele, e eu tinha grandes esperanças para ele apenas alguns dias atrás. Mas agora tudo isso aconteceu e eu não tenho certeza se ele será feliz, afinal; e não apenas porque ele se sente péssimo por Harry.

Anna observou enquanto ela passava um pedaço de fita de seda através da agulha e inclinava a cabeça sobre o bastidor de bordar.

— Como conde de Riverdale, por exemplo — ela prosseguiu —, espera-se que Alex ocupe um assento na Câmara dos Lordes e, como ele nunca consegue assumir responsabilidades com leviandade, ele se sentirá obrigado a estar aqui a cada primavera, quando o Parlamento estiver em sessão. Ele não gosta de Londres. Veio este ano apenas para agradar a mamãe e a mim, apesar de admitir há alguns dias que pretendia aproveitar a oportunidade de estar aqui para, enfim, procurar uma noiva para ele, alguém para completar sua vida.

— Ele ainda não pode fazer isso? — Anna indagou. — Ele não é um partido ainda melhor agora do que já era? Certamente deve haver inúmeras damas que ficariam felizes em se casar com um conde.

— Mas elas também ficariam felizes em se casar com Alex? — Elizabeth questionou. — Quero que alguém se case com o homem, não com o título. Alguém que vá amá-lo. Alguém que ele vá amar.

Como deve ser maravilhoso, pensou Anna, ter crescido com um irmão de verdade e um carinho tão óbvio. Mas ela tinha Joel. E realmente desejava para ele as mesmas coisas que Elizabeth desejava para o primo Alexander.

— Alex sempre viveu mais por outras pessoas do que por si mesmo — continuou Elizabeth. — Ele sempre teve o que mamãe às vezes chama de senso de dever superdesenvolvido. E agora, exatamente quando parecia estar com a cabeça acima da água, veio esse dilúvio.

Anna recostou-se na cadeira para ouvir, pois Elizabeth claramente queria conversar.

Ela então falou do pai, um homem alegre, caloroso e irresponsável, que tinha sido louco por caça e investira a maior parte de sua fortuna em cavalos, cães, armas e outros equipamentos, seguira as temporadas de caça pelo país e organizara encontros luxuosos de caça em sua própria propriedade. Na época de sua morte, suas fazendas e todos os edifícios haviam sido negligenciados já fazia muito tempo e havia muito pouco dinheiro para trazer de volta ao normal tudo o que estava à beira do desastre financeiro. No entanto, o primo Alexander conseguira realizar a tarefa através de muito trabalho, determinação e sacrifício de seus próprios confortos. Ao mesmo tempo, ele cuidara da mãe, que havia afundado nas profundezas de uma dor devastadora por mais ou menos um ano após a morte do marido. E ele cuidara da irmã muito pouco depois da morte do pai, quando ela fugiu de uma das fúrias bêbadas do marido. Ele até a defendera, com legalidade questionável, quando o marido apareceu para levá-la de volta. Alex se recusara a abrir mão dela.

— Oh, Anna — disse Elizabeth —, eu nunca tinha visto Alex recorrer à violência e nunca mais vi depois daquilo. Ele foi perfeitamente... esplêndido.

Tendo suas propriedades restauradas à prosperidade em Kent, o primo Alexander esperava conseguir algum contentamento pessoal casando-se e estabelecendo-se para criar uma família. Ele realmente não queria o condado. Ele não era um homem ambicioso.

— E o pior de tudo é que o primo Humphrey, seu pai, não gostava de Brambledean Court, sua sede principal em Wiltshire, e raramente passava temporadas lá. Eu nunca estive lá, mas sempre tivemos a impressão de que ele a negligenciava vergonhosamente. Alex tem muito medo de que esteja em situação tão ruim quanto estava Riddings Park quando nosso pai morreu, mas em uma escala muito maior, é claro. Ele poderia continuar a negligenciá-la, mas esse não é o jeito de Alex, eu temo. Ele estará muito consciente de todas as pessoas que vivem e trabalham na propriedade ou, de outra forma, dependem dela para a subsistência, e considerará seu dever resolver os problemas que haja lá. Não sei, porém, como ele fará isso. Sua renda finalmente tinha se tornado suficiente para suas necessidades, e agora isso aconteceu e ela será lamentavelmente inadequada. E ele sem dúvida abandonará seus planos de se casar até sentir que tem algo de substância e segurança para oferecer à sua noiva. Ele pode ter quarenta anos ou mais quando isso acontecer. Ou pode ser que nunca aconteça.

No silêncio que se seguiu, ocorreu a Anna que, se ela não existisse, tudo teria ido para o primo Alexander, e ele teria dinheiro suficiente para restaurar Brambledean Court e ainda procurar uma noiva para completar sua felicidade. No entanto, ela existia, e o dinheiro era todo seu.

— Se eu puxar a corda do sino — ela sondou —, alguém virá?

Elizabeth riu.

— Sem dúvida, carregando a bandeja de chá.

Anna se levantou e puxou a corda cautelosamente.

— A sra. Eddy quer mostrar os livros contábeis e os tesouros da casa amanhã de manhã — disse Elizabeth. — O sr. Brumford quer lhe fazer uma visita amanhã, para sua conveniência, de preferência também pela manhã. Madame Lavalle deseja sua opinião e aprovação de mil e um pequenos detalhes na sala de costura. A distinta amiga da prima Matilda possivelmente chegará e desejará começar a explicar a você a quem você deve fazer uma reverência, a quem deve apenas inclinar a cabeça e sobre quem você deve olhar com condescendência graciosa quando se curvarem ou fizerem uma reverência a você. E acho que o mestre de dança da prima Mildred se apressará em reivindicá-la como aluna. Algumas ou todas as suas tias podem fazer visitas antes do almoço com mais planos para a sua educação.

— Oh, céus — lamentou Anna enquanto a bandeja era trazida e colocada em uma mesa baixa diante dela, e Elizabeth guardava o trabalho de bordado na bolsa. — Haverá horas suficientes no período da manhã?

— Absolutamente não — negou Elizabeth, pegando sua xícara e pires da mão de Anna. — Vamos às compras.

Anna olhou para ela, o bule de chá suspenso acima de sua xícara.

— Prometi não lhe dar instruções nem conselhos não solicitados — disse Elizabeth, com um sorriso malicioso. — Mas vou quebrar minha própria regra dessa vez. Sempre que uma dama é sobrecarregada pela obrigação, Anna, ela vai às compras.

— Não devo me aventurar fora de casa pelo menos nos próximos dez anos. — Anna sorriu de volta. — Vamos às compras.

Uma hora depois, Anna estava encolhida em um lado da cama enorme e confortável, sem mais sorrir. O que ela deveria fazer, ela pensou, e o que queria fazer mais do que qualquer outra coisa na vida era acordar muito cedo pela manhã, ou mesmo naquele momento, e fugir para casa, antes que a srta. Ford e o conselho de diretores pudessem nomear outra professora para assumir seu posto. Ela renunciaria à sua fortuna — era possível? — e voltaria a ser Anna Snow.

Mas Bertha ficaria terrivelmente desapontada. Além disso, nunca se poderia realmente voltar, poderia? Se ela retornasse para Bath, levaria consigo o conhecimento de quem era e que atitude deveria ter tomado se tivesse a coragem de enfrentar o desconhecido. Pois era apenas a covardia que a incitava a fugir.

Ele a beijara.

Pronto, ela não conseguia mais bloquear a memória.

Ele a abraçara junto ao peito enquanto ela lutava contra as lágrimas depois daquela reunião terrivelmente triste com Harry e, em vez de aceitar o gesto como a simples oferta de conforto que tinha sido, ela sentira o choque do contato com cada extensão de seu corpo, mente e espírito —

especialmente com o corpo. E então ela inclinara a cabeça para trás sem se afastar firmemente dele ao mesmo tempo, e ela dissera algo, mas nada no mundo a fazia se lembrar do que tinha sido. E ele a beijara.

Anna podia sentir tudo de novo naquele momento. O corpo dele, seus lábios — não, tinha sido mais do que seus lábios. Eles estavam partidos. Era a boca que ela havia sentido, macia, quente e úmida. A memória despertou em Anna uma dor desconhecida e latejante entre as coxas, subindo, e ela escondeu o rosto no travesseiro e gemeu de angústia. Tinha sido horrível, horrível. Ou será que tinha sido? Ela não tinha nada com o que comparar aquela sensação.

Ela faria o possível para esquecer. Claramente, não havia intenção de que significasse nada. Ele levantara a cabeça depois de um tempo e sugerira trazê-la para casa, se ela estivesse pronta. Sua aparência parecera a de sempre e sua voz soara como sempre. Ele tinha oferecido conforto, mas havia limites, segundo sugeriam o olhar e o tom de voz empregados por ele, e graças aos céus pelo senso habitual de dignidade de Anna.

Ele não tinha dito uma palavra no caminho de volta para Westcott House. Depois, havia se despedido com uma reverência descuidada no vestíbulo e voltado para a rua sem olhar para trás.

Ela não podia nem começar a explicar o que havia nele de tão devastadoramente atraente — ou repulsivo. Ela realmente não sabia se se sentia atraída ou repelida. Talvez, as duas coisas. Ele não tinha a masculinidade sólida de Joel — nem a presença elegante do conde de Riverdale. Ele era todo afetação e tédio. Mas havia... aquela aura.

Oh, ela daria qualquer coisa no mundo para vê-lo lidar com aquele sargento que havia recrutado Harry!

No entanto, a ideia colocou sua cabeça embaixo do travesseiro, que ela segurou sobre as orelhas como se quisesse afastar o som de seus pensamentos.

Avery ficou longe de Westcott House pelos dias subsequentes. Passou longas horas em seu próprio espaço privado no ático de Archer House, meditando, trabalhando em longas séries de movimentos estilizados, mantendo algumas das posições mais impossíveis por minutos a fio, com os olhos fechados ou desfocados, esvaziando a mente, esvaziando a si mesmo. Praticou movimentos mais vigorosos até o suor escorrer por seu rosto e corpo. Ele se ocupou em comprar uma comissão de alferes no 95º Regimento de Infantaria dos Rifles para Harry, enquanto o garoto se retirava para Hampshire para se despedir de sua mãe e irmãs. Ele levou Jessica a algumas galerias e museus para um pouco de cultura e à Torre de Londres, porque, em uma visita anterior, a preceptora de sua irmã se recusara a deixá-la ver as exposições mais medonhas. E é claro que ele acabou levando-a ao Gunter's para tomar um sorvete, porque isso também havia sido proibido na excursão anterior. A preceptora de Jess, concluiu Avery, era inestimável de várias maneiras. Ela havia ensinado muito à irmã, tanto no campo acadêmico quanto no social. Era também uma mortal sem alegria alguma.

Ele passou duas noites se familiarizando com o tipo de mulher que ficaria entre as cinco primeiras em sua lista dos cem tipos favoritos de mulheres, se é que havia algo assim — ele se divertiu com a imagem mental de Edwin Goddard redigindo um documento como esse. Nas duas ocasiões, ele se viu relutante em voltar para um bis. Era possível que alguém experimentasse um excesso de beleza, sensualidade e sexo? Que possibilidade alarmante. Bom Deus, ele tinha apenas trinta e um anos. Era cedo demais para senilidade, gota e excentricidades.

Ele ficou longe de Westcott House, mas não conseguiu deixar de ouvir tudo o que estava acontecendo por lá, pois sua madrasta, que reclamara, havia apenas uma semana, de que tinha tantas obrigações sociais que precisava de pelo menos quarenta e oito horas em cada dia, alegremente se esquecera da maioria delas em sua cruzada para fazer sua sobrinha recém-descoberta alcançar os padrões esperados. Era uma tarefa impossível, é claro, ela proclamava todas as noites quando voltava para casa para o jantar, mas isso simplesmente deveria ser realizado para que toda a família não se envergonhasse. Afinal, o que é que a rainha iria pensar?

Madame Lavalle e suas assistentes estavam trabalhando noite e dia na sala de costura de Westcott House, ao que parecia, mas suas mãos estavam gravemente atadas, pobre mulher, pelo fato de Anastasia se recusar categoricamente a fazer qualquer acréscimo às suas novas roupas que as tornassem bonitas, femininas e elegantes. Quando Madame inserira um barrado muito modesto na bainha de um vestido de baile simples demais, foi obrigada a removê-lo. A nova criada pessoal de Anastasia havia chegado — uma das órfãs de Bath, a quem ela tratava mais como amiga do que como criada inferior. A garota não mostrava nenhuma inclinação a seguir uma linha firme com sua nova senhora. A sra. Grey, a dama distinta sugerida pela irmã da duquesa, também havia chegado para ensinar Anastasia sobre o *ton* e as regras de precedência e etiqueta corretas e como não congelar de terror quando confrontada com a rainha, além de outros tópicos relacionados. Mas, na maioria das vezes, a mulher se juntava a Anastasia e prima Elizabeth, rindo de uma coisa ou de outra que todas achavam divertidas.

— Mas Anna está aprendendo ao mesmo tempo em que se diverte? — Avery indagou.

— Acredito que sim — respondeu sua madrasta, com óbvia relutância depois de parar para pensar. — Mas esse não é o ponto, é, Avery? Seria de se pensar que ela estaria levando sua educação a sério. Eu poderia chorar quando penso em como meu irmão a manteve encarcerada naquela instituição por tantos anos, quando ela era filha de sua legítima esposa. E não se pode deixar de duvidar da sabedoria de se permitir que prima Elizabeth fosse a companheira dela. Na manhã seguinte, depois de termos instruído Anastasia especificamente a permanecer em casa até que pudesse parecer apresentável e se comportar como uma dama, Elizabeth a levou para fazer compras em Bond Street e em Oxford Street. Elas atraíram muita atenção quando saíram de inúmeras lojas cheias de pacotes e parecendo estarem se divertindo imensamente.

— Ouso dizer que sim — afirmou Avery, imaginando, distraído, se Anna havia embarcado na expedição de compras parecendo a austera professora ou a leiteira do campo. Ele poderia ter andado por Bond Street se soubesse... Não, ele não teria feito isso. Havia um certo beijo que precisava ser esquecido. Certamente não seria bom encontrar sua companheira de beijo tão cedo.

O mestre de dança também havia chegado a Westcott House com sua própria pianista acompanhante, relatou a madrasta de Avery, certa noite. Anastasia conhecia os passos de várias contradanças, mas, oh, céus, o sr. Robertson descobriu que ela dançava com vigor e sem nenhuma ideia do que deveria fazer com as mãos e com a cabeça. Ela não sabia dançar valsa e, aparentemente, nunca ouvira falar dessa modalidade de dança até alguns dias antes.

— Ela certamente não deve comparecer a nenhum baile por um tempo — acrescentou a duquesa. — Talvez nem este ano. Porém, no ano que vem, ela terá vinte e seis anos. Só me pergunto que tipo de marido poderemos encontrar para alguém de idade tão avançada.

— Provavelmente o tipo que gostaria de adquirir uma grande fortuna ao se casar.

— Acho que você está certo — ela concordou, animando-se.

— E quando devem começar as lições de valsa?

— Amanhã à tarde. Avery, você deveria ver o chapéu de palha que ela comprou em Bond Street, dentre todos os lugares que ela poderia escolher. É o suficiente para me fazer chorar, e o chapeleiro deveria ter vergonha de si próprio por tê-lo em estoque. É a coisa mais sem graça que você poderia imaginar. Elizabeth comprou um chapéu muito bonito e elegante na mesma loja. Gostaria de saber se ela tentou exercer alguma influência...

Mas Avery havia parado de ouvir. Ele realmente achava que teria de começar a jantar em seu clube com mais frequência. Como tópico de conversa, Avery considerava os chapéus femininos o seu limite. Naquela noite, haveria um baile, e Edwin Goddard lembrou-o de que ele desejava comparecer. A honorável e deleitável srta. Edwards reunia uma grande corte de admiradores. No entanto, era possível encontrar misteriosamente um espaço em seu cartão de dança sempre que o duque de Netherby aparecia e passava despreocupado por perto solicitando uma dança, geralmente uma valsa.

Avery vestiu-se com cuidado meticuloso — mas quando não se vestia assim? — e apareceu no baile. Ele conversou amigavelmente com sua anfitriã por alguns minutos, caminhou para se unir à multidão ao redor da srta. Edwards, conversou amigavelmente com ela por um minuto ou dois, enquanto ela flertava com os olhos e com o leque, e o resto de seus admiradores recuou com um ressentimento quase evidente. Depois, acenou com a cabeça amigavelmente e saiu do salão de baile e da casa menos de meia hora depois de ter entrado.

Nada além de amabilidade insossa.

Naquela noite, a srta. Edwards parecia ainda mais atraente do que o habitual. Mas, às vezes, um cavalheiro simplesmente não estava com disposição para um baile ou mesmo para uma beleza aclamada. Ele ficou na rua tomando rapé e considerando suas opções antes de voltar para casa em todos os seus melhores trajes noturnos. Não era nem meia-noite.

Ele caminhou até Westcott House na tarde seguinte e encontrou uma aula de dança em andamento na sala de música. Uma jovem de aparência severa, com as costas muito retas e um nariz vermelho afilado, sobre o qual estavam empoleirados óculos de armação de arame, encontrava-se sentada ao piano, enquanto um homem alto e magro, claramente seu pai e, presumivelmente, o mestre de dança, estava diante dele. A condessa viúva estava sentada em um canto da sala, a inevitável Lady Matilda a seu lado. A sra. Westcott, prima Althea, estava perto delas, sorrindo com prazer diante da cena. Riverdale estava em pé no meio do espaço, em posição de valsa, com prima Elizabeth.

E ao lado do piano estava Anna, seu cabelo em um penteado um pouco mais severo do que logo após o corte, sem um fio fora do lugar, e usando um vestido branco de musselina tão sem adornos quanto qualquer outro vestido que claramente tivesse sido habilmente desenhado e costurado a partir de tecido caro. As mãos, o pescoço e o rosto eram as únicas partes do corpo visíveis. O vestido tinha um decote alto e redondo e mangas compridas. A saia caía em dobras suaves, da cintura alta até os tornozelos. Obviamente, não era para ela a mais nova moda de mostrar os tornozelos. Ela vestia um espartilho estruturado, o que enfatizava seu corpo magro e lhe dava um pouco de seios, embora não muito aos olhos de um conhecedor. Nos pés, calçava sapatinhos brancos de dança, que pareciam pelo menos dois números menores do que seus sapatos pretos e uma tonelada mais leves.

Avery observava-a através de seu monóculo quando todos se viravam para ele. Ele curvou o corpo para ela e fez uma reverência.

— Por favor, continuem — disse, apontando para o mestre de dança com a mão que segurava o monóculo.

— Alexander e Elizabeth estão demonstrando o posicionamento correto para a valsa — Lady Matilda explicou a Avery desnecessariamente. — Eu ainda sustento que é uma dança imprópria, especialmente para uma mulher solteira ou para uma mulher que não esteja dançando com o marido ou com o irmão, mas meus protestos sempre caem em ouvidos moucos. Tornou-se moda, e aquelas de nós que falam em nome do decoro são chamadas de antiquadas.

— Eu teria dançado todo o conjunto de valsas em todos os bailes dos quais participei se alguém tivesse inventado a dança quando eu ainda era uma menina — disse a viúva. — É impossivelmente romântica.

— Oh, sim, Eugenia — concordou prima Althea —, e Alex e Lizzie dançam muito bem. O sr. Robertson tem a sorte de tê-los para demonstrar para Anastasia.

Avery ficou onde estava, logo à porta, enquanto o mestre de dança apontava para Anna exatamente onde e como as mãos de Elizabeth estavam posicionadas, o ângulo exato de sua coluna e cabeça e a expressão em seu rosto — que Elizabeth arruinou imediatamente sorrindo para Anna e balançando as sobrancelhas. O mestre de dança curvou-se para Anna e a convidou a se aproximar dele como se estivessem prestes a dançar valsa. Ela permitiu que sua mão direita fosse levada à esquerda dele, apoiou cuidadosamente as pontas dos dedos no ombro dele e ficou tão longe quanto o comprimento de seus braços permitia, sua coluna arqueada para fora, em vez de para dentro, uma expressão de determinação sombria em seu rosto.

— Um pouco mais de atenção à sua postura, milady — instruiu Robertson, e ela se endireitou imediatamente para uma posição impecavelmente ereta. — E apoie a palma da mão no meu ombro e abra os dedos com elegância, como Lady Overfield está fazendo. Permita que suas feições relaxem até quase um sorriso, mas não completamente.

Ela fez uma careta e apertou o ombro dele, e Avery viu o que sua madrasta queria dizer. Naquele ritmo, ela poderia estar pronta para comparecer ao seu primeiro baile dali a cinco anos, quando estaria tão firmemente na prateleira das solteironas que estaria acumulando poeira. Ela já havia aprendido os passos? Quem diabos era aquele mestre de dança?

Ele suspirou e caminhou para o espaço aberto.

— Permita-me — pediu, acenando para o homem se afastar e tomando seu lugar. Ele pegou a mão esquerda de Anna na sua direita. Estava fria e dura, como ele basicamente esperava. Ele passou a unha de seu polegar sobre a palma da mão dela antes de colocar a mão sobre seu ombro, exatamente onde precisava estar. Em seguida, passou o polegar ao longo do comprimento dos dedos dela, antes de retirar a mão e abri-la atrás da cintura dela e pegar a outra mão na dele. Anna olhou-o nos olhos com evidente desânimo quando ele deu um passo mais para perto, e ele a encarou enquanto, sem mover a mão de qualquer maneira que fosse visível para os espectadores, ele a persuadiu a arquear um pouco o corpo para dentro na linha da cintura.

— Se Robertson tiver sua fita métrica consigo — Avery disse sem desviar o olhar dela —, poderá lhe informar se você permitiu o número necessário de centímetros de espaço entre nós. Não se deve errar nem um centímetro se não se deseja causar o banimento da valsa de todos os salões de baile do reino por toda a eternidade. Você tem permissão para sorrir, desde que não pule no lugar com hilaridade.

Os lábios dela se contraíram por um momento com o que poderia ter sido divertimento.

— Perfeito, milady — elogiou o mestre de dança, examinando o espaço entre eles a olho nu e não com uma fita métrica.

— Agora tudo o que resta, Anna — falou Elizabeth, com uma nota de leviandade bastante imprópria em sua voz —, é aprender a dançar a valsa.

— É necessário, Lady Overfield — contrapôs Robertson, uma sugestão de censura em sua voz enquanto se curvava graciosamente na direção dela —, aperfeiçoar o posicionamento do corpo primeiro, para que os passos possam ser executados com graça desde o início. Os passos em si são simples, mas o que um valsador de mão cheia faz com os passos não é. Permita-me explicar.

Avery se perguntou se a acompanhante do homem em algum momento chegava a, de fato, tocar o piano. Era possível que Riverdale tivesse o mesmo pensamento, o que era uma possibilidade um tanto alarmante.

— Lizzie e eu teremos o prazer de demonstrar os passos básicos, Anastasia — ofereceu ele —, enquanto você observa e Robertson explica.

— Vamos manter os rodopios extravagantes ao mínimo — acrescentou Elizabeth —, embora sejam os mais divertidos, não é verdade, Alex?

Avery soltou Anna, que passou a direcionar toda a atenção à demonstração que se seguiu, e o mestre de dança falou sem parar, apesar do fato de sempre parecer a Avery que qualquer criança que soubesse contar até três pudesse aprender a valsar em um minuto ou menos. Riverdale, é claro, dançou sem falhas — ele fazia alguma coisa que não fosse perfeita? —, assim como sua irmã, embora ela tenha cometido o pecado capital de sorrir para o parceiro e até rir em um momento, como se estivesse realmente se divertindo. Era o suficiente para fazer alguém estremecer de horror.

— Talvez, milady pudesse fazer a gentileza de tentar os passos comigo — disse Robertson depois de alguns minutos, tendo levantado uma das mãos para parar a música. — Vamos fazê-los devagar sem música enquanto eu conto em voz alta.

— Ou — Avery opinou com um suspiro —, você pode valsar comigo, Anna, no ritmo adequado, com música. Porém, não vou contar em voz alta, tendo descoberto que é possível fazermos isso em silêncio dentro dos limites da própria mente.

Por um momento, ela hesitou, e ele pensou que ela iria escolher o mestre de dança.

— Obrigada — Anna respondeu, ao aproximar-se e colocar a mão no ombro dele sem ajuda.

Em seus braços, ela era alguém incrivelmente esbelta, ele pensou, e muito delicada, já que ele estava acostumado a abraçar mulheres de um tipo físico completamente diferente. Suas narinas foram provocadas pelo cheiro de... sabonete?

Sua tentativa de dançar valsa com ela teve pouco sucesso no primeiro minuto, e ele percebeu os murmúrios dos expectadores. Talvez, ele pensou, por baixo das dobras simples de seu vestido branco, ela tivesse duas pernas de pau. Isso explicaria o comprimento da saia. Ou talvez ela não conseguisse contar em silêncio, afinal. Ou talvez estivesse apenas aterrorizada. Ele sustentou o olhar dela, abriu os dedos um pouco mais amplamente para cima e para baixo da cintura, circulou a ponta do polegar uma vez levemente sobre a palma da mão direita e a conduziu em um rodopio. Ela ficou com ele a cada passo do caminho, e ele viu aquela leve elevação nos cantos de sua boca novamente. Os olhos dela encontraram os seus com menos desespero.

E ela valsou. Depois de mais um minuto, ele percebeu que Riverdale e sua irmã também dançavam enquanto sua mãe batia palmas à margem. Mas Avery manteve os olhos fixos em Anna, que certamente nascera para dançar — um pensamento estranho. Mais estranho era o pensamento de que ele nunca havia percebido até aquele momento — qual era a expressão que a viúva usara? Ele nunca havia percebido o quanto aquela dança poderia ser *impossivelmente romântica*. Até então, só havia notado a intimidade e a sexualidade sugerida.

— Muito bem, milady — elogiou Robertson quando a música terminou e a condessa viúva também bateu palmas. — Vamos aprimorar esses passos e refinar o posicionamento de seu corpo na sua próxima lição. Agradeço a gentil assistência, Vossa Graça.

Avery o ignorou.

— Sem rufos ou babados, Anna? — ele perguntou. — Sem cachos ou ondas?

— Sem — respondeu ela. — E não me importo se você desaprova. Vou me vestir como achar melhor.

— Meu Deus, o que lhe deu a noção de que eu desaprovo? — ele murmurou.

E se afastou para conversar com as senhoras mais velhas por alguns minutos antes de ir embora.

11

Querido Joel,

Você não me reconheceria se me visse agora. Meu cabelo foi cortado. Não está curto, mas definitivamente está mais curto, e Bertha Reed está aprendendo com a criada de minha prima Elizabeth como arrumá-lo de maneira mais atraente do que seu estilo usual. Tenho até alguns cachos e ondas quando me aventuro a um evento noturno — o que farei em breve quando comparecer ao teatro como convidada da duquesa de Netherby (minha tia). Ela acha que é hora de o ton ter a chance de olhar para mim, agora que estou pelo menos parcialmente transformada. Como se eu fosse um prêmio — embora isso não pareça uma analogia particularmente apropriada, sim? Mas vou me sentir como um prêmio de alguma coisa. Uma idiota, talvez?

E minhas roupas! Recusei-me a me curvar a esse ídolo da sociedade, a MODA — afinal, o que é isso, senão uma manobra para manter as pessoas comprando e comprando para que não fiquem FORA de moda? —, mas mesmo assim me fizeram entender que eu simplesmente devo trocar de roupa pelo menos três vezes todos os dias e, muitas vezes, mais do que isso. O que vestir de manhã não servirá para a tarde, e o que vestir de tarde certamente não servirá para a noite. O que se veste em casa não serve para sair ou andar de carruagem ou ir fazer visitas. E a pessoa não pode ser vista vestindo as mesmas roupas velhas — mesmo que seja de apenas duas semanas atrás — ou usar a mesma coleção de coisas aonde quer que se vá. O objetivo de qualquer mulher, ao que parece, é dar a impressão de que ela nunca veste a mesma roupa duas vezes. Resisti tanto quanto pude, mas você não pode imaginar o esforço de colocar minha vontade contra a de uma duquesa (tia), uma condessa viúva (avó), outras damas tituladas (tias) e uma modista francesa, que só fala frases francesas e agita as mãos, embora deslize de vez em quando no que eu acredito que seja um sotaque londrino típico das classes operárias. Tenho tantas roupas que Bertha declara que eu poderia abrir uma loja e fazer fortuna. Certa manhã, fui às compras com Lady Overfield (prima Elizabeth) nas duas ruas da moda — não dá para escapar essa palavra —, Bond Street e

Oxford Street, e chegamos em casa com tantos pacotes, a maioria dos quais eram meus, que é incrível que tivesse sobrado espaço no coche para nós ou mesmo que restassem mercadorias nas lojas.

Mas, já tendo escrito tanto, percebo que você provavelmente não tem nenhum interesse em todos os detalhes da minha mudança de aparência, não é? Agora sei de tudo o que há para saber sobre as classes abastadas inglesas. Eles — nós, suponho que devo dizer — não podem ser todos agrupados como ricos e privilegiados, sem nada que os diferencie uns dos outros, exceto talvez o tamanho da fortuna. Você sabia, por exemplo, que, se houver quatro duques em uma sala — que os céus proíbam de haver —, todos esperando para se sentar à mesa de jantar, eles não poderão se sentar em ordem aleatória? Oh, meu Deus, não. Pois nenhum duque — ou qualquer outro título ou posto — é igual a qualquer outro. Um será sempre mais importante do que os outros três e, em seguida, um dos restantes será mais importante do que os outros dois e assim por diante. É vertiginoso e ridículo, mas é assim. Tive que aprender não apenas todos os vários títulos e classificações, mas também exatamente quem se encaixa em cada posto e quem deve ter precedência sobre quem. Qualquer um que cometer um erro cometeu suicídio social e será despachado ao purgatório aristocrático com apenas uma fraca esperança de ser trazido de volta para uma segunda chance.

Estou aprendendo a dançar. Oh, você pode protestar que eu já sabia, afinal, você já dançou comigo em várias ocasiões. Não é assim, Joel. Nossa educação em dança era lamentavelmente inadequada, pois nos ensinava apenas o que fazer com os pés e não o que fazer com mãos, dedos, cabeça e expressões faciais. Vou transmitir apenas uma dica para seu uso futuro. Nunca, nunca sorria enquanto estiver dançando, pelo menos não a ponto de mostrar os dentes. Isso simplesmente não se faz.

Mas a valsa, Joel —, oh, a valsa, a valsa, a valsa. Você já ouviu falar desse tipo de dança? Eu não tinha. É... bem, é o céu na terra. Pelo menos, acho que deve ser, apesar de ter tentado apenas uma vez. Tia Matilda, a mais velha das irmãs de meu pai, acha a valsa muito imprópria porque se dança o conjunto todo com apenas um parceiro, cara a cara, tocando-se o tempo todo, mas minha avó a descreve como impossivelmente romântica — suas próprias *palavras — e eu tenho que concordar com ela. Acredito que gosto da minha avó, embora esse seja um assunto completamente distinto.*

Há um outro assunto sobre o qual poderei falar apenas em retrospecto, pois mal ouso pensar nisso com antecedência. Vou ser apresentada à RAINHA, Joel!!!! (A srta. Rutledge teria uma apoplexia.) Vou ter que caminhar até a cadeira dela (seu trono?) e fazer minha reverência. Estou em treinamento muito intensivo, pois há uma maneira de me aproximar dela e outra de recuar, e uma maneira de reverência que se aplica apenas à rainha — e ao rei, suponho, mas se diz que ele é louco, pobre cavalheiro. Volto a entrar em contato após a provação chegar ao fim — isto é, se eu sobreviver.

Devo chegar ao objetivo desta carta, que já está muito longa e provavelmente o aborrecerá à beira das lágrimas. Embora nunca tenhamos sido enfadonhos um para o outro, não é? De qualquer forma... Ouvi hoje de manhã do conde de Riverdale, primo Alexander, que minhas meias-irmãs foram de fato a Bath para morar com a avó, a sra. Kingsley. A mãe foi com elas, embora eu não acredite que ela pretenda ficar. A carta que enviei a Hinsford Manor, em Hampshire, convidando-as, até mesmo implorando para que ficassem e a considerassem seu lar pelo resto de suas vidas, se quisessem, não foi respondida. O jovem Harry, meu meio-irmão, foi vê-las, mas muito brevemente. Ele tem uma comissão em um regimento de infantaria e deve ingressar em breve. Ele recusou minha oferta de compartilhar da minha fortuna, mas explicou que era o dinheiro de nosso pai que ele estava rejeitando, não a mim. Consigo compreender, embora parta meu coração que minhas tentativas de dividir tenham sido rejeitadas.

Cheguemos, enfim, ao verdadeiro objetivo desta carta (será que essa mulher algum dia chegará ao ponto central?, você deve estar resmungando entre os dentes). Você consegue descobrir onde a sra. Kingsley mora e, de alguma forma, ficar de olho nas minhas irmãs? Realmente não sei ao certo o que estou perguntando, mas, veja bem, elas não são mais Lady Camille e Lady Abigail Westcott. São apenas as srtas. Westcott, filhas naturais do falecido conde de Riverdale. Não tenho certeza de como a sociedade de Bath as aceitará. Será que vai evitá-las? Suponho que muito depende da influência exercida pela avó delas — ou de sua própria atitude. Meu coração está pesado por elas. Eu não as conheço de forma alguma. Camille, a mais velha das duas, foi muito desagradável durante aquela horrível primeira reunião com o sr. Brumford. Foi altiva, rude e dominadora. Mas eu também não posso dizer que a vi nas circunstâncias mais auspiciosas, não é mesmo? E, oh, céus, no dia seguinte, seu noivo a abandonou por causa de sua ilegitimidade. Desejo violência sobre a pessoa dele. Chocante, de fato, mas realmente é o que penso. Como ele ousa partir o coração da minha irmã!

Eu ainda gostaria de poder voltar para casa. Acredito também que poderia voltar, se não tivesse posto fora de dúvida a tentação quando trouxe Bertha para cá. Ela está com uma felicidade exuberante. E me perguntou ontem se poderia ter seu meio dia de folga no sábado, em vez de na terça-feira, conforme designado pela governanta, porque a folga de Oliver é no sábado. Eu disse que sim, é claro, e ela sente prazer em poder relatar que eles estão oficialmente saindo juntos.

E então... mudei de assunto e nunca consegui dizer exatamente o que estou pedindo de você. Eu não sei! Mas, oh, céus, Joel, você poderia, talvez, ficar de olho nas minhas irmãs? Eu não as conheço e provavelmente nunca as conhecerei, mas eu as amo. Não é ridículo? Pelo menos me mantenha informada, se puder. Elas são párias sociais ou estão criando algum tipo de nova vida para si? O final de outra página está chegando rápido e não devo iniciar mais uma. Desejo-te a ti o melhor,

O amigo mais querido em todo o mundo de

Anna Snow

P.S. Esqueci-me de agradecer por sua adorável carta cheia de notícias. Considere-se profusamente agradecido. Fim do espaço da carta. A.S.

De fato, fora decidido entre os poderes — em outras palavras, as tias e a avó de Anna — que sua primeira aparição oficial na sociedade seria no

teatro, no camarote do duque, onde ela seria vista por um grande número de pessoas que estavam agora avidamente ansiosas por conhecê-la, mas ela não seria obrigada a se misturar com elas em grande medida. Aparentemente, ainda tinha muito a aprender sobre polidez e quem era quem entre o *ton*.

Anna nunca havia assistido a uma performance dramática ao vivo, embora houvesse teatros em Bath. Estava ansiosa para fazê-lo naquele momento, especialmente porque havia lido e apreciado a peça em questão, *A escola do escândalo*, de Richard Sheridan. Não lhe teria ocorrido ficar nervosa se todo mundo não tivesse lhe dito que ela deveria ficar — até mesmo Elizabeth.

— Você provavelmente achará a situação toda um pouco difícil, Anna — disse ela, durante um jantar mais cedo do que de costume, na noite da apresentação. — Assistir à peça que está sendo encenada no palco é a razão menos importante para se ir ao teatro, você sabe.

Anna olhou para ela e riu.

— Não, eu não sei. O que mais há lá?

— Há fileiras de camarotes — explicou Elizabeth, com os olhos brilhando de alegria —, cheios do *crème de la crème* da sociedade, e a plateia ou poço, que é ocupada principalmente por cavalheiros. E todo mundo estará olhando para todo mundo, para observar e comentar vestidos, gravatas, joias e penteados e os mais novos pares, flertes e namoros. Os cavalheiros da plateia olham para as damas, que estão nos camarotes, e as damas, altamente ofendidas, olham para os cavalheiros por trás de seus leques esvoaçantes. Metade dos casamentos da sociedade provavelmente é concebida no teatro.

— Oh, céus — reagiu Anna. — E a outra metade?

— No salão de baile, é claro. Londres durante a Temporada é conhecida como o grande mercado de casamentos.

— Oh, céus — Anna repetiu.

Bertha havia ajudado Anna a entrar em seu vestido turquesa, que parecia muito grandioso para as duas, pois brilhava na luz e valorizava a silhueta de Anna com seu corpete habilmente ajustado e uma saia esvoaçante, apesar da simplicidade modesta de seu modelo e falta de ornamentos. Bertha começou a trabalhar no cabelo, escovando-o até que brilhasse e depois torcendo-o em um coque alto na parte de trás da cabeça, e então enrolando as longas mechas encaracoladas que deixara livres para seguir na linha do pescoço, sobre as orelhas e as têmporas. Ela estava aprendendo diligentemente com a criada de Elizabeth.

— Ooh, ficou tão bonito, srta. Snow — dissera ela sem modéstia, ao se afastar para avaliar seu trabalho. — Tudo o que a senhorita precisa agora é de um príncipe.

Ela deu uma risadinha e Anna riu também.

— Mas eu realmente não saberia o que fazer com um príncipe, Bertha — objetou Anna. — Eu ficaria sem palavras.

Embora um duque não fosse muito menos do que um príncipe, certo? Ela não via o duque de Netherby desde a tarde em que ele a ensinara a dançar valsa — embora tenha sido o mestre de dança quem recebera o crédito. Ela ainda não havia decidido se se sentia atraída ou repelida por ele, e isso era estranho. Certamente os dois eram opostos polares. Mas ela sabia que a valsa era a dança mais divina já criada.

— A senhorita deve estar morrendo de medo, srta. Snow — Bertha havia lhe dito enquanto pegava a escova, o pente e o ferro de frisar. — A senhorita será vista por todos os nobres. Se bem que é uma deles agora, não é? Bem, mantenha a cabeça erguida e lembre-se do que costumava nos dizer na escola: que a senhorita é tão boa quanto qualquer pessoa.

— É gratificante saber que pelo menos um dos meus alunos estava prestando atenção.

O primo Alexander chegou com a mãe logo após o jantar para levá-las ao teatro em sua carruagem. Ele poderia muito bem ser o príncipe de qualquer conto de fadas, pensou Anna, especialmente em suas roupas de noite em preto e branco. E ele era o cavalheiro perfeito. Ele elogiou Anna e Elizabeth pela aparência e conduziu-as à sua carruagem com cuidado, antes de tomar seu lugar ao lado de Elizabeth, de costas para os cavalos.

— Você deve estar nervosa — ele comentou com Anna, sorrindo

gentilmente para ela. — Mas não precisa. Você está elegante e estará cercada por seus familiares.

— Claro que você está nervosa, Anastasia — disse prima Althea, dando tapinhas leves na mão dela. — Seria estranho se não estivesse. Ouso dizer que algumas pessoas estarão no teatro hoje à noite especificamente porque ouviram rumores de que você estaria presente. Sua história causou uma grande sensação.

— E se ela não estava nervosa antes de subir na carruagem, mamãe — opinou Elizabeth —, sem dúvida está tremendo nos sapatos agora. Nos ignore, Anna. Estou muito feliz que a peça seja uma comédia. Há tragédia e turbulência suficientes na vida real.

Anna se perguntava se estava nervosa. Era muito bom dizer a si mesma que ela era tão boa quanto qualquer outra pessoa. Outra era entrar em um teatro cheio de pessoas que aparentemente esperavam vê-la tanto quanto esperavam assistir à peça. Que tolice, de fato.

Havia uma enorme multidão de pessoas e carruagens no teatro, mas a precedência era importante em Londres, Anna lembrou-se, quando uma faixa se abriu para permitir a passagem do transporte do conde de Riverdale, e milagrosamente um espaço foi liberado diante das portas. O duque de Netherby estava esperando lá com tia Louise, mas foi o primo Alexander quem entregou sua mãe e Anna na calçada antes de pegar com firmeza a mão de Anna no braço e lhe dar um leve tapinha tranquilizador. Ele ofereceu o outro braço para a mãe. O duque ajudou Elizabeth a descer e acompanhou-a e à tia Louise para dentro do saguão lotado e subiu as escadas até seu camarote.

Ele estava vestido com um casaco de noite verde-escuro com culotes cinza nos joelhos e colete prateado bordado com linho e meias muito brancas e uma gravata com um nó bastante elaborado. Suas joias eram todas de prata e diamantes, e seus cabelos ondulavam dourados sobre a cabeça. Ele era toda graça, elegância e presunção, e um caminho se abria diante dele, tal como acontecera lá fora diante da carruagem do conde.

Ele uma vez a beijara. Não, ele não tinha feito isso. Ele a confortara. E ele uma vez valsara com ela, e ela sentiu como se estivessem dançando no chão do céu.

Entrar em seu camarote particular foi uma experiência de tirar o fôlego, para dizer o mínimo. Era como um espaço intimamente fechado no qual faltava uma parede. Ou talvez fosse como andar no palco, pois estava perto do palco e quase no mesmo nível, como Anna percebeu quase instantaneamente, e visível de todas as partes do teatro, dos camarotes dispostos em formato de ferradura em seu próprio nível e nas fileiras superiores e nas fileiras inferiores.

Já havia multidões de pessoas presentes. O barulho da conversa era quase ensurdecedor, mas certamente ela não imaginava o zumbido adicional que se seguiu por uma pronunciada diminuição em som e depois uma nova ressurgência de conversa. E todas as cabeças pareciam estar viradas na direção deles. Anna sabia, porque estava procurando por isso. Ela poderia ter olhado para baixo e fingido que não havia nada além da segurança do camarote, mas, se não olhasse desde o início, talvez nunca encontrasse coragem para fazê-lo, e isso seria levemente absurdo ao se assistir a uma peça de teatro. Mas é claro que também havia nesse camarote um duque e uma duquesa, assim como um conde, um barão e uma baronesa — Lorde e Lady Molenor, tio Thomas e tia Mildred os aguardavam lá. Todas essas pessoas não estavam necessariamente olhando para ela.

Havia outros dois cavalheiros no camarote. Tia Louise os apresentou a Anna como o coronel Morgan, um amigo em particular de seu falecido marido, e o sr. Abelard, um vizinho e amigo do primo Alexander. Os dois se curvaram para Anna; ela inclinou a cabeça e lhes disse que era um prazer conhecê-los.

— Todos, ao que parece, estão olhando para a senhorita, Lady Anastasia — comentou o coronel, seus olhos brilhando sob as espessas sobrancelhas grisalhas. — E posso ter a permissão de lhe dizer como está elegante?

— Obrigada — respondeu ela.

O primo Alexander a acomodou perto da borda externa do camarote, ao lado do parapeito de veludo do camarote, e se sentou na cadeira ao lado da dela. Ele a envolveu em uma conversa enquanto todos os outros ocupavam seus lugares. Obviamente, ele estava fazendo o possível para deixá-la à vontade. E quanto a ele? Aquilo devia ser uma provação para ele também, pois acabara de ser elevado às fileiras da aristocracia e não passava muito tempo em Londres. Anna sorriu de volta para ele e engajou-se nas aberturas para conversa.

O duque estava divertindo Elizabeth. Ela estava rindo de algo que ele dissera. O sr. Abelard, sentado ao lado da prima Althea, inclinou a cabeça na direção dela enquanto ela falava.

E então, finalmente, a peça começou e o barulho da conversa e do riso morreu quase ao silêncio. Anna direcionou toda a atenção ao palco e, em poucos minutos, estava absorta e encantada. Ela riu, bateu palmas e perdeu toda a consciência do ambiente. Estava com os personagens no palco, vivendo a comédia com eles.

— Oh! — ela exclamou quando o intervalo a trouxe de volta a si mesma com um sobressalto. — Como é absolutamente maravilhoso tudo isso. Já viu algo tão emocionante em toda a sua vida? — Ela se virou para sorrir para o primo Alexander, que estava sorrindo para ela.

— Provavelmente não — respondeu ele. — É particularmente bem feito. Podemos esperar aqui até o início da segunda parte. Não há necessidade de deixar o camarote.

Em todo o teatro, Anna podia ver, as pessoas estavam se levantando e desaparecendo no corredor atrás de seus camarotes. O nível de ruído tornou-se quase ensurdecedor novamente. Elizabeth estava saindo com a mãe e o sr. Abelard.

— Vamos ficar aqui, Anastasia — determinou tia Louise, erguendo a voz. — Sua aparição esta noite é exposição suficiente para começar. Se alguém fizer uma visita aqui para prestar respeitos, tudo o que você precisa fazer é murmurar a mais simples das civilidades.

— Você realmente não precisa se sentir intimidada, Anastasia — acrescentou tio Thomas. — Somente os mais altos defensores das boas maneiras se atreverão a bater na porta do camarote de Avery, e nós os envolveremos em conversas. Tudo que você precisa fazer é sorrir.

ALGUÉM PARA AMAR 157

O próprio duque estava de pé, apesar de não ter seguido Elizabeth pelo corredor. Ele estava pegando rapé de uma caixa de prata incrustada de diamantes e olhando para os outros camarotes, com uma expressão de tédio no rosto. Dispensando o rapé, ele devolveu o estojo ao bolso e caminhou mais para perto de Anna.

— Anna — ele disse —, depois de ficar sentado tanto tempo, sinto vontade de esticar as pernas. Gostaria de fazer a gentileza de me acompanhar?

— Avery — falou a duquesa em tom de censura —, decidimos antecipadamente que seria mais sábio nesta primeira ocasião...

— Anna? — Ele ergueu as sobrancelhas.

— Oh, obrigada — ela respondeu, percebendo de repente quanto tempo tinha ficado sentada. Ela se levantou e ele a acompanhou até o corredor, onde multidões se aglomeravam, pessoas saudando umas às outras, conversando umas com as outras, tomando um gole de bebida e... virando-se para olhar para Anna e para o duque de Netherby. Ele fez acenos lânguidos para algumas pessoas, ergueu seu monóculo de joias até quase o olho, mas não completamente, e aquele caminho mágico se abriu novamente para que eles pudessem passear desimpedidos.

— Você deve ter levado uma vida inteira para aperfeiçoar a arte de ser duque — disse ela.

— Anna. — Ele parecia quase ofendido. — Se existe uma arte que aperfeiçoei, é a arte de ser eu mesmo.

Ela riu e ele virou a cabeça para olhá-la.

— Você percebe, suponho, que está aprendendo uma arte semelhante? Amanhã, metade da porção feminina do *ton* estará expressando choque com a simplicidade de sua aparência, e a outra metade ficará repentinamente insatisfeita com os excessos de suas próprias vestimentas e começará a se livrar de rufos, babados, fitas, laços e cachos até Londres estar mergulhada até a altura dos joelhos nesses itens.

— Mas que...

— ... absurdo, sim, de fato. E seu comportamento, Anna. Risos e aplausos no meio de uma cena? E nenhuma conversa particular com aqueles que compartilham seu camarote quando a ação no palco se tornou tediosa? Rindo de novo agora, aqui fora?

— A peça não ficou tediosa — protestou ela. — Além disso, seria indelicado com os atores e com os demais expectadores falar em voz alta durante a apresentação.

— Você tem muito a aprender — disse ele com um suspiro.

Mas ela sabia que ele estava dizendo aquilo da boca para fora. Afinal, *ele* não havia conversado durante a apresentação. Anna teria notado.

— Eu diria que sou um caso perdido.

— Ah — ele disse, levantando um dedo para trazer um garçom correndo na direção deles com uma bandeja de bebidas. — Prefiro dizer o contrário.

— Que sou um caso *encontrado*? — Ela riu.

Ele pegou duas taças de vinho e entregou-lhe uma enquanto um cavalheiro alto e bonito, com colarinho de tal rigidez e altura que ele mal conseguia virar a cabeça, se aproximava deles.

— Ah, Netherby — cumprimentou ele. — É bom vê-lo, meu velho. Não o vejo desde aquela noite no White's quando tive algum tipo de ataque convulsivo. Devo agradecer por ter chamado ajuda tão prontamente. Meu médico me informou de que você provavelmente salvou minha vida. Fiquei confinado à minha cama por uma semana por precaução, mas me recuperei completamente, você ficará satisfeito em saber.

O monóculo do duque estava em sua mão livre e ele estava segurando-o no olho.

— Em êxtase — disse, sua voz tão fria que quase pingava gelo.

Anna olhou para ele, surpresa.

— Talvez — falou o cavalheiro, voltando sua atenção para Anna — você me faria a honra de me apresentar à sua acompanhante, Netherby?

— E talvez — respondeu o duque de Netherby — eu não o faria.

O cavalheiro parecia tão surpreso quanto Anna. No entanto, ele se recuperou rapidamente,

— Ah, eu entendo, meu velho. A dama não está pronta para uma revelação pública completa, está? Talvez outra hora. — Ele fez uma profunda reverência para Anna e se afastou.

— Mas quanta... grosseria — reagiu Anna.

— Sim — o duque concordou. — Ele foi grosso.

— *Você!* — ela exclamou. Às vezes, suas afetações eram demais para ela suportar. — *Você* foi muito grosseiro.

Ele pensou nisso enquanto bebia da taça.

— Mas o problema, Anna, é que ele disse *talvez*. Isso implica uma escolha, não é? Eu escolhi não o apresentar a você.

— Por quê? — Ela franziu a testa para ele.

— Porque eu teria achado tedioso.

— E eu acho a sua companhia tediosa — ela retrucou, entregando-lhe a taça.

Ele largou o monóculo na fita para pegar a taça e ela voltou-se para o camarote.

Tarde demais, ela percebeu que havia chamado atenção. Uma pista se abriu em sua frente, mas por diferentes razões, suspeitou, do que quando se abrira para o duque. Ela entrou no camarote sozinha, mas o duque estava perto o suficiente atrás dela, e ninguém comentou o fato. O primo Alexander estava conversando com o coronel e com tio Thomas, enquanto tia Louise e tia Mildred conversavam, as cabeças quase se tocando.

— Você parece corada, Anastasia — observou tia Mildred. — Ouso dizer que estava mais quente no corredor do que aqui.

— Estou corada de alegria, tia — disse Anna enquanto se sentava novamente. Seus olhos encontraram os do duque, e ela não desviou o olhar porque *ele* não desviou. Ele ergueu as sobrancelhas e teve a ousadia de parecer quase achar graça.

Ele teria achado *tedioso* apresentar aquele cavalheiro a ela, de fato. Quanta humilhação para o próprio homem, e que... grosseria para com ela, ele querendo transmitir a impressão de que ela ainda não estava pronta para ser apresentada à sociedade educada. O que ele esperava? Que a boca de Anna fosse derramar obscenidades e blasfêmias, todas aprendidas no orfanato?

E então, antes de desviar o olhar e retomar seu próprio assento, ele sorriu para ela. Um sorriso deslumbrante que o fez parecer um anjo dourado e que a fez se sentir vários graus mais quente do que apenas o rubor.

Anna decidiu que não gostava dele. Ela o detestava. E, em vez de atração, foi definitivamente repulsa que ela sentiu por ele.

Ela sorriu quando o primo Alexander sentou-se ao seu lado novamente e a envolveu em uma conversa inteligente sobre a peça.

12

— Você sabe, Avery — Harry disse alegremente enquanto se observava no comprido espelho pendurado entre duas janelas de seu quarto de vestir. — Acho que talvez tenha sido a melhor coisa que poderia ter acontecido comigo. Enquanto eu era o único filho homem e herdeiro de meu pai, não conseguia nem pensar em ingressar nas forças armadas. E certamente eu não poderia fazê-lo após a morte dele. Apesar disso, sempre invejei aqueles sujeitos que podiam, e agora posso ser um deles com a consciência limpa. Tudo vai ser uma grande piada. E eu vou gostar de usar uma casaca verde ao invés de uma casaca escarlate. Todo oficial e seu cão vestem escarlate. Isso vai fazer as pessoas virarem a cabeça. As *mulheres* virarão a cabeça, eu quero dizer. Não acha? — Ele se virou e sorriu para seu guardião.

De fato, o garoto parecia galante na farda do 95º Regimento de Infantaria dos Rifles. E Avery não duvidou de seu entusiasmo, embora houvesse definitivamente uma ligeira ponta de histeria. Harry se sairia bem — se continuasse vivo. E talvez, de fato, todo o acontecido seria o que o moldaria como pessoa. Ele estava falando com uma bravata forçada agora, mas a tornaria realidade. Afinal, havia algo admirável em Harry.

— Acredito que você sempre faz as mulheres virarem a cabeça para observá-lo — respondeu Avery, examinando o protegido sem a ajuda do monóculo —, apesar da cor de sua casaca. Você está pronto?

Harry estava partindo naquele dia para se juntar ao seu regimento, ou à pequena parte dele que se encontrava na Inglaterra, restaurando suas fileiras após perdas em batalha. Dentro de um ou dois dias, embarcariam para a Península Ibérica e para a guerra contra Napoleão Bonaparte. Não haveria tempo para o garoto tomar uma rota suave para seu novo papel. Ele poderia se ver em uma batalha campal poucos dias após sua chegada.

— Tia Louise não derramará baldes de lágrimas sobre mim, derramará? — Harry indagou, inquieto. — Deixar minha mãe e as meninas há uma semana foi uma das coisas mais difíceis que tive de fazer em toda a minha vida. Pior do que ver meu pai morrer.

— A duquesa manterá a compostura — Avery assegurou. — Jessica será outra questão.

Harry estremeceu.

— A mãe dela a deixou sair da sala de aula — disse Avery. — Se ela não tivesse permissão para se despedir de você, provavelmente fugiria para o mar como maruja ou algo assim, e eu teria que fazer um esforço para trazê-la de volta para casa.

— Como você fez comigo quando me alistei com aquele sargento — lembrou Harry. — Já contei o quanto você me fez pensar em Davi confrontando Golias, porém com um monóculo em vez de um estilingue? Diabos, Avery, mas eu gostaria de poder simplesmente estalar os dedos e me encontrar com meu regimento. Não que eu não ame meus parentes. Exatamente o oposto, na verdade. O amor é a coisa mais maldita que existe.

Será que era? Mas seria realmente difícil se despedir de Harry, possivelmente enviando-o para sua morte.

— Tentarei ao máximo conter minhas lágrimas — prometeu Avery.

Harry deu uma gargalhada rápida.

A duquesa e Jessica os aguardavam na sala de visitas. Anna também.

Avery olhou para ela com desagrado. Anna chegara a de fato brigar com ele duas noites antes. Ela considerara a companhia dele tediosa e se afastara, independentemente da curiosidade que estava despertando entre os reunidos nas proximidades. Ele apostaria metade de sua fortuna na ideia de as salas de visita elegantes estarem em polvorosa com a história do dia anterior e que provavelmente continuariam naquele dia, a menos que alguém tivesse feito a gentileza de vestir um colete amarelo com um casaco roxo ou fugir com um lacaio bonito e musculoso ou, de outro modo, despertar algum novo escândalo. E agora ali estava ela, para derramar lágrimas sobre Harry todo quando ele menos precisava.

— Você está muito elegante, Harry — a duquesa elogiou com um caloroso entusiasmo, levantando-se quando o viu. — Adeus, meu garoto. Não vou pedir que nos deixe todos orgulhosos de você. Eu sei que o fará.

— Obrigado, tia Louise — ele agradeceu, apertando a mão dela. — Eu deixarei. Prometo.

Como era de se esperar, Jessica correu para seus braços, gemendo horrivelmente.

— Você estará arruinando o novo uniforme de Harry, Jessica — ralhou a mãe dela, depois de alguns instantes, e Jess pulou para trás e esfregou a mão sobre a mancha ligeiramente úmida abaixo de um dos ombros do primo.

— Eu *n-nunca* vou aceitar que você não seja mais o conde de Riverdale, e eu nunca perdoarei tio Humphrey, embora não se deva falar mal dos m-ortos. Também não vou perdoar a f-família que ele escondeu enquanto estava vivo. Elas n-nunca foram a *verdadeira* família. Vocês é que eram: você, A-Abby, Camille e tia Viola. Mas prometi à mamãe que não faria uma cena e nem vou fazer, embora ela esteja aqui e mamãe não queira mandá-la embora. Harry, dói meu coração vê-lo partir e saber que você está indo encontrar tal p-perigo.

— Vou passar por isso em segurança — ele jurou, sorrindo para ela. — Não é fácil se livrar de mim, Jess. E você estará crescida quando eu voltar. Já quase está agora. Você terá tantos pretendentes que não conseguirá encontrar caminho para atravessar entre eles e perderá o interesse por um simples primo.

— Nunca vou perder o interesse em você, Harry — ela declarou apaixonadamente. — Eu só queria que não fôssemos parentes, mas então suponho que eu nem o conheceria, não é mesmo? Como a vida é desconcertante. Oh, eu *g-gostaria* que você não estivesse indo. Eu *gostaria...*

Ela balançou a cabeça e estendeu as mãos sobre o rosto, e Harry voltou sua atenção para Anna, que estava parada em silêncio a alguma distância.

— Anastasia — ele disse.

— Harry. — Ela sorriu para ele. — Eu tive que vir. Você é meu irmão, mas eu não vim para sobrecarregá-lo com mais emoções quando tenho certeza de que você já está oprimido por elas. Eu vim apenas para dizer que honro a sua decisão e o admiro e espero ansiosamente pelo dia em que eu possa dizer isso novamente.

— Obrigado — ele respondeu. Nada mais, embora ele não parecesse zangado ou ressentido por ela ter vindo. Mas também não parecia feliz, verdade fosse dita.

E então ele se virou para sair da sala. Avery foi com ele até as portas externas, mas Harry já havia deixado claro que queria deixar a casa sozinho. Trocaram apertos de mão e ele se foi. Avery ergueu as sobrancelhas quando percebeu que sentia algo suspeito como um nó na garganta.

Ele teria passado pela sala de visitas no caminho de volta para o andar de cima e continuado a cuidar de seus próprios negócios se não tivesse ouvido vozes elevadas lá dentro — ou melhor, uma voz elevada. Ele hesitou, suspirou e abriu a porta.

— ... sempre vou odiar você! — Jessica estava gritando. — E *não me importo* de estar sendo injusta. Eu *não me importo*, você me ouviu? Eu me preocupo com Abby e Camille. Eu me preocupo com Harry. Eu quero que tudo volte...

— *Jessica.* — A duquesa, que quase nunca levantava a voz, elevou-a um pouco naquele momento. — Você retornará à sala de aula imediatamente. Vou lidar com você lá mais tarde. Quando temos visita em casa, *sempre* praticamos boas maneiras.

— Eu não me *importo*...

— Vou me despedir, tia — avisou Anna, naquela voz suave dela que, apesar disso, era claramente audível. — Por favor, não fique com raiva de Jessica. A culpa é minha por ter vindo aqui esta manhã.

— E você *não* assumirá a culpa por mim! — Jessica gritou, girando para ela, a fúria em seus olhos.

— Jess. — Avery falou ainda mais baixo que Anna, mas sua irmã se virou para ele e ficou em silêncio. — Para a sala de aula. Ouso dizer que você está perdendo uma lição de geografia ou de matemática ou algo igualmente fascinante.

Ela saiu sem dizer uma palavra.

— Peço desculpas, Anastasia — disse a duquesa.

— Por favor, não há necessidade. — Anna levantou a mão. — E, por favor, não repreenda Jessica muito severamente. Tudo isso... foi um choque terrível para ela. Eu entendo que os primos são muito queridos por ela.

— Ela os idolatra — a duquesa admitiu. — Você está perdendo uma aula de dança ou de etiqueta ou uma prova de roupas?

— Apenas minha reunião semanal com a governanta. Isso pode esperar. Mas não vou me demorar mais, tia Louise. Vou buscar Bertha na cozinha e seguirei meu caminho.

— Elizabeth...? — a duquesa perguntou.

— Ela foi à biblioteca com a mãe — explicou Anna. — Elas queriam que eu fosse também, mas escolhi vir aqui para ver Harry pela última vez... Pelo menos espero, oh, eu espero que não tenha sido *realmente* a última vez. Mas foi uma autoindulgência a que eu deveria ter resistido, eu temo. Um bom dia para a senhora, tia, e para você, Avery.

Ela se moveu com propósito em direção à porta e parecia pronta para derrubá-lo, pensou Avery, se ele não saísse do caminho dela.

— Anastasia! — A voz da madrasta parecia dolorida. — Você não está por acaso pretendendo descer pessoalmente às cozinhas para buscar sua criada, está?

— Acho que a menina está inundada de chá, pão, manteiga e fofocas — disse Avery. — Permita que ela termine e encontre seu próprio caminho para casa quando souber que foi abandonada. Eu vou acompanhá-la, Anna.

Ela ainda o estava achando entediante, ao que parecia. Anna levantou as sobrancelhas.

— Isso foi uma pergunta? — ela indagou.

Ele pensou exatamente no que dissera.

— Não. Se a memória me serve corretamente, foi uma afirmação.

— Pensei que sim — ela concluiu, e não discutiu mais, e alguns minutos depois eles estavam do lado de fora da casa e ela tomando o seu braço oferecido, também sem discutir.

— Você ainda está... entediada comigo? — ele questionou depois que eles saíram em silêncio de Hanover Square.

Ela se desviou da pergunta.

— Você realmente salvou a vida daquele homem?

Ah, ela estava se referindo a Uxbury.

— É realmente extraordinário que ele se lembre do incidente dessa maneira. Pelo que me lembro, eu quase *tirei* a vida dele.

A cabeça dela girou para fitá-lo no rosto. Ela usava um vestido verde-claro, totalmente sem adornos, embora tivesse sido claramente feito por mãos experientes. O traje enfatizava suas curvas delgadas, e surpreendeu-o vê-la tão sexualmente atraente quanto qualquer uma das mulheres mais generosamente dotadas que ele sempre apreciara. O chapéu de palha, amarrado embaixo do queixo com uma fita da mesma cor, era certamente o chapéu mais simples que ele já vira, mas havia algo na forma que o tornava inesperadamente sedutor. Os cachos finos que adornavam a cabeça dela no teatro duas noites antes haviam desaparecido naquele dia, e cada fio de cabelo tinha sido implacavelmente confinado dentro do coque na nuca. Ele não tinha falado muito sério quando sugeriu que metade das damas do *ton* logo imitariam a simplicidade do estilo dela; mas, na verdade, ele não ficaria surpreso se isso de fato acontecesse. Claro, precisariam ter a silhueta dela e a beleza do rosto para levar o estilo a cabo.

— Suponho que você não vá explicar — ela disse —, a menos que eu pergunte.

— Você tem certeza de que deseja ouvir sobre a violência que fiz cair sobre a pessoa de outro cavalheiro?

Ela estalou a língua.

— Tenho. Sinto, no entanto, que você esteja prestes a dizer algo absurdo.

— Prendi-o atrás dos joelhos com um pé e coloquei três pontas dos dedos contra um ponto logo abaixo das costelas — ele explicou —, e assim ele caiu, ofegando por ar. Ou *sem* conseguir ofegar, na verdade. Tem que haver algum ar entrando no corpo para ser considerado ofegar, não é? Ele ficou bem púrpura no rosto, assim como deveria ficar, quando quebrou uma garrafa de cristal cara e provavelmente uma mesa também no caminho. Mas ele já tinha muita ajuda rodeando-o antes de eu me despedir.

— Oh — ela disse, exasperada —, você se superou no absurdo. *Três dedos*, não é mesmo? Ele tem o dobro do seu tamanho.

— Ah — ele reagiu depois de acenar com a cabeça para um casal que passava por eles na rua —, mas todo mundo tem o dobro do meu tamanho, Anna. Embora meus dedos provavelmente sejam do tamanho dos dedos da maioria dos homens.

— Três dedos — ela disse novamente com o maior desprezo. Ela franziu o cenho para ele, claramente sem saber se ele a estava provocando ou dizendo a verdade.

— As pontas dos dedos podem ser armas poderosas, Anna, se a pessoa souber exatamente como e onde usá-las.

— Oh, meu Deus. Eu acredito que você esteja falando sério. Mas por que fez isso... se realmente o fez? Por que você quase o matou?

— Estava cansado da conversa dele — Avery respondeu e sorriu para ela.

Anna ficou rígida e se afastou alguns centímetros, depois virou a cabeça para a frente outra vez.

— Estava entediante?

— De forma excruciante.

Ele percebeu então passos atrás deles em grande velocidade, parou e virou-se para ver uma jovem se aproximando. Ela usava um vestido novo e rígido e o segurava acima dos tornozelos, com chapéu e sapatos novos, e não foi preciso nenhum gênio para adivinhar quem era.

— Bertha, eu presumo? — ele perguntou quando ela parou abruptamente e sem fôlego no meio da calçada, a uma curta distância atrás deles.

— Sim, senhor, Vossa Senhoria, Vossa Idolatria — ela disse. — Oh, qual é o certo, srta. Snow? Já esqueci, se é que eu já soube um dia.

— Vossa Graça — falou Anna. — Não havia necessidade de vir correndo atrás de mim, Bertha. Você deveria ter ficado um pouco mais para se divertir.

— Eu já tinha comido dois *scones* e não precisava do terceiro. Vou engordar. A senhorita deveria ter vindo me procurar, srta. Snow. Eu não deveria deixá-la sair sem mim, não é? Não quando está sozinha, de qualquer maneira.

— Mas eu não estou sozinha — Anna apontou. — O duque de Netherby está me acompanhando até em casa, e ele é meu primo colateral.

— No entanto — Avery disse com um suspiro —, duques são conhecidos por devorar mulheres nas ruas de Londres quando não têm criadas com elas para defendê-las. Você fez bem em seguir, Bertha.

Ela o surpreendeu rindo com alegria e desembaraço.

— Ah, *você*! — ela exclamou. — Ele é engraçado, srta. Snow.

— Você pode seguir a essa distância — Avery a instruiu. — Perto o suficiente para me atacar, caso eu coloque na cabeça a ideia de atacar sua senhora, mas longe o suficiente para não ouvir ou, que os céus não permitam!, participar da nossa conversa.

— Sim, Vossa Graça. — Ela sorriu alegremente para ele como se estivessem envolvidos em alguma conspiração mútua.

— Obrigada, Bertha — disse Anna.

— Suponho — Avery iniciou enquanto retomavam a caminhada — que vocês tenham andado de braços dados até Archer House, conversando sem parar e rindo a valer.

— Não de braços dados — ela negou. — A primeira vez que fiz isso foi com você no caminho para o Hyde Park. Não há muito contato físico no orfanato. Talvez por estarmos todos reunidos lá, respeitemos que espaço existe para nos separar.

Mas ela não negou ter conversado e rido com a criada. Que criatura estranha ela era. E ele teve que admitir que estava completamente fascinado por ela.

— Minhas irmãs estão em Bath — explicou Anna —, morando em uma casa no The Crescent com a avó, a sra. Kingsley. Ela deve ser rica, pois o Crescent é o endereço de maior prestígio em Bath. Você sabe alguma coisa sobre ela?

— O marido da sra. Kingsley nasceu em uma família endinheirada e não desperdiçou nada, até onde eu sei — ele afirmou. — Acredito que ela também venha de berço abastado. Daí o casamento entre seu pai e a filha deles. O filho escolheu a Igreja como carreira e permaneceu com seu rebanho, embora eu duvide de que ele precise disso desde a morte do pai. Camille e Abigail serão bem cuidadas, Anna. Elas não vão morrer de fome. Nem a mãe delas.

— Se fosse apenas uma questão de dinheiro, eu ficaria tranquila. Abigail foi para o Pump Room com sua avó para o baile matinal, mas Camille não foi vista.

— E quem, Jesus, é seu espião?

— Essa é uma palavra horrível. Implorei ao meu amigo Joel que ficasse de olho nelas, se possível, para descobrir se conseguiram criar uma nova vida para elas. Suponho que eu as imaginei quase na miséria. Ele descobriu quem é a avó e onde mora, e viu Abigail entrando no Pump Room certa manhã, apesar de ele mesmo não ter entrado. Ele descobriu que era ela.

— Um amigo admirável.

— Ele visitou o sr. Beresford por mim também — continuou ela —, embora eu depois tenha tido que escrever para ele eu mesma. Ele não queria revelar nada a Joel.

— Beresford? — Ele levantou as sobrancelhas.

— O advogado com a ajuda do qual meu pai me sustentou no orfanato. Ainda não tive resposta. Espero que ele possa me dizer quem são ou foram os pais de minha mãe e onde eles moram ou moraram: o reverendo e a sra. Snow.

— Anna, eles não a expulsaram após a morte de sua mãe e a abandonaram aos cuidados duvidosos de seu pai?

— Foi disso que o sr. Brumford foi informado. Mas eu preciso descobrir por mim mesma.

Estavam em South Audley Street, seguindo na direção de Westcott House.

— Você gosta de infligir dor a si mesma? Não é algo que deva ser evitado a todo custo?

Ela virou a cabeça para olhar em seu rosto, e os passos deles diminuíram.

— Mas vida e dor andam de mãos dadas. Não se pode viver plenamente a menos que se sinta dor pelo menos ocasionalmente. Você decerto deve concordar.

Ele ergueu as sobrancelhas.

— Sem dor, sem alegria? — questionou. E, na verdade, ele concordava. A vida, ele aprendera, era uma constante atração de opostos, que era preciso equilibrar para se levar uma vida sã e significativa. Ele sabia disso com cabeça, coração e alma. Havia uma parte dele que *não* sabia disso, porém, ou que pelo menos resistia a colocá-lo em prática? Será que ele erguera uma barricada contra a dor e, assim, negara-se a possibilidade de ter alegria? Mas todos não evitavam a dor a todo custo?

O que seu mestre queria dizer com *amor*? Ele não estivera disposto a explicar, e Avery havia sido provocado pela pergunta por mais de uma década.

— Ah — ela disse —, não tenho certeza de que a vida possa ser definida com frases tão simplistas.

Ele conheceu um momento de hilaridade ao imaginar ter uma conversa semelhante com qualquer outra dama conhecida — ou com uma de suas amantes. Ou com qualquer um de seus conhecidos homens, aliás. Ele se despediu depois de deixá-la dentro de casa e recusar o convite para ir à sala de visitas tomar um lanche. Ele também se despediu da criada.

— Adeus, Vossa Graça — falou ela, sorrindo para ele. — No fim das contas, Vossa Graça não atacou a srta. Snow e a devorou, não é mesmo? Mas foi porque eu estava lá para me apressar ao resgate dela, ou o senhor não teria feito isso de qualquer maneira? Eu nunca vou saber, vou? — Ela riu alegremente de sua própria piada.

O mesmo fez o jovem lacaio, que era claramente um novato. Outro órfão de Bath?

Avery ficou surpreso demais até para usar seu monóculo, mas balançou a cabeça quando estava do lado de fora da casa novamente e assustou duas damas do outro lado da rua gargalhando alto.

13

Avery manteve distância de South Audley Street durante a semana seguinte. Ele também jantava a cada noite em um de seus clubes, com conhecidos que não mencionavam nem os chapéus nem a educação de Lady Anastasia Westcott. Foi muito revigorante. Na tarde do oitavo dia, no entanto, depois de voltar de levar Jessica ao Gunter's para tomar sorvete, em um esforço para elevar seus espíritos ainda cabisbaixos, ele entrou na sala de visitas para prestar seus respeitos à mãe dela.

— Anastasia está pronta para conhecer o *ton* — ela disse sem preâmbulos —, ou tão pronta quanto sempre estará. Tivemos uma discussão e tanto sobre como isso deve ser feito, mas não vou aborrecê-lo com os detalhes.

— Obrigado — Avery murmurou.

— Decidimos por um baile completo. Nada menos servirá, embora se hesite em chamá-lo de baile de debutante na idade dela. Ela fará uma reverência para a rainha na próxima Sala de Visitas, e o baile será realizado na noite seguinte. Tivemos uma discussão acalorada sobre onde seria realizado.

E, tendo prometido não o aborrecer com detalhes, ela começou a fazer exatamente isso enquanto servia uma xícara de chá que ele não queria mais do que queria os detalhes. Parecia que a condessa viúva não podia oferecer o baile porque era muito velha, e a prima Matilda era um caso perdido. Os Molenor viviam tão longe no norte da Inglaterra que, se tropeçassem e caíssem, estariam na Escócia. Eles vinham à cidade apenas de vez em quando e realmente não conheciam ninguém. Portanto, seriam uma má escolha como anfitriões de um evento tão grandioso. A casa que o novo conde de Riverdale havia alugado para a Temporada nem tinha salão de baile, fato que mais ou menos o excluíra e à prima Althea da disputa, e seria totalmente inapropriado usar Westcott House para a ocasião.

Avery podia ver para onde aquilo estava caminhando a um quilômetro de distância.

— Então veja você, Avery...

Ele deveria ver? Ele a interrompeu:

— O baile será realizado aqui, é claro — ele disse com um suspiro e tomou um gole de chá; estava apenas um pouco mais do que morno. — Houve alguma dúvida?

— Bem, houve. Todo mundo sabe que você está achando esse assunto com Anastasia entediante, Avery. Você não mostra seu rosto em Westcott House há uma semana ou mais e não manifestou um pingo de interesse no progresso que estamos fazendo com ela. Ela não é parente sua, é claro, e não se pode esperar que você se importe. Estou muito satisfeita que você concorde que o baile deva ser realizado aqui. Pegarei emprestado seu sr. Goddard, por gentileza, e começarei a planejar.

— Ah, mas eu não empresto os serviços de Edwin — negou Avery, colocando a xícara e o pires de volta na bandeja e preparando-se para fugir antes que se visse agraciado com uma descrição de vestidos de baile. — Ele pode se ofender. Darei uma palavra com ele, e a senhora poderá lhe fornecer uma lista de possíveis convidados no caso improvável de ele esquecer alguém e qualquer pedido especial que possa lhe ocorrer.

— Isso é o que eu quis dizer com emprestá-lo, Avery.

— De fato, sim — ele respondeu, e caminhou na direção da porta. Era melhor avisar ao secretário de sua destruição iminente.

Ele havia se resignado ao fato de que o ano seguinte ficaria cheio de frivolidade tediosa quando Jessica fosse apresentada à sociedade. Mas um baile em Archer House naquele ano? Era o suficiente para fazer a pessoa fugir para um eremitério em algum lugar distante. Obviamente, não fazia sentido esperar que a lista de convidados fosse restrita a algumas poucas e seletas pessoas. Sua madrasta havia se referido distintamente à ocasião como um baile, e nenhum baile em Londres poderia ser considerado um sucesso se também não pudesse ser julgado, após o fato, de ter estado terrivelmente lotado. A duquesa e sua mãe e irmãs convidariam todos com qualquer pretensão de aristocracia, e todos com qualquer pretensão de aristocracia aceitariam, pois Lady Anastasia Westcott ainda era a sensação do momento, provavelmente de toda a Temporada, e ainda mais quando sua revelação fora um processo tentadoramente lento até então. Mesmo no teatro, ninguém fora de seu grupo havia sido formalmente apresentado a ela.

— Você vai, é claro — disse a duquesa antes que ele pudesse efetuar sua fuga —, conduzir Anastasia no repertório de abertura, Avery.

— Eu? — ele questionou, virando a cabeça para ela.

— Certamente seria comentado se você não o fizesse. E Alexander vai conduzi-la no segundo conjunto.

— E então uma sucessão de possíveis pretendentes para a mão dela?

— Bem, ela *já* tem vinte e cinco anos — ela lembrou. — Não há tempo a perder.

— Mas a fortuna dela vai derrubar vários anos da idade que ela tem.

— Certamente — ela concordou, sem ter notado nenhuma ironia no comentário. — Mas eu gostaria que ela seguisse mais conselhos sobre suas roupas, especialmente vestidos de baile. Eles são todos muito simples, Avery. E ela não tem muito corpo para compensar.

Ah, afinal, ele não escapara dos vestidos de baile.

— Mas é sempre melhor definir a moda do que segui-la.

— Definir uma moda para a simplicidade? — ela questionou, as sobrancelhas subindo. — Você é um absurdo às vezes, Avery. E foi muito imprudente da parte dela insistir em empregar aquela garota de Bath como criada pessoal. Uma criada experiente poderia fazer muito pela aparência dela. E aquele novo jovem lacaio dela... você já o encontrou pessoalmente? Ele é extraordinário. Mas não me faça começar a falar disso.

— Eu não o farei — ele prometeu, lembrando da cena em que o lacaio rira alto com a dita criada de algo que ele, Avery, dissera, como se fossem todos companheiros de longa data.

Enfim conseguiu escapar. Embora não ileso, pelos céus. Ele estava condenado a oferecer um grande baile em Archer House dentro das próximas semanas. Que tédio extremo.

Embora talvez não fosse. Seria a primeira exposição real de Anna ao *ton*, e poderia ser interessante de se ver. *Ela* poderia ser interessante de se ver.

Ah, e ele deveria perguntar a Edwin Goddard, depois de ter sido avisado do que estava se aproximando, se já havia feito algum progresso em suas investigações sobre o reverendo e a sra. Snow, possivelmente ainda vivos, possivelmente falecidos, em algum lugar nas proximidades de Bristol — em algum lugar com uma igreja. Mas em toda parte havia uma igreja. Essa não era uma grande pista.

Se eles pudessem ser descobertos, seu secretário os encontraria. Avery havia recentemente lhe aumentado o salário. Deveria repetir o gesto novamente em um futuro não muito distante. Se Edwin deixasse o emprego, ele sentiria como se um braço seu tivesse sido cortado.

A estreia de Anna na sociedade foi objeto de muita discussão animada com a avó e as tias. Seus desejos não foram consultados. Na opinião de Elizabeth, apresentada com um olhar cintilante quando estavam sozinhas, a viúva e as tias chegariam a algum tipo de acordo, e a opinião do resto delas seria desperdício de saliva. Lady Anastasia Westcott deveria ser apresentada à rainha Charlotte em uma próxima Sala de Visitas. Isso foi acordado por unanimidade desde muito cedo. Todo o resto estava aberto à discussão.

Em um extremo do espectro, havia a noção de que Anna deveria ser gradualmente introduzida na sociedade por aparições em vários e seletos saraus, jantares e concertos. No outro extremo, estava a sugestão de que sua aparição de debute deveria acontecer em um grande baile organizado por uma delas. Tia Mildred dissera, como forma de analogia, que o jeito mais provável de se aprender a nadar era ser arremessado no meio de um lago profundo em vez de entrar apenas na beirada rasa.

Também era mais provável que a pessoa se afogasse, na opinião de Anna.

Mas ela manteve a paz. Era um assunto sobre o qual realmente não tinha uma preferência firme. Ela tomou a decisão de permanecer em

Londres, aprender o papel de Lady Anastasia Westcott e ocupar seu lugar na sociedade. Além disso, estava à mercê de seus parentes, que sabiam melhor do que ela como a transição seria realizada. Bailes, saraus, concertos — estavam todos além da experiência dela e eram igualmente impossíveis de imaginar.

Os proponentes da ideia do grande baile ganharam o dia. E tia Louise venceu a discussão menos vigorosa sobre onde o baile seria realizado. Seria em Archer House com o duque e a duquesa de Netherby como anfitriões. A data foi marcada para o dia seguinte à apresentação de Anna na corte. Seria precedido por um jantar, e então ela ficaria na fila de recepção com o duque e a duquesa. Todo mundo que fosse alguém seria convidado, e vovó ficaria realmente surpresa se alguém recusasse o convite. O *ton* estava ansioso para conhecer a filha do conde que havia crescido em um orfanato na província de Bath. Anastasia teria um parceiro para cada conjunto de danças — ninguém duvidava disso, embora ela fosse abrir o baile com o duque de Netherby e dançar o segundo conjunto com o conde de Riverdale.

Anna não via o duque desde o dia em que Harry saíra para se juntar ao seu regimento.

Aparentemente, ela teria permissão para dançar até a valsa por causa de sua idade madura, embora houvesse uma proibição estranha contra as meninas mais jovens de valsarem até que elas recebessem permissão de uma das patronesses do Almack's, quem quer que fossem.

Foi o suficiente para interferir no apetite de Anna por vários dias antes que o momento chegasse. Ela nunca comparecera a uma reunião em Bath antes de vir para Londres, e a rainha sempre fora alguém que se sentava em um trono em algum lugar nas nuvens, apenas um pouco mais abaixo do que o de Deus. Descobriu que era mais fácil manter os pensamentos vazios e viver uma hora de cada vez. Embora isso fosse mais fácil dizer do que fazer, é claro. A perda de apetite não se reverteu.

Querido Joel,

Estou exausta demais para dormir. É isso que o terror absoluto e entorpecente faz a uma pessoa depois que acaba.

EU CONHECI A RAINHA. E EU CONVERSEI COM ELA. Perdoe-me por gritar novamente, mas não é todo dia que uma órfã pobre conhece a realeza. É a coisa mais assustadora que alguém poderia imaginar, embora a própria rainha seja a mortal de aparência mais comum e sorrisse vagamente para todos ao redor, e parecesse que desejava estar em outro lugar que não ali, como eu imagino que fosse o caso, a pobre dama. Mas os criados vestidos de libré... as pessoas que nos organizam e alinham adequadamente com o respectivo patrocinador (a duquesa, minha tia Louise) são muito mais grandiosos e mais intimidadores do que uma mera rainha. E tudo está arranjado para tornar o processo o mais desconfortável possível para os participantes. Quando chega a vez de alguém ser anunciado adequadamente, é preciso se aproximar da cadeira (trono?) e executar a reverência ensaiada há semanas — muito profunda e graciosa, reservada exclusivamente à realeza. Então é preciso sujeitar-se ao sorriso vago, mas gentil, de Sua Majestade e a qualquer coisa que ela queira dizer. Mas DEPOIS vem a parte difícil, pois é preciso sair da Presença dela sem tropeçar na cauda do vestido. E a cauda É OBRIGATÓRIA, mas não pode ser enrolada no braço.

Quando chegou a minha vez, eu esperava que ela não tivesse nada além de algumas gentilezas murmuradas para me dizer, como aconteceu com as duas moças muito jovens que me precederam. Mas, infelizmente, ela sabia a meu respeito, Joel. Eu, Anna Snow! Ela olhou para mim com o que parecia uma centelha de real interesse e perguntou se era verdade que eu crescera em um orfanato, à base de uma tigela de mingau fino e uma crosta seca de pão por dia. Mas eu a decepcionei. Eu disse que nos serviam três refeições saudáveis todos os dias, bem como uma ceia leve na hora de dormir. Acredito — não tenho certeza — que eu até tenha acrescentado que as sopas sempre foram encorpadas com legumes e muitas vezes também com carne, e que o pão todos os dias era recém-assado, exceto aos domingos. Mas, naquele momento, ela estava parecendo vaga de novo, e recebi o sinal muito firme de um dos asseclas assustadores para começar a recuar.

Não tropecei na minha cauda. Mas será que eu TAGARELEI? Terei pesadelos esta noite, embora tia Louise me garantisse que não o fiz.

Existem mil e um detalhes da sua última carta sobre os quais quero comentar, sendo não menos importante a sua breve referência à srta. Nunce, a nova professora. Apesar disso, estou cansada demais para segurar minha pena por muito mais tempo. Escreverei novamente amanhã. Minha mente precisará se distrair, pois amanhã à noite é O BAILE. Ah, às vezes, desejo, desejo, desejo, que a carta do sr. Brumford nunca tivesse me encontrado. Eu deveria ter me escondido debaixo da mesa. Estou ficando tola de cansaço. Então estou indo, mas saiba que você permanece...

o mais querido amigo e confidente

(por mais abusado que seja!)

de Anna Snow

No final da tarde seguinte, Anna ainda desejava poder acordar como se de um sonho longo e bizarro e se encontrar em sua cama estreita em seu minúsculo quarto em Bath. Mas ela não estava sonhando, é claro.

— E — ela disse em voz alta — nunca se pode voltar no tempo.

— Ah, espero que não, srta. Snow — Bertha disse enquanto torcia o cabelo de Anna em um penteado bastante intrincado no alto da cabeça e soltava algumas mechas que iria enrolar e arrumar devagar ao redor do rosto e do pescoço. — Eu odiaria ter que voltar. Espero que a senhorita fique comigo, mesmo que eu tenha feito aquele vinco na parte de trás da cauda do seu vestido marrom com o ferro de passar ontem sem perceber. Saiu quando passei a ferro novamente, apesar de realmente ter que pressionar muito. É engraçado, não é, como os vincos entram nas roupas tão facilmente, mas são uma praga absoluta para sair? Eu amo estar aqui e ser tratada quase como uma nobre porque sou sua criada pessoal. E eu amo poder ver Oliver toda semana, em vez de ter que esperar por uma carta duas vezes por ano. Ele só pode ser o pior escritor de cartas do mundo. Porém, ele acabou de me fazer um relatório muito bom sobre seu aprendizado e é quase certo que seja mantido no emprego quando terminar, embora seu sonho seja ter sua própria oficina. Oh, não, eu nunca quero voltar. Eu só quero que os próximos três anos passem rapidamente até que possamos nos casar, embora eu não deva pensar assim, não é? Seria como desejar desperdiçar minha vida, e minha vida tem sido muito doce agora, exatamente do jeito que está. Não posso acreditar em como é doce. John Davies diz a mesma coisa, e Ellen Payne, na cozinha. Oh, veja como esses cachos estão saindo. Eles não fazem toda a diferença na sua aparência? Sempre admirei sua aparência, srta. Snow, mas não percebia o quanto a senhorita é bela.

— Eu sou? — Anna perguntou com uma risada. — Ser bela não é um atributo das meninas novas, Bertha? Eu tenho vinte e cinco anos.

— Bem, a senhorita não *parece* velha — Bertha assegurou. — Não parece ter um dia a mais do que vinte anos. A senhorita será a mulher mais linda do baile.

— Bem, obrigada. — Anna se levantou, com o penteado completo, e olhou para a imagem no espelho comprido. Ela provavelmente seria a menos deslumbrante. Ela vira a maneira como todos se vestiam para o teatro e, presumivelmente, vestiam-se ainda mais grandiosamente para um baile. Mas ela estava satisfeita com sua aparência. Seu vestido brilhava à luz das velas, e ela gostava da cor, embora tivesse hesitado sobre o tecido quando o viu pela primeira vez. Era de um rosa vibrante, uma cor que ela nunca havia associado a si mesma. No entanto, Madame Lavalle desenrolara parte do tecido e o colocara frouxamente sobre o corpo de Anna, direcionando sua atenção para um espelho, e Anna se apaixonara. Talvez ela parecesse mais jovem do que os anos que tinha, ou pelo menos não mais velha. E o rosa parecia dar um viço às faces quando ela temia que a cor pudesse fazer exatamente o contrário.

Madame Lavalle, ela pensou, fizera por merecer seu nome e sotaque francês falsos. Realmente tinha talento e era habilidosa. O decote era um pouco mais generoso do que Anna gostaria, embora não fosse generoso o suficiente para agradar a todos os críticos. No entanto, ela gostou e apreciou também o corpete justo e as mangas curtas e retas. O vestido lisonjeava o pouco busto que ela tinha, assim como o espartilho estruturado que ela usava. A saia começava diretamente abaixo do busto e ainda dava a ilusão de flutuar ao redor dela conforme se movia. A modista queria adicionar uma cauda, que ficaria muito lisonjeira, ela dissera, carregada sobre o braço de milady durante a dança, mas Anna recusara. Depois do dia anterior, ela estava extremamente feliz por ter os sapatinhos de cetim bordados com fios de prata, que combinavam quase perfeitamente com o tom do vestido. Suas luvas até o cotovelo eram prateadas.

Oh, na privacidade de seu quarto de vestir, ela acreditaria que estava deslumbrante. Por que não? Pensou tristemente em seu melhor vestido de domingo e nos dois vestidos para o dia que trouxera de Bath, que haviam desaparecido do quarto. Seus melhores sapatos também e, é claro, os velhos. Ela sorriu para a imagem de Bertha no espelho.

— Não, nunca devemos querer voltar, devemos? — ela disse. — Apenas caminharmos para a frente. Meu primeiro baile, Bertha. Passe a noite de joelhos, por gentileza, rezando para que eu não tropece nos pés de meu parceiro no primeiro conjunto... ou, pior, nos meus próprios pés.

Bertha deu um gritinho e depois riu.

— Nunca instigue o destino assim.

Mas a primeira dança seria com o duque de Netherby, que Anna não via desde a manhã da partida de Harry, há mais de duas semanas. Ele não a deixaria tropeçar nos pés de ninguém. Seria um golpe grande demais para sua própria importância. Oh, Deus, nas próximas horas, ela estaria jantando na mesa dele. Depois disso, ela estaria em uma fila de recepção com ele e tia Louise, e então dançaria uma quadrilha com ele. De repente, Anna ficou sem fôlego e lembrou a si mesma de que ele provavelmente desejaria estar em qualquer outro lugar naquela noite, exceto onde realmente estaria. Ele pareceria entediado e, sem dúvida, também estaria se sentindo entediado. Que humilhante!

Ela estava sorrindo enquanto se virou do espelho.

— Oh, estou tão nervosa, Bertha — ela admitiu.

— O quê? A senhorita? — Sua criada parecia incrédula. — Sempre costumávamos ficar maravilhados com a maneira como nada poderia tirá-la do sério, srta. Snow. A senhorita não tem nada com que se preocupar, especialmente depois de ontem. A senhorita está deslumbrante, e é Lady Anastasia Westcott.

— Sim, eu sou e estou. Deus a abençoe. — Anna pegou seu leque prateado, que fora sua única extravagância ao visitar as lojas para ajudar Elizabeth a encontrar novos sapatos de baile. Ela endireitou os ombros e saiu do quarto de vestir. O primo Alexander e sua mãe chegariam em breve com uma carruagem para escoltar Elizabeth e ela ao jantar em Archer House.

Foram os últimos a chegar. Todos os outros convidados estavam reunidos na sala de visitas e se viraram para cumprimentar os recém-chegados. Houve abraços e apertos de mão. Havia várias vozes falando ao mesmo tempo. E então Anna se viu como o foco de atenções críticas.

— Suponho que você esteja tão adequada quanto se pode esperar, Anastasia, se continuar teimosa e se recusar a seguir conselhos daqueles que sabem melhor do que você — disse tia Matilda, a primeira a oferecer opinião. Dela, parecia quase um elogio, e Anna sorriu. — Venha beijar minha bochecha... depois de beijar a de sua avó.

Anna beijou as duas.

— É uma pena — opinou tia Mildred — que seu vestido seja muito abundante no corpete e não muito abundante na saia. Anastasia. Um decote mais generoso e uma cauda ou pelo menos alguns babados na barra o teriam melhorado muito. Mas você parece bem o suficiente.

— A cor não combina muito bem com ela, Mildred? — indagou prima Althea, sorrindo gentilmente para Anna.

— Seu cabelo realmente deveria ter sido cortado, Anastasia — lamentou tia Louise —, embora pareça menos severo do que costuma ser. Você está certa, Mildred. Ela parece bem o suficiente, mesmo que pudesse ter ficado muito mais elegante.

— Sem joias e sem plumas ou qualquer outra coisa no seu cabelo, Anastasia? — a avó de Anna questionou. — Eu deveria ter esperado e levado você ao meu joalheiro. Farei isso antes do seu próximo baile.

— Às vezes, sogra — intercedeu tio Thomas com um sorriso gentil para Anna —, uma dama é uma joia em si mesma. — Ele levantou o copo de xerez que estava segurando.

— Acho que você está perfeitamente adorável, Anna — disse Elizabeth. — Você não concorda, Alex?

Recebendo tal apelo, primo Alexander encarou Anna gravemente e inclinou a cabeça.

— Sim — afirmou ele. Mas o que mais poderia ter dito?

Os dedos do duque de Netherby estavam curvados na haste de seu monóculo, mas ele ainda não o levara aos olhos. Ele também se absteve de comentar. Ao contrário de Alexander e dos outros cavalheiros presentes, todos vestidos no que Anna entendia como roupas de noite pretas e elegantes, ele vestia uma casaca dourada de cauda e culotes dourados em tons mais claros, meias e linho muito brancas, e colete branco pesadamente bordado com fios de ouro. Seu lenço no pescoço espumava sob o queixo em dobras nevadas e complexas e rendas floresciam nos punhos. Suas joias eram de ouro, incrustadas com ametistas. Havia fivelas douradas em seus sapatos de dança. Anna achou que ele parecia um pouco antiquado e surpreendentemente lindo. O fato de ser menor e mais esbelto do que qualquer outro cavalheiro não importava. Ele reduzia todos os demais à insignificância.

Após o julgamento da família quanto à aparência de Anna, ele deu um passo à frente e se encarregou de apresentá-la às duas únicas pessoas que ela não conhecia, além de Coronel Morgan e o sr. Abelard, que ela vira no teatro. Os outros dois cavalheiros, que estavam ali para aumentar a população masculina e deixar igual o número de cavalheiros e damas no jantar, eram Sir Hedley Thompson, primo da condessa viúva, e Rodney Thompson, seu filho. Mais parentes, Anna pensou, enquanto se curvavam para ela.

O mordomo anunciou o jantar logo depois, e o duque ofereceu a Anna seu braço. Agora ela estava confusa. Essa não era a ordem estrita de precedência que a sra. Grey havia lhe explicado com tanto cuidado e ela havia memorizado. Parecia que ele lera os pensamentos dela.

— Às vezes — ele disse, apenas para os ouvidos dela —, a precedência dá lugar à ocasião, Anna. Esta é a noite da sua apresentação, por assim dizer.

ALGUÉM PARA AMAR 185

Você é a convidada de honra. — Os olhos dele a observavam por baixo das pálpebras preguiçosas. — Você foi muito esperta, embora eu duvide que perceba. Você vai brilhar menos do que todas as outras mulheres esta noite.

Ela estava mais achando graça do que se sentindo ofendida.

— E isso é esperto? — ela perguntou.

— Sim, de fato é. É como falar em voz baixa em meio a um barulho indistinto e, assim, tornar-se a pessoa mais claramente ouvida dentre todos que estão gritando. É uma habilidade que você conhece como professora.

Portanto, a observação de que ela *brilharia menos* do que todas era, de certo modo, um elogio, sim?

— E você certamente ofuscará todos os outros cavalheiros.

— Ah — ele disse enquanto a sentava à direita de seu lugar na cabeceira da mesa —, quem quiser que tente.

Oh, Anna percebeu com súbita surpresa, ela sentira falta dele.

14

Bom Deus, como sentira a falta dela, pensou Avery. Não era uma conclusão confortável, e ainda mais quando ele não conseguia, nem que sua vida dependesse disso, entender o que aquilo significava. A avó e as tias tinham razão quanto à aparência. O vestido era muito austero e simples; seu cabelo, lambido demais, apesar dos cachos soltos; sua pessoa, muito desprovida de joias. Ele falara a verdade brutal quando lhe dissera que ela brilharia menos do que todo mundo no baile. Ele também quis dizer isso quando afirmou que ela era esperta, embora estivesse perfeitamente ciente de que aquilo não era intencional da parte dela.

Ela estava nada menos do que linda.

E ele não estava nada menos do que... intrigado.

Avery não conseguia se lembrar da última vez que organizara um evento noturno. Recepcionar jantares, saraus, concertos e coisas do gênero exigia muito esforço, embora Edwin Goddard fosse fazer todo o trabalho real, como fizera no baile em questão. Avery olhou ao longo do comprimento da mesa de jantar para onde sua madrasta estava sentada, na cabeceira, e ficou meio surpreso pelo fato de a mesa ser grande o suficiente para acomodar tantas pessoas. Fez uma contagem rápida — catorze pessoas ao todo, ele próprio incluído. E números perfeitamente equilibrados, sete damas e sete cavalheiros. Como Edwin e a duquesa eram meticulosos. Tanta atenção aos detalhes teria sido suficiente para lhe dar dor de cabeça.

Mas ele tinha Anna à sua direita, como convidada de honra naquela noite, e a condessa viúva de Riverdale à sua esquerda, como a dama de mais alta hierarquia aristocrática, depois de sua madrasta. Ele começou a entretê-los, dividindo sua atenção mais ou menos igualmente entre cada um. Anna tinha Molenor do outro lado, observou ele, mais uma vez uma jogada inteligente da parte de sua madrasta, já que Thomas era educado e gentil, e provavelmente não assustaria Anna ou lhe daria nós na língua quando ela precisasse comer sua comida.

Não que ele pudesse imaginar Anna assustada. Ela deveria ter se derretido em uma poça gordurosa de agonia quando entrou na casa naquele primeiro dia, mas tivera a frieza da neve, fazendo jus a seu sobrenome "Snow". Ele imaginaria que esse tinha sido o momento mais assustador da vida dela até o momento. Deveria lhe fazer essa pergunta — ele estava conversando com a viúva quando o pensamento surgiu em sua mente. Ou talvez tivesse sido a apresentação do dia anterior à rainha, da qual ela se saíra bem, de acordo com a duquesa.

— É de se esperar — ele iniciou alguns minutos depois, quando a viúva se virou para Alex Westcott, do outro lado, e Molenor se virou para Lady Matilda, do seu próprio lado — que você tenha esgotado tudo o que há para ser dito sobre o clima que estamos experimentando ultimamente e o que podemos esperar ter em um futuro próximo, Anna. Posso fazer mais algumas observações sobre o assunto, se preciso, mas duvido que alguma delas seja original e odeio não ser original.

— O assunto está esgotado — respondeu ela.

— Fico muito feliz em ouvir isso — ele disse. — Diga-me, Anna. Qual foi o momento mais assustador de toda a sua vida até agora?

Ela o encarou por um breve momento, com o garfo suspenso acima do prato.

— De onde veio essa pergunta?

— Do meu cérebro, através da minha boca.

Os cantos da boca de Anna se curvaram em um quase sorriso, e sua testa franziu em pensamento. O garfo permaneceu suspenso.

— Acho que deve ser algo de que não me lembro com a mente consciente, embora meu corpo inteiro se retraia com um pavor sem nome quando tento me lembrar de como foi.

Ah. Era lamentável de sua parte presumir que ela escolheria um dos dois momentos que ele estava imaginando. Ora, mas o que ele havia despertado?

— Acho que deve ser o dia em que fui deixada no orfanato. Acho que o homem que me levou até lá estava mal-humorado e impaciente comigo, mas pelo menos eu deveria saber quem ele era e que conexão tinha comigo. E então... o puro terror do abandono e do desconhecido quando eu havia experimentado segurança e felicidade até aquele momento. Talvez não tenha sido nada disso. Talvez eu estivesse muito feliz por chegar a um lugar onde havia outras crianças para brincar. Certamente não tenho lembranças de fato ruins da minha vida lá. Talvez essa quase memória não seja uma memória.

E talvez tivesse sido. Bem, essa era uma conversa maravilhosa para uma noite festiva.

— Coma seu jantar, Anna — ele falou, e o garfo finalmente chegou à boca dela.

— E qual foi o seu? Isto é, o momento mais assustador da sua vida.

Ele considerou uma resposta irreverente e decidiu pela honestidade.

— Parecido com o seu, de certa maneira. Quando fui levado para o dormitório, que eu deveria dividir com outros sete meninos no meu primeiro dia de internato, aos onze anos, descobri que eu era o último a chegar e o único garoto que nunca tinha estado lá antes. O silêncio que caiu no quarto foi ensurdecedor. E então um dos meninos disse: *Oh, olhe, Paddy, seu pai mandou sua irmã mais nova para se juntar a você*. E todos gargalharam como galinhas, ou como galos jovens, eu suponho. Naquela noite, eles me mantiveram acordado enquanto eu me escondia embaixo das cobertas, ouvindo batidas inesperadas, sons de fantasmas e risadas abafadas. Mas não eram fantasmas que eu temia. Eram eles.

Ela o estava observando atentamente.

— Ah, coitadinho. Quando você mudou?

— Avery — chamou a viúva à sua esquerda —, disseram-me que você é uma severa decepção para as mulheres em todos os bailes em que participa. Aparentemente, você dança duas ou três vezes com as garotas mais bonitas e depois desaparece na sala de jogos ou abandona de uma vez o recinto. Espero que a sala de jogos não o veja mais esta noite do que o salão de baile.

Ele voltou sua atenção para ela, e Anna retomou a refeição e logo estava conversando com Molenor novamente. Avery considerou que nunca falara sobre sua infância e adolescência com ninguém, mas acabara de fazê-lo.

— Tenho novos sapatos de dança — ele disse. — E embora meu pajem tenha trabalhado incansavelmente neles, precisam ser devidamente estreados. Dançarei todos os conjuntos, mesmo que precise ir para a cama com bolhas nos dez dedos e nos dois calcanhares.

O baile que se seguiu foi muito além de tudo o que Anna havia experimentado antes, e ela só desejou poder ficar à margem como algumas mães e acompanhantes, simplesmente observando tudo. No entanto, era tudo para ela, e ela era basicamente o foco das atenções.

O salão de baile em si lhe roubou o fôlego. Parecia enorme, embora provavelmente não fosse muito maior do que o salão de baile de Westcott House. Estava enfeitado com floreiras, vasos e cestos suspensos de flores cor-de-rosa, pêssego e brancas e samambaias verdes e era perfumado por seus aromas. Cadeiras douradas estofadas com veludo verde-escuro estavam dispostas lado a lado ao redor do perímetro. O piso de madeira havia sido polido até alcançar um alto brilho. Do teto côncavo e pintado, dependuravam-se três grandes lustres de cristal, todos plenamente equipados com velas acesas. Um piano e outros instrumentos no estrado do outro lado da sala aguardavam a orquestra. Portas duplas do lado oposto foram abertas para revelar uma câmara quadrada com mesas cobertas por toalhas brancas, urnas de prata, jarras de cristal e espaço vazio que logo receberia bandejas de guloseimas para o refresco dos convidados. Os espelhos do chão ao teto cobriam uma parede comprida, dobrando a luz e o efeito dos arranjos florais. Ao longo da parede oposta, janelas francesas tinham sido abertas para uma ampla varanda de pedra iluminada por lanternas.

— E é tudo em sua homenagem, Anastasia — disse tia Louise. — Como se sente?

— É lindo, tia — ela evitou a pergunta.

Os convidados começaram a chegar logo depois e continuaram a entrar por mais de uma hora, enquanto Anna ficava do lado de fora com tia Louise, de um lado, e o duque, de outro. Ela ouvia atentamente o mordomo anunciar cada convidado e tentava por um tempo memorizar nomes e rostos e se lembrar de que forma a perfeita etiqueta ditava que ela deveria cumprimentar cada um. Mas era impossível. E como tantas pessoas caberiam no salão? Que dirá dançar?

Anna não demorou muito para perceber — como ela esperava — que não estava tão bela em comparação a todas as outras mulheres que entravam pela porta. Todas elas reluziam com joias, e seus vestidos eram maravilhas de franjas e babados, rendas e fitas, e maravilhas também da lei da gravidade. Como elas poderiam se sentir confortáveis com corpetes tão decotados que o desastre estivesse a um mero centímetro de distância? Cabeças abundavam em cachos, caracóis, coroas, turbantes e plumas altas e oscilantes. Os perfumes eram quase opressores.

E então chegou a hora de o baile começar, e o duque a levou ao centro da pista em preparação para a quadrilha. Ela aprendera os passos na escola e os estudara com o sr. Robertson, mas era uma dança formal demais para ter sido muito favorecida nas festas do orfanato. Anna dançava agora com o coração na boca, pois sabia que todos a observavam — e não foi presunção que a fez acreditar nisso. O duque de Netherby realmente superava todos os outros cavalheiros presentes, é claro, e ele dançava com elegância e com os olhos sonolentos voltados para ela, com o resultado de que ela logo se esqueceu do medo de errar um passo ou uma sequência inteira de passos. Ela manteve os olhos nele e se esqueceu também de que era uma curiosidade para todas aquelas pessoas — o *crème de la crème* da sociedade educada — e que ela seria mencionada e julgada no dia seguinte em salões de visita da moda e em clubes de Londres. Ela simplesmente aproveitou a dança.

Anna também apreciou a segunda dança com o primo Alexander. Ele era um completo contraste em relação ao duque — alto e bem construído, dono de uma beleza sombria, imaculadamente elegante e gentil.

— Espero que você não pense, Anastasia — disse ele, antes do início da música —, que Lizzie me forçou a elogiá-la por sua aparência antes do jantar. Eu falei a verdade. A simplicidade combina com você. Fala da sua criação e ainda é adequada para a mudança na sua situação.

— Obrigada, Alexander. — Ela sorriu para ele.

— Minha família e amigos íntimos me chamam de Alex.

— E eu sou da família. Oh, como sonhei, por anos e anos, ser capaz de dizer isso a alguém, Alex. E agora posso chamar várias pessoas de minha família.

Ele dançava os passos da contradança com precisão cuidadosa quando a Anna lhe pareceria mais adequado dançar com mais exuberância. Ela seguiu o exemplo.

Se esperava que, após os dois primeiros conjuntos, houvesse tempo para relaxar e desfrutar da observação por um tempo, ela logo ficaria desapontada. Encontrou-se com tia Louise cercada por cavalheiros, todos ansiosos para solicitar sua mão para a próxima dança. E assim continuou a noite toda. Anna tinha parceiros para todos os conjuntos, mas ainda assim não era capaz de dançar com metade dos que lhe pediam a honra. Tudo teria sido bastante estonteante se ela não entendesse que nenhum deles tinha algum interesse real em Anna Snow, que era ela mesma, mas apenas em Lady Anastasia Westcott, que fora recentemente lançada ao *ton* como uma curiosidade desconhecida.

Ela participou da dança que antecedia a ceia com Lorde Egglington, um jovem alto e desengonçado, com dentes tortos e óculos, que parecia aterrorizado até ela descobrir que ele era louco por cavalos e fazer algumas perguntas que o fizessem falar com entusiasmo juvenil. Ele a levou para a ceia depois e continuou falando enquanto Anna relaxava e ouvia com interesse. Ela imaginava que ele devia ser vários anos mais novo do que ela. Frequentara a escola com Harry, ele explicou, mas ruborizou depois de dizer isso e rapidamente voltou ao assunto dos cavalos, como se esperasse que ela não gostasse de nenhuma menção ao irmão.

Ela pediu licença quando os convidados estavam começando a voltar ao salão de baile e correu para a sala íntima das damas. Ela estava no amplo patamar do lado de fora do salão alguns minutos depois, voltando quando um cavalheiro entrou em seu caminho e se curvou para ela.

— Não fomos formalmente apresentados, infelizmente, Lady Anastasia — disse ele. — Atrasei-me ao chegar esta noite. Embora eu tenha pedido uma vez para ser apresentado antes que estivesse pronta para ser exposta ao *ton*. Peço desculpas pelo meu atrevimento naquela ocasião e peço licença para me apresentar agora.

— Oh. — Ela o reconheceu como o cavalheiro que o duque desprezara com tanta grosseria no teatro. — Sim, eu me lembro, e eu teria muito prazer em conhecê-lo, senhor. Vocalizei meu descontentamento ao duque de Netherby.

— Mas não culpo sua família por protegê-la, Lady Anastasia. Eles devem temer que uma flor tão rara e inocente dê um passo em falso e seja desprezada pelas mesmas pessoas com quem o nascimento pretendia que ela se misturasse.

Talvez, pensou Anna, o duque tivesse algum motivo — embora nenhuma desculpa — para evitar apresentá-la àquele homem.

— Visconde de Uxbury, a seu serviço, Lady Anastasia — revelou ele com outra reverência.

— Tenho prazer em conhecê-lo, Lorde Uxbury. — Ela estendeu a mão direita. Ele pegou-a e a levou aos lábios.

Era um homem alto e bonito, mas também, ela suspeitava, um pouco pomposo demais. E até ela sabia — pois era um dos pontos de etiqueta que a sra. Grey mencionara — que, se ele desejasse ser apresentado a ela, deveria ter pedido a alguém próximo a ela, tia Louise, talvez, que lhe apresentasse.

— Posso ousar ter a esperança, Lady Anastasia, de que esteja livre para dançar o próximo conjunto comigo?

Ela abriu a boca para responder.

— Lady Anastasia Westcott está comprometida em dançar o próximo conjunto com outra pessoa — soou uma voz lânguida por trás do ombro esquerdo dela —, assim que outra pessoa tiver a oportunidade de solicitar. E isso também se aplica a todas as outras danças desta noite, Uxbury.

Anna virou-se para o duque de Netherby, os olhos arregalados de incredulidade. Inevitavelmente, ele levou seu monóculo de ouro até quase os olhos.

— Alguém já solicitou — ela respondeu friamente, ignorando o fato de que realmente não queria dançar com o visconde de Uxbury. — E eu estava prestes a aceitar, Vossa Graça.

Ele a ignorou.

— Desculpe-me se minha memória me falha — disse ele, dirigindo-se ao visconde —, mas você foi convidado, Uxbury?

— Eu fui — o visconde confirmou rigidamente. — Eu não teria vindo sem um convite. E me perdoe, Netherby, mas você é o guardião de Lady Anastasia? Fiquei com a impressão de que ela não é sua parente e que ela já é maior de idade.

Oh, céus. O patamar em que estavam era um local muito público. Estava lotado de convidados entrando e saindo do salão ou reunidos em grupos de conversação até o baile recomeçar. A atmosfera naquele pequeno grupo estava ficando hostil. Em questão de instantes, estariam atraindo atenção.

— Ah — reagiu o duque —, então que me sirva de lição a necessidade de examinar cuidadosamente as listas de convidados com mais cuidado no futuro e confiar menos no bom gosto de Sua Graça, a duquesa, e de meu secretário. Seria uma grande gentileza para mim, Uxbury, se você removesse sua pessoa de minha casa.

— Vejo que está ofendido — disse Lorde Uxbury. — No entanto, se estivesse em meu lugar, Netherby, você não pode negar que teria feito exatamente a mesma coisa. Ninguém deseja se ver casado com uma bastar... Ah, desculpe-me, há uma dama presente. Lady Anastasia, está disposta a se curvar a um capricho ducal em seu próprio baile de apresentação sem protestar, ou prefere me honrar sendo meu par na próxima dança?

O duque não a estava mais ignorando. Ele também não continuou pressionando sua disputa inexplicável contra o visconde. Em vez disso, largou o monóculo na fita e voltou os olhos sonolentos para ela, aguardando sua resposta.

Outros olhos também estavam voltados para eles com certa curiosidade, e os convidados que estavam retornando ao salão pararam antes de fazê-lo.

— Eu perguntaria, Vossa Graça — ela manteve a voz baixa —, qual é sua querela com o visconde de Uxbury. A questão é que, seja o que for, isso não me interessa, e devo lhe pedir permissão para informar que eu me ressinto de ser pega no meio dessa questão e de alguma forma servir de acessório para seus maus modos... novamente.

Os olhos dele brilharam por um momento com o que parecia ser apreciação.

— Talvez Lorde Uxbury não tenha se apresentado completamente, Anna — ele falou em voz baixa. — Talvez ele não tenha mencionado que recentemente era o noivo de Lady Camille Westcott, até descobrir que ela é apenas a srta. Westcott, filha ilegítima do falecido conde de Riverdale.

Os olhos dela se arregalaram e ela o encarou um momento antes de se virar na direção do visconde.

— *O senhor* é o homem que abandonou minha irmã? — questionou Anna.

— A senhorita foi mal informada — ele disse rigidamente. — Foi a srta. Westcott quem encerrou nosso compromisso com uma nota pública nos jornais matinais. E o relacionamento entre vocês certamente não é algo do qual a senhorita possa se orgulhar, Lady Anastasia. Quanto menos falar sobre ela e sua infeliz irmã, melhor; tenho certeza de que concordará.

— Lorde Uxbury. — Inconscientemente, ela mudou para a voz de professora, a que usava quando a classe era particularmente desatenta. — Eu o informei há alguns minutos de que era um prazer conhecê-lo. Não é mais. Não desejo manter civilidades com o senhor nem agora nem em qualquer momento no futuro. Não desejo mais lhe falar. Espero nunca mais vê-lo. O senhor é um homem que desprezo e só fico feliz que *minha irmã* tenha tido a sorte de evitar um casamento que certamente não lhe traria nada além de sofrimento, mesmo que a verdade de seu nascimento nunca tivesse sido descoberta. Archer House não é minha casa, mas este baile é em minha homenagem. Eu lhe peço que saia.

Tarde demais, ela ouviu o silêncio ao redor deles. E um olhar sobre a antessala confirmou seu medo de que ninguém havia se deslocado para o salão de baile desde a última vez em que ela verificara. De fato, mais pessoas pareciam ter chegado, incluindo Alexander, que estava a alguns metros de distância, com as mãos cruzadas nas costas.

E então um grupo de cinco jovens damas, reunidas do lado de fora da sala íntima feminina, bateu palmas. Não fizeram muito barulho, uma vez que todas usavam luvas, mas dois cavalheiros se juntaram a elas antes que o murmúrio de conversa aumentasse novamente e todos se virassem como se nada de incomum houvesse acontecido.

— Exatamente isso — disse o duque, de modo agradável. Ele ergueu as sobrancelhas na direção de Alexander. — Vou me certificar de que encontre a porta da rua com segurança, Uxbury. Ninguém gostaria que você tivesse outra de suas síncopes nas escadas, não é mesmo?

— Anastasia — chamou Alexander —, permita-me acompanhá-la para dentro. Já há uma multidão reunida ao redor de sua tia, esperando para solicitar sua mão para a próxima dança.

Anna colocou a mão na manga dele e permitiu que a levasse ao salão de baile.

— Quanto disso você ouviu? — ela lhe perguntou.

— A explicação de Netherby sobre quem é *Uxbridge* e toda a magnífica liquidação que você fez do assunto.

— Eu estava falando muito alto?

— Nem um pouco alto, mas de maneira bem distinta.

— Oh, céus. — Ela fez uma careta. — Fui um fracasso colossal na minha primeira aparição ao *ton*.

— Mas você lamenta ter feito uma repreensão tão pública a *Uxbridge*?

Ela pensou por um momento, mordendo o lábio inferior. Em seguida, sorriu para ele e respondeu:

— Não.

— Eu creio, Anastasia — continuou o primo Alexander, e a surpreendeu sorrindo para ela —, que minhas primas, isto é, a sua avó e suas tias, terão que aprender a apresentá-la como uma dama original, e não como uma dama perfeita e perfeitamente dócil.

— Sou uma dama imperfeita? — Ela fez uma careta.

— Acredito que sim. E eu gosto de você.

Eles foram até tia Louise, que estava, de fato, no meio de um grupo de cavalheiros, principalmente jovens, que se viraram como um corpo único para sorrir para ela e recebê-la no meio deles e disputar entre si quem iria levá-la para a próxima dança. A notícia do que acabara de acontecer ainda não havia chegado a nenhum deles.

Mas, verdade fosse dita, Anna pensou, abrindo o leque pela primeira vez e o abanando diante do rosto, como ele ousava? Como ele *ousava*!

E o relacionamento entre vocês certamente não é algo do qual a senhorita possa se orgulhar, Lady Anastasia. Quanto menos falar sobre ela e sua infeliz irmã, melhor; tenho certeza de que concordará.

Ele realmente esperava que ela o fosse trazê-lo para seu círculo de conhecidos? Que ela ficaria feliz em dançar com ele? Anna esperava que Avery realmente o tivesse derrubado naquela noite com três dedos, embora ainda não tivesse certeza de que acreditava. Ela desejou que ele o fizesse novamente na escada, de preferência perto do topo. E não tinha vergonha nenhuma da crueldade do pensamento. Se o coração de Camille estivesse partido, seria pouco consolo saber que ela escapara por um triz de um patife.

A dança seguinte, a primeira após a ceia, era uma valsa, e ela a dançou com o corpulento Sir Darnell Washburn, que começou a chiar nos primeiros minutos e não conversou porque ficou claro que ele estava contando passos na cabeça. Os lábios estavam se movendo levemente. No entanto, seus lábios pararam e a valsa também, quando uma mão com anéis, bem cuidada e contornada por renda se fechou sobre seu ombro.

— O lacaio parado na porta da sala de refrescos tem um copo de cerveja gelada só para você, Washburn — anunciou o duque de Netherby. — Vá e beba antes que esquente demais. Valsarei com Lady Anastasia em seu lugar.

— Estou indo, senhor. — O olhar inicial de aborrecimento de Sir Darnell se transformou em outra coisa quando viu quem o havia interrompido e estava tentando levar sua parceira. — Você é decente, Netherby. Dançar nos deixa com calor. Se me der licença, Lady Anastasia?

— Toda, senhor — respondeu ela, mas olhou com muita atenção para o duque quando ele a puxou para seus braços. — Isso foi grosseiro.

— Suar em você e contar passos em vez de murmurar lisonjas no seu ouvido? Perdoe-o, Anna. Ele pode resistir à maioria das tentações, mas não a um copo de cerveja.

Ele a conduziu perfeitamente na valsa, girando-a pelo perímetro da pista de dança com os outros dançarinos.

— Amanhã — ela comentou —, eu serei notória.

— Ah, Anna, seja justa com o *ton*. Você já é notória e suas tias estão apenas começando a perceber isso.

— Se você não fosse tão cheio de segredos e tivesse me explicado no teatro quem ele é, a cena muito pública desta noite poderia ter sido evitada.

— Lembre-me de nunca mais guardar segredos de você. E me lembre de nunca a ofender. Causa estremecimento a perspectiva de estar no extremo receptor de seu descontentamento, em especial em um local público.

— Eu estraguei o baile? — *Será que arruinei minha vida?*, ela se perguntou em silêncio.

— Isso vai depender de com quem você falar nos próximos dias.

— Estou falando com você agora.

— E está mesmo. — Ele a conduziu valsando até um canto da sala, girando-a duas vezes pelo caminho. — Não estou entediado, Anna. E, invariavelmente, eu me sinto entediado em grandes assuntos do *ton*, especialmente bailes.

E ele fez novamente o que havia feito apenas uma vez antes, embora ela estivesse tão pouco preparada agora quanto estivera antes. Avery abriu um sorriso completo para ela e a girou novamente. E ela sorriu de volta, tão envolta na magia da valsa quanto na primeira aula na sala de música de Westcott House.

Ela provavelmente se desgraçara além da redenção, mas pensaria nisso mais tarde.

Ela pensaria nisso no dia seguinte.

15

Nada havia sido planejado para o dia seguinte ao baile. Seria um momento de descanso e reflexão, decidiram as tias, antes de se reunirem novamente para avaliar a estreia de Anna e planejar o resto de sua Temporada.

Porém, o dia seguinte ao baile acabou não sendo tranquilo.

Tudo começou com exatamente trinta buquês sendo entregues em Westcott House antes do meio-dia.

— Estou quase tentado a deixar a porta da frente aberta para que a aldrava não faça um buraco na madeira, srta. Snow — disse John Davies, por trás de um buquê particularmente extravagante de duas dúzias de rosas vermelhas quando ele o trouxe para a sala de visitas. — Mas o sr. Lifford diz que não seria o caso. Este deve ter custado uma fortuna.

Três dos buquês eram para Elizabeth; vinte e sete, para Anna. Dois, um para cada uma delas, eram de Alexander.

— Oh, céus — reagiu Anna, examinando o verdadeiro jardim ao seu redor, embora vários buquês tivessem sido levados por criadas para serem exibidos em outros pontos da casa. — Nem me lembro da metade desses cavalheiros, Lizzie. De mais da metade. Eu certamente nem sequer dancei com metade deles. Quanta gentileza.

— De fato — falou Elizabeth, tocando as pétalas de uma alegre margarida em um de seus buquês. — Sir Geoffrey Codaire me propôs casamento uma vez. Foi no dia seguinte ao que aceitei a oferta de Desmond. O anúncio ainda não havia aparecido nos jornais. Ele professou estar com o coração partido, embora eu ouse dizer que não estivesse. E eu estava tão apaixonada por Desmond, confesso, que não lhe destinei outro pensamento sequer.

— Ele é o cavalheiro que dançou a primeira valsa com você? — Anna perguntou, lembrando-se que o parceiro de Elizabeth para aquela dança era um cavalheiro alto, sólido e de cabelos louros que não tinha olhos para ninguém além de seu par.

— E a valsa depois da ceia — revelou Elizabeth. — Aquela que você começou a dançar com Sir Darnell Washburn e terminou com Avery. Sir Geoffrey perdeu a esposa há um ano e só recentemente abandonou o luto. Foi muito trágico para ele. Ela foi atropelada por um cavalo em fuga com uma carroça em frente ao Hyde Park. Ela o deixou com três filhos pequenos.

— Oh — murmurou Anna.

Mas Elizabeth balançou a cabeça e sorriu.

— Não foi um baile muito, muito adorável, Anna? Meu Deus, eu só não participei de uma das danças... na minha idade.

— Você estava adorável, Lizzie. Amarelo combina com você. Faz você parecer um raio de sol.

A amiga riu.

— Foi gentileza da parte do sr. Johns me enviar flores também. Ele costumava ficar conosco às vezes, quando menino, e seu pai caçava com o meu. Eu costumava considerá-lo um horrível sabe-tudo, mas ele se acalmou. Ou talvez eu tenha me acalmado. Mas, Anna, todos esses seus admiradores... Vinte e quantos? Perdi a conta.

— Vinte e sete. É a primeira vez na minha vida que alguém me dá flores e agora foram vinte e sete pessoas ao mesmo tempo. É um pouco opressivo. É bom que não haja nada planejado para o resto do dia e que ninguém pretenda vir para cá. Já estou exausta... ou ainda exausta.

No entanto, Anna estava errada sobre o resto do dia. Almoçaram e foram para seus quartos a fim de trocar de roupa e escolher um traje mais adequado para a tarde, mesmo que não fossem a lugar nenhum. No entanto, mal haviam se instalado na sala de estar íntima, Elizabeth com seu bordado, Anna na escrivaninha para redigir cartas, e John Davies chegou para anunciar que havia visitantes lá embaixo, e que ele os introduzira na sala formal de visitas, pois havia duas pessoas, e não tinham vindo juntas, e o sr. Lifford dera como sua opinião que, a julgar pelo número de flores que chegaram naquela manhã, provavelmente haveria mais visitantes e poderia ficar apertado no salão menor de visitas, especialmente porque quatro dos buquês estavam lá ocupando a maior parte do espaço da mesa.

— Embora sejam lindos — ele acrescentou — e cheirem uma delícia. Se bem que posso dizer o mesmo de todas as flores que estão na sala de visitas e destas que estão aqui.

— Obrigada, John — disse Anna enquanto limpava a pena e a guardava, e Elizabeth dobrava o bordado e o guardava também. — Quem podem ser, Lizzie?

Quando chegaram à sala de visitas, mais três cavalheiros haviam chegado, um deles com a mãe e outro com a irmã. E isso foi apenas o começo. Os convidados continuaram chegando por duas horas, no período elegante para visitas, explicou Elizabeth mais tarde, e ficaram por meia hora cada. Elizabeth servia o chá quando a bandeja era trazida e Anna se concentrava em conversar com os convidados. Foi surpreendentemente fácil, já que todos pareciam estar de bom humor e conversavam tranquilamente entre si. Houve muitas risadas. Ela não contou o número total de visitantes, mas certamente houve mais de vinte no total; apenas quatro dos quais foram mulheres.

Anna recebeu cinco convites para andar de charrete no parque no final da tarde e aceitou o que veio do sr. Fleming, já que ele o fez primeiro e seu convite incluía seu irmão — que não o acompanhara na visita — e Elizabeth. Ela também recebeu três convites para dançar o número de abertura no baile de Lady Hanna dali a quatro dias, ao qual todos supuseram que ela compareceria. Tinha um convite para participar de uma festa no teatro na semana seguinte e outro para uma festa em Vauxhall, também na semana seguinte. Ela recusou os cinco convites declarando com uma risada que ainda não tinha tido a chance de examinar todos os convites e decidir qual aceitaria e quais datas ainda estavam abertas para ela. As lições da sra. Gray, embora alegres e cheias de risadas, foram inestimáveis.

Convites por escrito realmente chegaram ao longo do dia inteiro, e o mordomo os trouxe para a sala de visitas em uma bandeja de prata depois que o último dos convidados saiu.

— Oh, Deus, Lizzie! — Anna exclamou enquanto os separava. — Como todos são gentis. Eu realmente pensei que, depois da noite passada, eu poderia ter me colocado no ostracismo.

Elizabeth balançou a cabeça para ela.

— Você realmente não entende, Anna, não é? Não direi que você é a dama mais rica da Inglaterra, mas tenho certeza de que está entre as cinco mais ricas. E é jovem e recém-chegada ao palco social. E... está solteira.

— Mas, há bem pouco tempo, era órfã e professora de uma escola de órfãos.

Sua resposta pareceu engraçada e as duas começaram a rir. Embora Anna não tivesse muita certeza de que estivesse achando graça.

— É melhor nos prepararmos para sair com o sr. Fleming e seu irmão — disse Elizabeth. — Só não espere que seja um passeio tranquilo, Anna.

Avery fez uma visita à casa alugada do conde de Riverdale no meio da tarde e descobriu que ele acabara de voltar depois de acompanhar sua mãe à biblioteca. Ele ergueu as sobrancelhas quando Avery foi admitido na sala de estar onde ele e sua mãe tinham acabado de se preparar para tomar um lanche. Riverdale poderia mesmo se surpreender, pensou Avery, pois os dois homens, embora não fossem inimigos, também nunca haviam sido amigos.

— Avery — saudou a sra. Westcott, sorrindo calorosamente ao se levantar. — Que deleite. Venha e sente-se. Estou prestes a tomar uma xícara de chá, mas espero que você tome algo mais forte com Alex. Você deve ter ficado muito satisfeito com o baile ontem à noite. Tudo correu muito bem, e Anastasia se saiu com uma compostura admirável. Quanto ao que aconteceu com o visconde de Uxbury depois da ceia, bem, da minha parte, só posso aplaudi-la por ter se manifestado em defesa da pobre Camille. Eu só queria tê-la ouvido.

— Só podemos esperar, mamãe — o conde cruzou o espaço até o aparador —, que o resto do *ton* concorde com a senhora. O que deseja beber, Netherby?

Avery sentou-se e conversou por alguns instantes até a sra. Westcott terminar o chá. Ela se levantou então e pegou os três livros empilhados a seu lado.

— Posso ver como é a situação — disse ela, os olhos brilhando. — Você veio para um propósito específico, não foi, Avery? Você veio falar em particular com Alex e está se perguntando como pode me fazer entender que devo me retirar. E eu tenho me perguntado como posso fugir sem parecer mal-educada. Tenho três novos livros da biblioteca e mal posso esperar para mergulhar neles. Não, não há necessidade de se levantar. Você também não, Alex. Eu posso segurar três livros em uma só mão e abrir a porta com a outra.

O filho levantou-se, no entanto, para abrir a porta. Em seguida, fechou-a silenciosamente atrás dela e se virou para encarar Avery.

— A que devo essa honra? — perguntou.

— Eu preciso de um padrinho — revelou Avery com um suspiro — e achei que seria melhor manter o assunto dentro da família, por assim dizer.

Houve um segundo de silêncio.

— Um padrinho — repetiu Riverdale, movendo-se para a lareira e apoiando um cotovelo sobre o console. — Como em uma briga? Um duelo?

— É cansativo ao extremo, mas fui convocado por Uxbury por ter lhe causado humilhação e angústia pública... acredito que "angústia" foi a palavra que Jasper Walling usou esta manhã, quando se apresentou em Archer House em nome de Uxbury, para me convidar a nomear meus padrinhos. Acredito que ele quis dizer um padrinho no singular, apesar de usar o plural.

— O diabo! — exclamou Riverdale. — Por que motivo a prima Louise decidiu que seria falta de educação não convidar o homem para o baile escapa à minha compreensão. Ele teve a sorte de não o termos jogado pelas escadas nem o arremessado porta afora.

— Exato. Mas preciso de um padrinho. Pode fazer a gentileza?

Riverdale franziu o cenho para ele.

— Quais armas você escolherá? A escolha será sua, já que você é o desafiado, e não o desafiante. Lembro-me de que você era razoavelmente útil com um sabre de esgrima em seu último ano na escola. Ouvi dizer que Uxbury é um exímio atirador com uma pistola. Você é bom?

— Tolerável — revelou Avery, retirando sua caixa de rapé do bolso e dando uma pitada enquanto Riverdale esperava, impaciente, que ele continuasse. — Eu odiaria colocar uma bala entre os olhos dele, no entanto, e causar confusão. Eu odiaria ainda mais atirar no ar e depois ter que olhar para o cano da pistola dele. Espadas arrancam sangue, e é notoriamente difícil tirar sangue das camisas; pelo menos é o que meu pajem me informa. Espadas também fazem furos em camisas. Não, não, minha arma de escolha deve ser o corpo, desimpedido de qualquer arma adicional que possa causar furos ou excesso de sangue. Embora sangramentos nasais possam fazer sujeira, é claro.

— Você vai escolher um combate de socos? — Riverdale parecia incrédulo. — Até que alguém vá ao chão e fique inconsciente? Será um massacre, Netherby. É melhor você me deixar tomar seu lugar. Eu também fiz parte daquela cena ontem à noite e, na verdade, sou parente de Camille e Anastasia. Tenho bastante destreza com meus punhos, mesmo que não frequente o salão de boxe Gentleman Jackson's tanto quanto eu poderia desejar.

— É um padrinho que estou procurando — Avery insistiu —, não um duelante. Se você não estiver disposto, terei que pedir a outra pessoa, mas isso seria cansativo.

— Será um massacre — repetiu Riverdale.

— Espero que não — contrapôs Avery, pensativo. — Espero ter em mim controle suficiente para não lhe causar danos corporais duradouros, embora seja tentador. Eu não gosto do homem.

Riverdale deu uma risada curta, embora não parecesse achar graça.

— Pelo menos você ainda estará vivo no final — disse ele. — Vou me certificar de que isso aconteça.

— Você vai? — Avery ficou em pé. — Sou muito grato, Riverdale. Eu desejaria que todo o assunto fosse mantido em sigilo. Qualquer um odiaria ser ostensivo sobre essas coisas. Além disso, não se deseja chamar mais atenção do que o necessário para as duas damas.

— Camille e Anastasia? — perguntou o conde. — Tentarei convencer

Walling a pedir a discrição de Uxbury, embora possa ser difícil. Uxbury pode muito bem querer uma plateia, especialmente quando ficar sabendo que você escolheu os punhos.

— Corpos — Avery corrigiu-o gentilmente. — Os punhos são apenas uma pequena arma do corpo e nem sempre são muito eficazes, eles encurtam as mãos. Faça o seu melhor, Riverdale. Não vou tomar mais do seu tempo; prima Althea pode já estar entediada com os livros dela. Ouso dizer que você me manterá informado.

— Sim, manterei — prometeu Riverdale antes de acompanhar Avery até a porta.

Isso tudo era muito cansativo, pensou Avery, enquanto se afastava pela rua e tocava a aba do chapéu para uma dama que caminhava com a criada na direção oposta. Ele ficou muito tentado a fazer uma visita a Uxbury e resolver o assunto ali mesmo, naquele momento. Mas Uxbury escolhera ser idiota e lançar um desafio formal, e agora deveriam seguir um protocolo cavalheiresco adequado.

Avery esperava, no entanto, que todo o assunto pudesse ser mantido sob discrição. O pensamento de que ele poderia ser visto como o campeão da honra de Camille ou Anna — ou de ambas — era tremendamente horrível. Arruinaria sua reputação de indolência completa. Mas o que fazer quando um mortal escolhia ser burro? Não se podia simplesmente convidá-lo a desistir. Na verdade, sim, se poderia, mas seria muita saliva desperdiçada.

Às vezes, a vida podia ser bastante incômoda.

Anna estava parada na janela da sala de visitas na tarde seguinte, olhando para a rua. Sua família chegaria em breve com notícias e opiniões: sobre o baile, sobre seus triunfos e desastres... embora ela esperasse que estes últimos fossem no singular e não no plural... sobre para onde ela iria dali em diante em seu progresso de Anna Snow para se tornar Lady Anastasia Westcott. Era difícil não se sentir um pouco desanimada, embora ela soubesse que deveria estar extasiada de gratidão pelo destino ou por qualquer outra coisa que fizesse todos os seus sonhos se realizarem de maneira tão abundante. Se ao menos suas irmãs estivessem ali, sentadas na sala atrás dela, ou em pé de cada um de seus lados, com os braços entrelaçados nos dela, tudo seria diferente. Mas ainda haveria a mãe delas, lá fora, em algum lugar no frio. E ainda haveria Harry, enfrentando todos os perigos e privações da guerra. E ainda haveria espaços em branco em sua história.

E quem já dissera que a vida poderia acabar com um "felizes para sempre", como a ficção às vezes acabava? Ela sacudiu a cabeça.

Elizabeth ainda estava no andar de cima se trocando. O mordomo deveria informar a quaisquer outras pessoas que ela não receberia visitas naquele dia. Não haveria repetição do dia anterior, embora houvesse mais dois buquês naquela manhã, um deles preso à mão de um jovem cavalheiro que gaguejara uma proposta de casamento ou pelo menos a intenção de uma proposta de casamento. Na verdade, ele perguntara a qual cavalheiro deveria se dirigir solicitando permissão de pedir a mão dela em casamento. Anna olhou para Elizabeth, e Elizabeth olhou para Anna e sugeriu que o jovem poderia desejar conversar com seu irmão, o conde de Riverdale.

Teria sido mais simples e talvez mais gentil para Anna dizer "não", mas como ela poderia fazer isso, quando o rapaz realmente não tinha feito a pergunta?

Seus olhos se concentraram no duque de Netherby, que caminhava pela rua em direção à casa. Ele não estava acompanhando tia Louise naquele dia, mas definitivamente estava se dirigindo para a casa. Depois que ele desapareceu porta adentro no andar debaixo, ela esperou que ele fosse anunciado.

Avery parou no limiar da sala de visitas e agarrou a haste de seu monóculo enquanto olhava em volta, sua expressão um pouco dolorida.

— Sou o primeiro a chegar? — questionou. — Que humilhação. Quase sugeriria uma ansiedade para vê-la, Anna. E você está sozinha? Sem prima Elizabeth para lhe fazer companhia? Ou uma criada atrevida para rir da minha mordacidade?

— Avery — ela murmurou.

Os olhos dele pousaram nela e, por um breve momento, o monóculo foi direcionado a ela também.

— O que foi? — ele perguntou.

— Nada.

Ele largou o monóculo e caminhou mais para dentro da sala.

— Existe uma maneira de não dizer nada que sugere exatamente o contrário. Todas essas flores vieram de admiradores, presumo? E as que estão no corredor e no patamar? Eu me perguntei por um momento, quando entrei pela porta, se eu havia saído para o jardim e não entrado na casa. Foi bastante desorientador. O que é isso, minha cara?

O afeto inesperado lhe trouxe lágrimas aos olhos e ela virou a cabeça para o outro lado.

— Esta manhã, recebi uma carta do sr. Beresford — disse ela. — O advogado que lidava com os negócios de meu pai em Bath.

— E?

— Ele se lembra de ter recebido uma carta do meu avô há mais de vinte anos, informando-o da morte de minha mãe e pedindo que falasse com meu pai. Ele não tem mais essa carta e não consegue se lembrar de onde ela veio, exceto que era de algum lugar nos arredores de Bristol. "Em algum lugar nos arredores de" é muito impreciso. Poderia ser três quilômetros de distância ou trinta. Pode ser norte, sul, leste ou oeste.

— Se fosse para o oeste, essa localização cairia no canal de Bristol.

— Talvez eles morassem em uma ilha — insistiu ela, irritada. — Mas onde quer que fosse, isso aconteceu há mais de vinte anos. Eles podem estar mortos e esquecidos agora. Pode ter havido vários vigários desde então naquela particular igreja, naquela particular vila.

— Não houve. A igreja é a de Santo Estêvão. A vila é Wensbury, vinte quilômetros a sudoeste de Bristol. O vigário é, há quase cinquenta anos, o reverendo Isaiah Snow. Ele vive no vicariato ao lado da igreja com a esposa, com quem está casado há quarenta e sete anos.

Ela o fitou, como se através de um longo túnel.

— Como você sabe? — perguntou, a voz saindo quase como um sussurro.

— Gostaria de poder dizer que parti em uma odisseia longa e perigosa por toda a extensão da Inglaterra e do País de Gales, matando alguns dragões pelo caminho, em uma missão para descobrir seus antepassados maternos. Infelizmente, você suspeitaria da minha mentira. Foi meu secretário quem desenterrou essas informações. Ele afirma que não foi difícil. Ele seguiu com essa busca pela igreja, que encontrou um humilde vigário para ele, como se o homem nunca estivesse perdido. E de fato ele não estava. É difícil se perder se alguém permanece no mesmo lugar por cinquenta anos.

— Eles estão vivos? — Ela ainda estava sussurrando. — Meus avós? — Anna apertou as mãos com força sobre a boca e sorriu radiante para ele. — Oh, obrigada. Obrigada, Avery.

— Transmitirei sua gratidão a Edwin Goddard.

— Por favor — ela insistiu. — Mas ele não teria pensado em fazer a pesquisa por conta própria. Por que você lhe fez esse pedido?

Avery tirou a caixa de rapé do bolso, olhou distraidamente para ela e guardou-a novamente.

— Veja você, Anna — começou ele. — Aumentei o salário dele há pouco tempo e tive o pensamento alarmante de que talvez eu não estivesse me empenhando o suficiente para garantir que ele fizesse por merecer. Fiz um esforço e pensei no reverendo Snow.

— Que absurdo.

Avery a observou, seus olhos intensos.

— Lembre-se, Anna, de que eles mandaram levar você depois que sua mãe morreu e aparentemente não mostraram mais interesse em vê-la.

A porta se abriu atrás dele naquele momento e Elizabeth entrou correndo.

— Sinto muitíssimo — desculpou-se ela. — Pisei na barra do vestido no momento em que saí do quarto de vestir e o rasguei. Tive de me trocar e vestir outra coisa. E então havia todo o incômodo em... Oh, não importa.

Como você está, Avery?

— Estou encantado — disse ele, levando o monóculo ao olho — por você ter sido forçada a vestir esse vestido em particular, Elizabeth. Você ficou arrebatadora.

— Oh — ela riu —, e você também, Avery, como sempre. Acredito que estamos prestes a sofrer uma invasão. Ouvi uma carruagem estacionar do lado de fora quando eu estava saindo do quarto.

Em uma janela de quinze minutos, todos chegaram e se arrumaram na sala de visitas. Alexander como sempre, diante da lareira. Avery sentado em um canto do outro lado da janela, sem participar da conversa geral.

A conversa em si havia tomado um curso previsível. O baile fora triunfantemente declarado o mais lotado da Temporada até o momento. A estreia de Anastasia fora um sucesso. Se houvesse cem danças naquela noite, declarou tia Mildred, Anastasia teria um parceiro para cada uma. Ouviram-se algumas senhoras comentarem sobre a simplicidade de sua aparência, disse tia Louise, mas ouviram-se algumas das moças mais elegantes declararem em grupo, principalmente aquele diamante de primeira grandeza, a srta. Edwards, que estavam cansadas de andar tão carregadas de joias, de ter que segurar caudas e babados sempre que desejavam dançar, e de ficar sentadas por uma hora ou mais a cada noite, enquanto as criadas enrolavam e frisavam seus cabelos. Como seria revigorante, disseram elas, aparecer em público como Lady Anastasia Westcott... se elas ousassem.

A "Grande Indiscrição de Anastasia" — tia Matilda falou como se as palavras devessem começar com letras maiúsculas — poderia muito bem ter sido sua ruína, e certamente houve aqueles entre os mais altos defensores da moral e dos bons costumes que ficaram chocados. Mas eles pareciam estar em minoria. Outros aplaudiram o modo como ela defendera sua meia-irmã ilegítima e infligira ao visconde de Uxbury uma severa liquidação.

— Você foi lançada sobre a sociedade com grande sucesso, Anastasia — concluiu prima Althea com um sorriso caloroso. — Agora você pode relaxar e aproveitar o resto da Temporada.

Todos ficaram extasiados com o número de buquês entregues no dia anterior e naquela manhã. Ficaram maravilhados e satisfeitos ao saber do número de pessoas que haviam feito visitas na tarde anterior e da ida ao parque com os irmãos Fleming.

— Acho, Anastasia — pronunciou-se a condessa viúva, sorrindo gentilmente para a neta —, que podemos esperar mais do que algumas propostas muito elegíveis pela sua mão antes do fim da Temporada.

— Mas já havia uma esta manhã, prima Eugenia — revelou Elizabeth. — Se bem que não foi exatamente uma oferta, não é mesmo, Anna? Mas uma pergunta para saber a que cavalheiro ele deveria solicitar permissão de pedir a mão dela. Direcionei-o a você, Alex, embora Anna seja maior de idade e não precise da permissão de ninguém. Ela ficou um pouco horrorizada, no entanto, e eu parti em socorro dela.

— Obrigado, Lizzie — ironizou ele. — Formsby, não era? Ele me encontrou no Tattersall's[1]. Eu o informei, como também a outro cavalheiro na noite passada e mais dois esta manhã, que discutiria o assunto com a família de Anastasia e com ela.

— Dois cavalheiros me abordaram no White's hoje de manhã — contou tio Thomas —, assim como o tio de outro que não é membro do clube. Eu disse a eles a mesma coisa.

— Oh, Deus que estais nos céus. — A avó de Anna apertou as mãos no peito e sorriu. — Esse é um sucesso ainda maior do que prevíamos. Ao fim da Temporada, Anastasia, antes do fim, você poderá escolher entre um grande número de pretendentes.

— Você não deve se apressar em escolher, Anastasia — aconselhou tia Matilda. — A questão do nascimento, criação e fortuna devem ser pesadas, assim como sua própria importância. Você é a filha, *a única filha*, do falecido conde de Riverdale, meu irmão, e você possui uma vasta fortuna. Não há limites ao que você pode aspirar ter como marido.

Anna ficara praticamente em silêncio, mas, naquele momento, ela falou:

---

1   O principal leiloeiro de cavalos de corrida do Reino Unido e da Irlanda. Fundado em 1776, continua na ativa até hoje. (N. da T.)

— Sou uma entre os quatro filhos de meu pai.

— É claro que você é — disse tia Matilda —, mas é a única que conta aos olhos do *ton*.

— Não sou nada além de um objeto — lamentou Anna, com as mãos entrelaçadas com força no colo —, assim como meus irmãos e irmãs. Eles se tornaram objetos sem valor algum, enquanto eu me tornei inestimável. Homens, cavalheiros do *ton*, aglomeraram-se em torno de mim no baile duas noites atrás, enviaram ofertas de flores ontem de manhã e se reuniram aos montes para me visitar ontem à tarde. Fui inundada de convites para passear de charrete no parque, para a primeira dança em algum baile (daqui a algumas noites, portanto), para comparecer ao teatro, para ir a Vauxhall. Hoje, vários deles estão me fazendo pedidos de casamento. Ouso dizer que haverá mais por vir. E por quê? Porque sou linda e cheia de talentos? Porque sou gentil, charmosa e inteligente? Porque tenho caráter? Claro que não. É porque sou uma mercadoria, porque sou rica. Muito rica. Uma das damas solteiras mais ricas da Inglaterra, talvez. Todos querem se casar com o meu dinheiro.

— Anna! — Tia Louise olhou para ela, incrédula. — A situação não é nem de perto tão... vulgar. É claro que os integrantes de nossa classe escolhem bons partidos ao se casar. É claro que nos casamos dentro de nossas próprias fileiras. E é claro que é desejável, embora nem sempre essencial, casar-se com alguém que tenha dinheiro. O dinheiro é o que sustenta o nosso modo de vida e a vasta despesa de administrar nossas propriedades e outros estabelecimentos. Mas não consideramos apenas posição social ou fortuna quando escolhemos maridos e esposas. Também procuramos alguém que possamos respeitar, de quem possamos gostar, até alguém que possamos amar. Não posso dizer que amei Netherby quando me casei com ele, apesar de gostar dele e respeitá-lo. E eu criei afeto por ele, assim como ele criou afeto por mim, eu acredito, durante o nosso casamento. Lamentei sua morte com um pesar muito real. No entanto, eu não teria me casado com ele se fosse um mau partido ou se fosse empobrecido. Ambas as características não teriam sido propícias a uma vida feliz.

— Ninguém olha para você e vê um objeto, Anastasia — acrescentou prima Althea. — Longe disso. Todo mundo vê uma jovem digna e gentil, pode ter certeza. Lembre-se de que você terá escolhas, um número estonteante delas, ao que parece. Você será livre para escolher alguém que irá apreciar você, não apenas a sua fortuna. Pode escolher alguém que você aprecie por seu bom caráter, natureza gentil e quaisquer outros atributos positivos que lhe sejam importantes. O mercado do casamento não é exatamente a coisa impessoal que você teme.

— O que você deve fazer, Anastasia — disse a avó —, é se casar com Alexander. E o que você deve fazer, Alexander, é engolir seu orgulho e propor casamento a ela sem esperar que todos os outros o façam primeiro.

16

Houve um momento de silêncio. Anna ficou horrorizada e terrivelmente mortificada. Alexander, ela viu em um breve olhar, parecia congelado no lugar.

— Prima Eugenia — disse a mãe dele, em tom de reprovação —, não se pode dizer que isso...

— Não, mamãe — interrompeu Alexander, levantando a mão. — Não é que eu não tenha pensado nisso. Eu preciso do dinheiro, Deus sabe, se é que algum dia eu tenha a intenção de resgatar o Brambledean Court de mais dilapidações e melhorar as condições deploráveis de vida de todos que dependem de mim lá. E pode-se dizer que a fortuna e as propriedades vinculadas ao título deveriam ser reunidas, como eram até a morte do primo Humphrey. Eu respeito Anastasia e admiro o modo como ela cresceu digna, apesar das circunstâncias em que seu pai a deixou. Também admiro a maneira como ela trabalhou arduamente para se adaptar às novas circunstâncias. Se eu me casasse com ela, poderia salvá-la de qualquer exposição adicional ao mercado de casamentos, o que ela acha tão repugnante. E eu certamente poderia oferecer a ela respeito, proteção, afeto e uma sogra e uma cunhada que eu sei que a receberiam de braços abertos.

— Bem, então — falou a avó de Anna. — Existe...

Mas ele levantou a mão novamente.

— Eu pensei sobre isso — continuou ele. — E, de fato, agora que a sugestão foi feita abertamente assim, diante de toda a família, estou disposto a fazer uma oferta formal se Anastasia puder me garantir que é isso que ela deseja. No entanto, admito que me casaria com ela principalmente pelo dinheiro, e isso é repugnante para mim. Ela merece mais do homem que tiver a sorte de ganhar sua mão. Ela merece um homem que *queira* ficar com ela e não se importe em absoluto com sua fortuna.

Houve outro breve silêncio, durante o qual Anna percebeu Elizabeth puxando um lenço do bolso do vestido e pressionando-o no canto dos olhos.

ALGUÉM PARA AMAR 213

— Anastasia? — chamou a avó. — Você não poderia fazer escolha melhor, e é perfeitamente claro que Alexander está se segurando apenas porque sente a diferença entre suas fortunas e teme que você o veja como nada melhor do que um caçador de fortunas. Mas ele tem o título...

— Não! — Elizabeth exclamou, abaixando o lenço no colo. — Não é apenas que ele tema que seus motivos sejam mal interpretados. Alex tem sonhos que vem mantendo contidos há anos desde que a morte de papai o deixou imerso em dívidas das quais ele só se libertou recentemente. Ele sonha com o amor e com uma vida doméstica tranquila, e não deve ter que sacrificar seus sonhos apenas porque o título de conde lhe foi imposto. E Anna passou a maior parte de sua vida em um orfanato, onde aparentemente não havia crueldade, mas também muito pouco do que eu considero amor de família. Alex está certo. Ela merece amor agora. Ela merece se casar porque é tudo no mundo para algum particular cavalheiro. Amo os dois, prima Eugenia, mas, por favor, oh, por favor, eles não devem ser unidos apenas porque seria um arranjo conveniente.

— Lizzie. — Sua mãe veio sentar-se no braço da poltrona para passar a mão nas costas da filha.

Alexander estava franzindo as sobrancelhas. Todos ali pareciam desanimados e constrangidos. Anna apertou as mãos no colo. Estavam congelando. Ela também estava congelando. O duque de Netherby levantou-se e atravessou a sala para ficar diante da cadeira de Anna.

— Não comparei sua fortuna com a minha, centavo por centavo, Anna — disse ele. — Suspeito que seria uma tarefa árdua. Pode ser que Edwin Goddard goste de fazer isso, se eu lhe instruir a fazê-lo. Eu arriscaria um palpite, no entanto, de que sou mais rico do que você por um centavo ou dois, pelo menos. Tenho muito mais do que posso gastar na vida, mesmo se viver de forma extravagante até os cem ou cento e dez anos de idade. Eu não poderia ter utilidade possível para sua fortuna, e não tenho nenhum desejo de pôr minhas mãos nela. Se eu me casasse com você, seria porque preferiria passar o resto da minha vida com você ao invés de não passar, e porque você me garantiria que prefere passar a vida comigo ao invés de não passar. Você pode considerar a oferta feita, pois seria um constrangimento horrível para mim e provavelmente para todos os outros se eu caísse de joelhos diante de você agora e declarasse devoção eterna na linguagem floreada que sem dúvida seria esperada de mim. Você pode ser a duquesa de Netherby se escolher ser.

Os olhos de Anna se arregalaram e permaneceram fixos nos dele — ao mesmo tempo sonolentos e atentos, como sempre. Ele pegou sua caixa de rapé, mas não a tirou do bolso. E Anna sentiu uma pontada de um desejo tão inesperado que a dor quase a engoliu.

— Avery! — tia Louise gritou.

— Oh! — disse Elizabeth.

Todos os outros também disseram algo, ao que parecia, mas Anna não ouviu uma palavra que fosse.

— Que... — ela começou.

— ... absurdo? — ele completou em voz baixa. — Se preferir assim, minha cara.

— Mas que ideia esplêndida, Avery — reagiu a avó de Anna. — Estou surpresa por isso não ter me ocorrido até agora. E você nem é parente de Anastasia por sangue, como Alexander.

— Eu não pensei que você fosse do tipo que se casava, Avery — opinou tia Mildred. — Na verdade, eu pensei que talvez...

— Millie! — exclamou tio Thomas bruscamente, e ela ficou em silêncio.

O duque de Netherby ignorou todos eles. Ele olhava firmemente nos olhos de Anna. Ela queria fazer um milhão de perguntas, embora todas pudessem ser reduzidas a uma: por quê?

— Quero ir para Wensbury — ela se ouviu dizer.

— E você deve ir — ele respondeu suavemente. — Vou levá-la até lá. Com um exército de acompanhantes para supervisionar, se você optar por ir solteira. E apenas nós dois, se você se casar comigo antes.

Oh. Ele estava falando sério. Ele estava falando sério.

Mas por quê?

E por que ela sentia a tentação? Por que aquela dor do desejo se transformara em uma pulsação contínua no baixo ventre e entre as coxas?

Casada. Solteira. Casada. Solteira. Mas não eram suas únicas escolhas, eram? Ela poderia ir sozinha para enfrentar seus avós. Ninguém poderia detê-la. Ela poderia ir com Bertha, pela companhia e respeitabilidade, e com John, pela proteção, junto com um cocheiro. Talvez Elizabeth a acompanhasse. Poderiam ir a Bath primeiro, e Joel os acompanharia pelo resto do caminho — seu verdadeiro e querido amigo. Ela não tinha que escolher ninguém.

— Eu gostaria de ir casada — disse ela tão baixinho que nem tinha certeza de que as palavras haviam passado por seus lábios.

— Então nós nos casaremos.

Mas por quê? E agora a pergunta precisava ser feita para si mesma, além de ser feita para ele. O que ela dissera? O que fizera? Mal o conhecia. Ele era como alguém de outro universo. Ele se escondia atrás das pálpebras pesadas e da artificialidade, e talvez não houvesse nada de valor por trás disso tudo.

Só que ele lhe tinha proporcionado alguns vislumbres além da máscara. E ele valsara com ela — duas vezes — e cada vez a levara dançando para um mundo mais brilhante e feliz. Ele a beijara uma vez e despertara todos os anseios físicos que ela reprimira por tanto tempo, a ponto de quase ter acreditado que nunca mais seria incomodada por eles.

Eles iriam se casar? Ele havia feito o pedido e ela havia aceitado? Por um momento, Anna duvidou da realidade, mas apenas por um momento, pois não estavam sozinhos na sala. E houve barulho: primeiro um murmúrio e depois uma grande erupção de som. Todos voltaram a falar.

— Avery! Meu querido garoto! — sua madrasta exclamou.

— Anastasia! Isso está além das minhas mais ternas esperanças. — A condessa viúva, a avó de Anna, apertou as mãos no peito.

— Mamãe, permita-me segurar a vinagrete no seu nariz — pediu tia Matilda.

— Nunca fiquei tão surpresa em minha vida. Ou tão feliz. — A duquesa, prima Louise, sorriu de um para o outro.

— Que absolutamente esplêndido! Primo Avery e Anastasia — disse tia Mildred, sorrindo para o tio Thomas.

— Permita-me parabenizá-los, Anastasia, Netherby. Desejo-lhe muita felicidade. — Primo Alexander realmente parecia extremamente aliviado.

— Anna, Avery. Oh, eu deveria ter suspeitado. Como fui cega. — Elizabeth estava rindo.

— Você tem sorte, Anastasia, de fato — falou tia Matilda —, considerando o fato de que resistiu a mais da metade dos conselhos que oferecemos nas últimas semanas. Você será a duquesa de Netherby! Permita-me abanar seu rosto, mamãe.

— Bem, *isso* será uma decepção para algumas dezenas de cavalheiros e algumas dezenas de damas — ironizou tio Thomas, lorde Molenor.

— Devemos nos reunir aqui novamente amanhã à tarde. Temos um casamento para planejar. — Essa era tia Louise, claro.

— Por que Wensbury? Onde fica? — perguntou tia Mildred.

O duque de Netherby não desviou o olhar de Anna ou ela dele.

— Amanhã pela manhã, virei fazer uma visita aqui, Anna — anunciou ele —, se você puder me encaixar entre a recepção de buquês de flores e as ofertas de casamento.

Alexander pigarreou.

— Amanhã de manhã, Netherby? — ele questionou.

— Ah, aquele compromisso. — O duque tocou a haste do monóculo. — Mas é cedo, Riverdale, muito mais cedo do que Anna gostaria de receber visitas. Virei após o café da manhã, Anna.

— Talvez você não seja... capaz — sondou Alexander.

— Mas nada vai me impedir de ver minha noiva prometida — disse o duque com um suspiro emocionado, e finalmente se afastou de Anna. — Todas as horas entre agora e amanhã serão uma eternidade sem fim. Devo me despedir. Tenho negócios a tratar. Acredito que devo ter. Edwin Goddard saberá.

E sem nem sequer olhar para ela novamente, ele saiu da sala, deixando Anna com vontade de rir — ou de chorar. Ou ambos.

A sala explodiu em sons novamente. Anna ouviu apenas tia Mildred.

— Onde fica Wensbury? — ela perguntou. — Nunca ouvi falar desse lugar.

Ela merece se casar porque é tudo no mundo para algum particular cavalheiro.

As palavras de prima Elizabeth ecoaram na mente de Avery enquanto ele descia a rua. Foram essas palavras que o levaram a fazer sua oferta? Se sim, o que diabos isso dizia a seu respeito?

... porque é tudo no mundo para algum particular cavalheiro.

Bom Deus, ele era um homem comprometido.

Não era típico de sua natureza agir por impulso. E que hora de quebrar um longo hábito... Em parte, esperava que ela ficasse com pena de Riverdale e oferecesse sua fortuna e sua mão para atender às necessidades dele, embora, para lhe fazer justiça, Riverdale tivesse deixado bem clara sua relutância em obter vantagens dela. No entanto, a família poderia, a qualquer momento, convencê-los de que o casamento entre eles era a melhor opção para ambos. E Avery sentira... o quê? Aborrecimento? Ansiedade? Pânico?

Pânico?

E ele se vira ouvindo o apelo de Elizabeth contra o casamento de Anna e seu irmão e depois se levantando para reforçá-lo... ao pedir ele mesmo a mão de Anna em casamento.

Que diabos? Ele não poderia simplesmente convidá-la para caminhar, como havia feito em uma ocasião anterior?

Ela dissera sim.

Pelo menos, ela não usara essa exata palavra. Ela havia expressado a preferência por estar casada, e não solteira, quando viajasse para Wensbury a fim de encontrar seus avós maternos. Na verdade, ela não disse que queria se casar *com ele*, disse? Mas não, não havia esperança à qual se agarrar sem ser ridículo. Ela estava falando dele.

Avery deveria saber que estava em perigo quando colocou Edwin Goddard na tarefa de encontrar o reverendo Snow e sua esposa. Deveria saber disso quando Edwin o cumprimentou em seu retorno para casa logo após o meio-dia com a carta que fora entregue mais cedo, e ele, Avery, só tomara o tempo necessário para trocar de roupa antes de ir a South Audley Street, para que ela não fosse mantida ignorante por um minuto a mais do que o necessário. Ele deveria saber disso quando, depois de escoltar Uxbury para fora de Archer House duas noites antes, após a magnífica cartada que Anna lhe dera, ele cedeu à vontade avassaladora e desinteressada de interromper Washburn e valsar com ela. Deveria saber quando ela chorou por Harry. Ele deveria...

Deus, que tudo fosse para o inferno, Avery pensou, parando abruptamente na calçada — estava apaixonado por ela.

Fez um aceno breve para alguns conhecidos que pareciam pensar que ele havia parado para conversar com eles e mostraram sinais de desaceleração para não fazerem desfeita. Avery continuou seu caminho, e eles provavelmente continuaram o deles.

Tentou imaginá-la como ela se apresentou naquele primeiro dia, com sua horrenda melhor roupa de domingo e sapatos feios. E tudo o que ele podia ver era a dignidade com que ela explicara sua presença na casa e depois se sentara no salão rosado, e a coragem com que ela o encarara ali, mesmo quando percebeu que ele a examinava.

Ela merece se casar porque é tudo no mundo para algum particular cavalheiro.

Inferno, e um milhão ou mais de outras profanações e blasfêmias ele pronunciaria em voz alta se não estivesse na rua pública onde poderia ser ouvido. *Tudo no mundo*, de fato. Era o suficiente para fazê-lo querer vomitar.

Embora fosse bom que ele *estivesse* apaixonado, já que estava condenado a se casar com ela. Precisava se casar no futuro próximo, de qualquer maneira. Poderia muito bem ser mais cedo em vez de mais tarde. Porém, ele imaginara que, quando finalmente decidisse, a escolhida seria uma beldade reconhecida, alguém como a srta. Edwards. Avery dançara com ela uma vez durante o baile e se vira imaginando por que a tinha admirado tanto algumas semanas atrás. Havia uma certa maciez em seu rosto e silhueta, que quase certamente se converteria em gordura e em perda de beleza dali a dez anos, e ele se perguntava se ela possuía caráter suficiente para fazer as inevitáveis mudanças de pouca importância.

Mesmo então, com pensamentos tão pouco caridosos, ele poderia ter adivinhado a verdade.

Avery nunca se apaixonara. Nunca havia chegado nem perto. Nem sabia o que o termo significava. Não estava sem conseguir comer ou sem conseguir dormir. Não sentia vontade de escrever um soneto dedicado à sobrancelha esquerda de Anna — ou à direita — e absolutamente nenhuma de cantar uma balada de amor perdido sob a janela do quarto dela na calada da noite. Não sentia que estava sofrendo por amor quando se via longe dela ou perdidamente apaixonado quando em sua presença. Ele nem suspeitava até pouco tempo antes, quando surgiu em sua mente a ideia de se oferecer para se casar com ela e livrar todos os outros de seu sofrimento.

Ninguém estava sofrendo.

Sim, ela estava. Ela havia feito aquele pequeno discurso apaixonado sobre se sentir como um objeto, uma mercadoria. E descrevera todo o frenesi de interesse masculino que sua aparição na sociedade despertara como se fosse o pior insulto possível que poderia acontecer a alguém. A maioria das mulheres sacrificaria o braço direito por metade da atenção. Para ela, era um sofrimento.

Ele lhe havia oferecido casamento para livrá-la do sofrimento. Avery não se importava com o sofrimento de mais ninguém.

Pelo menos, ela saberia que ele não se casaria com ela pelo dinheiro.

Avery subiu os degraus de Archer House, bateu na porta, entregou o chapéu e a bengala ao mordomo e olhou para a escada, franzindo as sobrancelhas. O que sentiu vontade de fazer foi partir uma pilha de tijolos em duas com a mão. No entanto, havia aprendido há muito tempo que nunca deveria praticar quando estivesse se sentindo mal. As artes que ele aprendera não eram um antídoto para o mau humor. O que ele *deveria* fazer era subir e conversar com Jessica. Ela não ficaria nada encantada com as notícias dele, e não era justo esperar que sua madrasta contasse.

Ele nunca fazia nada porque *deveria* fazer.

Exceto essa única coisa, ele pensou com um suspiro interior enquanto caminhava para a sala de aula.

Anna não escapou tão facilmente da sala de visitas. Ela ficou sentada em silêncio por uma ou duas horas — não fazia ideia de por quanto tempo — enquanto todos ao seu redor planejavam seu casamento.

Deveria se casar na igreja de São Jorge, em Hanover Square. Todos concordaram com isso, não apenas porque ficava a poucos passos de Archer House, mas porque era a igreja para casamentos da moda durante a Temporada. Todos deveriam ser convidados, e todos compareceriam, é claro. Tia Louise tomaria o sr. Goddard emprestado de Avery novamente para elaborar a lista, o que não seria difícil, pois convidariam essencialmente as mesmas pessoas do baile de duas noites antes — com exceção do visconde de Uxbury, claro. O sr. Goddard também redigiria os convites. Sua caligrafia era limpa e precisa. O café da manhã do casamento seria realizado em Archer House, como era apropriado. As proclamas deveriam ser publicadas no domingo próximo, para que o casamento não precisasse ser adiado por mais de um mês. Madame Lavalle e suas assistentes seriam levadas de volta a Westcott House para confeccionar o vestido de casamento de Anastasia e seus trajes de noiva. A avó de Anna a levaria até seu joalheiro para garantir que ela comprasse joias adequadas à sua posição atual e às perspectivas futuras.

— Se bem que, é claro, existirão as joias dos Netherby para você usar nas ocasiões formais, Anastasia — ela acrescentou.

— Você vai me suplantar no título, Anastasia — disse tia Louise, a mão sobre o coração —, e me relegar à posição de duquesa viúva. Estou extasiada. Eu realmente temia que Avery nunca se casasse. Só podemos esperar que ele agora cumpra seu dever e comece a povoar seu berçário dentro do próximo ano.

A mente de Anna parecia não estar funcionando claramente. Todos pareciam ter esquecido seu desejo declarado de ir a Wensbury para ver seus avós e descobrir exatamente o que havia acontecido todos aqueles anos no passado. Certamente, a família de sua mãe seria desconsiderada por esses aristocratas.

O duque disse que a levaria até lá. Ele dera a ela a opção de ir casada ou solteira, e ela havia escolhido se casar primeiro. Então ele simplesmente se despedira e fora embora. Como era absolutamente típico dele deixá-la à mercê de sua família bem-intencionada. O casamento aconteceria pelo menos dali a um mês. No entanto, ela desejara fugir de uma vida que lhe fosse opressiva. Tudo o que ela conseguira fazer tinha sido piorar as coisas. Piorar muito.

A conversa ao seu redor progrediu para anúncios de noivado e festas de noivado.

Por que diabos ela concordara em se casar com o duque de Netherby? Estava apaixonada por ele? Mas o que isso significava estar apaixonada? E ele certamente era o último homem por quem ela poderia estar apaixonada.

Por fim, todos foram embora, mas Anna sabia que era apenas um alívio temporário. Elizabeth desceu as escadas para acompanhar a mãe e o irmão até a porta e ficou longe por alguns instantes.

— Eu feri os sentimentos de Alex? — Anna perguntou quando ela voltou.

— Não — Elizabeth assegurou. — Mas ele tem medo de ter ferido os seus. E ele tem medo de que você tenha aceitado a oferta de Avery sem a devida consideração porque ficou chateada.

Anna sorriu tristemente.

— Espero não ter ofendido você pelo que eu disse — acrescentou Elizabeth.

— Oh, você certamente não me ofendeu — Anna garantiu. — Alex também não. Não sei por que aceitei a oferta de Avery, Lizzie... se é que você pode chamar assim. Eu fui pega totalmente de surpresa. Mas... não acredito que eu lamente.

— Ele não será um marido fácil, mas suspeito de que será um marido fascinante.

— Sim. Ele certamente será muito mais deslumbrante do que eu. Mas, em várias espécies de pássaros e animais, os machos são mais vistosos do que as fêmeas. Você sabia disso?

As duas riram, mas Elizabeth mordeu o lábio inferior e Anna achou que algo a estava incomodando.

— O que foi? — ela quis saber.

— Percebi, depois que Avery fez sua oferta e saiu, que algo estava incomodando Alex. Ele recordou Avery de um compromisso amanhã de manhã, se você se lembrar. E não participou da discussão geral depois. Eu o fiz confessar agora há pouco, quando caminhamos juntos alguns passos pela rua depois que mamãe já havia entrado na carruagem. Ele me implorou para não contar, mas como posso não fazer isso? Ele pediu apenas para eu lhe garantir que, amanhã, se Avery não mantiver sua promessa de visita aqui, não há nada pessoal em sua ausência, e ele certamente virá quando puder.

Anna olhou para ela interrogativamente.

Elizabeth mordeu o lábio mais uma vez antes de continuar.

— Oh, Anna, o visconde de Uxbury desafiou Avery para um duelo. Ocorrerá amanhã de manhã. Alex é o padrinho, mas está preocupado. Avery não pôde recusar o desafio. Os cavalheiros não podem fazê-lo, você sabe, sem perder a reputação e até a honra, embora isso seja uma tolice. Mas Alex tem medo de que seja um massacre. Ele jurou parar antes de Avery... ficar muito ferido, mas ele tem muito medo de que ele não esteja em condições de fazer a visita aqui de manhã.

Anna sentiu como se todo o sangue tivesse sido drenado de sua cabeça. O ar estava frio em suas narinas. Havia um zumbido em seus ouvidos.

— Um duelo? Uma luta? Até a morte?

— Oh, não. Alex vai pôr um fim antes que chegue a isso.

— Como ele pode parar o curso de uma bala? — Anna pulou da cadeira. — Como pode redirecionar um golpe de espada? Quais são as armas?

— Alex não disse. Ele disse apenas que temia um massacre.

— Eu devo ir até Archer House — decidiu Anna, virando-se para a porta. — Fui eu quem irritou Lorde Uxbury. Avery não deve morrer por algo que eu disse. Irei colocar um fim nisso.

— Oh, você não pode, Anna. — Elizabeth agarrou-a pelo braço. — Você não pode interferir nos assuntos dos cavalheiros, especialmente um caso de honra. Seria terrivelmente humilhante para Avery se você tentasse. Ele ficaria pavorosamente zangado e você não o faria mudar de ideia. Ele não é o desafiante. Oh, você deve enxergar como seria impossível.

Sim, Anna conseguia.

— Onde? — ela perguntou. — Quando?

— Hyde Park — revelou Elizabeth. — Não sei exatamente onde, mas ouvi dizer que os duelos geralmente são travados entre as árvores no lado leste do parque, onde é menos provável que sejam observados e detidos. Duelos são ilegais, você sabe. Geralmente são travados ao amanhecer, provavelmente pelo mesmo motivo. Alex virá aqui assim que puder para aliviar minha preocupação. Ele prometeu que viria. Ouviremos notícias na hora do café da manhã.

— O lado leste... este lado do Hyde Park, ao amanhecer — murmurou Anna, franzindo a testa.

Elizabeth olhou para ela.

— Você não está pensando em ir, está? Não é absolutamente o caso, Anna. Mulheres não são permitidas nessas reuniões... Elas não podem nem mesmo ficar sabendo. Haveria muitos problemas se você tentasse interferir. Você se tornaria uma pária social e faria de Avery um motivo de piada.

O visconde de Uxbury era um homem grande, Anna estava pensando. Ele era alto e bastante largo, e lhe parecia que a largura do peito e dos ombros se devia pelo menos aos músculos tanto quanto à gordura. Ele tinha o dobro do tamanho de Avery, e ela não acreditava, de fato, que o duque o tivesse derrubado com algumas pontas dos dedos no peito. De qualquer forma, isso não importaria pela manhã. Se as espadas fossem as armas, o raio de alcance do visconde deveria ser muito maior do que o de Avery, e ele teria a vantagem da altura. Se fossem pistolas, bem...

Elizabeth suspirou.

— A que horas vamos sair? — ela perguntou.

— Nós? — Os olhos de Anna focaram nela.

— Nós — repetiu Elizabeth. — Mas vamos apenas observar, Anna; isto se não formos apanhadas antes mesmo de começar, como eu diria que seremos. Não para interferir.

— Não para interferir — Anna concordou. — Assim que a escuridão começa a virar luz? Vou bater na sua porta.

Elizabeth assentiu e, por algum motivo, as duas riram. Era bastante horrível.

— Acho — disse Anna — que é melhor eu pedir uma nova bandeja de chá.

Ele ia morrer, ela pensou, e tudo em que ela conseguia pensar era em beber chá?

17

Avery e Alexander chegaram ao local designado no Hyde Park quando o céu estava tornando-se cinzento com o amanhecer. Chegaram cedo, mas não foram os primeiros, por Deus.

— Walling concordou comigo — disse Riverdale, claramente exasperado — que, quanto mais discreta mantivéssemos esta reunião, melhor seria para todos os envolvidos. Parece que Uxbury discordou e contou a todos os homens que ele conhecia, e eles contaram a todos que eles conheciam. Isso é intolerável.

Avery lembrou-se de sua primeira luta de boxe na escola — se *luta* era a palavra correta. Uma multidão de homens fervilhando de antecipação estava reunida em torno de uma clareira vazia entre as árvores, seus cavalos e charretes dispostos de várias maneiras em um círculo irregular atrás deles. Se a Patrulha não os detectasse e não prendesse muitos deles, não havia verdadeira justiça naquela terra. Avery suspeitava de que a Patrulha, ou quem quer que aplicasse a lei e a ordem no Hyde Park, desenvolveria um caso grave de surdez e cegueira — se é que estava em serviço àquela hora. O zumbido de excitação aumentou quando os desafiados surgiram à vista. Uxbury e Walling já haviam chegado. Assim como um homem vestido inteiramente de preto sombrio, com uma grande bolsa preta de couro na grama ao lado dele. Um médico, sem dúvida. Como era previsivelmente ostentoso da parte de Uxbury contratar os serviços de um médico para uma luta que não envolvesse armas mais letais do que o corpo. Ou talvez houvesse alguma sabedoria nisso.

Todos os rostos que se viravam para vê-lo se aproximar tinham a mesma expressão. O cordeirinho indo para o matadouro, todos estavam pensando. Avery curvou os dedos sobre a haste do monóculo e o levou ao olho, e quase todos ali de repente descobriram algo de interesse mais urgente para chamar sua atenção. Uxbury, fazendo uma pose, estava olhando para ele através do círculo de grama com dignidade altiva. Avery examinou a expressão através do monóculo. Ele apostaria que tinha sido praticada diante do espelho.

Walling caminhou até o centro da área gramada, parecendo um pouco envergonhado, e Riverdale foi conversar com ele lá. Então cada um retornou ao seu duelante.

— Uxbury está disposto a se contentar com um acordo de desculpas pelas angústias e vergonhas sofridas — anunciou Riverdale.

— E ele vai fazer esse pedido de desculpas diante de todas essas pessoas? — questionou Avery, deixando cair o monóculo na fita e erguendo as sobrancelhas. — Extraordinário! Vamos ouvi-lo, então, com toda certeza. Não que eu me lembre de ter sofrido muita angústia ou vergonha, embora seja possível que eu tivesse sofrido, se fosse do tipo sensível.

— Entendo, então, que você não está disposto a pedir desculpas? — Riverdale perguntou.

Avery apenas olhou para ele e Riverdale se virou.

— O duque de Netherby — disse ele, em uma voz que se propagaria pelo espaço vazio e sem dúvida alcançaria todos os cavalheiros reunidos ao redor — agradece a oferta de clemência. No entanto, não consegue se lembrar de lamentar uma única palavra dita ao visconde de Uxbury.

Houve uma onda de aprovação da multidão e alguns assobios. Um cavalheiro não identificado gritou:

— Esse é o espírito, Netherby. Parta para cima dele.

Passara treze ou catorze anos evitando uma cena como aquela, refletiu Avery, com um suspiro interior, enquanto Riverdale o ajudava a tirar o casaco e ele se despojava de seu lenço no pescoço e gravata, suas correntes de relógio e do relógio em si, bem como do monóculo, do colete e da camisa. Mas o que se podia fazer quando alguém tinha sido desafiado para um duelo e o desafiante dera publicidade da notícia de forma que fosse surpreendente se houvesse um único cavalheiro em Londres que não estivesse ali?

— Eu acredito — disse Riverdale — que seria mais sensato continuar vestindo a camisa, Netherby. Uxbury vai manter a dele.

Avery o ignorou. Ele se sentou no tronco desconfortavelmente áspero e irregular de uma árvore e puxou uma das botas e a meia que calçava debaixo dela.

— Bom Deus — reagiu Riverdale, claramente horrorizado —, você deve ficar de botas.

Avery puxou a outra.

— Bom Deus, Netherby — Riverdale repetiu quando Avery se levantou, vestindo apenas seus culotes apertados, mas flexíveis e confortáveis. — Você deve ter um desejo de morte.

Pelo som crescente ao redor deles, parecia que todos os demais concordavam.

Avery revirou os ombros e flexionou as mãos.

— Ouça — falou Riverdale, baixo e com urgência. — Você me pediu para agir como seu padrinho, e é meu dever lhe oferecer tantos conselhos quanto sou capaz. Não seja um mártir, Netherby. Use os braços e punhos para cobrir seu rosto e corpo. Use os pés para sair do caminho do perigo, o que seria muito mais fácil se você estivesse calçando botas. Uxbury tem a vantagem de alcance, altura e peso. Fique longe dos punhos dele o máximo que puder. Vigie-o. Use seus olhos. Se por algum milagre você conseguir ultrapassar o alcance dele, use seus punhos. Faça um bom espetáculo. E quando você for ao chão... — Ele fez uma pausa e limpou a garganta. — E, se você for ao chão, fique no chão. Se puder, de alguma forma, deixar passar um minuto antes de isso acontecer, tanto melhor. Você não é o desafiante. Ele é. A maioria dos homens aqui não gosta do que ele forçou Camille a fazer ou como ele fala sobre ela. Eles estão do seu lado. Vão admirar sua coragem em enfrentar um oponente com o dobro do seu tamanho e se recusar a pedir desculpas. A derrota será uma espécie de triunfo.

— Eu acredito que Walling está esperando você terminar seu monólogo, Riverdale, para que ele possa iniciar este encontro.

O padrinho olhou para ele, exasperado, e ficou em silêncio.

— A luta começará — anunciou Walling. — E continuará até que um dos dois cavalheiros conceda a derrota ou até que um seja derrubado e não consiga se levantar.

Uxbury subiu a passos largos e decididos no palco — não se podia ver aquele círculo de grama como qualquer outra coisa além de um palco quando ele o adentrou —, o comportamento sombrio e os punhos cerrados. Ele prosseguiu então para assumir a postura de um boxeador que teria deixado Gentleman Jackson orgulhoso. Dançou alguns passos na ponta dos pés. Avery caminhou em sua direção e parou a alguns metros de distância, os braços ao lado do corpo.

Uxbury lançou um olhar malicioso para ele e disparou um direto direito que, se tivesse acertado, teria atravessado o nariz de Avery e saído em sua nuca. Avery desviou com a lateral de um antebraço e fez o mesmo quando um golpe de punho esquerdo seguiu o primeiro em um intervalo de poucos instantes.

— *Proteja-se*, Netherby! — alguém da multidão gritou acima do ruído geral; poderia ter sido Riverdale.

Uxbury dançou mais alguns passos, olhou de novo e repetiu exatamente o mesmo ataque — com exatamente o mesmo resultado. Ele aprendia devagar. Era incrível, pensou Avery, que altura havia nas botas. Uxbury parecia cinco centímetros mais alto do que o normal, embora provavelmente fosse ele quem estivesse cinco centímetros mais baixo com os pés descalços. O solo era irregular e um pouco pedregoso em alguns lugares, muito diferente do piso do sótão, mas ele havia encontrado coisas piores ao trabalhar com seu cavalheiro chinês.

— Você só vai ficar aí parado como um menino das fadas, é? — Uxbury desafiou.

Algumas pessoas soltaram risadinhas. Alguns gritaram:

— Que vergonha! — Embora não fosse claro se estavam se referindo a Uxbury ou ao duque de Netherby.

No momento seguinte, Uxbury seguiu os mesmos dois socos principais com seu corpo e uma enxurrada de golpes ferozes. Mas ele havia sinalizado sua intenção com os olhos e com o corpo, homem tolo, e não havia método para os socos, exceto o desejo de terminar a luta quase antes de começar. Era necessário apenas um pouco mais de esforço dos olhos e dos reflexos para desviar dos punhos erráticos, embora um deles realmente tenha errado por pouco passando por cima do ombro de Avery e o tenha feito virar ligeiramente para o lado. Uxbury seguiu com outro golpe poderoso que pretendia mandar sua vítima dessa para melhor. Avery deu um passo para o lado, esperou o punho e o braço passassem inofensivos, torceu o corpo um pouco mais e pegou Uxbury na lateral da cabeça com a planta do pé.

Ele caiu como um saco de batatas.

A multidão rugiu.

Uxbury piscou e pareceu atordoado, depois intrigado; indignado e depois irado. O homem era muito fácil de ler, pensou Avery, como um livro escrito em letras grandes e grossas. Ele não podia ser um grande jogador de cartas. Uxbury se levantou, balançou a cabeça, cambaleou uma vez, olhou para Avery, depois retomou sua posição, enquanto o tempo todo, ao fundo, havia vozes pedindo que Avery tentasse dar o golpe de misericórdia quando tivesse a chance.

— Foi um golpe sujo — acusou Uxbury entre os dentes.

— Você *sujou* a camisa? Mas ouso dizer que isso sai na lavagem.

Uxbury não tinha aprendido nada. Ele retomou o ataque da mesma maneira, embora um pouco mais descontrolado dessa vez, como se peso, músculo e força bruta tornassem obsoleto o cérebro, a agilidade e a observação. Avery deixou que ele se agitasse por um tempo, enquanto se desviava de cada soco ou se esquivava do caminho. As investidas de Uxbury ficaram ainda mais desesperadas. Ele parou depois de alguns minutos, no entanto, sem fôlego, suor escorrendo pelo rosto, sua camisa agarrando-se úmida à pele. Era muito impressionante.

— O pequeno e empinado mestre de dança — ele disse entre dentes. — Fique parado como um homem, Netherby.

Avery girou e o pegou do outro lado da cabeça com a planta do outro pé.

Uxbury inclinou-se para o lado, mas desta vez ficou de pé enquanto a multidão rugia novamente. Seus punhos deslizaram um pouco mais para baixo.

— Homem afetado! — ele xingou com desprezo. — Camille Westcott não é apenas uma bastarda, você sabe. Ela é uma vagabunda e uma prostituta.

Abigail Westcott também. Assim como Lady Anast...

Quando Avery se lançou dessa vez, ele plantou os dois pés sob o queixo de Uxbury e chutou. Seu oponente caiu pesadamente para trás e ficou no chão.

Houve um silêncio curioso. Avery tornou-se apenas gradualmente consciente disso. Ele estava mais consciente do fato de que, ao contrário dos outros dois golpes, aquele último havia sido desferido com raiva. Ia contra a disciplina de seu treinamento, mas ele não estava arrependido. Às vezes, a raiva era uma emoção humana justificável.

Nem sequer tinha usado as mãos, Avery percebeu. Provavelmente também era melhor que não tivesse usado as *mãos* com raiva.

Walling estava correndo em direção a Uxbury. O mesmo aconteceu com o médico, segurando sua bolsa preta. Avery caminhou de volta na direção de Riverdale e a pilha arrumada de suas roupas.

Foi só então que o ruído irrompeu para quebrar o silêncio sinistro. Mas ninguém falou com Avery. Ninguém sequer olhou diretamente para ele.

— Onde *diabos* você aprendeu a fazer isso? — perguntou Riverdale enquanto Avery se sentava no tronco de árvore e calçava uma de suas meias.

— Veja — Avery disse suavemente —, eu era um rapaz pequeno, Riverdale, como você deve se lembrar. E delicado. E uma presa fácil para todos os valentões da escola... e essa raça é abundante na escola para meninos.

— Onde quer que você tenha aprendido — continuou Riverdale, rodeando enquanto Avery calçava as botas —, não foi na escola. Bom Deus, nunca vi nada parecido. Nem eu, nem mais ninguém aqui. Entendo agora, porém, por que essa aura de poder e perigo parece pairar constantemente sobre você. Eu sempre pensei que não havia razão para isso, mas agora eu entendo! Deixe-me levá-lo para o café da manhã no White's. Ainda é muito cedo, mas...

Avery terminara de vestir a camisa por cima da cabeça.

— Tenho algumas tarefas a executar antes de visitar Anna. Mas obrigado pela oferta e por estar comigo esta manhã. — Ele estendeu a mão direita e se perguntou se Riverdale a aceitaria. E ele o fez depois de olhar por um momento, e eles trocaram um breve aperto de mãos.

— Deveria ter sido eu. Camille e Abigail são minhas primas. Anastasia também é minha prima.

— Ah, mas ela é minha noiva, e elas são as irmãs de Anna. Além disso, fui eu quem Uxbury escolheu desafiar.

Riverdale o ajudou a vestir o casaco. Algumas pessoas se dispersaram, mas uma boa metade ainda permaneceu, conversando entre si e lançando olhares furtivos para Avery. Uxbury ainda estava estendido na grama, o médico ajoelhado ao lado dele. Parecia que ele estava tirando sangue. Walling, do outro lado, segurava uma tigela. A cabeça de Uxbury estava se movendo lentamente de um lado para o outro. Então ia sobreviver.

Avery virou-se para ir embora, e o conde de Riverdale, ao seu lado, acompanhou seu passo.

Querido Joel,

Quão dissimulado você está se tornando e quão esperto! Eu não pretendia que você se metesse em tantos problemas em meu nome. Não me sentirei culpada, no entanto, porque parece haver uma boa chance de que você consiga resultado com suas manobras.

Você realmente cultivou o conhecimento da sra. Dance apenas porque ela é amiga da sra. Kingsley, avó de minhas irmãs, e depois se convidou para uma de suas noites de literatura e arte? Como você se sentiria se a sra. Kingsley não aparecesse? Ouso dizer que teria sido uma noite agradável de qualquer maneira, e isso lhe deu uma oportunidade maravilhosa de exibir as pinturas que levou com você. Estou muito feliz que a sra. Kingsley tenha aparecido, no entanto, e olhado com interesse para o retrato de uma jovem que você lhe mostrou. Quanta astúcia de sua parte usar o comentário sobre como é um raro deleite hoje em dia encontrar jovens em Bath para pintar.

Você deve me informar se algo acontecer com tudo isso. É uma decepção que você tenha visto apenas Abigail, e até ela, apenas uma ou duas vezes. Eu me preocupo com minhas irmãs. Pensei em escrever para elas, mas prima Elizabeth, bem como meu bom senso, ainda não me aconselharam a fazê-lo. Elas devem ter tempo para se adaptar aos novos fatos de suas vidas, e eu sou a última pessoa da qual elas precisam ser lembradas.

Nem sei por onde começar com minhas próprias notícias. Não escrevo desde o baile, há três noites. Foi um grande sucesso. Eu me senti como uma princesa em meu vestido de baile (até ver todas as outras mulheres, que estavam muito mais belas do que eu) e, de qualquer forma, fui tratada como uma princesa. Acredito que até minha avó e minhas tias ficaram impressionadas. Não só dancei todos os números, como também tinha pelo menos uma dúzia de parceiros em potencial para escolher.

Além disso, na manhã seguinte, nada menos do que vinte e sete buquês de flores foram entregues aqui para mim. Não contei quantos cavalheiros e algumas damas vieram fazer visitas durante a tarde. Vários deles me convidaram para diversos entretenimentos. Um dos cavalheiros, com seu irmão, levou Elizabeth e a mim para passear no Hyde Park, na que é conhecida como a hora da moda, e agora eu sei o porquê. Consegue-se andar muito pouco a pé, a cavalo ou de charrete, mas consegue-se trocar muitas conversas e fofocas. Ontem, um jovem cavalheiro veio perguntar a quem ele deveria se dirigir para poder fazer uma oferta pela minha mão. E ouvi durante a tarde que vários outros fizeram perguntas semelhantes aos meus parentes homens.

Será que de repente eu fiquei bonita, encantadora, espirituosa e irresistível? Bem, sim. Pois eu sou rica. Muito, muito rica. Nunca deseje grande riqueza para si, Joel. E como isso soa ingrato da minha parte. Ignore-me.

Oh, Joel, Joel, Joel, eu estou noiva. Do duque de Netherby! Não tenho ideia de como isso aconteceu. Ele certamente não pode ter nenhum desejo real de se casar comigo, ou eu de me casar com ele, diga-se de passagem. Não há nada em mim que possa atraí-lo e muita coisa que possa repelir. Ele não tem interesse na minha riqueza, pois tem o suficiente, como explicou quando eu me queixava à minha família por ser uma presa fácil para todos os caçadores de fortunas do país, e eles estavam tentando me casar com o primo Alexander (ele parecia tão desconfortável e consternado quanto eu). O duque se aproximou de mim e disse que eu poderia ser a duquesa de Netherby, se eu escolhesse ser. Foi certamente a proposta mais extraordinária da história. E, sim, eu me lembro agora. Tudo começou quando eu disse que queria ir a Wensbury, perto de Bristol, onde os pais de minha mãe ainda moram. Ele descobriu essa informação para mim e depois disse que me levaria até lá, quer fosse com Elizabeth ou Bertha ou com ambas para me acompanhar, ou, se eu me casasse, apenas com ele. E eu escolhi me casar. E então estou noiva.

Você consegue perceber como minha cabeça está uma confusão sem precedentes? O que devo fazer é amassar essas folhas de papel e jogá-las no chão e pular sobre elas. Mas ainda não lhe contei tudo. Ele deve vir esta manhã, presume-se, para discutir o casamento, que o resto da família organizou nos mínimos detalhes depois que ele saiu. Isto é, ele saiu em seguida. Depois que fez o pedido e eu aceitei, ele simplesmente foi embora. Alguém poderia procurar no mundo inteiro durante o próximo século e não encontraria mais ninguém tão estranho. Continue lendo se ainda não está convencido!

Elizabeth me disse ontem à noite que ele havia sido desafiado para um duelo pelo visconde de Uxbury, aquele nobre horrível que tratou a pobre Camille com tanta vergonha. Não vou entrar em detalhes sobre como tudo aconteceu, mas o duelo foi marcado para o amanhecer deste dia no Hyde Park. Primo Alexander foi o padrinho (foi através dele que Elizabeth descobriu) e esperava que fosse um massacre. Não duvido que todos os que ouviram falar também achassem. As mulheres não podem interferir de forma alguma em um duelo. É coisa de cavalheiros, tudo sobre honra e essas bobagens. Não pude apelar para nenhum deles e, é claro, não pude comparecer. Mas eu fui, e Elizabeth foi comigo.

O Hyde Park é enorme, mas felizmente encontramos o local com bastante facilidade, embora ainda estivesse quase escuro quando chegamos, vestidas com mantos escuros e parecendo furtivas, como as bruxas de Macbeth. Havia uma multidão enorme lá, e, mesmo não fazendo muito barulho, havia o suficiente para nos levar na direção certa. Além disso, havia cavalos pateando e bufando ao redor deles. Foi um milagre não termos sido vistas. Acredito que teria havido terríveis consequências se tivéssemos sido, embora eu não tenha forçado Elizabeth a descrever exatamente quais essas consequências poderiam ter sido. Eu poderia ter me dedicado a ensinar em uma escola de orfanato pelo resto da minha vida! Da forma como foi, ficamos atrás do tronco de um carvalho robusto e eu subi para me deitar ao longo de um galho. Nunca fiz nada parecido antes. Fiquei apavorada. Eu provavelmente estava a três metros do chão e senti como se estivesse a oitocentos metros de altura.

Não sei como poderei descrever o que aconteceu. O duque de Netherby e o primo Alexander foram os últimos a chegar, além de alguns retardatários. Meu coração estava batendo contra o galho, e não tinha nada a ver com o quão alto eu estava. Eu estava esperando as pistolas ou as espadas serem desferidas. E o visconde de Uxbury parecia muito grande e ameaçador. Mas não havia armas. Pareceu que eles decidiram lutar com os punhos, embora isso também não esteja correto dizer, já que o duque não usou os punhos. E, Joel, ele se despiu inteiro até ficar de culotes — eu ruborizo ao escrever essas palavras. Ele até tirou as botas e as meias, e então parecia tão pequeno, tão inadequado para o que o encarava, que não havia a menor esperança em meu pobre peito. E, no entanto, ele parecia flexível e perfeito também e incrivelmente bonito. Oh, céus. Gostaria de não ter escrito a última frase, mas, mesmo que a apague com meio oceano de tinta, você poderá ler o que escrevi. Então deixe estar. Ele é terrivelmente bonito, Joel.

Quando a luta foi anunciada e ele saiu para a grama para encontrar o visconde, eu acreditava plenamente no que Alexander havia previsto. E, quando o visconde deu os dois primeiros socos, eu quase morri. Mas não escondi meu rosto contra o galho, pois me sentia amplamente responsável, veja você. Eu fui desagradável com Lorde Uxbury no baile e depois Avery o escoltou porta afora — mas ele é que foi desafiado. Suponho que não seja o caso de desafiar uma mulher para um duelo.

Joel, os braços dele se moveram tão rápido que eu nem os vi. Mas ele desviou daqueles punhos mortais para o lado como se não fossem mais do que mosquitos, e continuou fazendo isso mesmo quando Lorde Uxbury partia para a matança com toda uma série de socos, sendo que, se qualquer um deles acertasse, certamente mataria Avery. Mas ele movia os pés, o corpo e os braços com tanta agilidade que desviou ou evitou todos eles; depois, girou, levantou uma perna em um ângulo impossível e bateu com o pé na lateral da cabeça do visconde — mesmo que fosse em um nível bem acima da sua — e o visconde caiu com um estrondo. Ainda não sei bem como Avery fez aquilo, embora ele tenha feito de novo, um pouco mais tarde, com o outro pé, atingindo o outro lado da cabeça do visconde.

Lorde Uxbury, assim como todos os outros, esperava com certeza uma vitória rápida e fácil. A essa altura, porém, ele estava claramente abalado. Ele provocou Avery desde o início, chamando-o de nomes ridículos e tolos, mas então, depois de ter sido atingido no lado da cabeça pela segunda vez, ele perdeu a paciência e disse algumas coisas realmente desagradáveis e vergonhosas, o que não vou repetir, sobre Camille e Abigail e sobre mim também. Gostaria de ter mais habilidade com as palavras para descrever o que aconteceu antes mesmo de meu nome sair completamente da boca de Lorde Uxbury. Nunca vi nada parecido na minha vida. Eu nunca ouvi falar de algo assim. Ele deixou o chão, Joel — isto é, Avery —, e virou-se parcialmente no ar, antes de plantar os pés, um de cada vez debaixo do queixo do visconde, chutar e aterrissar em pé. O visconde de Uxbury já não estava mais em pé naquele momento. Ele caiu para trás e apenas ficou lá. Ainda estava prostrado no chão quando eu e Elizabeth fomos embora, mas ele não estava morto, pelo que fiquei muito agradecida, por mais que eu não goste dele e o despreze.

Alexander foi à casa mais tarde, pois havia prometido à Elizabeth que contaria as novidades para ela em particular — ele não sabia que eu sabia sobre o duelo e ele certamente não suspeitava de que estivéssemos lá... que Avery vencera a luta e que Lorde Uxbury fora levado para casa, atordoado e incapaz de ficar de pé.

O duque de Netherby é um homem terrivelmente perigoso, Joel. Sempre suspeitei, mas me sentia um pouco intrigada. Afinal, ele é um homem de estatura abaixo da média, é indolente e se veste de maneira mais extravagante do que qualquer outra pessoa e tem afetações, principalmente as caixas de rapé e os monóculos, que mudam para combinar com cada roupa. Mas ele é perigoso. E eu estou noiva dele. Acredito que as proclamas serão publicadas no próximo domingo e o casamento acontecerá daqui a um mês. Acho que estou com um pouco de medo, o que é absurdo de minha parte, eu sei. Ele não me machucaria. Na verdade, acho que ele não machucaria ninguém, a menos que fosse severamente provocado, como aconteceu esta manhã. Mas quando ele é provocado...

Oh, eu devo terminar. Minhas cartas estão ficando cada vez mais longas. Costumo relembrar daquele dia em que você e eu estávamos conversando na sala de aula e Bertha me trouxe a carta do sr. Brumford. Se soubesse o que sei agora, eu teria incendiado a carta e a observado queimar? Mas ele teria enviado outra, eu diria.

Obrigada por todas as outras notícias em sua carta. Eu leio tudo o que você escreve repetidamente, você sabe. Toda palavra é preciosa para mim. Se você não conseguir achar uma maneira de encontrar minhas irmãs e descobrir para mim como elas estão, não se preocupe. Não é de sua responsabilidade. Mas aprecio o fato de que esteja tentando. Vou selar esta missiva e entregá-la ao mordomo sem mais demoras, pois ele deve vir esta manhã — meu noivo, quero dizer —, e não sei quando isso será ou como vou olhar para ele e não ter medo da estranheza que ele possui.

Será que ele é de outro mundo? No entanto, eu realmente não tenho medo. Ele é interessante — e que palavra inadequada é essa. Acredito que minha vida pareceria monótona se eu nunca mais o visse.

Assim como a vida parece um pouco chata sem você. Saiba que penso em você diariamente e permaneço, como sempre,

Sua querida amiga,
Anna Snow
Também conhecida como Lady Anastasia Westcott
Em breve (oh, Deus!), a duquesa de Netherby

A carta era quase grossa demais para dobrar, mas Anna conseguiu, de alguma maneira, e a selou. Notando que a cabeça de Elizabeth ainda estava curvada sobre a carta que estava escrevendo na mesa perto da janela da sala de estar, ela puxou a corda do sino. John respondeu à convocação e Anna deu-lhe a carta, pedindo que fosse entregue ao mordomo naquele dia.

— Oh, é para o sr. Cunningham, não é? — John perguntou, olhando para a correspondência. — Se ainda não a selou, srta. Snow, eu gostaria que lhe mandasse meus cumprimentos. Eu sempre gostei dele como professor de arte. Ele sabia exatamente que ajuda e incentivo oferecer sem nunca nos dizer o que pintar ou como pintar. E ele nunca disse que nada era lixo. A senhorita também não. Tive sorte com meus professores.

— Obrigada, John — disse Anna, notando que Elizabeth levantara a cabeça e estava sorrindo com diversão genuína. — Vou passar seus cumprimentos a Joel na próxima vez.

— Eu gosto da sua Bertha e do seu John — revelou Elizabeth, depois que ele saiu. — Eles são bastante revigorantes.

— Acredito que John é o desespero do sr. Lifford.

— Mas ele é um rapaz muito bonito — falou Elizabeth, com um brilho nos olhos.

Anna sentou-se na poltrona ao lado da lareira. Ela não pegou seu livro. Qual poderia ser o objetivo? Ela sabia que não seria capaz de ler uma palavra sequer. Quanto tempo ele levaria? Ele viria mesmo?

Como ele tinha feito *aquilo*? Ele devia ter subido um metro e meio ou dois no ar e permanecido ali enquanto chutava com os dois pés, como se as leis da natureza não se aplicassem a ele. Ela nunca teria acreditado se não o tivesse visto com seus próprios olhos. E como ele conseguiu antecipar cada golpe que caíra sobre ele como chuva e se defender de cada um? Ninguém poderia ser tão rápido nos olhos ou nos braços — ainda assim, ele era.

Avery não tinha peito largo ou músculos salientes. No entanto, tudo sobre ele, ela viu depois que ele se despiu, era rígido e perfeito. Tudo nele era proporcional a todo o resto. Ela sempre o achara bonito. Naquela manhã, ela vira toda a extensão dessa beleza, e isso a impressionou, mesmo que estivesse aterrorizada pela segurança dele.

Lembrou-se de repente de sua afirmação tola de ter abatido o visconde de Uxbury com as pontas de três dedos. Afinal, ele não estava falando tolices, ela supôs. Aquilo acontecera de verdade.

Ele era realmente um homem perigoso.

Ouviu-se o som de uma carruagem e cavalos da rua, e Elizabeth ergueu os olhos da carta.

— É Avery — ela anunciou —, em uma barouche. Isso é incomum para ele, que vai a quase todos os lugares a pé. Oh, Deus, sinto quase medo dele. Anna, você tem certeza de que deseja se *casar* com ele?

— Sim — confirmou Anna, de repente sem fôlego. — Tenho certeza, Lizzie.

O som da aldrava na porta veio do andar de baixo.

18

Avery estava chegando a Westcott House mais tarde do que pretendia, mas suas tarefas acabaram sendo adiadas porque ainda era muito cedo. Parecia que as pessoas não começavam a trabalhar ao amanhecer ou mesmo logo depois. No entanto, ali estava ele então, perguntando-se, como costumava fazer sempre que estava prestes a ver Anna, se um certo feitiço que parecia ter sido lançado sobre ele teria sido dissipado desde a última vez e se ele a veria como a jovem perfeitamente normal que ela certamente era. Nessas circunstâncias, seria melhor que isso não estivesse mesmo prestes a acontecer.

John, o Lacaio Simpático, entreteve-o enquanto subiam as escadas, informando-lhe de que a srta. Snow ficaria feliz em vê-lo, pois ela acabara de escrever uma longa carta para seu colega professor de arte em Bath e provavelmente estava sem nada para fazer — palavras do lacaio —, já que Lady Overfield ainda não havia terminado a dela. John pensou, porém, que Lady Overfield estava escrevendo mais de uma carta e isso explicava o fato de ainda estar ocupada. Ao que parecia, no entanto, isso não importava, uma vez que o correio não seria recolhido até a uma hora da tarde, e ela certamente haveria terminado até lá.

Avery pensou em como os criados de outras casas se transformavam praticamente em invisibilidade e, assim, privavam os empregadores e os convidados de uma grande dose de inteligência, sabedoria e bom ânimo.

— Sua Graça, o duque de Netherby — anunciou John, com toda a formalidade orgulhosa depois de ter batido na porta da sala e a aberto. E então ele arruinou o efeito sorrindo para Avery.

Anna estava sentada junto à lareira, toda bela e empertigada em musselina. Elizabeth estava sentada atrás de uma mesa perto da janela, cercada por papel, tinteiro, mata-borrões e canetas de pena. Mas ela estava se levantando e sorrindo.

— Avery — saudou quando ele se curvou para ela. — Anna estava esperando você. Acabei de terminar minhas cartas e as levarei para colocar na bandeja para sair com o correio de hoje. Depois, há uma ou duas coisas que preciso fazer no meu quarto.

Ele se virou para abrir a porta para ela, e ela chegou muito perto de lhe responder com uma piscadinha.

— Não ficarei fora por muito, muito tempo — avisou ela. — Eu levo minha responsabilidade de acompanhante de Anna muito a sério, você sabe.

Ele fechou a porta atrás dela e foi até diante da cadeira de Anna. Ela ainda não havia dito nada além de murmurar uma saudação. Parecia um pouco pálida, talvez um pouco tensa, com os pés plantados lado a lado no chão, as mãos cruzadas no colo, a postura muito correta, mesmo que aquela cadeira tivesse sido feita para relaxar. Ele ouvira tudo sobre os planos para o casamento de sua madrasta, e, quando visitara Edwin Goddard naquela manhã para ver se havia alguma correspondência que precisasse de sua atenção pessoal — felizmente não havia —, ele soube, sem sequer perguntar, que seu secretário estava apenas esperando a confirmação antes de entrar em ação. Entre eles dois, com um pouco de incentivo de outros Westcott variados, a duquesa e Goddard sem dúvida produziriam um casamento que seria a última palavra em todos os casamentos. A duquesa até fez uma menção passageira à Catedral de São Paulo[2], abrindo caminho, talvez, para uma sugestão definitiva nos próximos dois dias.

A essa altura, é claro, Goddard não estava mais esperando a confirmação. Ele fora incumbido de outra tarefa.

Como era típico, embora fosse visível que ela não estivesse à vontade, a noiva estava olhando direta e firmemente para ele.

Ele se inclinou para a frente, a fim de colocar as mãos nos braços da cadeira, e levou sua boca à dela. Anna não era experiente com beijos, e isso era algo próximo de um eufemismo. Seus lábios permaneceram fechados e imóveis, embora não houvesse nada neles que demonstrasse encolhimento ou relutância. Ele separou seus próprios lábios, moveu-os levemente sobre

---

2   Mais conhecida pelo título original, St. Paul's Cathedral. Uma das mais importantes igrejas anglicanas da Inglaterra, é a sede da diocese de Londres. Ao longo dos séculos, abrigou casamentos de grandes personagens da realeza britânica, como o do Príncipe Charles com a Lady Diana em 1981. (N. da T.)

os dela, lambendo-os até que se separassem também, e curvou sua língua atrás deles. Ela se mexeu, então. Avery sentiu as mãos dela relaxarem e depois tocarem de leve seu peito para, em seguida, se curvarem sobre seus ombros. Ele pressionou a língua entre os dentes e a boca de Anna. Ela respirou fundo — pela boca — e agarrou os ombros dele. Ele puxou a ponta da língua, deslizando para trás no céu da boca dela, e Anna a sugou.

Ela poderia dar aulas para cortesãs, Avery pensou ao retirar a língua e levantar a cabeça. Ela cheirava levemente à água de lavanda. Ele ficou em pé.

— Vá buscar seu chapéu — disse ele. — Bata na porta de Elizabeth e peça para ela trazer o dela também, se não tiver outros planos para o resto da manhã. Se ela tiver, teremos que levar Bertha.

— Aonde nós vamos? — Anna indagou. — Vou precisar trocar de roupa?

— Você não precisará se trocar. Vou levá-la a uma igreja insignificante em uma rua insignificante. Não há nenhuma característica arquitetônica para se observar e, até onde sei, nada de grande significado histórico aconteceu lá.

Ela sorriu lentamente para ele.

— Então por que estamos indo lá? — ela perguntou.

— Para nos casar.

Ela inclinou a cabeça para o lado e seu sorriso foi substituído por um olhar de perplexidade.

— Para nos casar — ela repetiu. — Em uma igreja insignificante em uma rua insignificante. Vovó e minhas tias não vão gostar. Elas têm o coração decidido entre as igrejas de São Jorge ou até a Catedral de São Paulo, que é realmente grandiosa. Eu a vi de fora.

Ele tirou um papel dobrado de um bolso interno do casaco, abriu e o entregou a ela. Anna olhou para ele, leu e franziu a testa.

— O que é isso?

— Uma licença especial. Isso permite que nos casemos em uma igreja de nossa própria escolha por um clérigo de nossa escolha e em um dia adequado para nós.

Ela olhou para ele, o cenho ainda franzido, a licença dependurada em uma das mãos.

— Nós vamos nos casar *agora*? — ela perguntou. — *Esta manhã?*

— Veja você, Anna, a questão é que, quando você disse que queria se casar, tinha o propósito expresso de tornar possível viajar para a vila de Wensbury sem demora e sem precisar levar consigo todo um arsenal de acompanhantes para tornar respeitável minha presença na comitiva. Um grande casamento atrasaria nossa partida em pelo menos um mês.

— Para o expresso propósito de...? — O franzido em sua fronte não tinha desaparecido. — Mas o casamento é para sempre.

— Oh, na verdade não — ele assegurou. — Somente até um de nós morrer.

Os olhos dela se arregalaram.

— Eu não quero que você morra — disse ela.

— Talvez você vá primeiro, embora eu prefira pensar que não. Provavelmente já teria me acostumado a você e sentiria sua falta.

Por um momento, ela pareceu horrorizada e depois riu, um som de genuína alegria.

— Avery, você é completamente impossível e escandaloso. Não podemos nos casar *hoje*.

— Por que não?

Ela o observou por alguns momentos.

— Não estou... vestida.

— Peço licença para informar que você está. Eu estaria corando horrivelmente se você não estivesse.

— Eu... — Ela pareceu sem palavras antes de começar a rir de novo. — Avery!

Ele tirou a caixa de rapé do bolso, abriu-a com um movimento do polegar, examinou a mistura, fechou a caixa e a guardou.

— Uma pergunta — prosseguiu ele. — Você quer um casamento de *ton*, Anna? Será realmente muito esplêndido. Todo mundo estará lá, talvez até o próprio principezinho; isto é, o príncipe de Gales, o regente. Nós dois somos pessoas muito grandiosas, e nosso casamento será o Evento da Temporada: um Evento com "E" maiúsculo, gostaria que você entendesse. Pode ser um pouco opressor, embora eu suponha que seja o sonho supremo de meninas que cresceram em um orfanato.

— Não — disse ela. — Você não é um príncipe. *Esse* seria o sonho supremo. E uma carruagem de vidro.

Ele a observou com apreciação.

— Você quer o casamento, Anna? — ele perguntou de novo. — Esse que seus parentes estão ocupados planejando?

Ela balançou a cabeça e fechou os olhos brevemente.

— Tenho náusea só de pensar. Eu me cansei tanto da... grandeza. No entanto, só vai piorar.

— Outra pergunta. — Ele a olhava nos olhos quando ela os abriu. — Você quer se casar comigo?

Ela o encarou de volta por um momento, depois desviou o olhar para o papel na mão. Ela o abriu cuidadosamente no colo e olhou.

— Sim — respondeu, voltando o olhar para ele finalmente. — Mas você quer se casar comigo?

— Vá buscar seu chapéu — ele pediu, e tirou a licença do colo dela, recolocou-a no bolso e estendeu a mão para ajudá-la a se levantar.

— Muito bem.

Ela parou para franzir as sobrancelhas alguns momentos depois, quando ele segurou a porta da sala de visitas para ela. Anna abriu a boca para falar, respirou fundo e saiu da sala sem dizer nada.

Era o dia do seu casamento, Avery pensou.

Mas o casamento é para sempre.

Para sempre. Uma vida inteira. Muito tempo.

Ele esperou que o pânico o atacasse, mas esperou em vão. Depois de alguns instantes, desceu as escadas para esperar as damas. Talvez John tivesse uma conversa interessante para ele.

Anna sentou-se ao lado de Elizabeth na barouche, de frente para os cavalos, enquanto Avery estava de costas para eles. Era um dia ensolarado e, mesmo com a carruagem em movimento, estava quente. Nenhum deles estava falando. Elizabeth parecera assustada e incrédula quando Anna bateu na porta de seu quarto e perguntou se ela estava livre para acompanhá-la ao casamento. Mas não demorou muito para entender, e ela sorriu e riu, em vez de desmaiar de choque e horror, como Anna esperava.

— Mas que previsível da parte de Avery — dissera ela. — Não sei por que não estávamos esperando, Anna.

— Ele é louco — respondera Anna. — A julgar pelos acontecimentos de hoje até agora, Lizzie, e são apenas dez e meia... ele é absolutamente louco. É melhor eu ir buscar meu chapéu.

Ele ajudara ambas a embarcar na barouche alguns minutos depois — Anna primeiro. Elizabeth parou quando a mão dela estava na dele e o pé, no degrau mais baixo.

— Que esplêndido de sua parte, Avery — observara ela. — Todo mundo vai ficar furioso.

— Não sei por que ficariam — dissera ele, erguendo as sobrancelhas e parecendo um pouco entediado. — Um casamento é preocupação exclusiva de duas pessoas, não é? Anna e eu, neste caso.

— Ah — ela reagira —, mas um casamento é propriedade de todos, exceto das duas pessoas, Avery. Eles ficarão furiosos. Aceite minha palavra. — Ela rira em seguida.

Agora, porém, ela estava segurando a mão de Anna e apertando-a, pois a carruagem, que seguia por uma rua indistinta — Anna nem havia notado o nome quando entraram nela — estava diminuindo a velocidade ao se aproximar de uma igreja indistinta. E ficou muito claro que essa era de fato a rua e a igreja onde suas núpcias seriam solenizadas. Um cavalheiro esperava do lado de fora, e ele avançou com destreza para abrir a porta e baixar os degraus antes que o cocheiro pudesse descer de seu assento.

— Tudo está pronto, Vossa Graça — avisou ele.

Avery foi o primeiro a descer. Ele ajudou Elizabeth e depois ofereceu a mão à Anna.

— Você é uma noiva arrebatadora — elogiou ele, seus olhos se movendo preguiçosamente sobre ela enquanto ela descia.

Ele não parecia irônico, embora ela estivesse usando seu chapéu de palha com o vestido de musselina. Mas, oh, céus, ela realmente era uma noiva, não era? Ainda não havia assimilado a realidade.

— Conheçam meu fiel secretário, Edwin Goddard, senhoras — apresentou quando Anna estava na calçada. — Lady Overfield, Edwin e Lady Anastasia Westcott.

O cavalheiro fez uma reverência para as duas.

— Edwin veio testemunhar as núpcias com prima Elizabeth — explicou Avery. — Se eu o tivesse deixado em casa, ele sem dúvida estaria perdendo tempo preparando uma lista de convidados para minha madrasta, a duquesa. Ela gosta de tomá-lo emprestado quando não estou em casa para protestar. Vamos entrar?

Anna pegou seu braço oferecido e entrou na igreja com ele. Era maior do que parecia do lado de fora, com teto alto e nave longa. Estava escuro, e a única luz vinha de algumas velas e janelas altas com mosaico de vidro que provavelmente não tinham sido limpas por pelo menos um século. Estava frio ali dentro, como sempre costumava estar nas igrejas, e tinha um cheiro característico de cera de vela, incenso velho, livros de oração e um pouco de umidade. Um homem jovem caminhava na direção deles, vestido de batina. Tinha cabelos louros e sobrancelhas tão claras que eram praticamente invisíveis até que ele se aproximasse. Ele estava sorrindo. Seu rosto era coberto de sardas.

— Ah, sr. Archer — saudou, estendendo a mão direita para apertar a de Avery. — E... srta. Westcott? — Ele apertou a mão de Anna. — Tem a licença, senhor? Estou pronto para oficiar para esta feliz ocasião.

— E a sra. Overfield e o sr. Goddard como testemunhas — disse Avery, colocando a mão no bolso e tirando a licença.

O clérigo sorriu e acenou para eles com a cabeça antes de examinar o documento brevemente.

— Parece estar em ordem — afirmou alegremente. — Podemos começar? A cerimônia nupcial é muito breve quando despojada de todos os paramentos que muitas pessoas gostam de acrescentar. Mas é tão sagrada quanto e tão vinculativa quanto. E igualmente alegre para a noiva e para o noivo. Flores, música e convidados não são essenciais.

Ele liderou a caminhada pela nave. Anna podia ouvir os saltos das botas dos homens batendo nas pedras enquanto caminhavam. Tolamente, ela se viu tentando descobrir quantos dias atrás havia recebido a carta do sr. Brumford, quantos dias desde que vira o duque de Netherby pela primeira vez, em pé, indolente, deslumbrante e aterrorizante no salão de Archer House. Fazia apenas dias? Ou semanas? Ou meses? Já não sabia mais. Ela pensou na srta. Ford e em Joel, nas crianças em sua sala de aula, em Harry e Camille e Abigail e na mãe deles, em sua avó e tias, em Alexander e Jessica, nos avós que a abandonaram depois que sua mãe morreu. Dizia-se que a vida passava diante dos olhos quando se estava morrendo, não era? Ninguém nunca disse que a mesma coisa acontecia quando alguém estava prestes a se casar.

A caminhada ao longo da nave pareceu interminável e curta demais.

Ela viu Avery como ele estava agora, vestido com elegância conservadora. E pensou nele como estivera algumas horas atrás, usando apenas culotes justos e demonstrando uma velocidade aparentemente sobre-humana de reflexo e um desafio sobrenatural à gravidade. Ela sentiu o medo do pânico de não saber nada sobre ele, exceto que ele era perigoso. E que o seu verdadeiro eu, qualquer que fosse, estava escondido profundamente em camadas e mais camadas de artifício e que ela poderia nunca desvendá-lo.

Mas haviam parado no gradil do altar, e era tarde demais para entrar em pânico. Estavam parados e encaravam o clérigo, enquanto Elizabeth se sentava no banco da frente e o sr. Goddard parava ao lado de Avery.

— Caros irmãos e irmãs — iniciou o clérigo às quatro pessoas reunidas diante dele, e estava usando a voz familiar dos clérigos em todos os lugares. Se houvesse quinhentas pessoas nos bancos, cada uma delas o teria ouvido claramente.

Nenhuma das testemunhas se manifestou quando convidada a fazê-lo, se sabia de algum impedimento à união. Ninguém entrou na igreja no último momento para gritar *pare!* Anna prometeu amar, honrar e obedecer ao homem em cuja mão a sua estava envolvida. Ele fez votos semelhantes aos dela.

"Com meu corpo eu te adorarei" foi um voto que ele fez, seus olhos azuis muito atentos aos dela por baixo das pálpebras meio abaixadas. O sr. Goddard entregou-lhe um anel de ouro, e ele o deslizou no dedo dela, observando o rosto de Anna, não a mão, enquanto o fazia. Serviu perfeitamente. Como ele tinha feito isso?

E então, antes que ela tivesse composto sua mente para assimilar a realidade de que estava se casando, *estava* casada. Segundo o clérigo, ela era a sra. Avery Archer.

Tantos nomes. Anna Snow. Anastasia Westcott. *Lady* Anastasia Westcott. Sra. Archer. Duquesa de Netherby. Ela *era*? Ela se viu assustadoramente perto de rir ao enxergar na mente uma imagem repentina das crianças no orfanato enquanto a srta. Ford lia para elas a carta que anunciaria o casamento. A srta. Snow agora era Lady Anastasia Archer, duquesa de Netherby. Ela imaginou olhos arregalados, queixos caídos de admiração e suspiros de satisfação. Que pensamentos frívolos e tolos para se ter naquele momento.

Estavam sendo levados para a pequena sacristia, onde o registro os esperava, aberto na página correta, um tinteiro ao lado, uma caneta de pena recém-consertada colocada sobre um mata-borrão. Anna assinou seu sobrenome de solteira pela última vez — ela parou a tempo de não escrever Anna Snow. Avery assinou seu nome com traços ousados e rápidos — Avery Archer. Suas assinaturas foram devidamente testemunhadas. E era isso, ao que parecia.

Eles eram marido e mulher.

O clérigo apertou a mão de cada um deles do lado de fora da sacristia, desejou aos noivos uma vida longa e frutífera juntos e desapareceu de volta para dentro. Anna ainda não sabia o nome dele. Elizabeth a estava abraçando com força, lágrimas nadando em seus olhos, um sorriso nos lábios, enquanto o sr. Goddard cumprimentava seu empregador. Então Elizabeth estava abraçando Avery, e o sr. Goddard se curvou para Anna, mas ela estendeu a mão direita e ele a apertou.

— Desejo-lhe toda a felicidade do mundo, Vossa... — Ele olhou para a porta da sacristia, que estava entreaberta. — Sra. Archer.

— O pobre homem — disse Avery quando estavam no meio da nave — talvez tivesse uma apoplexia se soubesse de todos os títulos e cortesias que se ligam ao meu nome e agora ao seu também, Anna. Mas o casamento é bastante legal, mesmo quando eu me despojo até os ossos da minha identidade. Você é minha esposa, minha querida e minha duquesa.

O sol parecia cegante quando saíram, e o ar estava cheio de calor do verão. Uma mulher passava correndo do outro lado da rua, uma criança segurando a mão dela e pulando rachaduras na calçada. Um cavalo estava pateando na rua ao se afastar deles. Mais atrás, um jovem garoto estava varrendo uma pilha fumegante de esterco para fora da rua. Da janela alta de uma casa atrás dele, uma criada sacudia a poeira de um tapete e chamava o garoto. Todas as atividades comuns da vida cotidiana estavam acontecendo ao seu redor, como se o mundo não tivesse mudado nos últimos quinze minutos. A luz do sol brilhava na aliança de Anna e ela percebeu que nem usava luvas. Que horror.

— Há uma livraria perto daqui em que sempre quis dar uma olhada — falou Elizabeth. — Sr. Goddard, o senhor gosta de livrarias? Faria a gentileza de me acompanhar até lá? Podemos voltar para casa em um carro de aluguel. Tenho certeza de que o senhor deve ser um especialista em chamá-los.

— Seria um prazer, milady. Isto é, com a permissão de Sua Graça.

— Edwin — Avery disse com um suspiro —, no que me diz respeito, você pode ir ao diabo. Não, talvez eu não deva ser tão precipitado. O diabo pode não estar disposto a devolvê-lo quando eu precisar de você, tendo descoberto por si mesmo como você é inestimável. E precisarei de você, eu diria. Hoje não, no entanto.

Elizabeth sorriu alegremente para os dois e se valeu do braço do sr. Goddard. Eles se afastaram pela rua em um ritmo acelerado, sem olhar para trás.

— Você não precisa mais de acompanhante, Anna — avisou Avery enquanto os observava partir. — Não quando está acompanhada do seu marido.

Ela virou a cabeça para ele, e era como se a realidade de tudo finalmente atingisse sua força total. Ela olhou para o duque de Netherby e sentiu toda a estranheza dele e toda a realidade do fato de que *ele era seu marido*.

Era como se Avery tivesse lido os pensamentos dela.

— Até que a morte nos separe — ele disse em voz muito baixa, e ofereceu sua mão.

Desta vez, sentou-se ao lado dela na barouche e segurou-lhe a mão na sua novamente. Ele também não estava usando luvas.

— Por mais que eu preferisse levá-la de volta a Archer House e fechar todas as portas e janelas para o mundo exterior até amanhã de manhã — iniciou ele, enquanto a barouche avançava —, isso não pode ser feito, infelizmente.

— Oh. — Um pensamento repentino a atingiu. — Toda a família voltará esta tarde para discutir mais detalhadamente o nosso casamento.

— Toda a família está se reunindo em Westcott House com o objetivo de organizar sua vida há tempo demais, Anna. Isso corre perigo de se tornar um hábito arraigado. É hora de retomarem suas próprias vidas. No entanto, acho que prima Elizabeth se perderá nas profundezas da livraria até ter certeza de que seja tarde demais para ser ela a dar a notícia. Edwin ficará feliz. Ele e os livros são melhores amigos. — Ele levantou a voz para se dirigir ao cocheiro: — Westcott House, Hawkins.

— Todos eles ficarão terrivelmente chocados — disse Anna.

— Só espero que John não lhes dê a notícia enquanto os acompanha até a sala de visitas. Ele parece ser da opinião de que deve conversar com seus convidados. Você acha que consegue imprimir nele a importância de se comportar como um lacaio comum apenas nesta ocasião, Anna? Ele parece não se impressionar com minha terrível reputação.

— Ele está muito emocionado por ser lacaio em uma mansão em Londres e pelo fato de estar vestindo libré. Vou dar uma palavrinha com ele. Certamente não queremos que ele diga à minha avó e minhas tias que saímos e nos casamos esta manhã.

Ela riu e ele virou a cabeça para encará-la com olhos preguiçosos e sorridentes.

— Espero, minha duquesa — ele falou suavemente —, ouvir mais isso nos próximos dias. — Ele levou a mão dela aos lábios e a segurou ali, seus olhos sustentando os dela.

Anna mordeu o lábio.

— Assim que formos capazes de convencer a todos de que não há mais nada a ser planejado por algum tempo — disse ele —, vamos dar a indireta de que é melhor eles seguirem seu próprio caminho. Duvido que Elizabeth precise de alguma persuasão para voltar para casa com sua mãe e Riverdale. Com a possível exceção de Jessica, ela é de longe minha favorita de seus parentes, Anna, e saberá que três definitivamente equivale a uma multidão em uma noite de núpcias. E é isto que será hoje à noite: nossa noite de núpcias em Westcott House. Amanhã partiremos para Wensbury.

Ele colocou suas mãos dadas no assento entre eles e entrelaçou os dedos.

... nossa noite de núpcias.

19

Avery estava na janela da sala de visitas. Atrás dele, sua madrasta reclamava e Jessica agia com mau humor. Anna estava sentada em silêncio, não muito longe da porta, as mãos entrelaçadas no colo — a direita sobre a esquerda, ele notou. Ela trajava um vestido azul-claro vespertino que não poderia ser mais severo se tentasse — até o pescoço, até os pulsos e tornozelos, sem um laço ou babado à vista. Bertha havia refeito o cabelo de sua senhora, penteando-o para trás de forma tão implacável que os olhos de Anna quase ficaram repuxados. Anna mencionara durante o almoço — o qual ela praticamente não consumira — que desejava poder apenas correr e se esconder. Ele ficara tentado a conceder seu desejo, mas havia, infelizmente, uma família primeiro com que se lidar.

A madrasta de Avery reclamara com Anna porque ela não estivera em casa de manhã quando Madame Lavalle chegara para discutir roupas de noiva. Ela reclamara com Avery porque ele ficara fora de casa a manhã toda, quando havia tanto a discutir sobre o casamento que ela mal sabia por onde começar. Ele havia cuidado para que as proclamas fossem publicadas no domingo? Mas onde? Ela queria discutir a conveniência de escolher a Catedral de São Paulo, e também reclamou que Edwin Goddard havia desaparecido de seu escritório naquela manhã, antes de que ela pudesse discutir a lista de convidados com ele, e não reapareceu antes de ela sair para Westcott House. Era muito atípico do sr. Goddard, e fazer isso naquele dia, dentre todos os dias, era improvável o suficiente. Ela reclamou para Anna que, se ela insistisse em se parecer tanto com uma professora, não deveria se surpreender se Avery mudasse de ideia.

Ela estava claramente de mau humor — talvez por causa de Jessica.

Sua meia-irmã não ficara satisfeita com o anúncio que ele havia feito na tarde anterior. Ela mostrou-se incrédula, horrorizada e furiosa, tudo em rápida sucessão. Jess estava prestes a fazer uma das birras furiosas pelas quais era famosa até o advento de sua atual preceptora. No entanto, quando ele ergueu o monóculo e a observou com repugnância silenciosa, ela se dissolveu em lágrimas e perguntou entre suspiros e soluços como ele podia ser tão desleal a Abby, Harry e Camille, a ponto de ficar noivo daquela mulher feia e monótona.

— Tome cuidado, Jess — ele dissera baixinho, abaixando o monóculo, mas não oferecendo os braços para o conforto dela.

— Estou sendo injusta, não estou? — ela questionara, o pranto largado, a expressão triste, o rosto corado e os olhos vermelhos. — É o tio Humphrey que eu deveria odiar. Mas de que adiantaria? Ele está morto.

— Espero que você trate minha duquesa com a devida cortesia, Jess, se não quiser ficar confinada à sala de aula até os oitenta anos ou até eu casar você com o primeiro homem que puder ser persuadido a tirá-la das minhas mãos.

Os lábios de Jessica tremeram e ela cedeu a uma risadinha soluçada.

— Farei isso — ela prometeu. — Mas eu gostaria que você tivesse escolhido outra pessoa, Avery, qualquer outra pessoa. Você ficará entediado com ela dentro de duas semanas. Mas suponho que isso não importe para você, não é? Os cavalheiros podem ter *outros interesses*, enquanto as damas têm apenas seus bordados e frivolitês.

— Às vezes, Jess — dissera ele, erguendo o monóculo até o olho novamente —, eu gostaria de saber o que sua preceptora anda lhe ensinando.

Mais cedo, ele enviara uma mensagem com seu cocheiro informando que Lady Jessica Archer deveria acompanhar sua mãe a Westcott House naquela tarde. E ali estava ela, silenciosa, amuada e meticulosamente cortês.

Molenor e sua esposa estavam chegando, Avery podia ver, e logo atrás deles vinha o velho fóssil de carruagem na qual a condessa viúva de Riverdale e sua filha mais velha se locomoviam pela cidade quando precisavam. Os quatro foram levados para a sala de visitas juntos, e houve uma enxurrada de saudações antes que as reclamações fossem retomadas. Prima Mildred relatou que o filho mais velho acabara de ser suspenso da escola pelo resto do período, tendo sido pego passando pela janela de seu dormitório às quatro horas da manhã — entrando, não saindo —, seus cabelos e roupas cheirando inconfundivelmente a um perfume floral. A notícia havia chegado em uma carta do diretor naquela manhã, e Molenor nem sequer tinha ido ao clube. Na verdade, ele planejava partir para a casa deles no norte da Inglaterra no dia seguinte, de manhã cedo.

— Exatamente quando há tanto a ser feito aqui — lamentou ela —, e como se nossos criados e o vigário não pudessem manter um olhar severo o suficiente sobre Boris até depois das núpcias.

— Voltarei a tempo do casamento, Millie — prometeu Molenor, dando batidinhas na mão dela.

— Esse não é o ponto, Tom — ela reclamou. — Há todas as coisas que precisam ser feitas entre agora e a data da cerimônia.

A condessa viúva também repreendeu Anna por ter ficado fora de casa naquela manhã quando Madame Lavalle chegara. O jovem lacaio dissera isso a ela. Anastasia realmente deveria estar à disposição de todos aqueles cuja tarefa era prepará-la para o casamento. Um mês poderia parecer muito tempo, mas passaria voando.

— Definitivamente será o casamento da Temporada — disse ela. — E quanto mais eu penso, mais convencida me sinto de que você está certa, Louise, e apenas a Catedral de São Paulo servirá.

Prima Matilda queria saber onde Elizabeth estava e esperava que Anastasia não estivesse entretendo o primo Avery sozinha.

— Ela foi a uma livraria que lhe chamou a atenção, tia — explicou Anna.

Riverdale estava chegando com sua mãe, Avery podia ver. Dentro de mais um ou dois minutos, todos estariam presentes e seriam comunicados de uma só vez.

— Eu acredito — Lady Matilda estava dizendo — que devo me mudar para cá no próximo mês para acrescentar respeitabilidade adequada, com a aproximação do casamento. Se a senhora puder abrir mão de mim, mamãe.

Enquanto prima Althea cumprimentava a todos, abraçava Anna e perguntava alegremente como ela estava se sentindo naquele primeiro dia completo de seu noivado, Riverdale olhou duramente para Avery como se ele estivesse se perguntando se os eventos do início da manhã realmente haviam acontecido. Avery inclinou a cabeça e tocou a caixa de rapé no bolso.

Não teve a oportunidade de retirá-la, no entanto. Prima Althea o estava abraçando e fazendo a mesma pergunta que ela acabara de fazer para Anna.

— Esqueça o noivado, Althea — disse a madrasta de Avery. — É com os preparativos do casamento que devemos nos preocupar, e Avery está se arrastando. Quando perguntei esta manhã, o secretário dele me informou que Avery ainda não havia aprovado a notificação de noivado que ajudei o sr. Goddard a elaborar na noite passada. E Avery não estava em lugar nenhum. Então o secretário desapareceu de seu escritório também. A notificação deveria ter sido enviada hoje para aparecer nos jornais de amanhã. E devemos decidir onde as proclamas devem ser lidas, para que os preparativos possam ser feitos antes do domingo. Então devemos...

— Mas veja — iniciou Avery, com os olhos fixos em Anna —, eu estava ocupado esta manhã com assuntos relacionados ao meu casamento. Edwin Goddard também. Anna também. Todos devemos ser perdoados por termos estado indisponíveis para aqueles que esperavam que todos estivéssemos em casa. Estávamos juntos, nós três e prima Elizabeth, antes de que ela se lembrasse da livraria e se apressasse para ir lá com Edwin. A essa altura, no entanto, não era mais necessário. A essa altura, no entanto, ambos já haviam testemunhado meu casamento com Anna e tiveram tato suficiente para sumirem de vista.

Houve alguns momentos de silêncio total enquanto Anna o observava, parecendo composta — exatamente como ela estava no salão rosado em Archer House algumas semanas ou uma era antes —, mas com a mão direita tensa enquanto apertava a esquerda, escondendo a aliança de casamento.

Jessica foi a primeira a encontrar a língua.

— Vocês se casaram? — ela gritou, ficando em pé. — Bem, fico feliz. Aquele grande casamento que todos estavam planejando teria sido muito *estúpido*.

Prima Matilda já havia pegado a vinagrete e um leque em sua retícula e virado para a mãe, sentada ao lado dela. Era uma pena que não tivesse mais de duas mãos.

— O quê? — A madrasta de Avery também estava de pé, com a mão no braço de Jessica. — *O quê?*

— Vocês se *casaram?* — Essa foi prima Mildred.

— Agora você pode voltar para casa comigo, Millie — disse Molenor —, e me ajudar a lidar com o nosso patife.

— Ah, vocês nem conseguiram esperar — concluiu prima Althea, com as mãos cruzadas no peito, os olhos brilhando, ao olhar de Anna para Avery. — Isso foi absurdamente romântico.

— *Romântico?* — exaltou-se a viúva. — Guarde esses sais de cheiro, Matilda, ou use-os você mesma. Anastasia, você não tem ideia do que isso fará com sua reputação. Você não aprendeu nada nas últimas semanas, exceto como dançar valsa? Mas Avery deveria saber, e é exatamente típico dele ignorar as regras não escritas da sociedade e desprezá-las. Vocês terão muita sorte se não se virem ostracizados pelo *ton*.

— Anastasia — disse Riverdale —, posso oferecer minhas sinceras congratulações e bons votos? E a você também, Netherby.

— Oh, Deus! — exclamou a madrasta de Avery. — Não sou mais a duquesa de Netherby, sou? Anastasia que é. Agora sou a duquesa viúva.

— É apenas um nome, mamãe — Jessica irritou-se.

E então Anna falou, na mesma voz baixa e dominadora que ela usara no salão rosado todo aquele tempo atrás.

— Ontem, fiquei com as emoções sobrecarregadas com a percepção de que havia me tornado uma mercadoria, o item mais valorizado no mercado de casamentos. Eu queria fugir, mesmo que por pouco tempo, para recuperar o fôlego e ordenar meus pensamentos. Eu disse, diante de todos vocês, que queria ir a Wensbury para conhecer meus avós, os pais de minha mãe, para ver se eu conseguiria descobrir por que eles me mandaram embora depois que minha mãe morreu. Assim eu poderia, de alguma forma, colocar essa parte da minha vida em seu devido lugar. Avery se ofereceu para se casar comigo e me levar até lá. Ele sabia que eu queria... que eu *precisava* ir logo. Ele sabia que esperar pelo grande casamento que todos vocês tiveram a gentileza de imaginar para nós seria mais do que tempo perdido para mim. Seria uma provação que me sobrecarregaria ainda mais. Então, ele trouxe uma licença especial aqui esta manhã e me levou a uma igreja cujo nome eu não sei, em uma rua que não posso identificar, com um clérigo cuja identidade ainda desconheço. Elizabeth e o sr. Goddard testemunharam nossas núpcias. Sei que alguns de vocês estão decepcionados, tanto comigo quanto pela perda do esplêndido casamento que estavam começando a planejar. Mas este é o dia do meu casamento, e foi o casamento mais lindo que eu poderia imaginar, e devo pedir perdão se não me arrependo nem por um momento do que fiz. Amanhã partiremos para nossa jornada.

Ela não tirou os olhos de Avery enquanto falava.

Ele certamente devia ter se apaixonado por ela exatamente naquele primeiro dia. O que era uma possibilidade confusa, em especial quando ele se lembrava daqueles sapatos, daquele vestido, da capa e do chapéu. Mesmo assim, ele vira a dignidade sóbria e equilibrada da mulher que havia ali dentro. Na verdade, a coisa toda tinha sido confusa. Que a maneira como ela se comportara naquela ocasião, e desde então, despertasse o respeito dele — até sua admiração — era bastante surpreendente. Mas amor romântico? Ele não acreditava em amor romântico. Nunca acreditara e nunca acreditaria.

No entanto, realmente deveria ser amor romântico o que estava sentindo por ela. Seus olhos viajaram por Anna e ficaram muito satisfeitos, embora ele não entendesse o porquê. Ele olhou nos olhos dela e sorriu. Bom Deus, ela era sua esposa.

— Bom — a madrasta retomou o assento e puxou Jessica para sentar-se ao lado dela —, não vou declarar que não posso acreditar. Eu posso acreditar muito bem. É exatamente o que eu poderia esperar de Avery. Nós apenas teremos que tirar o melhor proveito da situação. Precisamos planejar uma grande recepção de casamento e explicar a natureza apressada, quase clandestina da união, com um ligeiro embelezamento da verdade. Os avós maternos de Anna são idosos e enfermos. Eles queriam conhecer a neta há muito perdida antes de morrerem, e Avery insistiu em se casar com Anastasia sem demora e a levar para lá. Entramos todos em um acordo relutante, mas unânime. Todos ficarão encantados. A nova duquesa de Netherby será a sensação do momento mais uma vez. Precisamos nos manter ocupados.

— O que, eu me sinto constrangido em informá-los, vocês não farão nem aqui nem agora — revelou Avery. — Este é o dia do meu casamento e sinto vontade de ficar sozinho com minha esposa. Vejo que Elizabeth acabou de sair de um carro de aluguel ali fora. Não duvido de que ela tenha vindo buscar suas coisas para poder voltar para casa com Riverdale e prima Althea. Edwin Goddard já possui um aviso por escrito de nosso casamento e fará com que ele apareça nos jornais de amanhã. Acredito que falo pela minha duquesa quando agradeço a todos pelos esforços pretendidos em nosso nome e os liberto da necessidade de fazer mais.

— Isso inclui uma festa de casamento, Avery? — perguntou tia Mildred.

— Se eu for embora com Tom amanhã, realmente não vou querer enfrentar a viagem de volta daqui a algumas semanas. Além disso, Peter e Ivan também voltarão da escola em um futuro não muito distante.

— Isso inclui uma festa de casamento — disse Avery, e notou Anna fechando os olhos brevemente em alívio.

Eles estavam todos de pé então, e todos falando ao mesmo tempo, ao que parecia. Todos queriam abraçar a noiva e apertar a mão do noivo. E então queriam abraçar todo mundo, e algo terrivelmente engraçado deve ter acontecido quando Avery não estava olhando, pois houve uma grande quantidade de gargalhadas misturadas com parabéns, felicitações, reprimendas e avisos. Prima Elizabeth, enfiando a cabeça pela porta no meio de tudo, indicou com olhos cintilantes que ela entendia que já tinham dado com a língua nos dentes, por cujo uso frouxo de linguagem ela receberia a desaprovação de tia Matilda, embora isso fosse de duvidar, ela notou, e desapareceu no andar de cima com a mãe para buscar algumas coisas e deixar instruções para o resto segui-la mais tarde.

E então todos se foram, e nem mesmo o mordomo e o lacaio John restavam no saguão de entrada em que Avery e Anna estavam lado a lado.

— Bem, minha duquesa — disse ele.

— Bem, meu duque. — Ela sorriu para ele e corou.

— A porta de seu quarto tem fechadura? Com uma chave?

— Tem.

— E a porta de seu quarto de dormir?

Ela pensou por um momento.

— Também.

— Mostre-me o caminho — pediu ele, oferecendo o braço. — Vamos nos trancar.

— Estamos apenas no meio da tarde — protestou Anna.

— E estamos mesmo — ele concordou. — Há muito tempo antes do jantar, então.

Estavam em plena luz do dia. Além disso, fazia um dia ensolarado e brilhante, e o quarto de dormir ficava voltado para o sul, a face onde batia sol. Mesmo depois de fechar as cortinas da janela, a iluminação natural não diminuiu muito. Os sons diurnos se propagavam pela janela aberta: o canto dos pássaros, um cachorro latindo ao longe, os cascos de um único cavalo. Uma voz do outro lado da rua fez uma saudação alegre, e outra voz respondeu de longe.

Seu noivo, seu marido, estava diante dela. Estava apenas olhando, não fazendo nenhum movimento para tocá-la ou beijá-la. Ela se perguntou se deveria entrar no quarto de vestir para tirar o vestido e pôr uma camisola. Mas ele trancara a porta.

— Acredito, minha duquesa, que você é a perfeição. Mas deixe-me desembrulhar meu pacote de presente e ver se estou certo.

Além de assustarem-na, as palavras a deixaram confusa. Perfeição? Ela não era particularmente bonita. Não tinha uma silhueta para contar história. Ela se recusava a se vestir de acordo com a moda. Não era nem vivaz nem possuía outros encantos óbvios. Sua fortuna não era do interesse de Avery. Será que era diferente de todas as outras mulheres que ele conhecera? Era apenas uma novidade? Será que o brinquedo de hoje seria descartado amanhã, quando a novidade desaparecesse?

Ele se aproximou, embora não encostasse o corpo no dela, e estendeu os braços para lhe soltar o vestido nas costas. Os dedos estavam acostumados à tarefa, ela percebeu. Avery nem precisava ver o que estava fazendo. Quando o vestido estava aberto até os quadris, ele o tirou pelos ombros, o dorso dos dedos roçando a carne dela — frescor contra calor. O instinto de Anna foi erguer as mãos para segurar o corpete, mas manteve os braços ao lado do corpo, e ele puxou as mangas para baixo, pelos punhos para libertá-los das mãos. Avery não estava com pressa. Então, uma vez que seus braços não mantinham mais o vestido no lugar, toda a roupa deslizou sobre a *chemise* e as meias para se acumular nos pés.

Era difícil continuar respirando uniformemente pelo nariz. E foi preciso esforço para não abaixar os olhos, nem fechá-los, para que ela não o visse parado ali, observando-a — não seu rosto, mas seu corpo e seus trajes restantes, as pálpebras dele meio caídas como costumavam ser, seus olhos quase sonhadores.

Ele ajoelhou-se para tirar-lhe os sapatos e começou a enrolar as meias uma de cada vez e tirá-las dos pés. Então se levantou de novo e removeu-lhe o espartilho e a *chemise* até que ela ficasse sem nada para proteger seu recato. Nem mesmo joias, exceto a aliança de casamento. A luz do sol zombava das cortinas e lançava um brilho rosado sobre tudo ali dentro.

Ele olhou para ela; para cada centímetro dela. Seus dedos mal a tocaram enquanto ele a despia, mas ela estava convencida de que cada toque do dorso de seus dedos, cada roçar de um polegar, cada deslize dos nós dos dedos havia sido deliberado. Ela se sentiu tocada em todo o corpo. Ele ainda estava vestido com as roupas imaculadas e mais formais do que o habitual, as que ele escolhera para o casamento, até as botas hessianas.

— Eu estava certo. — Seus olhos argutos fitavam os dela. — Você é a perfeição, minha Anna.

Até suas palavras eram deliberadas. *Minha duquesa. Minha Anna. Deixe-me desembrulhar meu pacote de presente.* Reivindicando-a como sua. *Você é a perfeição.* Suas palavras implicavam que ele só se contentaria com o melhor. Ela não tinha o hábito de se depreciar, mas... perfeição? E era do corpo dela que ele estava falando. Ela não acreditava que ele estivesse muito interessado em seu caráter no momento.

— Tenho um corpo de menino — disse Anna.

Como era característico, ele considerou as palavras dela antes de responder.

— Você não deve ter visto muitos meninos. Você é mulher, Anna, do fio de cabelo mais alto da cabeça até as unhas dos pés.

O estômago dela revirou. *Mulher*, ele dissera — não *uma mulher*. De alguma forma, havia uma diferença.

Ele a tocou, então, com a ponta dos dedos, com a extensão dos dedos, com o dorso dos dedos, com a base das mãos, com as juntas dos dedos, com a mão inteira. Toques leves como plumas. Sobre os ombros e sobre os braços, sobre as costas das mãos. Descendo de seus ombros, através do vale entre os seios, em torno deles, por cima, entre eles novamente, descendo pelas laterais da cintura, pelos quadris até o ponto alto de suas pernas. Subindo pelas costas, ao longo da coluna, ao redor das omoplatas. Acariciando-a, aprendendo-a, reivindicando-a. Para baixo, com apenas uma das mãos, desta vez, sobre um seio, passando pelas costelas, sobre a parte plana de seu abdome e descendo até que sua mão pousasse de leve sobre os pelos no ponto onde suas coxas se encontravam.

Ela se perguntava se ele sabia o que esses toques leves estavam provocando e pensava que sim, claro que sim. *Claro que ele sabia.* Ela suspeitava de que ele soubesse de tudo o que havia para saber sobre... qual era a expressão? Carícias românticas? Fazer amor? Ela quase podia ouvir as batidas de seu coração. Certamente podia senti-las. Havia uma dor estranha e uma forte pulsação por dentro do seu corpo, logo abaixo de onde estava a mão dele. Era mais difícil manter a respiração uniforme, sem ofegar. Ela se perguntou se deveria estar fazendo alguma coisa. Mas não. Ele é que estava orquestrando, e de alguma forma ele emitia o comando tácito de que ela ficasse parada e relaxasse.

Ele era perigoso, perigoso, perigoso, ela pensou, esse homem pequeno, esbelto e dourado.

Seu marido.

Ele levou os olhos ao topo da cabeça dela e tirou as mãos de seu corpo.

— Diga-me, Anna, foi ideia de Bertha repuxar tanto assim seu cabelo esta tarde ou foi sua? E não calunie sua criada. Tenho boas lembranças do meu único encontro com ela. — Os olhos de Avery estavam nos dela novamente.

— Eu... quase entrei em pânico quando me recolhi ao meu quarto de vestir após o almoço — ela admitiu. — Eu pensei... *O que eu fiz?* Eu queria me esconder. Eu me queria de volta. Eu...

— Você se perdeu, então? — ele indagou, sua voz muito suave. — Você se entregou então, Anna? Para algum bruto selvagem e sem coração? Você me ofende.

— Eu queria ser Anna Snow novamente.

— Você queria? Você *quer*, minha duquesa?

— Avery — continuou ela —, estou apavorada. — Ah. Ela não sabia que ia dizer isso. E não era bem verdade. *Apavorada* era inteiramente a palavra errada.

— Mas você está em boas mãos — garantiu ele, levantando-as para começar a retirar os grampos de seu cabelo.

— Oh — ela murmurou, contrariada —, esse é precisamente o ponto.

Ele puxou os alfinetes lentamente, inclinou-se para colocá-los dentro de um dos sapatos dela e se endireitou novamente para passar os dedos pelos cabelos dela e colocá-los sobre os ombros, algumas mechas na frente, outras atrás. Agora chegava apenas ao topo de seus seios e ondulava de leve nas pontas.

— Mas são *boas* mãos — disse ele, sustentando-as no espaço entre seus corpos, com as palmas voltadas para ela. Mãos magras, dedos finos, anéis de ouro em quatro deles. As pontas de três desses dedos derrubaram um homem e o deixaram ofegante pela sobrevivência. — Elas vão te proteger pelo resto da minha vida e nunca vão te machucar. Elas a abraçarão e lhe trarão conforto quando você precisar. Elas vão segurar nossos filhos. Elas vão acariciar e trazer prazer. Venha. Deite-se na cama.

Nossos filhos...

Ele puxou as cobertas ao pé da cama e ela se deitou e olhou para ele, com seus cabelos que brilhavam dourados na luz rosada do quarto. Seus olhos vagaram sobre ela enquanto ele afrouxava o lenço ao redor do pescoço e o descartava. Ele se despiu devagar. Levou algum tempo para tirar o casaco e as botas, mas não estava com pressa. Anna observava. Já tinha visto sua beleza quase nua naquela manhã, mas de alguma distância. Ela viu agora, quando ele tirou a camisa por cima da cabeça, que os músculos de seus braços, tórax e abdome eram rígidos e bem definidos, apesar de não serem salientes. Mas ele não era um homem que confiava em força bruta, era?

— Oh — ela murmurou quando ele largou a camisa —, sua lesão.

Ela não havia percebido que um dos socos do visconde de Uxbury encontrara o alvo. Era abaixo do ombro direito, onde o tórax encontrava o braço, uma contusão que parecia vermelha e inflamada e ainda não tinha ficado preta ou roxa ou todas as cores do arco-íris. Ele olhou para a marca.

— Um mero nada — minimizou. — Eu bati em uma porta.

— Oh, isso é um clichê. Eu esperava mais de você.

Havia um brilho de algo parecido com diversão nos olhos dele.

— A pior coisa que alguém pode dizer de mim, Anna, é que me falta originalidade. Você me cortou rapidamente. No entanto, está certa. Deixe-me ser mais específico. Uma porta bateu em mim.

Ela se surpreendeu rindo e o repreendeu de leve:

— Você é tão absurdo.

Ele inclinou a cabeça para um lado e olhou para ela, a sugestão de diversão ainda em seus olhos. Mas ele não disse nada e começou a remover suas calças e as roupas de baixo.

Ela tinha 25 anos e era totalmente inocente. Só sabia como era um homem porque, em uma visita à livraria em Bath, folheara um volume sobre a Grécia antiga e encontrara fotos de esculturas de vários deuses e heróis. Ficara ao mesmo tempo chocada e fascinada e pensara como era injusto que o físico masculino fosse muito mais atraente do que o feminino — embora talvez tivesse pensado nisso apenas porque estava olhando através de olhos femininos. Ela colocou o livro de volta na estante, lançando um olhar culpado ao redor de si para ver que não estava sendo observada, e nunca mais olhou.

Avery era mais bonito do que qualquer um daqueles deuses e heróis, talvez porque fosse real, de carne e osso. Era a própria perfeição.

Ele colocou um joelho na cama e apoiou as mãos em ambos os lados dela, inclinando-se para montá-la, com uma perna para cada lado. Com os joelhos, ele apertou os dela para uni-los e moveu as mãos sobre ela novamente. Ergueu os seios dela no vão entre seus polegares e indicadores e colocou as pontas dos polegares sobre os mamilos. Ele os acariciou em círculos leves e pulsou levemente contra eles até que Anna sentisse um... *alguma coisa* tão intensa que fechou os olhos e arqueou o corpo para mais perto. A boca dele chegou ao seu ombro, atravessou a cavidade entre ele e o pescoço, a garganta — aberta, quente e úmida. E ele estava todo sobre ela então, o comprimento total de suas pernas apertando-a firmemente, as mãos se movendo embaixo dela e descendo para tocar seu traseiro, enquanto ele se esfregava contra o topo de suas pernas e ela podia senti-lo duro, longo e estranho.

Ele moveu a boca para o outro lado do pescoço dela e ao longo do ombro, quando uma de suas mãos desceu entre seus corpos e os dedos trabalharam entre suas coxas firmes e entre as dobras e profundidade até um dedo entrar nela inteiro e ela enrijecer com uma mistura de choque, constrangimento e desejo. Avery pressionou as pernas mais firmemente contra o exterior dela. Ela podia ouvir a umidade quando ele moveu o dedo, trazendo-o para fora, deslizando-o novamente.

— Linda, linda — elogiou, a boca em sua têmpora.

Ele levantou a cabeça para observá-la enquanto suas mãos se curvavam embaixo das pernas dela e a abriam bem nas dele, antes de se posicionar no meio. Ele passou as mãos embaixo dela novamente para levantá-la e segurá-la. Ela o sentiu duro e quente no lugar onde o dedo estivera, e então ele entrou com um impulso firme. Seus olhos a observaram enquanto choque, dor e algo além das palavras ou do pensamento a envolviam. Ele a segurou imóvel, profundamente dentro dela, a mente e o corpo de Anna lutando contra uma nova realidade, a tensão esvaindo-se gradualmente.

— Ah, minha pobre Anna — ele murmurou. — Tão quente, tão linda. Não havia *como* eu não machucá-la, você vê... Mas só desta vez. Não da próxima ou nunca mais. É minha promessa para você.

Ela o tocou. Ela colocou as mãos em cada lado da cintura dele — forte, firme e musculoso, tão diferente de sua cintura. E ela as moveu para as costas dele, ao longo do eixo de sua coluna, para descansar levemente sobre as nádegas firmes e tensas. Ele saiu lentamente dela, os músculos relaxando sob suas mãos, e ela não queria deixá-lo ir. E então os músculos se contraíram e ele voltou, duro, firme e profundo. Ele virou a cabeça para apoiá-la ao lado da dela no travesseiro e ancorou um pouco do peso do corpo nos cotovelos e antebraços, embora seu peito continuasse pressionado nos seios dela e seus ombros a segurassem contra a cama. Ele entrou e saiu dela com um ritmo firme e constante. Havia som — seus corpos, entrando e saindo em um ritmo molhado, um leve chiado na cama, respiração ofegante, risadas à distância na rua. Havia sensações — peso prendendo-a na cama, calor, o leve frescor do ar passando ou atravessando as cortinas, a dureza dele dentro dela, liso, molhado, não muito doloroso. Ela não queria que aquilo terminasse. Queria que continuasse para sempre.

O eterno durou muito tempo e durou tempo nenhum. O ritmo acelerou e ele pressionou-a com força até que não fosse possível ir mais fundo, e enquanto ele murmurava algo ininteligível contra seu ouvido, ela sentiu um jorro de calor líquido por dentro e soube que estava terminado. O peso total dele relaxou sobre seu corpo e ela passou os braços em volta da cintura dele e desenganchou as pernas das dele para colocar os pés na cama. Depois de alguns instantes, ele suspirou contra sua orelha, retirou-se dela e a rolou para recostar-se de lado, a cabeça apoiada em uma das mãos.

— Casados e consumados — disse ele. — Não há mais Anna Snow nem Anastasia Westcott. Em vez disso, há minha esposa. Minha duquesa. É um destino tão terrível, Anna?

Havia algo parecido com melancolia em sua voz.

— Não — ela respondeu, e sorriu. — Meu duque.

Ele saiu da cama, pegou uma das chaves que havia deixado na

penteadeira, destrancou a porta do quarto de vestir e entrou. Voltou alguns momentos depois, com uma pequena toalha na mão. Ele trancou a porta novamente e voltou para a cama, puxou o lençol superior e um cobertor sobre eles e deslizou um braço sob os ombros dela para colocá-la de lado de frente para ele. Ele deslizou a toalha entre as coxas dela, espalhou-a e segurou-a suavemente contra ela antes de remover a mão e deixar a toalha onde estava. A sensação era calmante. Ele puxou as cobertas sobre eles e a trouxe para mais perto. Dentro de instantes, ele estava dormindo.

Como ele poderia dormir? Mas ela supunha que não fora tão significativo para ele quanto para ela. Não queria pensar em outras mulheres, mas não duvidava de que houvesse muitas. Ele tinha 31 anos e não parecia o tipo de homem que se negaria algo que quisesse. O pensamento não a incomodou, ela percebeu. Não quando se aplicava ao passado, pelo menos.

Ela mal dormira na noite anterior. De fato, teria acreditado que não dormira nada se não continuasse acordando de sonhos bizarros. Ela estava acordada bem antes do amanhecer. Estivera no Hyde Park com Elizabeth antes de haver luz do dia para ver. Ela vivera todo o terror e estranheza daquele duelo, depois retornara para casa e, em vez de voltar para a cama, tomou um café da manhã cedo com Elizabeth e depois escreveu uma longa carta para Joel. Depois disso, houve o casamento, a visita de sua família e agora a consumação do casamento. Tudo isso poderia ter acontecido em tão pouco tempo?

A exaustão a atingiu como um martelo na cabeça. E também a constatação de que estava quente e confortável, que seu corpo estava contra o dele, que o som suave da respiração dele era ao mesmo tempo reconfortante e calmante, que ela estava... feliz.

E dormiu.

20

— É bom ter você em casa novamente, Lizzie — disse Alexander, no jantar daquela noite. — Senti sua falta. Mamãe também.

— É bom mesmo estar de volta, embora eu tenha apreciado minhas semanas com Anna. Gosto muitíssimo dela.

A mãe deles estava olhando para Alexander com olhos um pouco perturbados.

— Você se importa terrivelmente, Alex, que ela tenha se casado com Avery? — ela perguntou. — Você mais ou menos se ofereceu para ela ontem, e acredito que ela poderia ter sido persuadida a aceitar se ele não estivesse lá.

— Não — respondeu Alex, pegando a taça de vinho e recostando-se na cadeira. — Eu não me importo, mamãe. Netherby me salvou da tentação de convencer Anastasia a pegar o caminho mais fácil para resolver nossos dois problemas.

— Mas você está um pouco triste, mesmo assim? — ela insistiu.

— Talvez um pouco — ele admitiu depois de hesitar por um momento. — Mas apenas por uma razão desprezível. Eu poderia ter restaurado Brambledean à prosperidade sem ter que explorar mais meu cérebro para encontrar uma solução de como isso deve ser feito.

— Você comete uma injustiça contra si mesmo. Você também teria sido bom para Anastasia. Eu o conheço e sei que você não se importaria apenas com o dinheiro, ignorando a noiva que o trouxe para você.

— Vou ter que me casar por dinheiro de qualquer maneira — revelou ele. — Cheguei a essa conclusão. Brambledean não pode se recuperar de anos de negligência, como Riddings Park se recuperou, apenas com algum trabalho duro e economias cuidadosas. Mas tenho o título e a propriedade em ruínas para oferecer em troca de uma esposa rica.

— Ah — disse ela, esticando a mão livre sobre a mesa para afagá-lo. —

Nunca esperei ouvi-lo amargo ou cínico, Alex. Machuca meu coração.

— Peço perdão, mamãe. — Ele pousou a taça para cobrir a mão dela com a sua. — Não me sinto nem amargo nem cínico. Estou apenas sendo realista. Devo prosperidade àqueles que dependem de mim em Brambledean. Se eu puder oferecê-la por meio do casamento com uma noiva rica, que assim seja. Uma noiva não precisa ser desagradável apenas porque é rica, e eu espero não ser desagradável com ela apenas porque tenho o título de conde. Vou esperar abraçá-la com afeto e trabalhar incansavelmente para conquistar o afeto dela também.

Sua mãe suspirou, soltou-lhe a mão e voltou a atenção para a comida.

— Você se ressente do que Avery fez, Alex? — Elizabeth perguntou. — Eu sei que você nunca gostou dele.

Ele franziu as sobrancelhas em pensamento.

— Acredito que revisei minha opinião sobre ele recentemente. Eu... há mais nele do que ele permite que o mundo veja ou escolhe permitir que o mundo acredite. Parte de mim está horrorizada por Anastasia, mesmo assim. Não é possível que ele a valorize como deveria ou a trate de qualquer maneira que não seja uma indiferença descuidada. Ela certamente se arrependerá da decisão impulsiva de se casar com ele, apenas porque ele se ofereceu para levá-la para ver os avós, que nada quiseram com ela depois que a mãe morreu. Temo que em breve ela se torne muito infeliz.

Elizabeth inclinou a cabeça para um lado e olhou para ele com curiosidade.

— Mas...? — ela insistiu.

— Mas tenho a estranha sensação de que posso estar completamente errado. Conheço Netherby desde que éramos meninos na escola. No entanto, descobri aspectos dele... recentemente, de que eu nem sequer suspeitava. — Ele olhou para a mãe. — É possível, até provável, que eu nunca o tenha conhecido de verdade. E, sim, ainda me ressinto dele por isso, Lizzie, e acho que nunca poderia chamá-lo de amigo. Como alguém pode ser amigo de uma pessoa que optou por se tornar incognoscível? No entanto, se eu precisasse... de ajuda, acredito que não hesitaria em recorrer a ele. Além do meu temor por Anastasia, existe uma certa suspeita de que ela será feliz, afinal, e que talvez ele também seja. Embora ninguém consiga imaginar Netherby *feliz*, não é mesmo?

— Oh, eu posso — disse a mãe deles. — Seus olhos às vezes o denunciam, Alex, se alguém olhar com atenção o suficiente. Ele tem uma certa maneira de olhar para Anastasia... Bem, acredito que ele esteja apaixonado por ela. E ela está apaixonada por ele, é claro. Que mulher não estaria se ele voltasse sua atenção para ela e a informasse daquela maneira incomum de que ela poderia ser sua duquesa se ela escolhesse ser e depois a levasse, no dia seguinte, com uma licença especial e duas testemunhas para se casar? Lizzie, foi um casamento muito romântico?

— Eu acredito que foi, sim, mamãe. — Os olhos de Elizabeth brilharam. — Acho que foi talvez o casamento mais romântico de que já participei. Prima Louise teria tido uma apoplexia, sem mencionar prima Matilda. Anna usava seu chapéu de palha e esqueceu as luvas.

Ela riu e sua mãe apertou as mãos no peito e sorriu de alegria. Alexander recostou-se na cadeira e sorriu com carinho de uma para a outra.

Anna pensou que estava viajando com grande conforto quando viera a Londres na carruagem pequena de dois lugares que o sr. Brumford havia contratado, com sua pequena bolsa contendo a maioria de seus bens materiais e a srta. Knox como companhia. Que diferença algumas semanas haviam feito. Ela viajava de volta para o oeste em uma carruagem tão opulenta que nem o estado lamentável das estradas inglesas podia desacoplar as molas ou fazer com que os assentos parecessem menos do que extremamente confortáveis. Desta vez, havia tanta bagagem que um transporte separado vinha logo atrás, junto com um pajem e uma criada.

Como companhia, Anna tinha Avery, que perguntou sobre sua educação e contou sobre a dele, que conversou com ela sobre livros, arte, música, política e guerra. Ele contou sobre Morland Abbey, sua casa no campo, que era dela também agora, uma casa com personalidade, cercada por um vasto parque ajardinado completo com *follies*[3], um passeio pelo bosque, um lago, becos sombreados e gramados pontilhados de árvores antigas. Ele às vezes era sério e às vezes escandalosamente engraçado à sua maneira peculiar. Falava bastante e ouvia tanto quanto, sua cabeça normalmente virada para ela, seus olhos focados nela daquela maneira preguiçosa, mas atenta, que era sua característica.

Muitas vezes eles não falavam nada, apenas observavam a paisagem passando além das janelas. Ocasionalmente, cochilavam, a cabeça dele apoiada no canto da carruagem ao seu lado, a dela enterrada entre o ombro de Avery e o encosto do banco. Às vezes, ele segurava a mão dela e entrelaçava seus dedos. Se ficassem em silêncio por muito tempo, ele fazia cócegas na palma da mão dela com a unha do polegar e sorria preguiçosamente quando ela virava a cabeça.

Viajaram em um ritmo muito mais lento do que ela viera na jornada de vinda. Sempre que paravam para trocar de cavalos, ele ficava no pátio para examinar os substitutos, muitas vezes com uma expressão de desagrado, pois a viagem havia sido planejada com muita pressa para dar tempo de enviar seus próprios cavalos na frente para os vários pontos de troca. Em seguida, ele se juntava a Anna para tomar um lanche ou fazer uma refeição completa, sempre em um salão particular, mesmo quando parecia que a estalagem em que paravam estava cheia demais. Eram tratados com uma deferência muitas vezes próxima à obsequiosidade, que surpreendia Anna, embora ela percebesse que Avery estava tão acostumado a isso que nem percebia. O brasão de armas do duque era, é claro, estampado nas duas portas da carruagem, e o cocheiro, o lacaio e os dois batedores usavam um libré distinto. Não poderiam passar sem eles na viagem para o oeste. Mesmo que ele estivesse sozinho, no entanto, e sem todos os adornos e adereços, Anna suspeitava de que todos ainda saberiam, com um mero olhar breve, que não se tratava de um cavalheiro comum, mas um membro distinto das classes abastadas.

Ficaram duas noites na estrada, nas mais excelentes acomodações com

---

3   Edifícios decorativos erigidos em grandes jardins, sem um real propósito funcional. Eram muito comuns nas antigas propriedades rurais britânicas e, às vezes, eram convertidos em torres de caça. (N. da T.)

o mais excelente serviço. Eram presenteados com um verdadeiro banquete todas as noites, depois caminhavam alguns quilômetros, pois os dias de viagem não davam chance de se exercitarem e depois iam deitar, momento em que faziam amor, dormiam profundamente e faziam amor novamente ao raiar do dia.

Anna se apaixonou mais profundamente. Mas não, isso não era muito exato, pois ela provavelmente estava tão profundamente apaixonada quanto era possível antes mesmo de deixarem Londres. Na viagem, começara a *amá-lo* à medida que o conhecia melhor — seu intelecto, seus conhecimentos e suas opiniões, seu amor óbvio por sua casa, seu tipo de humor, sua maneira de fazer amor. Embora não houvesse uma maneira única de se fazer isso. Todas as vezes eram diferentes das anteriores e posteriores.

Estavam no que algumas pessoas chamavam de estágio lua de mel do casamento, é claro, e ela tinha muito bom senso para não esperar que durasse indefinidamente. No entanto, forçados a ficar na companhia um do outro nos primeiros dois dias e meio de casamento, uma certa intimidade foi se desenvolvendo entre eles. Podiam ficar sentados lado a lado em silêncio sem constrangimentos. Podiam cochilar na companhia um do outro. Mais importante, uma espécie de amizade certamente estava sendo construída entre eles, e isso talvez seria levado adiante para o futuro, de forma que poderiam ficar confortáveis lado a lado quando a paixão morresse — como certamente aconteceria.

Uma tranquilidade de comportamento na companhia um do outro e uma amizade seriam suficientes nos anos vindouros. E — ah, por favor, por favor — filhos. Ele de fato se referira a filhos no dia do casamento. E ele devia, é claro, querer filhos homens, um herdeiro. Não, Anna disse a si mesma com firmeza, uma ou duas vezes, quando a dúvida perturbou os confins de sua mente, ela não tomara uma decisão ruim. Estava feliz agora. No futuro, estaria satisfeita em se contentar. Ela sorriu ao pensar nisso.

— Uma moeda por seus pensamentos, minha duquesa. — Estavam em algum lugar ao sul de Bristol, não muito longe do fim de sua jornada. Sempre a divertia ser chamada assim; ou a excitava se ele falasse na cama.

— Oh, eu estava pensando que poderia me satisfazer em encontrar certo contentamento.

Ele parecia magoado.

— Você não pode, com certeza, estar falando sério. Contentamento, Anna? Bah! Absolutamente sem graça. Você não foi feita para tal coisa. Você deve exigir o êxtase da felicidade ou se perder em profunda miséria. Mas nunca deve apenas se *contentar*. Você não deve se vender por pouco. Eu não permitirei.

— Você pretende ser um tirano, então?

— Você esperava algo menos? — ele retrucou. — Insistirei que você seja feliz, Anna, quer queira quer não. Não aceitarei desobediência.

Ela riu e ele virou a cabeça.

— Essa é sua deixa para dizer *Sim, Vossa Graça*, no mais submisso dos tons — acrescentou ele.

— Ah — ela continuou —, mas nunca aprendi meu papel. Ninguém me deu o roteiro.

— Eu vou lhe ensinar — disse ele, virando a cabeça para olhar o campo.

E ele estava brincando apenas em parte, ela pensou, intrigada. Talvez não entendesse que esse era apenas um período de lua de mel. Talvez ele pensasse que seus sentimentos durariam. Mas *quais* eram seus sentimentos? Sua paixão por ela era apenas física? Por que ele escolhera se casar com ela, dentre todas as mulheres? Ele tinha 31 anos. Era um aristocrata, rico, poderoso, influente, lindo. Nos últimos dez anos, ele poderia ter se casado com quem quer que escolhesse. Ninguém, com certeza, o teria recusado.

Por que ela?

Mas apenas metade de sua atenção estava debruçada no mistério que era seu marido. O resto se concentrava na leve náusea que estava sentindo no estômago. Haviam parado para almoçar havia pouco tempo. A outra carruagem permanecera lá, junto com sua bagagem e todos os criados, exceto o cocheiro. Eles voltariam para a fim de passar a noite. Mas logo chegariam a Wensbury, onde ela passara alguns anos de sua infância, onde sua mãe estava presumivelmente enterrada, onde seus avós ainda moravam no vicariato ao lado da igreja, onde seu avô ainda era o vigário.

Será que aquilo tudo era um grande erro? Como eles não a quiseram, teria sido melhor deixá-los em paz e esquecê-los de vez? Contudo, agora que a lacuna dos anos fora eliminada, como ela poderia se contentar em não saber tudo o que havia para saber? Tinha que vê-los, mesmo que a repelissem novamente. Ela tinha que ver o lugar de que se lembrava tão vagamente e de forma tão inadequada — o quarto com o assento na janela, o cemitério abaixo, o portão coberto por um telhado. Sim, tinha que ter vindo.

E então, muito antes de ela estar preparada para isso, eles chegaram ao que parecia ser uma vila pequena, apática e pitoresca. Wensbury. Quase não havia ninguém do lado de fora, exceto um garoto que estava girando um aro pela rua, até que avistou a carruagem. Ele parou então, gritou algo na direção do chalé de colmo, caiado de branco, ao seu lado, e os encarou boquiaberto, enquanto uma jovem vinha à porta, limpando as mãos no avental. Um cachorro pequeno um pouco mais adiante na rua se afastou da invasão de seu território e latiu ferozmente, acordando assustado o homem idoso que dormia em um banco do lado de fora de sua casa, o cachorro a seus pés, fazendo com que ele olhasse adiante, as mãos segurando firme o cabo de uma bengala plantada entre suas pernas. Duas mulheres fofocando através de uma sebe de jardim pararam, provavelmente no meio de alguma palavra, para fitar com espanto desvelado.

Anna duvidava de que Avery tivesse notado algo daquilo.

— É uma igreja bonita — disse ele, olhando sobre o verdor do vilarejo. — Muitas igrejas do interior são. Gostaria de saber se há um sino nessa torre. Eu apostaria que há. — Então ele se virou para Anna e, vendo sua expressão, falou: — Anna, Anna, ninguém vai devorá-la. Eu não permitirei. — Ele pegou a mão dela em um aperto firme.

— Se eles não quiserem me ver, nós apenas iremos embora, Avery. Pelo menos eu vim.

— Parece-me que você está prestes a dizer que se contentaria com isso.

— Sim — ela admitiu.

Ele apertou a mão dela até o ponto de dor quando a carruagem deu uma guinada brusca sobre a campina.

E então eles estavam se aproximando do que deveria ser o vicariato ao lado da igreja, e um cavalheiro idoso, de cabelos e sobrancelhas brancas e espessas e sem chapéu estava saindo pela porta... oh, através do portão coberto pelo telhado, passando pelo cemitério da igreja e vindo na direção deles, um sorriso amável de boas-vindas em seu rosto. Quando Avery desceu da carruagem e virou-se para ajudar Anna, a porta do vicariato se abriu e uma senhora idosa, minúscula e parecida com um pássaro, de cabelos grisalhos mais da metade escondidos sob uma touca de renda, parou lá olhando com curiosidade plácida. Anna supôs que poucas carruagens de grande porte passassem por Wensbury, e menos ainda parassem diante da igreja.

— Bom dia, senhor, senhora — disse o cavalheiro. — Posso lhes ser útil?

— Reverendo Isaiah Snow? — Avery perguntou.

— Tenho o prazer de sê-lo, senhor — respondeu o cavalheiro enquanto a mulher vinha pelo caminho do jardim em direção ao portão. — E vigário da igreja aqui pelos últimos cinquenta anos. Alguns de meus paroquianos mais jovens acreditam que devo ter quase a idade da igreja. E esta é minha boa esposa. Como podemos lhes ser úteis? Foi o portão do cemitério que os fez parar? É um bom exemplar de seu modelo e sempre foi mantido em bom estado. Ou a igreja, talvez? Ela remonta aos tempos normandos.

— Aquela é uma torre de sino? — Avery indagou, com o monóculo na mão.

— Sim, de fato é — afirmou o reverendo Snow. — E há quatro fiéis tocadores de sino na vila que acordam todos os dorminhocos aos domingos e os chamam para o culto matinal.

— Isaiah — chamou a esposa —, talvez a dama queira entrar na casa para tomar um copo de limonada enquanto você mostra a igreja ao cavalheiro. O senhor o fez entrar no assunto favorito de meu marido, e prevejo que não se livrará dele pela próxima hora.

— Permita-me me apresentar — disse Avery, sentindo a mão de Anna ficar fria na sua, que estava quente. — Avery Archer, duque de Netherby.

— Ah — reagiu o vigário —, eu sabia quando vi o brasão na porta da carruagem que o senhor devia ser alguém importante. Estamos honrados que tenha lhe parecido oportuno parar aqui.

— E permitam-me apresentar minha esposa, a duquesa — continuou Avery —, anteriormente Lady Anastasia Westcott, embora tenha sido conhecida durante a maior parte de sua vida como Anna Snow.

As mãos da senhora se levantaram para cobrir suas bochechas, e seu rosto ficou branco como a neve, fazendo jus a seu sobrenome. Ela vacilou, e pareceu a Anna que ela certamente cairia. No entanto, ela agarrou a cerca antes que isso pudesse acontecer.

— *Anna?* — ela perguntou, sua voz pouco mais que um sussurro. — Pequena Anna? Mas você morreu há vinte anos. De febre tifoide.

— Meu bom Deus — espantou-se o vigário, e não soou como uma blasfêmia. — Oh, meu Deus, ele mentiu para nós, Alma, e nós acreditamos nele. Mas, olhe, veja e me diga se estou certo. Não poderia ser nossa Anna diante de nós aqui?

Sua esposa apenas gemeu e se agarrou à cerca.

— Vovó? — tentou Anna. Ela não sabia de onde o título viera... apenas viera. — Oh, vovó, eu não morri.

21

Avery sempre se sentira mais relaxado no campo do que em Londres. Era como se tirasse uma armadura que inconscientemente vestia para a sociedade e se permitisse ser a pessoa que sempre quisera ser. Ele nunca culpava seus pais pelo filho que tinha sido. Da mesma forma, nunca tinha realmente culpado os meninos e mestres da escola por encontrar o elemento fraco entre eles e atacá-lo para fazer dele um motivo de entretenimento. Todos tinham seu próprio caminho a seguir na vida. E todas as forças negativas na vida de Avery, e as positivas também, haviam ajudado a direcioná-lo para seu próprio caminho. Ele não desejava que as coisas tivessem sido diferentes. Gostava bastante de sua vida. Gostava de si mesmo. Porém, gostava mais da vida quando estava no campo.

Empreendera aquela jornada pelo bem de Anna, mas se vira relaxando assim que Londres ficou para trás, apesar do fato de que viajar longas distâncias o deixava inquieto e irritado. Deu-se conta de que não queria que a jornada terminasse, pois temia que houvesse decepção à espera de sua esposa e talvez uma dor real. No entanto, não podia fazer nada para protegê-la do que deveria ser. Ele só poderia estar presente com ela e acompanhá-la. Ela precisava fazer isso.

Aqueles que conheciam apenas o seu eu público poderiam esperar que ele sentisse desdém pela pequena e bonita vila onde os avós dela moravam, e pelo humilde vicariato ao lado da antiga igreja normanda, e pelo vigário idoso, um pouco curvado e amável, com sua esposa pequena e grisalha, com a touca grande demais, cuja única criada trabalhava apenas de manhã — à exceção dos domingos, que era um dia de descanso para todos os trabalhadores.

— Exceto o vigário — observara o cavalheiro idoso, com uma risada.

Aconteceu que não havia decepção à espera de Anna, embora houvesse muita dor para superar. A verdade ficou instantaneamente aparente para Avery, mesmo antes de todos entrarem no vicariato e se arrumarem em uma aconchegante sala quadrada decorada generosamente com toalhinhas de crochê, estatuetas de porcelana e jarros de cerâmica. Apenas os detalhes da história precisavam ser preenchidos.

Para os Snow, Riverdale só era conhecido como sr. Humphrey Westcott. Ele não dissera nada sobre o título de cortesia ou sobre o fato de ser herdeiro de um condado. Ficaram maravilhados — e talvez nada impressionados — ao saber que a filha fora a viscondessa de Yardley, não apenas a sra. Westcott. Eles tinham certeza de que ela nunca soubera disso. Avery trocou um olhar com Anna e soube que ela estava se lembrando do casamento deles, que acontecera alguns dias antes: a srta. Anastasia Westcott com o sr. Avery Archer.

— Alice foi a Bath para se tornar uma preceptora — explicou o vigário. — Ela conheceu Westcott e se casou com ele lá antes mesmo de nós sabermos quem ele era. Tudo foi um mar de rosas por algum tempo. Eles tinham cômodos alugados lá, e Anna nasceu. Eles a batizaram de Anastasia, mas Alice sempre a chamava de Anna e nós também. Então o marido começou a desaparecer por semanas seguidas, e ela ficou doente com o que acabou sendo tuberculose. Além disso, o aluguel estava em atraso, o proprietário ia atrás dela porque Westcott nunca estava em casa e não havia dinheiro suficiente para comprar comida. Finalmente, ela pediu carona para algumas pessoas que conhecia e voltou para cá, trazendo a pequena Anna consigo, e ele não fez mais do que um protesto simbólico. Ele veio aqui uma vez e se exaltou um pouco (nós nunca gostamos muito dele, Alma e eu), mas ele não ficou. Ele nunca lhe enviou dinheiro e apenas remeteu uma ou duas cartas, que sempre vinham de um advogado em Bath. Nunca mandava presentes para a criança. Depois que Alice morreu, conversamos sobre isso, minha esposa e eu, e decidimos que o decente a fazer seria avisá-lo, embora não esperássemos que isso importasse muito para ele. No entanto, importava para nós. Nossa filha se fora, nossa filha única, e a pequena Anna estava vagando por toda a casa, parecendo perdida, perguntando aonde mamãe tinha ido e quando voltaria.

Ele parou para assoar o nariz alto em um lenço grande.

— Mas ele veio — continuou —, e insistiu em levar Anna embora com ele, mesmo que lhe implorássemos para deixá-la aqui. Ela era tudo o que nos restava, e Alma tinha sido mais mãe do que avó enquanto Alice estava doente. Ele a levou mesmo assim, e nunca nos escreveu. Passaram-se treze meses antes que ele finalmente se comunicasse, apenas uma breve nota lamentando nos dar a notícia de que sua filha, Anastasia, morrera de febre tifoide. Ele não respondeu à carta que lhe escrevi em seguida.

— Ele me levou para Bath — Anna lhes revelou — e me deixou em um orfanato como Anna Snow. Ele nunca voltou, mas me apoiou financeiramente durante toda a minha infância e até sua morte recente. Ele já havia se casado antes de minha mãe morrer. Eles tiveram três filhos, meu meio-irmão e minhas meias-irmãs. O casamento era bígamo, é claro, e os filhos, ilegítimos. Esse fato causou uma angústia sem fim desde que a verdade surgiu, após a morte dele. O título e as propriedades vinculadas ao condado passaram para meu primo de segundo grau e, para mim, foi destinada a fortuna. Suponho que ele temesse me deixar aqui com vocês e, de alguma maneira, vocês acabassem descobrindo e expusessem a verdade.

— Se não tivéssemos escrito depois que Alice morreu, Isaiah — disse a esposa —, talvez ele tivesse se esquecido tudo a nosso respeito e nos deixado em paz. Talvez Anna tivesse crescido aqui onde era amada. Oh, que terrível maldade! Eu sofri pela sua perda, Anna, morta tão logo depois de Alice, até que fiquei de cama. Eu teria ficado lá se de repente não tivesse percebido que, se eu morresse também, deixaria seu avô com um fardo pesado demais para qualquer ombro mortal suportar. Mesmo assim, no meu coração, eu sofri desde então. Você era uma criança tão... adorável. E você cresceu sozinha em um orfanato? Tão perto daqui? Apenas em Bath? Ah, meu coração dói.

Anna estava sentada em um banquinho coberto de crochê ao lado da cadeira de sua avó, segurando a mão dela.

— Mas, pelo menos — ela falou —, eu não estou morta. E pelo menos agora eu sei que vocês não me mandaram embora porque não me queriam.

A avó gemeu.

— Senhor. — Avery virou-se para o velho cavalheiro, que estava assoando o nariz novamente. — Se não for um grande incômodo, eu gostaria de dar uma olhada mais de perto naquele portão coberto na entrada do cemitério e também na igreja. Tenho certeza de que fará bem à minha esposa uma conversa confortável com a avó.

O vigário levantou-se tão rapidamente que Avery ficou aliviado. Havia limites para a quantidade de sentimento que um homem podia suportar.

— E o senhor é um duque — ele balançou a cabeça com incredulidade —, e Anna é uma duquesa. Seu casamento deve ser recente, sim?

— De três dias, senhor — respondeu Avery. — Nós nos casamos discretamente por meio de uma licença especial, em vez de esperar pelas proclamas. Anna queria vir aqui assim que meu secretário descobriu onde vocês estavam, e eu queria possibilitar que ela o fizesse sem demora desnecessária.

— O senhor é um anjo — elogiou a sra. Snow. — Até sua aparência é um pouco angelical. Não acha, Isaiah?

— É o cabelo, senhora. — Avery fez uma careta deliberada. — O infortúnio da minha existência.

— Nunca diga isso — repreendeu ela. — É sua auréola. Entre na cozinha, Anna, e eu vou preparar um chá para nós. Você deve me contar tudo sobre sua vida e mais sobre todas as coisas. Oh, por favor, não deixe ninguém me beliscar. Ainda tenho medo de acordar a qualquer momento. Você é tão bonita. Ela não é bonita, Isaiah? Assim como sua mãe era antes de adoecer. Venha.

E ela se levantou e atraiu Anna para si enquanto o vigário conduzia Avery para fora.

E a questão, Avery pensou durante mais ou menos a hora seguinte, era que ele não estava apenas sendo educado, mostrando um interesse fingido no que era claramente o orgulho e a alegria do vigário. Ele estava gostando de examinar a estrutura do portão coberto na entrada do cemitério e de espiar a escura e úmida igrejinha e subir os degraus de pedra que serpenteavam até a plataforma da torre, de onde os sinos que ele podia ver acima de sua cabeça tocavam aos domingos e em casamentos e funerais — embora apenas um deles fosse tocado nessas ocasiões, explicou o vigário. Avery gostou de ouvir a história da igreja, a qual o reverendo Snow claramente gostou de contar em grandes detalhes. E ele se permitiu ser conduzido lentamente pelo cemitério da igreja, enquanto o vigário apontava para várias lápides, com os nomes de famílias que moravam na região havia séculos. Foi-lhe mostrado o túmulo da mãe de Anna: *Aqui jaz Alice Westcott, amada filha única do reverendo e da sra. Snow, mãe devota de Anastasia. Fará imensa falta.* E as datas, mostrando que só tinha 23 anos na época do falecimento. Mais jovem que Anna naquele momento.

Avery virou a cabeça em direção ao vicariato e viu que Anna e a avó estavam em uma janela do andar de cima, olhando para fora. Ele levantou a mão e Anna levantou a dela em resposta. Ele a traria ali depois. Embora talvez seus avós quisessem fazer isso.

Pouco tempo depois, Avery enviou sua carruagem de volta para a pousada onde havia alugado quartos para passarem a noite e onde o resto de sua comitiva já estava abrigada. Ele enviou a notícia de que deveriam permanecer lá até novo aviso, incluindo seu pajem e a criada de Anna, embora cada um devesse preparar uma mala com itens essenciais e enviá-las — nada mais — para o vicariato.

Quando duas pessoas idosas o olharam com olhares ansiosos e suplicantes, e uma jovem olhou para ele com grande confiança em sua resposta, ele concordou que ficariam por alguns dias. Aqueles que conheciam o duque de Netherby teriam se enchido de um espanto que beirava a incredulidade. Mas o próprio duque estava descobrindo rapidamente que, onde quer que sua esposa estivesse ou desejasse estar, também era onde ele queria estar, mesmo que fosse um vicariato certamente não maior do que o saguão de entrada em Morland.

A noção era um tanto alarmante. Também era novidade o suficiente para ser explorada. Talvez estar apaixonado fosse aquilo pelo que sua alma ansiava havia muito tempo.

Ou talvez ele estivesse apenas louco.

Ficaram por oito dias. Anna arrancou ervas daninhas dos canteiros de flores com a avó, podou flores desbotadas e reuniu buquês para a casa. Ela se sentava com a avó na sala de estar, conversando sem parar, espanando todas as pequenas bugigangas e as superfícies embaixo delas, aprendendo a fazer crochê, uma forma de bordado em que nunca antes sentira muito interesse. Passavam algum tempo juntas na cozinha durante as tardes, assando bolos e tortas, preparando grandes jarras de limonada e fazendo chá. Elas iam visitar alguns vizinhos e passeavam pelo cemitério da igreja. Em uma tarde quente, ficaram sentadas por um tempo em um banco de pedra dentro da área coberta do portão e riram sobre como Anna havia ficado fascinada e assustada quando criança.

Ela também passava um tempo com o avô, mas geralmente era quando os quatro estavam juntos. Era Avery quem passava a maior parte do tempo com ele. Mesmo quando o avô se trancou em seu gabinete, compondo o sermão de domingo, Avery ficou lá com ele, lendo. Os dois homens pareciam realmente gostar da companhia um do outro, para a maravilha de Anna. Às vezes, ela olhava para o marido e se lembrava dele como o vira pela primeira vez. Era difícil acreditar que ele fosse o mesmo homem. Ele se vestia da mesma maneira, à exceção do monóculo, da caixa de rapé e da maior parte de suas joias, que estavam abandonadas em uma tigela de porcelana no pequeno quarto que compartilhavam. E o lenço em seu pescoço estava amarrado com um nó simples, ela notou, as botas perderam parte de seu brilho, e ele parecia despreocupado. Seus modos também eram mais relaxados, menos afetados e menos lânguidos. Ele tratava os avós dela com respeito caloroso, sem indício de condescendência. Conversava aberta e sensatamente, sem nenhuma das afetações verbais que, em parte, a irritavam e, em parte, a divertiam em Londres.

Não era possível fazer a avó renunciar à opinião de que ele era um anjo.

— E ele venera o chão em que você pisa, Anna — disse ela. — O bom Deus cuidou de você, meu amor, sem qualquer ajuda de sua vovó e de seu vovô. Isso vai me manter humilde. No entanto, terei algo que resolver com Ele quando estivermos frente a frente no céu. Presumo que é para onde vou. Aliás, não aceitarei um "não" como resposta.

Ela deu uma risada gostosa, e Anna ficou impressionada, uma e outra vez, durante aqueles oito dias, com uma onda de... não de memória exatamente. Lembrava-se de pouco dos anos que passara ali, mas às vezes havia fragmentos e sopros de familiaridade, nada definido o suficiente para ser capturado pela mente, embora real o bastante para cutucar o coração e permanecer ali. As únicas lembranças reais eram o portão coberto do cemitério — embora por que motivo, ela não soubesse — e o assento da janela no que ela descobriu que tinha sido o quarto de sua mãe, com vista para o cemitério e para a igreja. No entanto, havia o riso de vovó, as toalhinhas de crochê, o grande bule redondo de porcelana com sua pintura desbotada de uma cena rural idílica e o pequeno rachado triangular em sua tampa; a maneira de vovô sempre parecer colocar os muitos botões pequenos de seus coletes nas casas erradas e seu sorriso calmo e afável. Também havia um sentimento na igreja no domingo de que ela já havia contemplado o avô em seu papel de vigário e se perguntado se ele era Deus. E a sensação — ou era uma lembrança? — de que ela havia perguntado à avó uma vez no meio da cerimônia, e que fora silenciada com a mão na boca e uma sussurrada de que, de fato, ele não era.

Sua avó riu com entusiasmo quando Anna perguntou sobre isso após a celebração, ao voltarem para casa, cada uma com um braço enlaçado no de Avery.

— Realmente aconteceu — contou ela. — Na época, senti que poderia ter morrido de vergonha, pois você escolheu o momento de maior silêncio e solenidade para se manifestar em sua vozinha pequena, que deve ter se propagado até a torre do sino. Mas guardei isso como uma lembrança boa desde então.

— Você pensou que talvez seu avô fosse Deus, Anna? — Avery perguntou. — Mas que tolice a sua. Deus é muito mais severo, não é?

Vovó moveu o braço bruscamente e o pegou nas costelas com o cotovelo enquanto ria.

De maneiras demais, foi uma semana idílica. Anna e Avery foram passear no campo, ao longo de alamedas e trilhas de carroças aonde quer que elas levassem, seu braço curvado no dele ou, às vezes, quando não havia absolutamente ninguém à vista, com os braços em volta da cintura um do outro. Ocasionalmente, ele parava para beijá-la e voltava a seus modos antigos.

— Anna — ele disse uma vez com um tremor perceptível —, você está adquirindo a tez rosada de uma garota do campo. Você realmente parece *saudável*. Não sei se ouso levá-la de volta a Londres. Talvez lábios mais rosados sejam uma ligeira melhora. — E depois de lhe dar um beijo completo e de observá-la com os olhos preguiçosos de antes, acrescentou: — Sim, isso definitivamente ajuda. Vou ter que continuar fazendo isso.

— Absurdo. — Ela sorriu para ele.

— De fato é.

Ele fazia amor com ela todas as noites, lenta e silenciosamente, pois a casa não era muito grande. Era maravilhoso além das palavras.

Na noite anterior à partida, depois de vários dias de hesitação, os avós concordaram que iriam para Morland Abbey a fim de passar algumas semanas durante o verão — Avery mencionara um mês ou dois ou dez. O avô de Anna estava ameaçando se aposentar fazia pelo menos cinco anos, informou a avó, e havia um jovem perfeitamente adorável conhecido deles, um cura em uma igreja de Bristol, que ficaria ansioso demais para ter uma paróquia própria. Não seria necessário muito esforço para convencê-lo a vir como *locum tenens*, um substituto, por algumas semanas.

— Talvez, Isaiah — ela acrescentou —, você verá, quando voltarmos, que a paróquia não entrou em colapso sem a sua presença.

— Talvez, Alma — disse ele, sorrindo afetuosamente para ela —, seja disso que eu tenha medo.

Avery disse que lhes enviaria sua própria carruagem, não admitiria protesto, e criados suficientes para garantir sua segurança e conforto durante a viagem. Ele faria todos os preparativos para que tivessem cavalos, lanches e acomodações. Tudo o que precisariam fazer era ir.

— Isso significará o mundo para Anna — revelou ele. — E me dará um grande prazer. Restam algumas ruínas da antiga abadia, incluindo o claustro. Elas vão lhe interessar, senhor.

Lágrimas foram derramadas na manhã seguinte, antes de Avery ajudar Anna a entrar na mais simples de suas duas carruagens, que havia retornado da estalagem onde o resto da comitiva os esperava. Mas havia sorrisos também. Todos se veriam novamente em breve.

— Tão diferente da última vez em que fui arrancada deles — disse ela, recostando-se no assento enquanto a carruagem saía da vila.

— Você se lembra? — ele perguntou, pegando a mão dela.

— Não com a minha cabeça — contou ela. — Mas com o meu coração, sim. Eu me lembro de chorar e chorar. Lembro-me da voz do meu pai, rouca e impaciente, dizendo-me para ser uma menina crescida. Acredito que tive muita sorte de não ter que crescer com ele, como Harry, Camille e Abigail.

— Essa é uma maneira de ver as coisas — comentou Avery. — Sim, de fato, minha Anna, você teve a sorte de crescer em um orfanato.

Ela virou a cabeça e sorriu para ele.

— Não foi tão ruim — acrescentou Anna. — Isso me transformou na pessoa que sou agora, e, por mais arrogante que pareça, gosto de mim como sou.

— Hum. — Ele pareceu se conter por um instante. — Sim, eu também. Eu até gosto desse chapéu, embora todos os sentimentos mais delicados devam se revoltar ao vê-lo.

Era o chapéu de palha que ela usara no casamento — e todos os dias desde então.

— E então voltaremos a Londres — disse ela. — Eu posso enfrentar isso agora.

— Londres pode esperar por mais um dia ou dois. Nós estamos indo para Bath.

— Bath? — Ela ergueu as sobrancelhas.

— Quero ver esse seu orfanato. E eu quero conhecer aquele... amigo seu.

— Joel?

— Joel, sim. E prestaremos nossos respeitos à sra. Kingsley, à Camille e à Abigail.

Ela olhou para ele, seu coração batendo desconfortavelmente.

— Mas elas vão nos receber? — indagou Anna — Elas vão *me* receber?

Ele entregou-lhe um grande lenço de linho e ela sentiu duas lágrimas escorrendo por suas bochechas.

— O duque de Netherby é recebido em todos os lugares — falou ele à sua maneira antiga. — Ele é um homem de enorme importância. A duquesa de Netherby será recebida com ele. Além disso, Anna, existe a conexão familiar, e a sra. Kingsley, pelo menos, ficará curiosa para conhecê-la.

— Ela é a mãe da ex-condessa — ela lembrou.

— Sim — Avery concordou, pegando o lenço da mão dela e secando-lhe as bochechas e os olhos.

A sra. Kingsley possuía uma casa no The Crescent, o endereço de maior prestígio em Bath, curvando-se em graciosas linhas clássicas no topo de uma colina, com uma vista panorâmica da cidade e do campo mais além. Kingsley era um homem rico — daí o casamento entre sua filha e o falecido conde de Riverdale. Avery enviara seu cartão com o mordomo no início da tarde do dia seguinte à sua chegada com Anna, e eles foram levados à sala de visitas alguns minutos depois e anunciados com dignidade formal.

Avery encontrara a sra. Kingsley uma ou duas vezes antes. Era uma senhora alta formidável e de cabelos brancos. Ela veio na direção deles cruzando a sala, cumprimentou Avery cordialmente ao lhe apertar a mão e depois se virou para olhar firmemente para Anna.

— Duquesa — ela falou como um frio reconhecimento da apresentação de Avery. — Seria injusto culpar a filha pelos pecados do pai. Você é bem-vinda à minha casa.

— Obrigada, senhora — disse Anna, e Avery, virando-se para observá-la, não ficou surpreso ao vê-la calma e digna, com as mãos cruzadas diante de si. Ele apostaria, porém, que, se pudesse ver através das luvas dela, descobriria que os nós dos dedos estavam brancos. Ela havia apenas brincado com o café da manhã e com o almoço depois de comer com entusiasmo na semana anterior.

Camille e Abigail estavam presentes, ambas em pé. No entanto, nenhuma se moveu em direção à porta. Camille parecia mais magra e pálida, pensou Avery, enquanto Abigail parecia apenas pálida. Ele se curvou para elas e se aproximou.

— Quando se passa por Bath — iniciou ele, imbuindo-se da haste de seu monóculo —, sente-se o desejo de visitar as primas colaterais.

— Nem mesmo isso, Avery — observou Camille.

— Ah — ele disse —, mas seu pai e minha madrasta eram irmãos. Isso certamente nos torna primos, de certa maneira. E nunca diga a Jessica que não há conexão entre vocês. Não apenas ela choraria um oceano, como também faria uma birra horrível e forçaria meus nervos até o ponto de ruptura. Como vai, Camille? E você, Abigail?

— Bem — respondeu Camille, seca.

— Sim, bem — disse Abigail. — E muito grata a você por nos visitar, Avery. Confio que tenha deixado tia Louise e Jessica em boa saúde?

— Sim — confirmou ele —, mas também com grande ressentimento sobre o fato de que Anna e eu optamos por nos casar discreta e secretamente, em vez de nos sujeitarmos a todas as delícias de um casamento com "C" maiúsculo. Gostariam de cumprimentar minha esposa? Ela ficará muito infeliz se não quiserem, e então eu também ficarei. A infelicidade é muito enfadonha.

Abigail olhou para ela e a cumprimentou com uma pequena reverência. Camille olhou-a gravemente enquanto todos se sentavam.

— Recebi uma carta de Jessica há alguns dias — revelou Abigail —, embora o anúncio nos jornais de Londres já tivesse sido trazido à atenção de vovó. Desejo-lhe felicidades, Vossa Gr... — Ela parou brevemente e franziu a testa. — Desejo-lhe felicidades, Anastasia. Escrevi uma resposta para Jessica para sugerir que talvez seja hora de ela abandonar a amargura. Devo seguir meu próprio conselho.

— Obrigada, Abigail — agradeceu Anna. — Acabamos de passar uma semana na vila de Wensbury com meus avós maternos. Avery os descobriu para mim. Eles pensavam que eu estava morta. Meu pai escreveu para eles pouco depois de me levar para o orfanato aqui, informando-os de que eu havia morrido de febre tifoide.

— Oh — reagiu Abigail.

Camille franziu a fronte, olhando para as mãos cruzadas no colo.

— O sr. Kingsley estava muito decidido a casar Viola com o herdeiro do conde de Riverdale — comentou a sra. Kingsley. — Sua cabeça estava bastante virada com a perspectiva de ter uma futura condessa como filha. E ela estava disposta, pois ele era um jovem bonito. Eu fui contra desde o início, pois não gostei dele. Eu o considerava egoísta e vi que seu charme escondia uma falta de caráter. Deixei de lado minhas apreensões durante anos, mas não deixarei mais. Ele era um homem perverso.

— Fico contente — Camille disse rigidamente, sem olhar para cima — que você tenha redescoberto seus avós e eles a você.

— Obrigada, Camille — disse Anna. — Vocês já tiveram notícias de Harry? Ele está seguro?

Harry havia chegado em segurança a Portugal depois de ser um dos poucos passageiros no navio a não ficar enjoado e, aparentemente, enviou uma carta breve e muito entusiasmada para suas irmãs — como havia feito para Avery. Ele estava ansioso pela sua primeira batalha e pela chance de experimentar os exércitos de Napoleão Bonaparte.

Eles ficaram por meia hora, enquanto as damas conversavam educada e artificialmente. Despediram-se com agradecimentos e bons votos de ambos os lados. E Avery, agradecido por aquilo ter chegado ao fim, pegou Anna pelo braço e começou a descer a colina na direção da abadia, do Pump Room e da parte principal da cidade. Foram a pé, como haviam chegado, porque subir a colina era íngreme demais para uma carruagem.

— Diga-me, Anna — ele perguntou —, foi um erro de julgamento da minha parte trazer você aqui?

Por um momento, ela descansou a lateral do chapéu no ombro dele.

— Não, pois elas me receberam e foram educadas, e eu pude ver por mim mesma que estão em boas mãos com a avó. E talvez agora elas me odeiem menos, embora o fato de eu me casar com você certamente não me fez cair nas boas graças delas. É verdade que o tempo cura todas as feridas, Avery?

— Eu realmente não tenho ideia — respondeu ele com toda honestidade. — Mas, por razões de argumento, declararei dogmaticamente que sim, é claro que o tempo cura todos os males.

— Obrigada. — Ela sorriu tristemente para ele.

22

— Foi educado da parte deles fazer a visita. — Camille foi a primeira a quebrar o silêncio.

— Eu achei que sim — sua avó concordou. — É o que eu esperaria de Netherby, é claro. No entanto, deve ter sido necessária uma coragem considerável de sua duquesa para acompanhá-lo. Fiquei surpresa ao encontrá-la tão modestamente vestida, embora seja evidente que ela tenha as melhores costureiras. Não pude detectar nenhum traço de vulgaridade nela, e suas maneiras são excelentes.

— Ainda não entendo por que Avery se casou com ela — comentou Abigail. — Ele tem a reputação de só ter olhos para as beldades mais aclamadas.

— Creio, Abby — disse Camille —, que é exatamente isso. Você viu o jeito como ele olhava para ela?

Abigail suspirou e falou:

— Pensei que talvez o primo Alexander se casasse com ela para reunir o título e a fortuna. Mas foi Avery quem se casou. Ele não teria feito isso apenas por pena, teria? E certamente não por avareza.

— Certamente não — concordou Camille. — Ah, nós discutimos esses argumentos nos últimos dias, desde que vovó leu o anúncio, até que eu ficasse mortalmente farta do assunto. Acredito que ele tenha se casado com ela por amor, Abby, por incrível que pareça.

— Pobre Jess — lamentou Abigail. — Ela se ressente por Anna em nosso nome, embora esteja perfeitamente ciente de que nada nessa triste situação seja culpa de nossa meia-irmã. E agora Anna é sua cunhada, assim como sua prima.

— Ela deve aprender a se ajustar, exatamente como você a aconselhou, Abby. — Camille ficou inquieta e cruzou o espaço até a janela, de onde olhava para um parque inclinado e para a paisagem abaixo. — Eu me pergunto se a duquesa vai levar Avery para conhecer o orfanato. A senhora acha que eles

ALGUÉM PARA AMAR   293

descobrirão se ela for?

— Que eu estive lá? — sua avó perguntou. — Que concordei em financiar uma estante grande para a sala de aula e livros para preenchê-la? É o tipo de coisa que vários cidadãos de Bath fazem com espírito de caridade. Não vejo razão para que a duquesa de Netherby seja informada ou por que ela consideraria notável se fosse.

— Que *eu* já estive lá, vovó — revelou Camille, virando-se da janela.

— *Você?* — A avó ficou surpresa. — Você esteve no orfanato, Camille? Ora, mas quando? Que eu saiba, você saiu de casa apenas duas vezes desde que veio para cá, as duas para passear com Abigail e as duas vezes com um véu pesado sobre o chapéu para cobrir o rosto, como se tivesse caído em alguma espécie de desgraça e tivesse medo de ser reconhecida.

— Da primeira vez, passamos em frente — contou Camille. — Na segunda, entrei e pedi para falar com a pessoa responsável. Abby não quis ir comigo. Ela caminhou de um lado para o outro pela rua até eu sair.

— Eu não tive sua coragem, Cam — disse Abigail.

— E? — a avó delas perguntou, franzindo a testa.

— A srta. Ford, a matrona, teve a gentileza de me mostrar alguns dos quartos, depois de eu explicar quem eu era. Ela ainda sente falta de... Anna Snow. Assim como todos lá, aparentemente. Ela era quieta e despretensiosa, mas... como foi mesmo que a srta. Ford disse? Seu verdadeiro valor para todos pareceu muito maior quando ela já não estava mais lá. A professora substituta não deu muito certo. Ela ameaçou várias vezes sair, e eu entendi que a srta. Ford espera que ela vá mesmo, antes que precise ser demitida.

— Cam — pediu Abigail, seu rosto infeliz —, eu ainda acho que você...

Mas Camille levantou a mão para impedir que ela continuasse.

— Ofereci-me para ocupar o lugar da professora, se houver uma vaga, vovó — continuou ela —, mesmo que por pouco tempo, até que alguém mais qualificado e mais experiente possa ser encontrado.

— O quê? — A mão de sua avó subiu até as pérolas em seu pescoço. — Camille? Realmente não há necessidade disso.

— Há — retrucou Camille. — De alguma forma, devo me colocar no lugar dela; isto é, no de Anna Snow, mesmo que seja por pouco tempo e mesmo que eu nunca saiba como é ser uma criança lá. Devo parar de odiá-la. Talvez eu possa fazer isso se eu tomar o lugar dela.

Abigail abriu as mãos sobre o rosto.

— Parece-me — disse a sra. Kingsley — que odiar... ou amar... é uma questão de força de vontade, Camille. Você não precisa passar por essa humilhação.

— A força de vontade parece não funcionar — contrariou a neta. — Funciona na mente, mas não no coração.

— Bem — sua avó concluiu rapidamente —, talvez a professora não saia do cargo e talvez a matrona não tenha coragem de demiti-la ou tenha outra pessoa em mente antes que ela se demita. E talvez um dia você venha comigo ao Pump Room para o evento matinal e encontre um cavalheiro para se distrair do visconde de Uxbury. Abigail me acompanhou duas vezes e despertou interesse nas duas. Poucas pessoas aqui se debruçarão demais sobre sua alteração de status. Afinal, vocês são minhas netas, e eu gozo da mais alta estima na sociedade de Bath.

— Veremos — ponderou Camille, voltando para sua cadeira. — Mas vir *foi* educado da parte deles. E perguntar sobre Harry.

— Harry é irmão dela, Cam — intercedeu Abigail, enxugando os olhos com o lenço antes de guardá-lo. — E nós somos suas irmãs.

A srta. Ford não mencionou a visita de Camille ao orfanato. Mencionou, no entanto, o fato de que a sra. Kingsley, uma importante cidadã de Bath, havia demonstrado um interesse bem-vindo na casa recentemente e deveria financiar a compra de uma grande estante de livros para a sala de aula, bem como de livros de todos os tipos para preenchê-la. A matrona mencionou isso apenas porque o duque e a duquesa de Netherby fizeram uma oferta idêntica. Anna não acreditava que a srta. Ford tivesse feito a conexão entre ela e a sra. Kingsley. Sempre fora um sonho de Anna, quando era professora lá, ter livros para todas as crianças lerem, independentemente da idade, interesse ou capacidade de leitura. No entanto, quando ela enviara uma grande soma de dinheiro para a casa logo após herdar sua fortuna, não especificara em que deveria ser gasto, e a srta. Ford, com a aprovação do conselho, comprara algumas camas muito necessárias e outros móveis para os dormitórios e novas janelas para a sala de jantar.

A cozinha era velha, dos fornos à lareira, à despensa, às bancadas de trabalho e ao piso irregular, e o equipamento de lavanderia era ainda mais antigo. Tudo havia sido consertado e reconsertado tantas vezes, a cozinheira explicou ao duque, depois que ela se recuperara um pouco de sua admiração sem palavras, que agora havia reparos e remendos em cima dos reparos e remendos. Avery assegurou a ela e à srta. Ford que seria um prazer para ele e para sua duquesa renovar tudo, se pudessem suportar o inconveniente de ter operários no andar de baixo por tantos dias quantos fossem necessários para realizar o trabalho.

Sua aparência estava semelhante a como estivera durante a estadia no vicariato. Todas as suas correntes, anéis e berloques haviam sido deixados no Royal York Hotel, onde estavam hospedados, junto com seu monóculo e caixa de rapé. O lenço em seu pescoço exibia um nó bem feito, mas sem nenhuma de suas artes habituais. Seus olhos estavam muito abertos, como os de um cavalheiro refinado e gentil. Anna achava intrigante como ele mudava de atitude de acordo com a vontade. Também a tocou que ele não tivesse chegado ali com um ar de tédio ou de condescendência afetada. Quando Winifred Hamlin reuniu coragem para se aproximar dele e informá-lo de que ela havia orado pela srta. Snow quando ela partira para Londres e que suas preces tinham sido atendidas, ele a olhou com um sorriso que franzia os cantos dos seus olhos.

— Sem as suas orações, então — ele disse —, eu talvez nunca tivesse conhecido sua srta. Snow, me casado com ela e a feito minha duquesa. Minha vida teria sido mais pobre pela falta. Lembrarei de que tenho de agradecê-la pela minha felicidade, mocinha.

— Oh, não a mim — Winifred assegurou, apontando piamente para cima.

Isso aconteceu na sala de aula, onde a srta. Ford convocara todas as crianças, pois os alunos haviam sido dispensados das aulas naquele dia. E todos vieram, até as crianças que estavam aos cuidados de algumas das meninas mais velhas, e contemplaram com admiração a srta. Snow, que agora estava tão perto de ser uma princesa quanto era possível, sem realmente ser. A maioria delas ainda estava animada após uma visita de Bertha Reed mais cedo naquele dia.

Anna apresentou o marido, e ele se curvou e sorriu enquanto as crianças aplaudiam e davam gritinhos.

— Srta. Snow — disse Olga Norton, erguendo a mão no ar quando o barulho diminuiu um pouco. — A srta. Nunce nos disse que a senhorita estava errada em nos ensinar a sonhar, porque os sonhos não se realizam para novecentas e noventa e nove pessoas em cada mil, especialmente pessoas como nós. Ela disse que a senhora foi uma má influência.

Houve uma onda de concordância ofendida.

Oh, céus. A srta. Nunce era a nova professora, Anna lembrou-se.

— Olga! — A srta. Ford parecia extremamente constrangida.

— Bem, sabem de uma coisa? — iniciou Anna. — A srta. Nunce está bem certa. Pouquíssimos sonhos se realizam exatamente da maneira como os sonhamos, mas os sonhos podem se tornar realidade de maneiras inesperadas que trazem muita felicidade. Se você sonha em ser o capitão de um grande veleiro, pode não conseguir vir a sê-lo, mas pode perceber que uma vida no mar é o que você quer e se tornar um marinheiro, ver o mundo e ser a pessoa mais feliz que puder ser. E se você sonha em se casar com um príncipe, ou um duque, pode não conseguir realizar esse sonho, pois não há muitos príncipes e duques disponíveis.

Ela fez uma pausa para deixar as risadas de deleite diminuírem e chegar ao fim. Durante esses instantes, as várias crianças apontaram para Avery e gritaram de alegria.

— Mas você pode encontrar um homem que irá amá-la, sustentá-la e conquistar sua devoção, e poderá se casar com ele e ser feliz pelo resto da vida. Com as devidas diferenças, a mesma coisa pode ser verdade para os meninos. Os sonhos são muito importantes, pois podem nos dar muitas horas de prazer e podem ajudar a nos inspirar e a nos direcionar para o caminho que precisamos seguir na vida. Mas qual é o fato mais importante sobre nós mesmos de que devemos sempre, sempre nos lembrar? Quem pode me dizer?

Várias mãos se levantaram.

— Tommy?

— Que somos tão importantes quanto qualquer outra pessoa, senhorita — disse Tommy. — Tão importante quanto ele. — Ele apontou atrevidamente para Avery. — Mas não mais importante do que qualquer outra pessoa.

— Exatamente. — Ela sorriu para o menino. — Mas não pretendo contradizer o que a srta. Nunce lhes ensinou. Acredito que ela não quer que nenhum de vocês fique desapontado se o maior dos seus sonhos nunca se tornar realidade. Ela não quer vê-los sofrer. Ela quer que vocês vejam que há sucesso, realização e felicidade em todos os tipos de lugares surpreendentes. A vida frequentemente nos move em direções inesperadas. Mas, meu Deus, a maioria de vocês já passou a maior parte do dia na sala de aula aqui aprendendo suas lições. Não vou prendê-los mais tempo. Vou permitir que a srta. Ford os dispense. Apesar disso, saibam que eu penso em vocês todos os dias. Eu fui feliz aqui. Este é um lugar feliz.

As crianças aplaudiram novamente, mas não demonstraram relutância em se ver livres. Anna mordeu o lábio, à beira das lágrimas. Ela os amava com profunda ternura. Contudo, não era um amor sentimental ou de pena. Todos tinham um caminho na vida para forjar e seguir, e realmente tinham tantas chances de ter uma vida boa quanto a maioria das crianças que cresceram em uma casa com os pais. Até mesmo a vida dessas crianças tinha desafios.

— Não tenho certeza de que falei a verdade sobre a srta. Nunce — ela comentou com Avery enquanto voltavam para o hotel, ainda a pé. — Se matar os sonhos dessas crianças, ela lhes tirará algo que é infinitamente precioso. O que seria delas, o que seria de nós, sem sonhos?

— Você não deve se angustiar — disse ele. — A mulher parece uma estraga-prazeres para mim e não devem permitir que chegue nem a três metros de uma sala de aula. Ela se opôs à ideia de livros para as crianças, não foi? Mas ela não tem o poder de matar sonhos, Anna. Os sonhos são tão naturais e essenciais para nós quanto a respiração. Aquelas crianças vão sonhar. Os meninos vão querer ser outros Lordes Nelson, embora presumivelmente sem a mesma morte. As meninas vão querer se casar com um príncipe ou ser outras Joanas d'Arc, sem o martírio.

— Até duques sonham? — ela lhe perguntou.

— Eu não era um duque quando criança, mas meramente um marquês.

— E os marqueses sonham?

— É claro.

— O quê? Com o que você sonhava? Com o que você *sonha*?

Ele ficou em silêncio por tanto tempo que Anna pensou que ele não fosse responder. Eles estavam quase nas portas do hotel antes que ele se manifestasse.

— Alguém para amar — ele disse suavemente quando já era tarde demais para ela responder.

O amigo de Anna, Joel Cunningham, se juntou a eles para jantar naquela noite em um salão privado no Royal York. Ele entrou a passos largos, três minutos antes do horário, vestido para a noite de maneira excepcional, embora sem imaginação. Ele era alto — embora não particularmente alto —, com o tronco largo, embora de modo algum gordo. Tinha um rosto redondo e aberto, cabelos muito curtos e olhos escuros. Tinha bons dentes — ele estava sorrindo.

Avery o odiou à primeira vista. Sua mão coçava para apanhar o monóculo, mas ele resistiu.

— Anna. — Suas duas mãos estavam estendidas na direção dela. Era como se Avery fizesse parte da mobília. — Olhe só para você. Você está... elegante.

— Joel. — Ela estava olhando para ele com um sorriso que se equiparava ao seu e as duas mãos estendidas para o alcance dele. — Fico muito feliz que você tenha podido vir. E isso é um casaco novo. É muito distinto.

Eles se deram as mãos e dobraram os cotovelos como se estivessem prestes a se abraçar. Talvez não, pensou Avery, porque ele *não* fazia parte da mobília. Anna virou o rosto ainda radiante para ele enquanto ainda segurava as mãos do rapaz.

— Avery, este é meu querido amigo Joel Cunningham.

— Eu achei que fosse — disse Avery com um suspiro, e, apesar de tentar evitar, seus dedos se curvaram sobre a haste do monóculo. — Como vai?

— Avery, meu marido, o duque de Netherby.

Cunningham soltou as mãos e se virou para fazer uma reverência, e Avery ficou interessado em notar que o homem o observava com o mesmo tipo de avaliação crítica e hostilidade velada com que ele acabara de olhar para Cunningham. Como dois cachorros cobiçando o mesmo osso? Que pensamento assustadoramente vil.

— Encantado — falou Cunningham.

Anna estava olhando de um para o outro, e Avery podia ver que ela havia avaliado a situação com bastante precisão e se divertia com isso.

Não foi um começo auspicioso para a noite, mas Avery certamente não gostava da imagem de si mesmo como um marido ciumento — era o suficiente para lhe dar arrepios. E Cunningham engoliu qualquer hostilidade que pudesse ter trazido consigo ou concebido à primeira vista pelo homem com quem sua amiga se casara. Eles se acomodaram em uma conversa a três que foi realmente bastante agradável, e a comida certamente era de excelente qualidade.

Cunningham era um homem inteligente e bem informado. Ele estava auferindo o que Avery entendia ser uma renda cada vez mais lucrativa como pintor de retratos, embora sonhasse em se destacar como artista de paisagem, e também tinha um sonho vago de se tornar escritor.

— Embora as pessoas com algum talento nas artes visuais nem sempre sejam igualmente talentosas com as palavras — disse ele.

— Aqueles que posam para seus retratos ainda são, na maioria, pessoas mais velhas? — Anna perguntou a ele. — Sei que você sempre desejou pintar pessoas mais jovens.

Ele pensou a respeito.

— Sim, eu gosto de pintar a juventude e a beleza — afirmou —, mas as pessoas mais velhas tendem a ter mais personalidade para ser capturada na tela. Elas apresentam um desafio mais interessante. Só recentemente percebi isso. Talvez seja um sinal de que minha própria personalidade esteja amadurecendo.

Ele não fizera muito — se é que tinha feito algum — progresso em ficar de olho nas srtas. Westcott, Cunningham informou a Anna. Ele vira quem supunha ser a irmã mais nova entrar no Pump Room com a avó em algumas ocasiões, mas não tinha posto os olhos na irmã mais velha.

— Eu conheci a sra. Kingsley em uma das noites de literatura da sra. Dance — contou ele —, e ela elogiou as miniaturas que levei comigo. Ela mencionou as *duas* netas que estavam morando com ela e estava claramente pensando nas possibilidades. Escrevi para você sobre isso, Anna, não foi? Mas não tenho notícias dela desde então, e não bati à porta dela com o cavalete na mão. Às vezes, essas coisas levam tempo, paciência e algumas manobras.

Anna sorriu em compreensão.

— Avery e eu fizemos uma visita lá hoje. Elas estão em boas mãos com a sra. Kingsley, Joel, e eu nunca pretendi que você fizesse mais do que localizá-las para mim e me garantir, se você pudesse, que elas estavam bem estabelecidas aqui.

Cunningham também oferecia seu tempo para ensinar arte no orfanato algumas tardes por semana. Avery perguntou-lhe como ele trabalhava com a nova professora e ele fez uma careta.

— Ela é uma pateta — declarou. — Mas uma pateta perigosa, pois parece altamente respeitável, o tipo de pessoa que deve saber tudo sobre ensino e as necessidades das crianças em fase de crescimento. O que ela sabe é menos do que nada. Ela se ressente que eu seja o professor de arte e fica aludindo ao fato de que ela é uma aquarelista talentosa e ganhou elogios de todos os tipos de pessoas sem graça. Ela começou a ouvir minhas lições e, ocasionalmente, a me contradizer abertamente. No Evangelho segundo a srta. Nunce, a boa arte não tem nada a ver com talento, com imaginação ou (os céus não permitam!) com a visão individual de um artista, e tudo a ver com as habilidades artísticas corretamente aprendidas e meticulosamente aplicadas. Quando um dos meus meninos pintou um céu cheio de luz, cor, vida e glória, ela se recusou a exibi-lo na sala de aula porque o céu não era azul uniforme e não havia uma bola amarela no canto superior direito com raios amarelos de igual comprimento saindo dele. Agradeci a ela, na frente das crianças, com uma cortesia terrível (você adoraria, Anna), por me permitir levar a pintura para expor em meu estúdio.

— Ah — disse Anna, com o cotovelo na mesa e o queixo na mão —, se eu pudesse ser uma mosquinha na parede...

— Ela está tentando tornar impossível a minha permanência. Mas sou teimoso demais para ir embora e gosto demais das crianças para ceder à vontade dela. Espero estar tornando a permanência *dela* impossível. Você tinha que ver como eu permito que as crianças enfiem todos os materiais de arte no armário, Anna. Você teria me repreendido por uma semana. A srta. Nunce apenas parece contrariada e martirizada e reclama com a srta. Ford.

Anna riu e Avery começou a gostar do homem.

— Você é um homem de sorte, Netherby — Cunningham lhe falou pouco antes de se despedir. — Pedi Anna em casamento há alguns anos, mas ela me recusou. Ela lhe contou isso? Ela me informou que a questão era que eu só estava me sentindo solitário depois de deixar o orfanato. Ela me disse que eu viveria para me arrepender se ela aceitasse. Ela estava sem dúvida certa... ela costuma estar. Eu o invejo, mas ela continua sendo minha amiga.

Cunningham estava enviando uma mensagem distinta, Avery percebeu. Ele estava na vida de Anna para ficar, mas já que ela havia se casado com Avery, não haveria ressentimento nem ciúmes. Não haveria motivo para uma hostilidade contínua.

— Eu também me invejo — revelou Avery enquanto Anna olhava

entre eles novamente, como ela havia feito antes, ciente das mensagens subliminares. — Minha esposa teve muita sorte de crescer com alguém que continuará sendo um amigo por toda a vida dela. Muitas pessoas não podem fazer a mesma afirmação. Espero que nos encontremos novamente.

Ele foi sincero ao dizer isso também — quase. Mas, nem sequer por um momento, ele acreditou que Anna tivesse deixado de ser para Cunningham mais do que uma amiga. Ele suspeitava de que Anna nem percebesse a verdadeira natureza dos sentimentos do homem por ela.

Logo depois disso, todos apertaram as mãos e Joel Cunningham partiu para casa.

— Oh, Avery — disse Anna, virando-se para ele quando estavam sozinhos —, é tão estranho estar de volta aqui com tudo igual e ao mesmo tempo totalmente diferente.

— Você está triste?

— Não. — Ela franziu a testa em pensamento. — Não estou triste. Como eu poderia estar? Apenas... — Ela riu baixinho. — Apenas triste.

Ele segurou o rosto dela nas mãos e a beijou.

— Vamos partir daqui amanhã — declarou. — Mas retornaremos. Nunca podemos voltar, duquesa, mas sempre podemos revisitar o passado.

— Sim. — Os olhos dela estavam nadando em lágrimas. — Oh, que par de semanas estranhas e emocionais foram essas. Mas estou pronta para partir.

Algumas semanas antes, eles nem sequer estavam casados. Agora, ele não conseguia se imaginar sem Anna — um pensamento um pouco alarmante.

— Venha para a cama — pediu ele. — Deixe-me fazer amor com você.

— Sim — respondeu ela, inclinando-se para ele.

Mas ela ainda parecia triste.

23

Apaixonar-se tinha sido fácil. De fato, não tinha sido nem mesmo isso. Simplesmente acontecera. Avery não tinha planejado, nem esperado, nem particularmente queria que acontecesse. Apaixonara-se apesar disso. Decidir se casar e fazer o pedido também tinha sido fácil. Fora feito sem pensamento prévio, totalmente um ato no calor do momento, em grande parte porque — ele estremeceu um pouco com o pensamento — parecia totalmente possível que ela pudesse ser persuadida e se convencesse a se casar com Riverdale. Casar-se tinha sido fácil. Não houve nenhum problema ou demora em adquirir a licença ou em encontrar um clérigo disposto e capaz de casá-los naquela mesma manhã — ou em convencer Anna a ir com ele.

As duas semanas seguintes foram cheias de êxtase. Sim, essa era uma palavra adequada e nem um pouco exagerada. Ele relaxou na maravilha que era seu casamento — e sim, mesmo essa palavra, *maravilha*, era apropriada. Ele se permitira desfrutar de companhia, amizade e sexo com sua esposa. Ele se apaixonara pelos avós e pelo modo de vida deles. Sentira-se um pouco como uma criança em uma sala de brinquedos durante aquela semana no vicariato, sem nenhuma preocupação no mundo e sem autoconsciência. Ele até gostara de Bath. Camille e Abigail obviamente ainda estavam sofrendo, mas estavam em boas mãos e as coisas se ajeitariam. Ele estava confiante disso. Não tinham transformado sua meia-irmã em uma amiga do peito, mas fizeram um esforço para serem educadas. Avery ficara maravilhado com o orfanato, que, afinal, não era a instituição sombria como ele meio que esperava que fosse, mas que, mesmo assim, fora o lar muito espartano de sua esposa durante vinte e um anos. Ela era amada por lá e gostava profundamente de todos, funcionários e crianças. Ele até gostou da noite que passaram com Cunningham, a quem estava preparado para desprezar e também preparado para não gostar. Mas o homem era inteligente, interessante e honrado. Ficou claro que ele tinha sentimentos por Anna, mas, ao que parecia, ele escolhera, havia alguns anos, ser amigo dela, se não pudesse ser mais nada.

Sim, tudo tinha sido fácil e idílico até o retorno a Londres; idílico a ponto de beirar o "felizes para sempre". Todavia, em Londres, Avery descobriu que não sabia como ser casado. Não tinha ideia. Não tinha a menor pista. E assim, fiel a si mesmo, ele se retirou para dentro de sua concha, como uma tartaruga, até se sentir razoavelmente confortável.

No entanto, mesmo um conforto razoável não era fácil. Sempre houvera uma distância autoimposta entre ele e a maioria de seus conhecidos. A maioria das pessoas, ele sabia, ficava um tanto impressionada com ele. Agora, de repente, a distância era enorme. Ele se casara com uma das maiores herdeiras de todos os tempos a pisar no mercado de casamentos quase antes de que todos tivessem a chance de vê-la — nem sequer houvera um anúncio de seu noivado nos jornais matinais, apenas do casamento. E então ele desaparecera com ela por duas semanas no meio da Temporada. Agora estava de volta.

Entre os homens, é claro, havia algo de importância muito maior do que seu casamento — exceto talvez entre aqueles que esperavam se casar com alguém de fortuna. Havia aquele maldito duelo, que Avery esperou em vão que fosse esquecido quando ele tivesse retornado. Em vez disso, o incidente alcançou proporções míticas na mente coletiva, e os homens o encaravam — e desviavam os olhos às pressas quando ele e seu monóculo os miravam — com fascínio e medo. Dizia-se que Uxbury ainda estava de cama, embora, sem dúvida, o galo na parte de trás de sua cabeça tivesse diminuído do tamanho de uma bola de críquete para o de um ovo de formiga — se as formigas botassem ovos —, e os hematomas no queixo provavelmente tivessem clareado de preto e roxo para um tom mostarda mais claro.

Avery fez sua aparição na Câmara dos Lordes várias vezes, tendo negligenciado seus deveres lá ultimamente. Ele visitou seus clubes, acompanhou sua esposa a vários eventos sociais e mantinha certa distância dela muito corretamente até a hora de acompanhá-la para casa. Ele a levou para passear de charrete no Hyde Park algumas vezes na hora da moda e caminhou com ela uma vez à beira do rio Serpentine, com passos sinuosos entre outras pessoas. Na maioria das noites, ele jantava em casa com ela, sua madrasta e Jessica, que agora era considerada adulta o suficiente para se juntar a eles. Dormia na cama de Anna e fazia amor com ela pelo menos uma vez por noite. Tomavam o café da manhã juntos e examinavam os convites em conjunto depois que Edwin Goddard os organizava.

Não havia absolutamente nada de errado com seu casamento. Não era diferente de qualquer outro casamento do *ton*, até onde ele sabia. E isso — que o diabo o carregasse! — era o problema. Ele não tinha ideia de como torná-lo melhor, como recuperar o brilho e a euforia daquelas duas semanas. Era o que as pessoas chamavam de lua de mel, ele supunha. Por sua própria natureza, não se podia esperar que as luas de mel durassem.

Talvez as coisas fossem ser diferentes — melhores — quando a sessão parlamentar terminasse e, com ela, a Temporada, e eles pudessem ir para Morland Abbey passar o verão. Os avós dela viriam por algumas semanas. Mas ele estava ciente de que nunca se poderia confiar no futuro como uma melhoria do presente. O futuro não existia; somente o presente.

O presente era... decepcionante. Ele conhecera a felicidade por algumas semanas. Sim. Ele testara o pensamento em sua mente. Sim, ele tinha sido feliz. Ele não estava gostando de voltar ao normal. E, claro, mesmo o normal não era mais normal. Pois havia sua esposa e seu casamento, e ele não sabia bem o que fazer com nenhum deles. Avery não estava acostumado a se sentir inadequado, desprovido do controle de seu próprio destino.

Passava longas horas no andar de cima, no sótão — ele suspeitava de que Anna nem soubesse que ele estava em casa —, mas, embora se exercitasse sem piedade até se banhar em suor, e se sentasse em pose meditativa até quase virar uma esfinge, não conseguiu encontrar a paz. Ele não conseguia encontrar aquele lugar abaixo e atrás de seus pensamentos em que se afundava e encontrava descanso. E sempre, sempre, no sótão, fora dele, na cama, em todo lugar, ele não podia escapar do eco de uma voz lenta e pacífica, dizendo-lhe com seu pronunciado sotaque chinês: *Você é completo, meu garoto, até o vazio oco. O amor vive no centro da totalidade e penetra tudo. Quando você encontrar o amor, estará em paz.*

Mas, como era tão irritantemente típico de seu mestre, ele nunca estivera disposto a explicar tais observações. Verdades profundas e duradouras só podiam ser aprendidas com a experiência, ele sempre explicara. Era inútil Avery argumentar que ele amava — sua mãe morta, seu pai, sua meia-irmãzinha, oh, inúmeras pessoas. O senhor chinês apenas sorria e assentia.

Avery estava infeliz.

Archer House, em Hanover Square, tão intimidadora na primeira vez em que ela lá entrara, agora era a casa de Anna. Todos os seus pertences tinham sido transportados durante sua ausência. John e alguns outros criados também haviam sido trazidos.

— Seu duque fez um pedido especial para me trazer — John explicou a Anna com um sorriso radiante. — Isso deve significar que estou fazendo bem o meu trabalho, não acha? O mordomo da outra casa queria me fazer acreditar que eu não deveria falar com as pessoas, a menos que falassem comigo, mas me pareceu grosseiro e hostil. Gosto deste novo libré mais do que do outro... sem ofensas à senhorita, srta. Snow. Na verdade, estou feliz apenas por estar usando libré. Eu poderia facilmente ter acabado na oficina de um fabricante de botas como o pobre Oliver Jamieson.

— Eu acho, John — disse Anna —, que esse aprendizado foi para Oliver como um sonho realizado.

— Bem — continuou John alegremente, enquanto o mordomo de Avery entrava no corredor e parecia surpreso ao ver o novo lacaio conversando com a duquesa. — É necessário todo tipo de coisa, não é, srta. Snow? O que também é bom, eu suponho. Seria um pouco estranho se todos no mundo fossem lacaios.

Além do fato de Anna estar casada e de estar em uma casa diferente, a vida retomou basicamente de onde parara antes que ela deixasse Londres. Sua avó e as duas tias que ainda permaneciam em Londres estavam tão preocupadas com ela como sempre. Ao que parecia, havia um dano potencialmente grande a ser reparado. Justo quando fora apresentada à sociedade com grande sucesso e certa aclamação, cometera o enorme erro social de não seguir adiante, mas de se casar com uma pressa indecente e depois desaparecer por duas semanas inteiras. Seria realmente incrível se os figurões mais altos não a encarassem, para dizer o mínimo, ou mesmo que a evitassem. Seria incrível se ela não fosse excluída das listas de convidados de alguns dos eventos de maior prestígio da Temporada e se seus ingressos do Almack's[4] não fossem revogados. Somente seu novo título e a enorme importância social de Avery poderiam salvá-la. Mas era necessário muito trabalho.

Houve conferências em Archer House e na casa da condessa viúva. Tia Mildred e tio Thomas não estavam mais em Londres, é claro, e os primos em segundo grau não se envolveram dessa vez. Uma rodada de visitas foi planejada com a avó de Anna ou com tia Louise para acompanhá-la. Ela foi informada sobre a quais festas e a quais bailes seria mais vantajoso comparecer.

Avery a acompanhou a alguns dos entretenimentos noturnos. Ele a informou com um suspiro, certa manhã, quando estavam examinando os convites que o correio trouxera, de que, se ela preferisse, não precisava comparecer a nada, e poderia deixar que o *ton* se danasse. Porém, não parecia um conselho muito útil para Anna. Ela havia tomado a decisão logo após sua chegada a Londres de ficar e aprender o papel de Lady Anna Westcott, e não era mais possível voltar atrás, pois agora ela era a duquesa de Netherby, e era necessário realizar os deveres esperados de uma duquesa. Estava tudo muito bem para Avery mandar o *ton* para o diabo, mas ele sempre fora um aristocrata. Suas excentricidades eram aceitas porque ele era indiscutivelmente o duque. Qualquer excentricidade nela seria apelidada de esquisitice ou vulgaridade.

Ela estava consciente de certa insatisfação com sua vida enquanto prosseguia e tentou negá-la. A lua de mel não poderia ter durado, afinal, e essa era a parte real de seu casamento. Mas ela sentia falta dos dias de longas conversas sobre tudo o que havia sob o sol e dos passeios com as mãos unidas e os dedos entrelaçados, as risadas e os beijos. Não havia nada de errado com o casamento deles, exceto que suas vidas ocupadas os

---

4   O Almack's foi um dos primeiros clubes mistos — para homens e mulheres — de Londres do período. Gozando de grande prestígio, era frequentado pelos membros mais distintos da alta sociedade britânica, que se reuniam lá para bailes e eventos sociais. Era também considerado um palco para se encontrar bons partidos para casamento. (N. da T.)

mantinham separados pela maior parte do dia e, mesmo quando estavam juntos, pareciam estar com outras pessoas a maior parte do tempo. Era o estilo de vida no *ton*, ela percebeu. Seu casamento não era pior do que qualquer outro — o que era uma maneira terrivelmente negativa de se tranquilizar. Ela queria mais do que isso.

Talvez tudo melhorasse durante o verão, quando fossem morar em sua casa de campo. Ou talvez não. Talvez ela devesse simplesmente se acostumar com a nova realidade.

Por fim, ela se rebelou.

Estava na casa da avó enquanto o resto de sua Temporada estava sendo planejado com alguns detalhes. Tia Matilda havia argumentado que, embora Anastasia tivesse sido apresentada à rainha, não fora apresentada como uma dama casada — como uma *duquesa*. Vovó e tia Louise pareciam identicamente chocadas e concordavam com ela. A apresentação deveria ser feita.

— Não! — Anna ficou tão surpresa quanto elas com a firmeza com que falara a única palavra. Mas continuou assim depois de atravessar a sala para se sentar no banquinho junto à cadeira da avó. — Isso deve parar. Acredito que me tornei uma obsessão para todos vocês, que tiveram a gentileza de colocar suas vidas de lado, a fim de me preparar para a vida que deveria ser minha como filha de meu pai. Vocês fizeram isso, e agradeço seus esforços mais do que posso dizer, pois estaria como se perdida no mar sem sua ajuda e influência.

— Não precisamos do seu agradecimento, Anastasia — disse a avó. — Fizemos apenas o que tinha que ser feito para um dos nossos e continuaremos enquanto for necessário.

— Vovó — Anna insistiu, pegando sua mão. — Eu entendo o quanto a senhora ainda deve estar sofrendo pela perda de meu pai, apesar do que ele fez, e por Camille, Harry, Abigail e pela mãe deles. Sei que a senhora tem como dever me trazer para a família e me preparar para meu lugar de direito. Eu acho que a senhora fez isso por amor e dever. E isso é tudo o que quero da senhora e das minhas tias e primas. Foi isso o que desejei por toda a minha vida. Eu preciso do seu amor. E tudo o que eu preciso é ser capaz de amar vocês. A senhora não pode imaginar como é não ter ninguém para chamar de meu e depois ter uma família inteira dedicada a me acolher e a me ajudar a seguir meu caminho. Por favor. Vamos encerrar agora. Fui apresentada à sociedade e tenho um marido com quem seguir meu caminho. Apenas me amem.

— Anastasia! — exclamou tia Matilda. — Claro que amamos você. Eu até comecei a pensar em você como a filha que nunca tive. Aqui, não há necessidade de derramar lágrimas. Deixe-me segurar minha vinagrete embaixo do seu nariz.

A avó estava apenas dando tapinhas de afago em sua mão.

— Você não quer encontrar a rainha novamente como duquesa de Netherby, Anastasia? — perguntou tia Louise. — Ou ir ao Almack's às quartas-feiras ou comparecer aos bailes e concertos que selecionamos para você?

— Não desejo ser uma eremita. Mas quero decidir por mim mesma ou com Avery onde e como passarei meus dias e noites. Quando visitar vovó e tia Matilda ou prima Althea e Elizabeth, quero fazê-lo porque as amo e quero passar um tempo com elas. Quero que vocês sejam minha família, não minhas secretárias e professoras. Oh, por favor, não quero ofender nenhuma de vocês. Eu as amo.

— Pronto. — A avó se inclinou sobre ela e a abraçou. — Ah, guarde essa vinagrete, Matilda. Nenhuma de nós precisa disso. Será como você diz, Anastasia. E, de fato, parece que, apesar de todos os nossos medos de desastre iminente, você ainda é a sensação da Temporada. Você e Avery, ambos. Você o ama, criança?

— Ah, sim, vovó — disse Anna.

E ela amava. Mas, oh, às vezes, ela se sentia infeliz.

Sua madrasta estava jantando com a mãe e a irmã e levara Jessica com ela. Avery e Anna jantaram sozinhos pela primeira vez desde seu retorno a

Londres. Parecia um privilégio raro, e ele relaxou, especialmente quando ela lhe disse que não iria assistir ao concerto que seus parentes acharam importante para ela.

— Você vai sair? — ela perguntou com o que ele esperava que fosse uma nota de melancolia.

Ele pretendia ir com ela, embora a artista principal fosse uma soprano cuja voz não agradasse a seus ouvidos.

— Não. Vou ficar em casa com minha esposa. Às vezes, a pessoa se sente compelida a se comportar como um homem sério e casado.

— Eu acho — disse ela, quando a sopa foi colocada diante deles — que tia Louise recorreu à vovó esta noite por causa do que aconteceu hoje à tarde. Acredito que posso tê-las ofendido. Espero não ter feito isso.

Ele olhou para ela com um semblante interrogativo.

— Eu disse — continuou Anna — que não quero que elas administrem minha vida por mais tempo. Eu sei que não sou a dama polida que elas gostariam que eu fosse, e sei que pode haver pessoas que me desaprovam por todos os tipos de razões. Eu sei que a qualquer momento o *ton* inteiro pode virar as costas para mim...

— Anna, você é a duquesa de Netherby. Você é minha duquesa.

— Bem, sim. — Ela escolheu sorrir. — E eu sei que você teria apenas que levantar seu monóculo e todos correriam para me receber novamente, mas estou cansada de me apoiar em outras pessoas, Avery, de me sentir inadequada e incompleta. Eu implorei que elas simplesmente me amassem e me permitissem amá-las. Eu as amo, você sabe.

— Ah. — Ele recostou-se na cadeira, sua sopa esquecida. — E o que você imploraria de mim?

— Oh, que você me passasse o sal, por favor.

Eles conversaram sobre tópicos irrelevantes durante a maior parte do resto da refeição, enquanto Avery se perguntava o que o novo espírito de independência de sua esposa significaria para ele, para *eles*, se é que significaria alguma coisa. Mas a conversa mudou de rumo novamente depois que os pratos de sobremesa foram removidos e substituídos por frutas e queijo, e ele deu o sinal para os criados saírem.

— Avery — falou ela abruptamente —, preciso fazer planos para Westcott House, para Hinsford Manor e para minha fortuna.

— Precisa? — Ele olhou preguiçosamente para ela antes de continuar descascando sua maçã.

— O sr. Brumford me disse... ah, há muito tempo, que eu não precisava me preocupar com nada disso, e eu aceitei a palavra dele, porque minha cabeça estava cheia de outras coisas; não havia espaço para mais. Mas as duas casas estão vazias. Eu pensei que talvez o primo Alexander devesse morar em Westcott House quando estivesse em Londres. Afinal, ele é o conde. Você acha que ele faria isso? E eu *gostaria* que Camille, Abigail e a mãe delas voltassem a Hinsford. Era a casa principal delas. Existe alguma maneira de convencê-las, você acha? E todo o meu dinheiro e investimentos... eu *não consigo* gostar de ser a única possuidora de tudo. Ah. — Ela se deteve subitamente e olhou para ele. — É tudo *seu* agora? Você é meu dono *e* dono da minha fortuna porque é meu marido?

— Você me ofende, meu amor. Eu sou seu dono exatamente da maneira como você é minha dona. Somos casados um com o outro... até que a morte nos separe, o que pode parecer alarmante se algum dia nos arrependermos. Eu me certifiquei muito completamente com meu advogado de que o que era seu antes do casamento continue sendo seu para fazer o que você quiser. Riverdale pode ser persuadido a arrendar Westcott House quando estiver na cidade, embora eu esteja disposto a apostar que ele não a aceitará como um favor. Você tem toda a liberdade de tentar convencê-lo, é claro. Meu palpite é de que você não convencerá a prima Viola ou suas meias-irmãs a voltar a Hinsford, mas, por outro lado, você pode tentar. O que você deseja fazer com sua fortuna, além de vê-la crescer?

— Quero dividi-la em quatro partes, como deveria ter sido feito por meu pai em um novo testamento antes de ele morrer. Isso pode ser feito agora? Mesmo sem a permissão do meu irmão e das minhas irmãs?

— Vou colocar todas essas perguntas diante de Edwin Goddard —

disse ele, cortando sua maçã em quatro e servindo-se de uma fatia de queijo.

— Ele saberá algumas respostas e terá alguns conselhos sábios, não duvido. E visitarei meu advogado. Ele cuidará de todos os assuntos legais de acordo com seus desejos e com o que for legalmente possível.

A maçã de Anna estava intocada no meio do prato, e ele esticou o braço para descascá-la para ela.

— Não — Anna falou, mas não estava falando sobre a maçã. — Não, isso não seria justo com o sr. Goddard. Ele trabalha duro o suficiente sem precisar disso. E não seria justo dispensar o sr. Brumford apenas porque ele é prolixo e um pouco pomposo. Confiarei quaisquer instruções a ele. E empregarei meu próprio secretário. Eu conheço alguém...

— ... do orfanato — completou ele.

— Sim.

Os dois observaram enquanto ele descascava a maçã dela em uma só tira e depois a cortava em quatro e tirava o centro com as sementes.

— Obrigada.

Ele recostou-se na cadeira e mordeu um pedaço de sua própria maçã.

— Você está com raiva de alguma coisa?

— Não. — Ela suspirou. — Não, Avery. Porém, parece que estou à deriva com a maré desde que abri a carta do sr. Brumford na sala de aula e decidi vir para cá. Eu deixei a vida acontecer comigo e não o contrário. Oh, exerci o controle de maneiras pequenas e sem importância, como o modelo das minhas roupas novas, mas... — Ela encolheu os ombros.

— Você foi levada à deriva a se casar comigo? — ele perguntou, e depois desejou que não o tivesse feito. Ele não queria particularmente ouvi-la responder.

Ela estava arrumando os quatro pedaços de sua maçã em uma fileira organizada sobre o prato. Anna olhou para ele em seguida.

— Acho que me casei com você porque eu queria.

Bem, isso foi um grande alívio.

— Estou lisonjeado — afirmou ele. — Honrado. Sua maçã está começando a ficar marrom.

Seu alívio durou pouco. As mãos dela desapareceram em seu colo e ela continuou a encará-lo.

— Avery — Anna disse suavemente —, onde você aprendeu a fazer aquilo?

Era estranho, mas ele sabia exatamente do que ela estava falando, embora esperasse estar errado.

— *Aquilo?*

— Lutar contra um homem muito maior do que você e derrotá-lo sem permitir que ele colocasse a mão em você, além do fato de que uma porta bateu em você logo depois. Pular no ar mais alto do que a sua própria altura e ainda ter o poder de deixá-lo inconsciente com as solas dos pés descalços.

Ele olhou para ela por alguns momentos, seu corpo absolutamente imóvel. Aquele maldito Riverdale havia lhe contado, ele pensou por um momento. Mas não.

— Onde você estava? — ele perguntou.

— Em cima de uma árvore. Elizabeth estava escondida atrás.

— Algumas dezenas de homens teriam ficado muito descontentes se tivessem pegado vocês. Incluindo Riverdale. E Uxbury. Eu.

— Onde você aprendeu aquilo? — ela repetiu.

Ele colocou um cotovelo na mesa, passou a mão sobre os olhos e recostou-se na cadeira.

— A resposta curta para sua pergunta é: com um senhor chinês idoso. Mas a resposta curta não vai servir, vai? Você é minha esposa e estou rapidamente percebendo que minha vida virou de cabeça para baixo e de dentro para fora como resultado daquelas breves núpcias e se tornou um desconhecido aterrorizante.

— Aterrorizante? — Os olhos dela se arregalaram.

Ele fechou os olhos e tomou várias inspirações lentas e profundas.

— Eu me casei com a mulher errada — ele murmurou, com os olhos ainda fechados —, ou então com a única mulher certa. Você não ficará na superfície da minha vida, Anna Archer? Você não ficará satisfeita em me trazer conforto e prazer, embora não tenha havido muito, desde que voltamos a Londres? É porque essa pergunta precisava ser feita e ser respondida? É porque você não ficará contente até ter visto o âmago do meu ser? E talvez porque eu não ficarei contente até permitir que você chegue lá?

Ele abriu os olhos e a encarou. Os dela ainda estavam amplos. Seu rosto perdera a cor. Ele lhe sorriu tristemente.

— Deveria haver alguém para avisar a um homem o que ele está enfrentando quando decide se casar.

Ele jogou o guardanapo sobre a mesa, levantou-se e estendeu a mão para a dela.

— Venha — disse.

Ela franziu a testa por um momento, olhou para a mão dele com óbvio desconforto e depois colocou a sua nela.

24

Ele a levou para o andar de cima, passou pelo andar da sala de visitas, pelos quartos do andar seguinte e subiu aos sótãos. Ele virou à esquerda e entrou em uma sala grande. Estava segurando a mão dela com força, mas a soltou depois de fechar a porta e caminhou pela sala para acender todas as muitas velas que foram colocadas ao redor, em arandelas de parede, no chão, no parapeito da janela. Ele as acendeu, apesar do fato de que a luz do sol ainda batia inclinada em uma faixa de claridade pela janela.

A sala estava vazia, exceto por dois bancos de madeira ao lado e muitas almofadas — e todas as velas. O chão era de madeira polida. Não havia tapete. Havia algo a respeito daquele recinto que Anna não seria capaz de explicar em palavras se tentasse. Era estranho, excêntrico, mas ela se sentia instantânea e completamente em casa ali e em paz. Havia um leve cheiro de incenso.

— Espere aqui — pediu ele sem olhar para ela, e desapareceu por uma porta em frente aos bancos. Anna ainda estava parada do lado de fora da porta quando ele voltou a sair alguns minutos depois, vestindo calças brancas folgadas e uma camisa aberta branca solta que envolvia a frente do corpo e estava presa na cintura com uma espécie de cinto. Ele estava descalço e caminhou em direção a ela, a mão estendida.

— Venha — disse ele, e a levou para o banco de madeira mais perto da janela. Quando ela se sentou, ele moveu uma almofada e sentou-se de frente para ela, as pernas cruzadas, as mãos nos joelhos. — Ninguém entra aqui, exceto eu. Até mesmo a limpeza sou eu que faço.

Sim, ela podia sentir isso na sala. Parecia um santuário ou um eremitério, apesar de seu tamanho.

— E agora eu?

— Você é minha esposa — explicou ele, e por um momento houve um aspecto em seus olhos que era quase desolador, quase medroso, que quase implorava. Mas sumiu antes que ela pudesse entender. Era uma aparência

ALGUÉM PARA AMAR 317

de vulnerabilidade, ela pensou. Ele estava com medo.

— Avery. — A voz dela foi quase um sussurro, como se estivessem na igreja, em um lugar sagrado. — Eu não o conheço, não é mesmo?

— Eu me tornei incognoscível. É uma maneira confortável de se viver.

— Mas por quê?

Avery suspirou e continuou:

— Vou lhe contar uma história. É a história de um garotinho que todo mundo pensava que deveria ser uma garota porque ele era pequeno, delicado e bonito... e tímido.

Era dele mesmo que estava falando — na terceira pessoa, colocando-se, mesmo tanto tempo depois, distante de sua própria história.

— Sua mãe o adorava e o mimava. Ela dedicava quase todo o seu tempo a ele e admitia apenas sua antiga babá no círculo mais íntimo de sua família. Ela lhe dava aulas porque se recusava a permitir um tutor perto dele e não encontrou nenhuma preceptora que se adequasse a seus padrões exigentes. Ela o manteve o máximo possível longe de seu pai, o que não era algo difícil de se fazer. Acontecia que seu pai olhava para ele com uma espécie de desfavor intrigado. E então, quando ele tinha nove anos, a mãe da criança adoeceu e morreu. A babá ficou cuidando dele, mas, depois de mais alguns anos, seu pai decidiu que era hora de endurecê-lo e mandá-lo para a escola.

— Pobre garoto — disse ela, mantendo a ilusão de que ele falava de outra pessoa. — Eu gostaria de tê-lo na minha sala de aula.

— Você tinha cinco anos na época. Todos os novos alunos da escola para garotos são vulneráveis a serem intimidados e hostilizados pelos demais. Nem sequer é uma prática desaprovada. É considerado parte da educação de um menino. A escola visa a endurecê-lo, trazer à tona o bruto que há nele, para que seja capaz de sobreviver e prosperar em um mundo masculino. A intimidação é algo que os meninos recebem de cima e praticam abaixo. É um sistema que funciona muito bem. Nossa sociedade é fundamentada sobre ele. Os fortes ascendem ao topo e governam o nosso mundo. Os que são um pouco mais fracos encontram um lugar útil no meio. Os mais fracos de todos são destruídos, mas já eram inúteis de qualquer maneira. O menino da minha história era o mais fraco de todos. Ele era um menino tímido, insignificante, bonito, delicado e assustado.

Anna se inclinou um pouco para a frente e começou a estender a mão na direção dele, mas a colocou no colo para segurar a outra. A história de Avery estava sendo apenas parcialmente contada.

— Eu me recusei a ser destruído. Descobri uma teimosia em mim enquanto tudo que eu tentava, boxe, esgrima, remo, corrida, resultava apenas em fracasso e ridicularização. Eu tentei mais e mais. E eu sobrevivi. Talvez eu tivesse entrado na parte inferior do grupo do meio quando deixei a infância para trás. Afinal, eu era o herdeiro de um ducado rico, e isso exigiria algum respeito. Mas então algo aconteceu. Um transformador de vida. Quando eu estava voltando para a escola sozinho, um dia, durante meu penúltimo ano, vi um senhor chinês idoso em um espaço vazio, estéril e sombrio entre dois edifícios. Ele estava vestido como eu estou agora, até os pés descalços.

Ela levantou as sobrancelhas, e ele parou e sorriu, um olhar distante.

— Eu parei e fiquei observando... ah, talvez meia hora — continuou Avery. — Ele devia saber que eu estava lá, mas não deu nenhum sinal, e eu perdi a noção do tempo e de qualquer outra coisa, exceto ele. Eu realmente não posso descrever para você, Anna. Só consigo mostrar. Posso?

— Sim. — Ela deslizou ao longo do banco para encostar um ombro na parede ao lado da janela e abraçou os cotovelos com as mãos, vendo-o se levantar e parar no meio do espaço. Ele apertou as palmas das mãos em oração e fechou os olhos. Ela o observou respirar lentamente por talvez um minuto inteiro, e sabia que ele estava de alguma forma se afastando dela e entrando em si mesmo. Ele moveu o pescoço em círculos lentos, primeiro em uma direção, depois na outra.

Anna percebeu que estava com medo, embora essa não fosse a palavra certa. Era mais admiração o que ela sentia, pois estava na presença do desconhecido, de algo estranho e exótico, e tudo isso estava incorporado no homem com quem ela se casara menos de um mês antes. Ocorreu-lhe que ele talvez estivesse para sempre além do seu entendimento. No entanto, ela ansiava por ele com um amor que era quase uma dor física.

E ele se moveu — de maneiras tão totalmente além de tudo o que ela já vivenciara, que tudo o que ela podia fazer era assistir e abraçar os cotovelos.

Ele usava toda a área do piso, mas os movimentos eram lentos, exagerados, estilizados. A princípio, ela pensou que eram movimentos simples, que não impunham grandes exigências ao corpo. Mas então ela pôde ver que realmente demandavam grandes esforços, pois nenhum corpo podia ser naturalmente tão flexível, gracioso e preciso em seus movimentos, sem que houvesse muita prática e dor. Ela podia ver o alongamento dos braços, pernas e corpo, o arco impossível da coluna, o equilíbrio inabalável. Seus pés nunca saíam do chão ao mesmo tempo, mas ele podia torcer o corpo, estender a planta de cada pé em direção ao teto, uma de cada vez, as pernas numa linha reta, com apenas uma pequena curva no joelho da parte inferior. Mas, na verdade, ela não observava verbalmente. Seria impossível capturar em palavras a graça, o controle, o poder, o atletismo, a força, a pura beleza do que ela observara por infinitos minutos.

Era mais adorável, mais emocionante do que qualquer dança que ela já assistira, incluindo a valsa. Mas não era uma dança. Os movimentos eram lentos demais e executados com uma melodia própria — ou com um silêncio que cantava com uma doçura insuportável.

Não foi um espetáculo que ela assistiu; ele executava seus passos ignorando a presença dela.

E então ele parou como havia começado e, depois de alguns instantes, voltou pela sala em direção a ela, moveu a almofada e se sentou de pernas cruzadas diante dela novamente, os joelhos tocando o chão.

— Avery — disse Anna. Não conseguiu dizer mais nada.

— Eu perguntei se ele poderia me ensinar — ele continuou —, e o senhor chinês ensinou. Mas, quando ele entendeu a profundidade do meu desejo, necessidade e compromisso, ele me ensinou infinitamente mais do que aquilo que você acabou de ver. Ele me ensinou que meu corpo poderia ser tudo para mim, mas apenas se minha mente estivesse sob meu poder e controle, e somente se eu reivindicasse a alma, que ele chamava de "verdadeiro eu", no centro de mim. Ele me ensinou a impor minha vontade ao meu corpo, a fazê-lo executar o que eu pedia. Ele me ensinou a transformá-lo em uma arma, uma arma potencialmente mortal, embora eu só demonstrasse essas habilidades em objetos inanimados, e em uma árvore. Mas ele me ensinou a andar de mãos dadas com esse poder físico, o autocontrole. Pois as armas mortais não precisam ser usadas... nunca. É muito melhor para todos se nunca forem. Nunca se ganha nada com a violência, a não ser a brutalização daqueles que a cometem e daqueles que são provocados a buscar vingança contra ela.

— Você poderia matá-lo se quisesse, não poderia? — ela perguntou, abraçando os cotovelos com mais força.

— Uxbury? Nem sequer fui tentado a isso, Anna. Eu só queria acabar com a idiotice o mais rápido possível e me afastar de lá. A questão é que, quando você sabe que tem poder, não precisa demonstrá-lo. Quando você sabe que possui uma arma que é a prova contra a maioria das agressões, não precisa usá-la. E você não precisa se vangloriar ou mesmo falar a respeito. É um segredo que eu sempre guardei estritamente para mim mesmo. Não sei por quê. Talvez a princípio eu tivesse medo de ser ridicularizado ou de ser considerado estranho. E, quando as pessoas começaram a me tratar de maneira diferente, aceitei isso como bom o suficiente, e o segredo de quanto minha vida havia mudado parecia uma coisa preciosa que só poderia ser maculada se eu falasse.

— A hostilização parou?

— Estranhamente, sim, embora ninguém soubesse da existência daquele senhor chinês ou das longas horas que eu passava com ele. Eu não lutava com ninguém, exceto durante as sessões regulares de boxe e esgrima, nas quais eu nunca me destacava. Eu não disse nada a ninguém. E ainda assim... a intimidação parou. As pessoas me temem ou, pelo menos, ficam impressionadas comigo, mas não sabem o porquê; ou não sabiam antes daquele duelo lamentavelmente público. Quando você acredita em si mesmo, Anna, quando está no comando de si mesmo, quando nada depreciativo que alguém diz de você ou para você tem o poder de despertar sua raiva ou qualquer desejo de retaliar, as pessoas parecem perceber e respeitar você.

— Mas qual foi o custo para você da sua vida secreta?

Ele olhou para ela por alguns momentos antes de responder.

— Tudo na vida tem um custo. É preciso pesar o que se ganha contra aquilo de que abrimos mão. Ganhei imensamente mais do que perdi, Anna. Livrar-me da intimidação foi o menor dos benefícios da minha transformação.

— Mas ninguém o conhece — disse ela. — Você deliberadamente moldou sua vida adulta para ser desconhecido e incognoscível.

— Eu era desconhecido antes. Eu não era mais um garotinho tímido e insignificante antes do que sou agora um guerreiro invencível. Não dentro de mim. Dentro de mim, ainda sou eu como sempre fui. Eu moro aqui dentro, Anna. — Ele deu uma batidinha do punho contra o esterno. — Mas eu não sou um eremita.

Ela olhou para ele, ainda se abraçando.

Ele se inclinou para um lado e agarrou outra almofada, que ele colocou na frente.

— Venha — pediu, estendendo a mão para a dela.

— Oh, eu não posso me sentar assim — ela protestou.

— Com essas saias? Não — ele concordou. — Vou providenciar uma roupa como a minha para você usar aqui nesta sala, Anna, se desejar. Eu deixei você entrar, veja só, nesta sala onde ninguém vem, exceto eu. A sala é uma espécie de símbolo. O que eu realmente permiti foi que você entrasse na minha vida, em mim como eu sou e, no momento, Anna, eu sou aquele garotinho novamente. Pois não posso controlar você ou a maneira como você vai lidar com o que eu lhe disse e lhe mostrei, e eu não a controlaria se pudesse, mas estou aterrorizado. Sim, sente-se assim. Eu gosto de olhar diretamente para você em vez de para cima ou para baixo.

Ela então sentou-se na almofada, abraçando os joelhos, que estavam esticados à sua frente. Os pés dela tocavam um dos tornozelos de Avery. Ele olhou para eles e depois os levantou um de cada vez para remover os sapatinhos e as meias de seda antes de colocar os pés para baixo dos seus, que estavam cruzados.

— Os sapatos nos mantêm longe da realidade — disse ele, olhando nos olhos dela. Ele sorriu e se inclinou sobre as pernas dobradas e as dela para beijá-la. — Ainda estou apavorado. Eu me sinto assim desde que voltamos para Londres e me deparei com a realidade de que sou um homem casado e não tenho absolutamente nenhuma ideia de como proceder. Estou mergulhado profundamente e também fora de minha zona de conforto. E não tenho me saído bem. O maravilhamento daquelas duas semanas após o nosso casamento desapareceu e eu temo que tenha passado para sempre. Eu o quero de volta. Como recuperamos aquilo, Anna? Você sentiu também a perda?

Aquele era o aristocrata todo-poderoso, independente e sempre confiante que a deixara tão impressionada quando ela o vira da primeira vez? Anna piscou para conter as lágrimas.

— Sim. Você me disse uma vez, Avery, que seu sonho mais terno era ter alguém para amar.

Os olhos dele a encaravam de volta, arregalados, muito azuis no sol tênue do entardecer e à luz bruxuleante das velas.

— Sim.

— Posso ser esse alguém? — ela perguntou.

Os olhos dele baixaram em relação aos dela. Ele lhe colocou as palmas das mãos nos tornozelos e as levou aos braços, sobre os joelhos e ao longo dos ombros. Ele levantou os olhos para os dela novamente e ficou em pé. Em seguida, juntou uma braçada de almofadas e as jogou em uma pilha ao lado dela, embaixo do parapeito da janela. Ajoelhou-se ao lado dela, virou-a e deitou-a nas almofadas. Ele a despiu com mãos rápidas e habilidosas e depois desamarrou a faixa na cintura para tirar a blusa do traje e as calças largas. O sol se pôs de repente, mas a luz das velas permaneceu, e à Anna pareceu novamente que aquele espaço grande, basicamente vazio, era o quarto mais quente, acolhedor e feliz em que ela já estivera.

As mãos dela se moveram sobre Avery quando ele se ajoelhou entre suas coxas. Ele era um homem perfeitamente bem-formado, absolutamente bonito e todo-poderoso, atraente e potente.

— Anna — ele murmurou quando suas mãos e sua boca foram trabalhar nela. — Minha duquesa.

— Meu amor.

Olhos azuis sonhadores olharam nos dela por um momento.

— Meu amor?

— Meu amor — ela repetiu. — Claro. Você não sabia? Ah, Avery, você não sabia?

Ele sorriu então, um olhar de doçura tão intenso que a deixou sem fôlego. E ele entrou nela e se abaixou sobre ela e virou a cabeça dourada para descansar contra a dela.

Eles fizeram amor, e não havia palavras. Nem mesmo pensamentos. Apenas uma doçura, uma certeza, uma necessidade cada vez maior e uma dor tão agradável que, quando chegaram ao ápice, só puderam gritar juntos e descer a um nada que era, de alguma forma, um tudo.

Ah, não havia palavras. Não havia pensamentos. Apenas amor.

Eles estavam deitados entre as almofadas, exaustos, relaxados, ainda unidos, com os braços de um sobre o outro. A luz das velas tremulava, formando padrões em movimento nas paredes e no teto, e o mundo parecia muito distante.

— Eu gostaria que pudéssemos ficar aqui para sempre — falou ela.

Ele suspirou, se retirou dela e sentou-se. Ele estendeu a mão para as calças brancas, vestiu-as e sentou-se de pernas cruzadas ao lado dela novamente, as calças escorregando nos quadris.

— Mas esta é apenas uma sala, Anna — disse ele, virando a cabeça para olhá-la. — Você e eu, vamos além da sala e além do tempo. — Ele tocou a mão primeiro em seu próprio coração e depois no dela. — Precisamos apenas estar cientes disso. É muito fácil perder essa consciência... quando alguém fica preso na vida agitada da moda de Londres durante a Temporada, por exemplo. Eu aprendo e reaprendo minha consciência. E eu vou lhe ensinar se você quiser.

— Eu quero. Mas o que realmente quero é a roupa branca.

Ele riu do inesperado de suas palavras e se transformou em um homem caloroso e relaxado. Seu marido.

— Mas vamos sair daqui em breve — ela olhou ao redor da sala — e partir para Morland Abbey.

— Você vai adorar, Anna — ele disse, seu rosto se iluminando. — Você vai adorar. Eu prometo. E eu tenho uma sala assim.

Ela sorriu para ele, para sua ansiedade, sua inesperada juventude, a pessoa que ele deve ter sido desde o início, feita inteira e feliz.

Seu sorriso desapareceu, embora permanecesse em seus olhos.

— Quando eu saí da escola e disse um adeus relutante ao meu mestre... na verdade, foi um adeus definitivo. Ele morreu dormindo apenas um mês depois. Quando fui me despedir, ele me disse que eu era completo, exceto por uma coisa. Ainda havia um buraco no centro do meu ser, ele me disse, e apenas o amor poderia preenchê-lo. Mas ele não explicou. Ele nunca explicava. Ele queria que eu descobrisse tudo por mim mesmo. Ele sabia ser muito irritante. Ele não me disse se era amor à humanidade ou amor à natureza ou amor à família ou amor romântico. Tudo o que ele dizia era que eu saberia quando a encontrasse e que isso me deixaria inteiro e finalmente em paz comigo mesmo. Eu encontrei, Anna. É o amor romântico.

Ela tocou o joelho dele, que pressionava levemente sua barriga.

— Eu me apaixonei por você — continuou — e me casei com você. E, de repente, eu estava cheio de amor, até os recônditos mais profundos. Amor por você e amor por todos e tudo. Mas então duvidei e tropecei. Eu duvidava que o poder do amor e da felicidade durasse. Duvidei dos seus sentimentos, duvidei do meu valor para ser amado. E então, finalmente, ocorreu-me que eu tinha que trazê-la aqui, que tinha que trazê-la total e completamente para dentro de mim e confiar que você não iria simplesmente rir ou, pior ainda, não entender nada. Oh, você não pode saber o quão vulnerável ainda estou me sentindo, Anna, falando esses absurdos. Mas, se eu não disser agora, nunca direi e posso perder a parte que faltava em mim para sempre.

— Mas você está sempre falando absurdos.

Ele olhou nos olhos dela e riu novamente. Em seguida, se inclinou de lado sobre ela e a pegou e a colocou, nua, em seu colo. E ele fechou os braços firmemente ao redor ela, como os dela se fecharam ao redor dele, e eles se agarraram um ao outro por intermináveis minutos.

— Sim — Avery disse algum tempo depois —, retornando à sua pergunta. Você consegue ser, pode ser e já é, Anna. Meu alguém para amar. Meu tudo.

Eles sorriram um para o outro e suas bocas se encontraram.

FIM

Entre em nosso site e viaje no nosso mundo literário.
Lá você vai encontrar todos os nossos
títulos, autores, lançamentos e novidades.
Acesse www.editoracharme.com.br

Você pode adquirir os nossos livros na loja virtual:
loja.editoracharme.com.br

Além do site, você pode nos encontrar em nossas redes sociais.

 https://www.facebook.com/editoracharme

 https://twitter.com/editoracharme

 http://instagram.com/editoracharme